Título original: *Dawnbreaker*

1.ª edición: febrero de 2024

© Del texto: Jodi Meadows, 2023
Publicado originalmente por Holiday House Publishing, Inc., Nueva York.
Derechos de traducción cedidos por mediación de
Sandra Bruna Agencia Literaria, S. L.

© De la ilustración de cubierta: Studio Kôsen, 2024
© De la traducción: Jaime Valero, 2024
© De esta edición: Fandom Books (Grupo Anaya, S. A.), 2024
Valentín Beato, 21. 28037 Madrid
www.fandombooks.es

Diseño de cubierta: Lola Rodríguez

ISBN: 978-84-18027-73-4
Depósito legal: M-31632-2023
Impreso en España - *Printed in Spain*

PAPEL DE FIBRA
CERTIFICADA

JODI MEADOWS

BIENHALLADA

Traducción de Jaime Valero

FAND✪M BOOKS

Dedicado a todo aquel que quiera
cambiar las cosas

PRÓLOGO

Así comenzó para ella:

Un portal a punto de cerrarse, una barrera elevada hacia las alturas y un alma inmortal fragmentada en dos. Un pedazo se lo quedó ella. El otro acabó alojado en un cuerpo mortal.

Todavía dormida y ajena a lo que sucedía, Noctámbula fue esculpida hasta dar forma a un arma gloriosa y devastadora. Tenía unas alas inmensas, concebidas para la batalla, así como para volar. Podía desintegrar el mal con un solo roce. Y requería muy poco en lo que se refiere a cobijo y sustento.

Tampoco necesitaba amor.

Era preferible, pensaron sus creadores, que no se apegara demasiado a nadie. Las vidas de los mortales eran muy cortas y Noctámbula existiría para siempre.

Solo habría una presencia constante: el fragmento de su alma, reencarnado a través de los siglos. Ella lucharía siempre para salvar ese pedazo de sí misma... y el mundo en el que habitara.

Además de fortaleza y determinación, sus creadores le concedieron la experiencia y el entendimiento que habían acumulado durante milenios, todo el conocimiento marcial que necesitaría para enfrentarse a sus enemigos ancestrales.

Pues ella sería la única capaz de interponerse entre los mortales y la oscuridad implacable.

Finalmente, cuando la abertura entre los mundos se estrechó y el tiempo se agotaba, sus creadores fabricaron las reliquias.

Un centenar de ellas, forjadas meticulosamente e imbuidas con un poder numinoso: una espada y una corona negras, tres altares diseñados para invocar a esa Noctámbula recién gestada y otras herramientas ideadas para defender el mundo frente a los rencores y otros peligros ignotos.

Sin tiempo que perder, los creadores de Noctámbula le pidieron que abriera los ojos. La despertaron. Luego se retiraron del mundo.

El portal se cerró.

Noctámbula se quedó sola.

Desde el mismo instante en que tomó aliento por primera vez, supo cuál era su deber. Se preparó para emprender su lucha por Salvación, con solo un fragmento mortal de su alma y la constancia de que existían noventa y nueve reliquias para ayudarla

*

Durante los primeros siglos posteriores a la Escisión, los humanos hicieron gala de una defensa activa, organizando expediciones multitudinarias para irrumpir en la Malicia y eliminar a cuantos rencores hubiera en su interior.

Se compusieron baladas por todo el territorio —historias sobre batallas, muertes y gloria—, con Noctámbula en el centro de esas narraciones. También se pintaron cuadros que representaban a reinas imponentes que portaban la Aureola Negra —la corona de obsidiana confeccionada por los mismísimos númenes— y reyes apuestos inclinándose ante ella, con un cielo rojizo de fondo y el caos polvoriento de la batalla. (Como si Noctámbula hubiera hecho una pausa para posar para un boceto, cuando podría haber estado partiendo a un rencor en dos.)

Lucharon, todos unidos, desplegando un asedio tras otro contra el Desgarro —el portal que separa el plano mortal y la Fracción Oscura—, pero por mucho que durase una campaña, el Desgarro seguía escupiendo más rencores. Era la fuente de un terror interminable.

La guerra parecía no tener fin. Con el tiempo, la gente perdió su aplomo. Los grandes ejércitos desaparecieron.

En vez de combatir a los rencores, los tres reinos encontraron excusas para luchar entre sí. Sin embargo, aunque eran enemigos, acordaron que ninguno de ellos utilizaría la malicia contra los demás. Hacerlo supondría una infracción del orden superior. Ante la mirada ceñuda de Noctámbula, redactaron y firmaron los Acuerdos de Ventisca con intención de que estuvieran vigentes para siempre.

La vida siguió su curso. Durante miles de años, reyes y reinas invocaron a Noctámbula para contener a la oscuridad, confiando en que defendiera Salvación tal y como establecieron sus creadores. Cada reino continuó adiestrando ejércitos de caballeros del alba —los soldados de élite de Noctámbula—, preparándolos para marchar hacia la Malicia y combatir a su lado. Era un honor tan glorioso como letal.

Pero eso también llegó a su fin.

Un rey rencor atravesó el Desgarro, un horror sin precedentes. Esas monstruosidades no podían acceder al plano mortal por voluntad propia. Alguien tenía que invocarlos por su nombre, ayudarlos a atravesar la abertura entre mundos por medio de un poder y un sacrificio inmensos.

Peor aún: todos los que se enfrentaban a un rey rencor se regían por la ley de la conquista.

Matar a un rey rencor suponía convertirse irremediablemente en uno de ellos.

Así que Noctámbula no podía matarlo, pero sí enviarlo de vuelta a la oscuridad del plano demoníaco. Y estaba a punto de hacerlo cuando descubrió la verdad: el rey rencor había sido invocado por gobernantes humanos. Habían quebrantado los Acuerdos de Ventisca.

Poseída por un vínculo recién forjado con el rey rencor, originado en el fragor de la batalla, Noctámbula abandonó su misión para exorcizarlo y voló a los tres reinos, uno tras otro, aniquilando a los monarcas en sus fortalezas.

Era preferible arrancar la plaga de raíz antes de que se propagara.

Después del Amanecer Rojo, los mortales buscaron un método mágico para extirpar sus felonías de la mente de Noctámbula, borrando ese suceso de su memoria.

Así se produjo su segundo comienzo.

Durante toda su existencia, los recuerdos de Noctámbula habían sido como un mapa estelar. Constelaciones construidas durante siglos se desplegaban por el cielo de su mente, extendiéndose hacia el infinito. Cada momento de su vida estaba registrado, desde su primer despertar hasta el último. Podía evocar cada batalla, cada revés y cada triunfo que hubiera experimentado.

Pero el perjuicio mágico provocado por los mortales se expandió, una infección sin cura que se ramificó, cada vez más amplia y profunda, consumiendo recuerdos a medida que se extendía. Cientos de miles de momentos desaparecieron. De un solo tajo, porciones inmensas de su cielo interior se quedaron en blanco, sin rastro siquiera de la luz que existió antaño.

Al cabo del tiempo, temía Noctámbula, no quedaría nada más que ese lapso vital.

No quedaría más que este momento presente.

Pronto, el mundo se sumiría en una nueva era: una en la que Noctámbula, adalid de los tres reinos, héroe de su pueblo y espada de los númenes, era capaz de fracasar.

Así terminó para ella.

1. RUNE

Rune inspiró rojo.

Expiró rojo.

El rojo copaba el ambiente, llenando sus pulmones. Sangre y mugre cubrían su maltrecha armadura. Tenía restos de gravilla entre los dientes. Con cada bocanada, notó cómo el cieno de la corrupción recubría sus entrañas.

Nada estaba limpio en la Malicia.

Pero Rune apenas había reparado en ello. Había trazado un circuito alrededor de su celda, encorvado y apretando los puños, mientras las últimas horas —¿días?, ¿semanas?— se reproducían sin cesar en su mente. No sabía con certeza cuánto tiempo llevaba allí. El tiempo avanzaba a trompicones en la Malicia. Podría haber sido una eternidad.

Detestaba estar allí, como rehén para lograr un armisticio entre Noctámbula y ese enemigo ancestral e imposible de matar: Daghath Mal.

Era una tregua falsa, que no tardaría en romperse. Pero, hasta entonces, Rune seguiría atrapado.

Ese cautiverio era un sacrificio al que se ofreció voluntariamente. En aquel momento, parecía la única opción. Seguía pareciéndolo, pero al diablo con ello: necesitaban a Rune en su hogar. En Caberwill, donde su madre acababa de ser asesinada, masacrada por un rencor. Había ritos que celebrar. Un funeral. ¿Quizá un momento de respiro para experimentar su propio duelo?

Rune tenía un reino entero del que ocuparse.

Hermanas.

Y una esposa.

También había que contar la guerra con Ivasland… Aunque a juzgar por cómo le fue a su ejército cuando un malsitio emergió en su campamento, no era fácil determinar si Caberwill podría continuar la batalla.

Maldita sea. Rune tenía que regresar a casa. Él era el rey.

Un rey cautivo.

Su celda ni siquiera tenía puerta. Tampoco ventanas. (Las tuvo, brevemente, pero desaparecieron.) Y aunque había inspeccionado meticulosamente cada rincón, no encontró ninguna grieta ni escapatoria posible: las paredes, el suelo y el techo estaban compuestos de huesos y eran infranqueables. Costillas y fémures humanos relucían bajo esa luz rojiza y omnipresente.

Rune sabía de quiénes eran esos huesos. De los caballeros del alba.

Se paró en seco, reprimiendo una oleada de desesperanza. Tenía que ser fuerte. Noctámbula no permitiría que se quedara allí para siempre. Ella misma lo dijo.

«Eres mi alma gemela. Serás libre».

Su alma gemela. Esa certeza prendió en su interior, tan ardiente y radiante como antes.

La revelación se produjo como un relámpago. En pleno combate, cuando sus miradas se cruzaron a través del salón del trono, Rune pronunció su nombre. El verdadero.

«Medella».

A partir de ahí, ella se volvió más fiera. Más letal. Sin el lastre de la magia oscura que provocaba que combatir le resultara extenuante. Pero ni siquiera eso bastó para salvar a los hombres de Rune. Murieron uno tras otro hasta que solo quedó él, estrangulado por las garras de Daghath Mal.

Por consiguiente, la tregua.

Con paso lento, Rune reanudó su circuito alrededor de la celda.

Había tenido mucho tiempo para pensar en lo que había cambiado: por qué había sido incapaz de recordar el nombre de Noctámbula hasta ese momento, por qué no sabía que estaban vinculados… Y la única respuesta que se le ocurrió fue esta: aquello que dañó la memoria de Noctámbula también lo afectó a él. Era una herida profunda, a ras del alma, que había suprimido el conocimiento de su nombre.

Pero cuando irrumpió en la Malicia para ayudarla, la curó. Rune siguió el rastro de la atracción que unía sus almas y eso le reportó claridad. Concentración. Su nombre secreto.

Y un beso.

No debería haberlo hecho. Rune ya estaba comprometido y, además, un alma gemela no estaba concebida para ser un amante: solo un compañero, un amigo. Pero él acercó sus labios y la besó a pesar de todo.

Y ella le devolvió el beso. Luego… ¿le dio las gracias? Rune no sabía cómo interpretar eso.

«Eres mi alma gemela. Serás libre».

Ella lo rescataría. Rune sabía que vendría a por él en cuanto el momento resultara propicio. Pero, entretanto, estaba atrapado ahí, sin poder hacer nada salvo pasearse. Tenía que hacer algo útil para ella. Como fuera.

—Maldita sea —murmuró.

La celda comenzó a temblar cuando una porción de la pared se desplazó, revelando un pasadizo iluminado por una luz rojiza.

El corazón de Rune pegó un respingo mientras retrocedía, creyendo que iba a entrar un rencor… o algo peor. Pero el pasadizo estaba vacío.

No, eso no era cierto. Había… algo.

Rune ladeó la cabeza, aguzando el oído. El castillo estaba en silencio, pero al mismo tiempo no lo estaba. Lo que oyó —lo que percibió, más bien— fue lo contrario a un ruido. Como una voz que resonaba desde las profundidades; excepto que esa voz no era nada y reducía a la nada todo lo demás.

Con una sacudida física, Rune recobró el control de su mente, concentrándose en el tamborileo de su corazón y el roce de sus botas sobre los huesos del suelo. Carraspeó solo para escuchar el sonido que hacía su garganta.

La abertura en la pared se mantuvo, todos los huesos se habían impulsado hacia un lado, una argamasa rojiza rezumaba con unos pegotes gruesos y viscosos.

En fin, había estado buscando una salida.

La Malicia lo quería a él. Rune lo sabía. Lo pudriría por dentro si no se resistía. Y si fracasaba…, lo corrompería. Quedaría sometido a la Fracción Oscura por toda la eternidad.

Si sobrevivía, pero abandonaba ese lugar con malicia en el corazón, nunca llegaría a convertirse en el monarca que quería ser. Ni tampoco en el hombre que aspiraba a ser.

Se agachó, introdujo una mano en su bota y rozó con los dedos la pluma oscura que había guardado allí, la misma que le dio Noctámbula. Pero no la sacó. Aún no. No mientras esa nada maligna lo siguiera observando. Solo necesitaba confirmar que seguía allí: el regalo de despedida de Noctámbula.

—¿Qué quieres que haga? —murmuró.

La abertura esperó.

Rune tensó la mandíbula, observando, pero nada más cambió. Al parecer, el rey rencor había decidido aflojar la correa, permitiéndole vagar por la zona. Si se atrevía.

Y se atrevió. Decidió salir a explorar. A aprender. Y cuando llegara el momento, haría lo que fuera necesario para destruir a Daghath Mal.

Lo que hiciera falta.

Inspiró rojo.

Expiró rojo.

2. HANNE

Están pidiendo vuestra cabeza, majestad.

Era una noticia funesta, pero Hanne no apartó la mirada de la partida. Estaba ganando. Por poco. No podía permitir que ese informe, por desasosegante que fuera, la distrajera cuando tenía la victoria al alcance de la mano.

—Aseguran que sois la responsable de los sucesos acaecidos en Sol de Argento.

Con cuidado para no deshacer el vendaje que llevaba en la mano, Hanne sacó una carta. Un cuatro. «Maldita sea». Necesitaba un rey o una reina para atravesar la línea de meta con su pieza.

Aun así, avanzó cuatro casillas con su campanita dorada, optando por no farolear para recorrer más trecho. No era el mejor momento, puesto que no tenía claro cómo estaba reaccionando su rostro ante el anuncio de que los campesinos embrianos querían verla muerta.

El salón se quedó en silencio mientras la oponente de Hanne, su prima Nadine Holt, sacaba una carta. Nadine no modificó su expresión ni un ápice mientras desplazaba su sabueso esmeralda por el tablero, hasta colocarlo una casilla por delante de la campana de Hanne.

—¿Cómo pueden considerarla responsable? Hanne estaba aquí, con nosotros, cuando esa espantosa máquina detonó.

Maris Evans, la ayudante de cámara que había traído el mensaje desde el aviario, depositó una cesta llena de jirones de papel enroscados en el lado de la mesa que ocupaba Nadine, junto con una lupa con mango de ópalo. Fragmento a fragmento, sacó la carta para leerla en su conjunto.

Cecelia Hawkins y Lea Wiswell, las otras doncellas de Hanne, se apresuraron a alinear los jirones de acuerdo con los números codificados que tenían en las esquinas izquierdas. Los trocitos de papel eran pequeños, lo bastante ligeros como para que una paloma los transportara en su patita, y estaban sellados con una gota de cera diminuta. La misiva estaba redactada en microcódigo embriano, conocido solo por los miembros de la familia real y sus sirvientes más leales. Por necesidad, eso incluía a las cuatro doncellas que Hanne se había traído desde su hogar.

Una vez ordenados los papeles correctamente, Nadine observó el mensaje codificado a través del cristal de la lupa. Después miró a Hanne con una ceja arqueada.

—Lo envía tu madre, la reina. La gente asegura que fuiste tú la que concibió el diseño del dispositivo de malicia. Dicen que, cuando Ivasland estaba afanado en terminarlo, acudiste allí en persona para construirlo tú misma, y que quedar atrapada en un malsitio fue un ardid.

—Ya, claro. Lo construí con mis amplios conocimientos de mecánica.

Hanne puso los ojos en blanco y leyó un fragmento ella misma; los puntos, líneas y círculos diminutos parecían saltar de la página.

«Solicitamos formalmente ayuda para defender Solspiria frente a las turbas enfurecidas…».

—Vaya. —Hanne resopló—. ¿Ahora mi madre quiere mi ayuda?

—Tomadlo como un cumplido, majestad. —Lady Sabine Hardwick, una embriana entrada en años, dejó su labor de ganchillo en el alféizar antes de levantarse y estirar el espinazo. Los crujidos resultaron audibles incluso desde el otro extremo de aquel espacioso salón—. La reina Katarina nunca pide ayuda. Que os la solicite a vos es una muestra de respeto.

Puede que Sabine creyera conocer a Katarina Fortuin después de haberla servido durante años, pero Hanne sí que conocía de verdad a su madre. La reina de Embria no le estaba haciendo ningún cumplido. Toda interacción por su parte era una orden, una prueba o un rechazo. Esto era lo primero.

—Volvamos al juego. —Nadine dio unos golpecitos sobre la baraja—. Te toca, Hanne. Saca una carta o proclamaré mi victoria.

—Mi vida está en peligro, por si no te habías dado cuenta.

Hanne sujetó la carta de arriba entre los dedos para extraerla. Otro cuatro. «¿En serio?». Ese movimiento la dejaba a dos casillas de la línea de meta. Hanne avanzó cinco puestos con su campanita. La siguiente carta, por bajo que fuera su valor, le concedería la victoria. Nadine sacó carta sin rebatir el farol de Hanne.

—Tu vida lleva corriendo peligro desde el día que naciste. Búscate otra excusa para perder esta partida.

Entonces Nadine desplazó su sabueso junto a la campana de Hanne y atravesó la línea de meta. Hanne tuvo que contenerse para no pegar un pisotón en el suelo.

—Creo que has hecho trampa.

Nadine frunció los labios para esbozar una sonrisa.

—¿Crees que voy de farol? —Inclinó la carta, pero no mostró su valor.

—No. —Acusar erróneamente de farol durante un movimiento ganador duplicaba la prenda que debía pagar el perdedor cuando se apostaba dinero. Hanne y Nadine solo jugaban para divertirse, pero era importante respetar las normas—. Lo que digo es que has hecho trampas. Es imposible ganar siempre. En este juego cuenta la suerte tanto como la destreza. A no ser que seas el ojito derecho de Sardin.

Sardin era el numen de la suerte, una elección popular entre tahúres y ladrones.

—Es imposible hacer trampas en el gambito de mora. O bien realizas los movimientos que permite tu carta, o bien haces un farol para avanzar por el tablero y rezas para que tu oponente no haya visto ante la carta que finges haber sacado. Por ejemplo, avanzar cinco casillas cuando ya han salido todos los cincos de la baraja.

—Espera...

Con una sonrisa irónica, Nadine recogió las cartas y las barajó rápidamente, con cara de no haber roto un plato en su vida. Como si no hubiera ninguna forma de organizar una baraja en beneficio de un jugador sobre otro. La próxima vez, Hanne haría que barajaran Lea o Maris. A las dos se les daba fatal hacerlo.

—Majestad. Nadine. —El tono de Sabine no era de reproche, ya que nadie reprendía a una reina, pero consiguió parecer exasperada sin cruzar ninguna línea—. Recordad la susodicha carta.

—¡Cierto! —Hanne retiró del tablero la campanita dorada y el sabueso esmeralda y los guardó en la caja de madera que albergaba las piezas adicionales—. No lo olvidemos. La gente está pidiendo mi cabeza, tal y como lo expresó Maris con tanta delicadeza.

La doncella palideció.

—Son las palabras que utilizó vuestra madre, majestad.

—Ninguna de nosotras debería volver a expresarlo de esa manera —replicó Sabine, tajante—. Es impropio de unas jóvenes damas frivolizar con estos asuntos.

Aquel comentario se acercaba peligrosamente a una crítica hacia dos reinas, pero Hanne lo dejó correr. Volvió a mirar los fragmentos de papel.

No era un mensaje largo, comparado con los que habituaba a enviar la reina Kat. Apenas veintitrés fragmentos, con unos cuantos duplicados en caso de que, durante su vuelo a través del continente, algún pájaro fuera abatido o asesinado en un repunte repentino de malicia.

Con la lupa sujeta entre las manos vendadas, Hanne leyó la nota completa.

Johanne, mi querida paloma:

Tras la impredecible tragedia de Sol de Argento, el populacho ha declarado que tú, mi querida hija, eres la culpable de la creación de ese dispositivo de malicia. No solo aseguran que eres responsable del concepto y el diseño, sino que te trasladaste a Athelney para terminarlo cuando los incompetentes científicos ivaslandeños fueron incapaces de hacerlo.

Es absurdo. Tu padre y yo accedimos a recibir a los líderes de esta pequeña revuelta, pero tras muchas afirmaciones sin fundamento —dijeron que en realidad no estuviste atrapada en un malsitio, sino colaborando con ivaslandeños—, nos vimos obligados a decorar las puertas de Solspiria con sus cabezas. Por desgracia, han surgido nuevos líderes y, debido a tus actos, están pidiendo todas nuestras cabezas.

Me temo que puede tratarse de una rebelión a gran escala, para la que nuestro ejército no está preparado en este momento. Por desgracia, arrojaron un dispositivo de malicia en nuestro campamento militar mientras avanzaban hacia Ivasland para sumarse a Caberwill en la batalla, y un número significativo de nuestros hombres quedaron transformados en ganado por esa magia oscura descontrolada. En reses muertas, a estas alturas. Los campesinos sacrificaron a muchos de ellos para poder comer.

Solicitamos formalmente ayuda para defender Solspiria frente a las turbas enfurecidas. Muestran una rudeza inusual, y sus filas no harán sino crecer a medida que se sumen más individuos llegados desde todos los rincones de Embria. Recuerda, te culpan a ti. Debes ayudarnos a resolver ese asunto.

Atentamente, tu abnegada madre,
Katarina Fortuin, reina de Embria

P. D.: Opus y Grace: antes de lo previsto, pero, aun así, efectivo.

¿De veras? La reina Kat no debería haber incluido ninguna mención al plan, aunque fuera codificada.

Era muy sencillo: unificar Caberwill y Embria mediante el matrimonio con Rune y aprovechar esa alianza para castigar a su enemigo común en el sur. Ivasland se lo merecía, en vista de que habían infringido los Acuerdos de Ventisca. Una vez resuelta la cuestión de Ivasland, Hanne derrocaría a los reyes de Caberwill —con el paso de los años, no de los días—, y luego, tras haber engendrado a un heredero, quitaría de en medio a su esposo y cualquier otra competencia hasta que no quedara nadie capaz de desafiarla.

Hanne no sería una simple reina.

Sería la reina de todo.

Pero los acontecimientos se habían precipitado mucho más rápido de lo que esperaba. Ivasland envió a un asesino, cuya presencia se saldó con la muerte del rey Opus. Entonces el rey rencor envió a uno de sus secuaces, que provocó la defunción de la reina Grace. Finalmente, Ivasland (otra vez) envió un dispositivo de malicia al campamento donde Rune y su ejército estaban haciendo noche, provocando la repentina desaparición de Rune en la carretera del sur.

Todo había sucedido muy deprisa. Demasiado.

Volvió a dejar la lupa sobre la mesa con un golpetazo.

—Hay que quemarlos.

Cecelia asintió con ímpetu.

—No podría estar más de acuerdo, majestad. Que ardan todos. Hasta el último de esos campesinos traidores. ¿Cómo se atreven a culparos de sus problemas?

—No, quería decir que… Bueno, sí, eso también. —Hanne recogió un puñado de papeles y los volvió a depositar en la cesta—. Pero lo que quiero quemar son los fragmentos de esta misiva. No podemos correr el riesgo de que las criadas caberwilianas sepan desentrañar códigos.

Si algún caberwiliano leía esa misiva, Hanne estaría tan muerta como los anteriores monarcas.

—Ah, sí. Por supuesto, majestad. —Cecelia metió los últimos trozos en la cesta, después arrojó todos esos fragmentos incriminatorios a la chimenea.

—Iré al aviario para asegurarme de que no lleguen más duplicados —dijo Lea.

—Sabine, ¿estás segura de que no hay agujeros espía en esta habitación? —preguntó Hanne—. ¿Ni compartimentos ocultos?

—Sí, estoy segura, pero volveré a revisarlo si os quedáis más tranquila.

En realidad, Sabine no era una de las ayudantes de cámara de Hanne. No, ella era su jefa de espías, su protectora en la sombra. Pero a los ojos del resto de la corte, Sabine no era más que una figura maternal, una especie de consejera.

—Gracias —dijo Hanne, porque Nadine siempre insistía en que a la gente le gustaba que le dieran las gracias por su trabajo—. ¿Ha habido noticias de mi paquete?

Sabine negó con la cabeza.

—La entrega se producirá según lo previsto, os lo aseguro. Nuestro hombre regresará con el paquete a lo largo de esta semana. Si fracasa, se arrojará a un malsitio como penitencia. A cualquiera que vos elijáis.

—Muy bien. Mantenme informada.

—Por supuesto, majestad. —Sabine recogió su material de ganchillo y se dirigió al dormitorio, entre el frufrú de su vestido de color rubí—. Cecelia, Maris, venid conmigo. Es hora de preparar a su majestad para la reunión del consejo de esta tarde. Vestido y maquillaje. Esa será vuestra labor.

—Sí, lady Sabine. —Las dos muchachas le dirigieron una breve reverencia a Hanne, después siguieron a Sabine.

Esa reunión del consejo sería el primer encuentro oficial de Hanne como reina, así que estaba decidida a que fuera memorable. Porque ella, Johanne Fortuin, era una conquistadora.

Allí estaba, en los aposentos de la reina de Caberwill, rodeada de todos los lujos que sus nuevos súbditos eran capaces de reunir. Ya solo necesitaba que Rune regresara y culminara la labor de concebir un heredero, y entonces su posición quedaría asegurada.

Hanne se acercó a la puerta del balcón y salió, seguida de Nadine.

Notó el roce cortante del aire de Brink. Deslizó la mirada por las escarpadas paredes del castillo, a través del patio septentrional y más allá de los muros exteriores, hacia el lugar donde la ciudad se extendía ante ella. Desde esa altura, Hanne podía divisar la totalidad de la carretera principal y las calles que se ramificaban desde su trazado, formando una maraña caótica de rectas, giros y curvas. Todos los edificios eran de piedra, construidos, al igual que el castillo, a partir de la montaña sobre la que se asentaba la ciudad, parte de una cordillera escarpada e imponente.

A las afueras de Brink, la carretera adoptaba un trazado sinuoso, hasta que el terreno se asentaba en un piedemonte frondoso donde había varias granjas repartidas por la campiña, y la senda de Brink discurría hacia el horizonte.

—No es tan bonito como Solcast. —Hanne ladeó la cabeza—. Pero estoy empezando a ver su encanto.

—Es una belleza agreste —coincidió Nadine—. Severa pero cautivadora, como una espada bien afilada.

Una espada que podría herirlas si Hanne no jugaba bien sus cartas.

—¿Cómo vas a responder a la petición de tu madre? —preguntó Nadine.

Hanne suspiró.

—No debería permitir que unos campesinos maten a mis padres. Sentaría un mal precedente. El populacho podría llegar a creer que está en su mano deshacerse de los gobernantes que no les gusten. O peor…, ¡podrían querer decidir quién gobierna!

—Así es. Los plebeyos no saben lo que necesitan. Un sistema de gobierno como ese no duraría mucho. —Nadine miró en dirección oeste, hacia Embria, hacia su hogar—. Pero no debemos olvidar que a quien buscan esos campesinos, por encima de todo, es a ti.

—Los miembros de la realeza están cayendo como moscas. No tengo intención de convertirme en otra víctima.

El viento le alborotó la melena rubia, que despedía destellos dorados bajo la luz de la mañana.

—Pero ¿cuántas tropas harían falta para sofocar una rebelión como esa?

—Ahora eres mi consejera oficial. Aconséjame.

—Por desgracia, tu madre no ofrece un informe completo de la situación sobre el terreno. ¿Cuántos rebeldes hay? ¿Cuántos soldados y guardias reales? ¿El personal palaciego se ha puesto en su contra o los sirvientes permanecen leales? —Nadine negó con la cabeza—. ¿Cómo pretende que sepamos cuántos efectivos debemos enviar?

Hanne sintió un impulso indeseado por defender a la reina Kat.

—Alguien que nunca ha tenido que pedir ayuda no sabe qué es lo debe pedir.

—Escribiré una respuesta para formular las preguntas relevantes. —Nadine frunció los labios—. Supongo que tendrás que debatir con el consejo la cuestión de las tropas y los suministros. No me gusta que tengas que pedir nada tan pronto. Y menos algo como esto.

Hanne se quedó mirando a su prima. Nadine, que los númenes la bendigan, parecía creer que enviar tropas al rescate de los monarcas embrianos era la única opción.

—Tras la emboscada de Ivasland al ejército de Rune con el dispositivo de malicia —continuó Nadine—, el gran general Emberwish se resistirá a enviar sus efectivos restantes a ninguna parte.

—Me parece que ahora es mi ejército —replicó Hanne.

—Sí, por supuesto. Pero recuerda que los generales caberwilianos, en su mayoría, se preocupan por sus soldados. Como individuos.

—Qué agotamiento.

—Así es. —Nadine se frotó las sienes—. Y con eso en mente, recuerda que el gran general estuvo presente cuando detonó el dispositivo de malicia. Vio morir a esos hombres. Se siente responsable de sus soldados y de lo que les ocurre mientras están bajo sus órdenes. No me sorprendería que también se sintiera responsable directo de la ausencia de Rune.

Hanne asintió, pensativa.

—Seguro que puedo hallar un modo de utilizar eso en su contra.

—No lo dudo —coincidió Nadine—. Y lo que Ivasland le hizo al ejército embriano fue incluso peor. Bueno, no peor en lo relativo a perder miembros de la realeza… Eso es muy desafortunado para Caberwill y para ti personalmente. Pero sí es peor desde una perspectiva militar.

Hanne se estremeció. Miles de hombres convertidos en bestias, luego desguazados y devorados por campesinos hambrientos. Sin ninguna consideración a lo que simbolizaban esos uniformes y tiendas de campaña desgarrados; sin curiosidad por averiguar por qué de repente habían aparecido tantos cabestros. Movidos tan solo por el hambre, por el ansia de comer carne.

Carne creada con malicia, con malicia todavía en su interior. Y ahora habitaba en esos campesinos.

—No será fácil convencer al Consejo de la Corona de que Embria es fundamental para derrotar a Ivasland —prosiguió Nadine—. Caberwill no podrá hacerlo solo. Tenemos que ayudarlos.

—Me estoy planteando no enviar tropas.

Nadine se quedó mirándola fijamente.

—¿Por qué?

—Si los campesinos logran capturar a mis padres, me convertiré en la reina de Embria.

—Si los campesinos logran capturar a tus padres, serán ellos quienes tomarán el mando de Embria. Jamás se postrarán ante ti si consideran que tienen capacidad para gobernar.

Hanne apretó los dientes, pero puede que Nadine tuviera razón.

Aun así, Hanne necesitaba desplegar al ejército caberwiliano en el Malfreno, no en Solspiria. Maldita sea, también necesitaba apostar allí al ejército embriano, pero por lo visto eso no iba a ser posible.

Suspiró y miró hacia la enorme cúpula situada en el centro de Salvación. Colindaba con los tres reinos. Todos eran responsables de contener lo que había en su interior, aunque solo a ella parecía importarle. (Lo de menos era que apenas hubiera decidido preocuparse por ello poco antes, tras su encontronazo con el rencor, su aterradora visión de la Fracción Oscura y el debilitamiento progresivo de la barrera, hasta el punto de que parpadeó.)

Durante años, Hanne había pensado que su misión era traer paz a los tres reinos. Ahora comprendía que Tuluna la Tenaz, la numen patrona de Embria, tenía planes más ambiciosos.

—Cuando caiga el Malfreno, necesitaré guerreros. Como el grueso de los efectivos de Embria han… caído…, tendré que apañarme con los hombres de Caberwill.

—Cuando caiga el Malfreno —repitió Nadine en voz baja—. Sí.

—Esa es la verdadera amenaza —insistió Hanne—. Debo prepararme para afrontarla.

—Debería hacerlo Noctámbula.

Hanne negó con la cabeza.

—Noctámbula no nos salvará. Pero yo sí.

Vas a cambiar el mundo, elegida mía. La voz que resonaba en la mente de Hanne era dulce y fría. Pertenecía a Tuluna, que guiaba los pasos de Hanne y le susurraba que podría llegar a ser cualquier cosa que soñara.

—Si alguien puede, esa eres tú. —Nadine esbozó una sonrisa tirante y le dio un golpecito en el hombro a Hanne. Ella experimentó la oleada de calidez que le producía el apoyo incondicional de su prima.

—En cualquier caso, tu consejo es prudente. A pesar de este considerable revés, Embria sigue controlando una riqueza increíble. Puede contratar y adiestrar nuevos soldados, que nos vendrán muy bien. Le pediré al gran general Emberwish que envíe tropas a Solspiria.

—Y Embria también puede proporcionar suministros: armas y alimentos —coincidió Nadine—. Los ejércitos necesitan dinero. Los soldados deben comer.

Ojalá que su prima no hubiera dicho la palabra «comer», porque Hanne había empezado, una vez más, a imaginarse a los soldados embrianos y el funesto destino que corrieron.

—Ahora solo tienes que exponer estos argumentos ante el Consejo de la Corona —dijo Nadine.

Hanne soltó un quejido. Su prima y ella concebían buenas ideas para regentar el mundo, pero siempre había alguien que se interponía en su camino. Los padres de Hanne, cuando solo era una princesa en Embria, y ahora el Consejo de la Corona, a pesar de que ella fuera la reina. Le parecía muy injusto que todavía tuviera que verse limitada por esos políticos.

Hanne podría manejar al gran general. Los hombres con espadas siempre andaban buscando un motivo para utilizarlas. Pero la duquesa Charity Wintersoft y el conde Rupert Flight iban a suponer un problema. Charity administraba el dinero, puesto que era la canciller del tesoro, y era improbable que respaldara más gastos, aun con la promesa por parte de Hanne de que Embria les devolvería el favor multiplicado por diez. En cuanto a Rupert, era el canciller de la información, y seguramente sus espías tendrían cifras de cuántos campesinos estaban aporreando las puertas de Solspiria. Una información que resultaría útil si llegara a oídos de Hanne. Rupert se oponía a su presencia en Caberwill y la utilizaría contra ella.

—Será mejor que me vista. —Hanne hizo amago de darse la vuelta, pero Nadine le tocó el brazo.

—Varios de tus súbditos han advertido tu presencia aquí arriba. Deberías saludarlos.

Señaló hacia el patio del castillo y hacia la ciudad que se extendía al otro lado del muro de piedra gris y de la puerta abierta.

—Pero mis manos…

Hanne mostró sus vendajes. Nadine esbozó una sonrisa afable.

—Mejor todavía. Hiciste algo increíble. Mataste a un rencor y vengaste a la pobre reina Grace. He oído rumores de que algunos te llaman la reina del alba.

Hanne se giró de golpe para fulminar a su prima con la mirada.

—¿Por qué? No tengo nada que ver con Noctámbula. De ningún modo formo parte de su ejército.

—Mataste a un rencor aquí mismo, en el Bastión del Honor —repuso Nadine—. Solo cuentan con esa palabra para referirse a los mortales capaces de hacer algo así.

Hanne habría preferido una palabra que no estuviera tan asociada a Noctámbula. Para empezar, esa criatura tuvo la culpa de que acabara atrapada en un malsitio. Si Noctámbula hubiera cumplido con su deber hace cuatrocientos años, purificando la malicia del mundo, nada de eso estaría sucediendo ahora.

Aun así..., al abatir a un rencor, Hanne había hecho algo extraordinario. Estaba acostumbrada a Embria, donde la gente temía a sus gobernantes. Pero en Caberwill querían venerarlos. Querían sentirse protegidos. Amparados.

Hanne podía hacer eso. Podía ser lo que querían y más. Su nueva reina. Su hermosa monarca. Su reina del alba.

—Está bien. Dejemos que me adoren.

Así pues, aunque aún llevaba puesta su bata, y aunque su cabello formaba una maraña dorada al viento, Hanne se acercó a la barandilla del balcón. De inmediato, los plebeyos se dieron cuenta. La señalaron, llamando a voces a los demás para que se acercaran a mirar.

Hanne podía imaginarse los libros de Historia, los términos con los que describirían ese momento: la reina extranjera ubicada en el balcón para mantener una conversación privada con su ayudante de cámara, seguido por un saludo afectuoso a sus nuevos súbditos.

A medida que más rostros se giraban hacia arriba, Hanne sostuvo en alto el fragmento de cristal negro que colgaba de una aparatosa cadena de oro alrededor de su cuello. Era la punta partida de su corona de obsidiana, el arma que utilizó para matar al rencor y cercenarle la cabeza. Ese era el motivo de los vendajes; la obsidiana le había desgarrado las palmas de las manos y la sangre del rencor le había abrasado la piel. Pero nada ni nadie habría podido impedirle culminar su labor. Tampoco el miedo. Ni mucho menos el dolor.

Ahora la esquirla estaba limpia y pulida, no quedaban restos de sangre en sus lustrosas caras. Hanne la había portado a diario desde que mató al rencor y la depositaba junto a su cama por las noches.

Poco a poco, el murmullo procedente del suelo se convirtió en un clamor. Pero, advirtió Hanne, no era un clamor de aprobación. La estaban abucheando. Se estaban mofando.

—¡No la queremos aquí! —gritó un hombre—. ¡Enviadla de vuelta!

—Embria no la quiere. ¿No habéis escuchado los rumores?

—¡Volved a meterla en el malsitio!

Se oyeron vítores que apoyaron esa propuesta. Otros comenzaron a gritar acerca de cuál malsitio elegirían. Alguien sugirió enviarla a Ivasland.

—¡Al fin y al cabo, trabaja para ellos!

Hanne se puso furiosa. ¿Cómo se atrevían a hablar así de ella? ¿Cómo se atrevían a insinuar que eran mejores que ella? No eran más que un puñado de insectos: necesarios, pero repulsivos, transmisores de enfermedades. Hanne, en cambio, era una reina, la elegida de Tuluna, la que traería la paz.

A medida que se incrementaban las voces de los plebeyos, a Hanne comenzaron a temblarle los dedos, las manos y los brazos. Su corazón latió más deprisa. Se le nubló la vista, empezó a ver destellos rojizos.

«Malditos sean —pensó—. Malditos sean todos».

Si se negaban a venerarla, aprenderían a temerla.

De repente, la montaña, el risco sobre el que se alzaba Brink, se vio zarandeada por una sacudida tremenda.

Y entonces Hanne no oyó más que gritos.

3. RUNE

Nada producía ningún ruido.

Las pisadas, la respiración, incluso el tamborileo de su corazón: todo estaba sumido en ese silencio horrible y perturbador. Como si nada de lo que hacía fuera real.

Rune intentó ignorarlo y estuvo a punto de conseguirlo: estaba absorto en doblar una esquina por aquí, en alcanzar el fondo de un pasillo por allá. Tenía intención de trazar un mapa del castillo que pudiera resultarle útil a Noctámbula cuando regresara, pero tenía una estructura muy extraña. Las puertas y las paredes no paraban de moverse.

Pocos minutos después de abandonar su celda, estaba perdido.

Siguió avanzando, moviéndose aleatoriamente y tan rápido como se atrevió, convencido de que, en cualquier momento, un rencor lo atacaría desde las sombras.

Rune era una presa en esa guarida llena de depredadores.

Desde luego, ese castillo estaba concebido para un rey, con techos abovedados, amplios arcos y gruesas columnas. Pero las habitaciones junto a las que pasó a toda prisa estaban vacías. Sin alfombras mullidas. Sin muebles majestuosos. Ninguna de esas variopintas estancias tenía un propósito claro. El castillo de Daghath Mal no era más que un espacio grande dividido en estancias más pequeñas.

Contaba con la propia versión del arte del rey rencor, aunque seguro que ningún rey mortal podría deleitarse con esas monstruosidades. Rune pasó junto a esqueletos blanqueados que estaban dispuestos con sentido estético en poses macabras: hombres masacrando a otros hombres, espadas oxidadas apuntando hacia sus pescuezos. Otros esqueletos eran mitad humanos, mitad animales: cuernos gigantes, cuerpos de caballo, cráneos de oso. La mayoría no respondían a ninguna lógica.

En silencio, el castillo se estremeció. Una nueva remesa de argamasa rojiza rezumó de los muros esqueléticos.

Mientras avanzaba a paso ligero a Rune se le revolvió el estómago, el pasillo se expandía y se contraía bajo sus pies. El aire rojizo se estremeció a su alrededor. Las paredes se convulsionaban y en varias ocasiones le pareció ver que se desplazaban a lo lejos, como si lo condujeran hacia alguna parte, creando una senda.

Y entonces llegó a un punto muerto.

No tenía más remedio que retroceder, así que giró sobre sí mismo... y topó con otra zona sin salida. Estaba atrapado.

Se quedó inmóvil, notando los golpetazos de su corazón contra las costillas, sus pulmones se quedaron sin aire. Lentamente, giró hasta trazar un círculo completo. Las paredes se estaban... ¿acercando?

Sí.

Huesos engullían otros huesos a medida que la trampa lo cercaba, como una caja que se cierra. Las paredes ejercían presión sobre sus hombros. Si se estiraba, podría tocar el techo.

Rune no podía respirar. No podía pensar. Ni moverse. Lo único que podía hacer era observar. El castillo iba a aplastarlo.

—Lo siento, Medella —susurró con voz ronca—. Quería ayudarte.

Y entonces se oyó un ruido similar al restallido de un trueno.

Era una cacofonía, a un volumen tan intenso que Rune estuvo a punto de caer de rodillas. La pared que tenía enfrente se escindió, y Rune la atravesó hasta llegar a una cámara del tamaño de una catedral bañada por una luz roja.

Por detrás de él, la pared se cerró con un golpetazo terrible. Si hubiera titubeado, ahora estaría muerto.

Rune soltó un largo suspiro, pero no estaba fuera de peligro. Había llegado a un sitio peor.

Cientos de cristales rojos iluminaban la estancia, como en el salón del trono donde Noctámbula se enfrentó a Daghath Mal. Pero ese espacio era mucho más grande... y siniestro, pues albergaba una esfera negra y enorme, con chispas carmesíes que danzaban sobre su superficie. Era difícil calcular el tamaño de la esfera dentro de una cámara tan inmensa, pero Rune tuvo la impresión de que era tan grande como una rueda hidráulica.

Y supo lo que era.

El Desgarro.

Era más espantoso de lo que podría haber imaginado, supuraba pavor y desesperación. Contempló con horror cómo una burbuja de oscuridad emergía de la esfera, centelleando como si fuera aceite. Se estiró, se desprendió y, con un sonido desagradable, aterrizó en el suelo.

Al principio, Rune pensó que solo era un pringue, una especie de pus interdimensional. Pero cuando se asentó, emergieron unas protuberancias sobre su superficie, que semejaban rodillas o codos.

No se trataba de una burbuja. Era un saco larvario con una criatura dentro, que había estirado tanto la sustancia del saco que lo había desgarrado.

Un rencor, recién salido de la Fracción Oscura, emergió del saco.

Rune retrocedió por acto reflejo. Era una criatura abyecta. Músculos en carne viva, hileras dobles de dientes afilados, costillas asomando de un pecho robusto, extremidades largas y articuladas de un modo extraño. Cuando la criatura lo miró, lo hizo con unos ojos fríos, de color negro y amarillo, asentados por encima del agujero donde debería tener la nariz.

De su boca asomaba una lengua bífida.

«Huye. Huye». Pero no tenía adónde ir. La sala no tenía ninguna salida. Aparte del Desgarro.

—Impresionante, ¿verdad? —La voz de Daghath Mal resonó por la estancia, atrayendo la atención del rencor—. Estoy reconstruyendo mi ejército rápidamente.

El rey rencor se materializó al lado del Desgarro. Era una criatura enorme, blanca como el alabastro, con unas enormes alas de murciélago y unas vistosas venas de color rojo. Tenía el mismo rostro cadavérico que sus súbditos, con unos labios siempre replegados para revelar unas encías carmesíes y muchos, muchísimos dientes. Era poderoso. Y nauseabundo.

Daghath Mal contempló el Desgarro unos instantes, pensativo, después introdujo una de sus garras. La extremidad desapareció, pero los músculos de su brazo se contrajeron, como si hubiera agarrado algo.

Después tiró. Y el Desgarro creció.

Una oleada horrible de malestar cegó a Rune. Se encogió sobre sí mismo con el estómago revuelto. Tuvo arcadas, pero no expulsó nada.

Entonces, Daghath Mal soltó lo que había estado sujetando y el Desgarro recuperó su tamaño anterior.

Rune tomó aliento para despejarse la cabeza.

—En este momento —dijo Daghath Mal—, el Malfreno está ejerciendo presión sobre el Desgarro, lo mantiene reducido.

Esa herida supurante en el mundo jamás debería describirse como «reducida».

—Cuando el Malfreno haya desaparecido, ensancharé el Desgarro. Mis ejércitos lo atravesarán, como si de agua se tratara.

Eso era imposible…, ¿verdad? El Malfreno no podía desaparecer sin más. La vieja magia que lo sustentaba mantendría en pie la barrera.

A no ser que…

Rune sintió un nudo en el estómago.

—Has dicho «cuando».

—No confundas conversación con confesión. No pienso revelarte nada. —Daghath Mal se agachó al lado del rencor recién llegado, observándolo como haría un general con un soldado—. No, solo quería enseñarte lo que producirá el tiempo que pasarás en mis dominios.

—Caos. —A Rune se le puso la carne de gallina.

—Paz. —Daghath Mal extrajo del rencor un hebra viscosa y negruzca y la tiró al suelo—. Los humanos solo responden al miedo, así que miedo es lo que recibirán. Imagina un mundo sumido en una noche eterna y un invierno infinito. La única luz será mi luz.

Sin sol, las plantas morirían. Las granjas quedarían destruidas, el ganado desaparecería y la gente se moriría de hambre. Lo que sucedió en Monte Menudo no sería nada comparado con la catástrofe de la larga noche de Daghath Mal.

—Si intentas someternos —gruñó Rune—, te combatiremos.

El rey rencor se rio.

—No os habéis esforzado demasiado durante los últimos cuatrocientos años. Me habéis evitado, habéis eludido este lugar. Habéis empeorado la situación en cada lance. Si de vosotros dependiera, os mataríais los unos a los otros por toda la eternidad. —Negó con la cabeza—. Pero yo os salvaré de ese destino. Descubriréis la paz del miedo, la paz de la obediencia, la paz del castigo. Bajo mi mandato, aprenderéis a quererme.

Imposible.

—Así que me has dejado salir de mi celda para soltarme una perorata, ¿eh?

A Rune le habían dicho muchas veces, de labios de mucha gente, que era muy irritante, y si irritar al rey rencor era lo único que podía conseguir allí, lo haría. Daghath Mal sonrió.

—Quiero hablar contigo. De monarca a monarca.

—¿Con qué fin? ¿Qué esperas conseguir?

—Todo. Primero quiero liberarme de esta prisión. Luego quiero el mundo. —Una risita reverberó a través de la sala—. Pero no cuento con que me lo entregues tú. Al fin y al cabo, Noctámbula te pidió muchos favores y se los negaste. —Daghath Mal hizo una pausa, como si estuviera pensativo—. Yo le habría dado cualquier cosa que pidiera.

—La habrías convertido en un monstruo.

—La habría convertido en una reina. —El rey rencor avanzó hacia él, desplegando sus alas de murciélago. Con cada movimiento, su imagen se desdibujaba, como si ese mundo no quisiera albergar su presencia—. Lo que vi en ella…, no podrías ni imaginarlo. Su furia. Su fuego. —Insufló un deje furibundo en su voz—. Pero me rechazó. Por más que la ayudé, por más revelaciones que le ofrecí, ella hizo como si yo no fuera más que un mosquito en su mente, un pensamiento oscuro e intrusivo que podía ahuyentar.

Rune se puso tenso.

—¿Qué quieres decir?

—Ah. No te lo ha contado. —Una sonrisa atroz se desplegó por el rostro del rey rencor—. He visto, oído y sentido lo mismo que ella. Todo. He habitado en sus pensamientos.

Rune sintió un escalofrío. ¿Esa bestia había mirado a través de los ojos de Noctámbula?

—Conocía todo lo que había en su mente —continuó Daghath Mal—. Incluso sus recuerdos perdidos. Su miedo al olvido. Todos esos pensamientos sobre ti…

Rune se sintió asqueado. Esa abominación había irrumpido en la vertiente privada de Noctámbula. Había quebrantado su intimidad.

—¿Quieres saber lo que pensaba sobre ti? —Daghath Mal se acercó a él, rodeado por el fulgor oscuro del Desgarro—. ¿Quieres saber cuánto anhelaba que no fueras su alma gemela?

«Que no fueras su alma gemela».

Ella no lo quería. Rune se sintió como si le hubieran abierto en canal.

No debería haberle sorprendido tanto. Debió suponer que ella habría preferido a alguien menos complicado, más capacitado. Alguien más merecedor.

Pero no podía desesperar. Tenía que convertirse en una persona digna de ella.

—Vete al infierno —masculló Rune. El rey rencor estaba intentando provocarlo. Y sí, lo estaba consiguiendo. Pero Rune estaba decidido a plantar cara—. Al infierno con tu ejército. Con tu espantoso castillo. Con tu mundo rojo. Con la Fracción Oscura. Que se pudran todos.

Un aire caliente emergió del rey rencor; un gruñido ronco reverberó a través de la estancia. Rune continuó, sin importarle que le temblara la voz:

—Al infierno con tu feo rostro. Con tu aliento fétido. ¡Y con ese delirio de que ella se convertirá en tu reina!

De pronto, la bestia se encontraba a escasos centímetros de él, su cuerpo grotesco despedía un calor nauseabundo. El instinto le dijo a Rune que huyera o que se quedara inmóvil. Pero que no luchara. Estaba seguro de que no podría enfrentarse al rey rencor y salir vivo de allí.

El aire se estremeció. La bestia alargó un brazo, agarró a Rune por el pescuezo.

Hincó las uñas amarillentas en su piel, a punto de desgarrarla. Pero lo más preocupante era el ángulo con que lo sujetaba Daghath Mal; un movimiento brusco y Rune estaría muerto.

Pero si moría, Noctámbula podría regresar libremente, la tregua quedaría rota. Ella podría destruir a los rencores. Podría enviar a Daghath Mal de regreso a la Fracción Oscura. Salvación quedaría al fin libre de esa incursión. Tal vez Rune debería aceptar la muerte.

—Esa es la diferencia entre nosotros —resolló—. Yo sé que no soy digno de ella. Tú eres incapaz de admitirlo.

La furia inundó los ojos rojos de la bestia. Desplegó sus alas membranosas, ocultando el resto del entorno.

Solo quedó él.

La bestia.

El rey rencor.

El enemigo imposible de matar.

Una negrura empañó el contorno de la visión de Rune. Se le entrecortó el aliento. Por un momento, se preguntó si había llegado su hora.

Qué extraño. No tenía miedo.

El Desgarro se estremeció. Daghath Mal soltó a Rune y retrocedió.

—No —murmuró—. No me arriesgaré a provocar su ira. Aún no.

A Rune se le aceleró el corazón a medida que el aire rojizo regresaba en tromba a sus pulmones. Recuperó la vista, aunque se le nubló durante unos segundos.

—Eres un cobarde. —Tenía la voz ronca—. No te atreves a enfrentarte a ella en una batalla de verdad, una en la que nada la contenga, ni siquiera un alma gemela.

El monstruo enseñó los dientes. Otro temblor atravesó la sala. Pero Daghath Mal no volvió a perder los estribos.

—Vete —dijo, ondeando una de sus garras—. Mi hospitalidad se ha agotado. Puedes ir a esperar a Noctámbula al páramo.

Por detrás de Rune, la pared se abrió con un quejido. Al otro lado no estaba el castillo, sino la vasta extensión rojiza de la Malicia. Aun así, Rune no se lo pensó dos veces; la atravesó corriendo, inspirando un aire seco y polvoriento.

—Ten cuidado —le advirtió Daghath Mal con una risita—. No es un lugar seguro para los mortales. Ninguna criatura que dependa de mí te hará daño, pero existen otros peligros.

La pared se cerró, atrapando a Rune en el exterior. Por más terrible que fuera su celda, su protección había desaparecido. Ahora estaba expuesto.

Y en cuanto el ejército de Daghath Mal estuviera reconstruido, la vida de Rune alcanzaría un final abrupto. Era imposible calcular cuánto tiempo le quedaba.

Así que tenía que orientarse. Tenía que ponerse en marcha.

Rune oteó el páramo rojizo: el castillo óseo se alzaba sobre un montículo, una profunda depresión terrestre lo rodeaba como si fuera un foso. En lo alto, divisó la inmensa cúpula azul del Malfreno. Y allí, a lo lejos, se encontraban los restos de un sendero.

Bueno, ya tenía una dirección que tomar.

No tenía provisiones. Ni armas. Pero sí poseía información: Daghath Mal no iba a limitarse a esperar a que desapareciera el Malfreno; tenía un plan para suprimirlo.

Tal vez, ahora que estaba más cerca de la libertad, Rune podría hallar un modo de transmitirle ese mensaje a Noctámbula.

Avanzó con un paso tembloroso. Se levantó una nubecilla de tierra alrededor de sus botas, cubriéndolas como si fuera óxido. Después dio otro paso y otro más. Finalmente, se alejó corriendo del castillo lo más rápido posible.

4. Hanne

El mundo se desmoronaba alrededor de Hanne. La montaña rugía. Gritos, alaridos por todas partes. Unas manos se extendieron hacia ella.

—¡Corre! —gritó Nadine.

El suelo del balcón se ladeó bajo sus pies. Siguió a duras penas a Nadine, que la condujo al interior. La persiguieron visiones donde el balcón al completo se desprendía del castillo: pudo imaginarse la piedra estrellándose sobre el patio interior, haciéndose trizas a causa del impacto.

Hanne perdió el equilibrio.

Por acto reflejo, alargó un brazo y se agarró al marco de la puerta. Pero esa superficie también era inestable y la presión repentina sobre su palma herida le provocó una quemazón por todo el cuerpo. Gritó, trastabilló, pero su prima la sostuvo en pie mientras el terremoto estremecía de nuevo el suelo.

Los segundos se alargaron. Hanne tuvo la desagradable sensación de estar moviéndose más despacio que el resto del mundo, de que el tiempo se descompasaba de su cadencia habitual. Y más allá del bramido que copaba sus oídos, pudo oír el chirrido y el traqueteo de la piedra; los gritos de los caberwilianos; las fracturas diminutas en la realidad, pequeños chasquidos y resuellos, acompañados por unas luces que titilaban por el borde de su campo visual.

Hanne cerró los ojos con todas sus fuerzas, pero eso solo sirvió para que otra imagen copara su mente: un rencor enorme, blanco como un hueso, con venas carmesíes que recorrían su cuerpo y unas grandes alas de murciélago. La bestia la miró. Sonrió. Su boca se replegó más de lo que debería haber sido posible, revelando unas hilera tras otra de dientes afilados como cuchillas.

El rey rencor.

Unas garras amarillentas se extendieron hacia ella. Hanne trató de apartarse, pero no pudo moverse, como si se tratara de un sueño. Así que gritó. Pero fue un grito mudo, como si alguien hubiera extirpado el sonido, como si lo hubiera engullido.

Y entonces cesó el temblor. El tiempo recobró la normalidad. Hanne abrió los ojos y comprobó que se había puesto de rodillas.

Nadine estaba agachada frente a ella, sujetándola por los hombros. Cecelia, Maris y Sabine cruzaron corriendo el salón, preguntando si Hanne se encontraba bien; sus voces sonaban huecas y distantes. Un halo de luz centelleante las rodeaba a todas, como si no existieran en ese mundo.

Como si Hanne no existiera.

Tembló mientras sus doncellas la ayudaban a incorporarse. Qué extraño que sus manos no la traspasaran. Qué extraño que Hanne no atravesara el suelo y se precipitara hacia el interior de la montaña.

—¿Majestad? ¿Os encontráis…?

—Dadle un respiro. Ha tenido un ataque de pánico.

—He oído lo que decía la gente en el exterior. ¿Cómo se atreven a…?

—Haré que identifiquen y castiguen a los instigadores.

Hanne parpadeó, obligándose a concentrarse en el rostro preocupado de su prima, en sus ojos verdes y asustados. Como siempre, Nadine era su punto de apoyo.

—Necesito espacio. —Hanne intentó hablar con firmeza, pero no pudo evitar que la voz le temblara un poco—. Y también —alzó sus manos vendadas— algo para el dolor. Me agarré al marco de la puerta sin darme cuenta.

En realidad, el dolor no era tan agudo como cabría esperar. Hanne abatió al rencor apenas unos días antes. Las heridas todavía eran recientes.

Al menos, deberían haberlo sido.

Maris corrió a buscar té y vendajes nuevos, mientras Nadine ayudaba a Hanne a llegar hasta una silla cercana.

—¿Te encuentras bien? —le preguntó en voz baja.

—Me pondré bien.

—Gracias a Nanror —suspiró su prima.

Hanne no tenía claro que la numen de la misericordia hubiera tenido algo que ver, pero se obligó a sonreír.

—¿La gente me ha visto caer? No pueden considerarme débil. Los caberwilianos detestan la debilidad.

—Creo que nadie lo ha visto —respondió Nadine—. Estaban demasiado ocupados salvando el pellejo. Pero ¿qué ha pasado? Parecía como si… estuvieras en otra parte.

Hanne cerró los ojos.

—La Fracción Oscura está intensificando sus ataques contra mí.

Nadine puso los ojos como platos.

—¿Qué quieres decir?

—Como bien has dicho, soy la reina del alba. Puede que haya sido así desde el principio… y eso explicaría por qué ese rencor me persiguió hasta ese malsitio. Puede que por eso me coaccionara para ayudar a Ivasland con el dispositivo de malicia, algo que jamás habría hecho sin esa amenaza contra mi propia alma. —Hanne se presionó una mano sobre el corazón—. La Fracción Oscura ansía destruirme.

—Lo sé —dijo Nadine—. Pero no tuviste elección. Hiciste lo necesario para sobrevivir.

—Acabo de ver algo —susurró Hanne—. No era un rencor. Era un rey rencor.

—Un rey. —Nadine se quedó lívida—. Ese rencor al que abatiste, el que mató a la reina Grace…, mencionó a un monarca, ¿verdad?

—Así es. —Hanne tragó saliva para aflojar el nudo producido por el miedo—. Dijo que se llamaba Daghath Mal.

Nadine se cubrió la boca con una mano.

—Creo que no deberíamos pronunciar ese nombre. ¿Y si lo invocas?

«Estás a salvo conmigo. Eres mi elegida». Tuluna, como siempre, la reconfortó.

«Confío en ti», pensó Hanne. Pero, aun así, sintió miedo de la Fracción Oscura, de lo que podría hacerle, de lo que provocaría si ella no estaba alerta.

—Hanne. —Nadine bajó todavía más la voz—. ¿Cómo viste eso? ¿Cómo es posible que la Fracción Oscura haya accedido a tu mente para mostrarte esas cosas?

Hanne negó con la cabeza.

—No lo sé. Pero debido a lo que soy…, Daghath Mal me está observando. Y amenazando. Sabe que aspiro a fortalecer el Malfreno y está decidido a impedirlo.

Nadine frunció el ceño, preocupada.

—Tal vez, si te centrases en el reino, el rey rencor perdería interés. El consejo, el trono, la guerra: esos problemas son más que suficientes para mantener ocupado a cualquier monarca. —Le tocó el brazo—. ¿Por qué tienes que ser tú la que acabe con las incursiones y con la Malicia? Deja que se ocupe otro.

—No puedo —replicó Hanne—. Yo soy la elegida. Tengo que ser yo.

Entonces se acercaron Cecelia y Sabine, y Maris regresó cargada con el té y los vendajes. Mientras le curaban las heridas y le aseguraban que los difamadores responderían ante la justicia, Hanne se esforzó por prestar atención y seguirles la corriente.

Pero no dejó de evocar la visión del rey rencor y la pregunta de Nadine: ¿por qué no podía ocuparse otro?

«Mantén el rumbo», susurró Tuluna. *«Yo te voy guiando».*

Hanne lo sabía. Una reina poderosa —una reina conquistadora— no dejaba a medias una labor como aquella. Le había prometido paz al mundo. ¿Cómo podría hacerlo si no traía paz desde la Fracción Oscura, así como entre los reinos?

«El terremoto fue una advertencia. El rey del inframundo conoce tus ambiciones. Tus enemigos harán cualquier cosa con tal de detenerte».

Sí. Eso era.

Mientras sus doncellas trajinaban por la estancia y sus guardias acudían a ver cómo se encontraba, Hanne dirigió su mirada hacia la chimenea, donde las llamas consumían los últimos fragmentos de la nota de la reina Kat.

—Escríbele una respuesta a mi madre —dijo de repente—. Averigua las cifras que comentamos. Exige una respuesta rápida y concisa que solo requiera unas pocas aves. No necesitamos leer otra de sus novelas.

—Sí, majestad. —Su prima inclinó la cabeza, satisfecha de que la conversación hubiera regresado al terreno de la política.

Nadine intentaba entenderlo. De veras. Pero no había estado en el malsitio con Hanne. No había visto cómo el rencor asesinaba a la reina Grace en la terraza acristalada. Y no contaba con Tuluna para que la guiara.

La guerra contra Ivasland era clave para la supervivencia de Embria y Caberwill. Eso era cierto. Pero lo que de verdad importaba era la guerra contra la Fracción Oscura. Hanne había llegado a esa conclusión.

Y cuando el Malfreno cayera y los monstruos salieran en tromba, el mundo entero —incluida Nadine— también lo entendería.

Verían el alcance de su aprieto. Se darían cuenta de que solo había una manera de alcanzar la paz.

La solución de Hanne.

5. Noctámbula

Soñó que el mundo temblaba, que las montañas se hacían más altas y los valles se hundían más a fondo. Soñó que los ríos fluían a la inversa, regresando a la seguridad de los glaciares y las cumbres nevadas. Soñó que el Malfreno se agrietaba y la malicia se diseminaba por Salvación en oleadas, destruyendo la realidad.

Soñó que el tiempo se descontrolaba a lo largo de Salvación; algunas plantas crecían hacia el sol, verdes, radiantes y ávidas, mientras que otras se marchitaban, tornándose parduzcas, quebradizas, hasta quedar reducidas a polvo. En los pueblos costeros, los bebés se convertían en niños que ya caminaban ante los ojos de sus madres. Y luego seguían creciendo, hasta que morían de viejos en el lapso de una tarde.

Soñó que la gente se convertía en árboles y que los árboles se convertían en personas. Prendían llamas en lo alto de las velas, consumiendo toda la cera de una sola tacada. La oscuridad se extendía por el mundo, bloqueando el sol y las estrellas. Una tierra sin luz. Un invierno eterno. Hambre. Y tristeza.

Por toda Salvación, la gente pedía ayuda a gritos a los númenes. Sin embargo, ninguna de esas súplicas llegaba hasta la Tierra Radiante, ya que el camino estaba bloqueado, el portal se cerró hace mucho tiempo.

*

Una luz melosa se proyectó sobre los ojos de Noctámbula, se desplegó sobre su rostro, su garganta y su pecho a medida que caía la tarde. Un calor se extendió por su cuerpo, una sensación sutil.

Estaba viva.

—¿Qué es lo último que recuerdas?

Era una voz suave de tenor, familiar e ignota al mismo tiempo. Era el Conocido, una de las figuras fantasmales que se ocupaban de la conservación del Portal del Alma, junto con el otro, al que Noctámbula llamaba el Anónimo. Los dos tenían un aspecto similar, humanoide, con ojos azules como el color del Malfreno, pero ella nunca había tenido dificultades para distinguirlos. Eran una constante en el mundo de Noctámbula, donde los mortales morían demasiado pronto. Amigos, podría decirse.

De modo que estaba viva. Y a salvo.

—Atravesar el Portal del Alma. —Noctámbula tenía la garganta seca, irritada, su voz sonaba como el crujir de unas hojas secas—. Permitir que Rune se convierta en rehén de Daghath Mal. Una tregua horrible.

Noctámbula ladeó el rostro en dirección contraria a la luz. Aún podía ver la expresión aterrorizada de Rune cuando lo dejó solo en el castillo del rey rencor. Daba igual que no tuvieran más opción que transigir, o que él la hubiera instado a marcharse, o que ella lo hubiera dejado equipado lo mejor posible.

Había abandonado a su alma gemela a merced del rey rencor.

—Temo que la Malicia lo corrompa. —Pudo oír el zumbido del Malfreno en las proximidades, la única barrera entre Salvación y ese mal incansable. Y Rune se encontraba en el lado más atroz—. La energía malévola se introducirá en él, hundiendo sus raíces a fondo hasta dejarlo tan corrompido como un rencor. Mi alma gemela quedará irreconocible.

El Conocido respondió con tono afable:

—Las almas gemelas no fueron concebidas para adentrarse en la Malicia. ¿Qué hacía allí?

—Él no lo sabía. —Noctámbula intentó tragar saliva para aflojar el nudo que tenía en la garganta, pero le entró tos. Cuando el ataque remitió y ella abrió los ojos, el Conocido le ofreció una taza humeante.

—Bebe.

Acercó la taza a los labios de Noctámbula y la inclinó. Era sopa de pollo, llena de sal y burbujas de grasa, con zanahorias picadas y finas tajadas de carne. Noctámbula bebió hasta que recuperó el habla, después se apartó.

—Estabas diciendo que Rune no sabía que es tu alma gemela. —El Conocido ladeó la cabeza, observándola con sus ojos pálidos.

—Mi alma gemela siempre recuerda mi nombre —dijo Noctámbula—. Rune, no. Me pareció más piadoso dejarle creer que era el único humano con el valor suficiente para invocarme cuando los demás no se atrevían. Pero yo lo sabía. No desde el principio, pero sí me enteré bastante pronto.

—¿Tú misma lo introdujiste en la Malicia sabiendo lo que es y que podrían utilizarlo en tu contra?

Noctámbula negó con la cabeza. Le dolían los músculos del cuello, pero el agarrotamiento se estaba disipando poco a poco.

—Había un portal. Conectaba con el salón del trono del castillo de Daghath Mal.

—¿Daghath Mal es el rey rencor que mencionaste?

—Sí.

El Conocido la miró con un gesto tan pensativo como de costumbre.

—Parece que Rune tomó su propia decisión.

—Habría tomado una mejor, de haber sabido lo que es —replicó ella.

—¿Estás segura?

Noctámbula agachó la mirada. Rune estaba desesperado por demostrar su valía, por hacer lo correcto, por salvar a todo el mundo. Alma gemela o no, habría ido tras ella si hubiera creído que con eso lograse hacer algún bien.

Y así fue. Rune recordó su nombre. La luz centelleante de esa conexión repentina cortó el vínculo que conectaba a Noctámbula con Daghath Mal, expulsándolo de sus pensamientos. Sin la oscuridad presente en su mente, pudo luchar al máximo de su capacidad. Mató a docenas de rencores —a cientos, quizá—, mermando el ejército de Daghath Mal de un modo tan drástico que necesitó recurrir a una tregua tanto como ella.

—¿Puedes incorporarte? —El Conocido se hizo a un lado.

Vacilante, Noctámbula se levantó, teniendo cuidado con sus alas, que siempre debía posicionar con tiento. La izquierda aún le dolía, pero no tanto como antes. En cuanto a las demás heridas, en fin, sobreviviría.

—¿Sabes dónde estamos? —El Conocido se sentó a su lado, sosteniendo todavía el tazón de sopa entre sus pequeñas manos. Se lo ofreció a Noctámbula.

Tras probar otro sorbo, miró a su alrededor. Había cuatro filas de camas hechas con meticulosidad, cada una con una mesilla y una palangana a su lado.

—En una enfermería.

—Sí. Esta es mi torre. —El Conocido se levantó de la cama y retiró un fardo de tela blanca de la mesilla más cercana—. Te acompañaré al cuarto de baño, por si quieres asearte. Te sugiero que lo hagas.

El Conocido le lanzó una mirada elocuente; fue toda una hazaña, para tratarse de alguien que no solía mostrar emoción alguna.

—Solo es un poco de sangre.

Noctámbula observó su armadura desgarrada y cubierta de sangre. Poco a poco, el tejido numinoso se estaba remendando por sí solo; si no había terminado aún, significaba que el daño recibido tuvo que ser más grave de lo que Noctámbula pensaba. Por encima de los desgarros, una fina capa de polvo rojizo lo cubría todo, como si fuera óxido.

—Es repugnante. —El Conocido le hizo señas para que se levantara.

Noctámbula engulló los últimos restos de sopa y dejó la taza sobre la mesilla antes de intentar ponerse de pie. Cuando lo hizo, le entró un mareo. Se tambaleó, pero se apoyó en el poste de la cama.

Poco a poco, recuperó la vista. Debía andarse con cuidado. Pérdida de sangre. Dolor. Esas cosas la afectaban igual que a los mortales, aunque rara vez padecía las consecuencias durante mucho tiempo.

—Por aquí. —El Conocido la guio a través de la estancia, por uno de los pasillos centrales que se extendían entre las camas vacías.

—Explícame por qué tienes una enfermería aquí.

—Es práctico. —El Conocido giró la cabeza para mirarla—. Es comprensible que tu atención se concentre en liderar a los caballeros del alba hacia la Malicia, pero algunos regresan a través del Portal del Alma.

Cierto, algunos regresaban. La mayoría morían dentro de la Malicia, sus cuerpos nunca eran recuperados.

—Esos caballeros del alba requieren atención inmediata. Este espacio se la proporciona. Antes teníamos ayuda. Galenos, enfermeros. Pero ya no queda ninguno.

Noctámbula sintió una punzada desagradable en el estómago.

—Debería haber sabido que esto estaba aquí.

—Lo sabías. —El Conocido se detuvo delante de una puerta cerrada—. Después de cada victoria, venías a visitar a los caballeros supervivientes.

Noctámbula no tenía recuerdo de eso. Ninguno en absoluto.

Sintió un escalofrío.

Había olvidado cosas. Eso lo sabía. A veces detectaba el momento en que desaparecían, como una palabra que se queda en la punta de la lengua antes de desvanecerse. Sin embargo, en la mayoría de los casos solo podía percibir las ausencias, el contorno de lo que había perdido.

Pero ahora… Ahora las lagunas eran tan grandes que no podía percibir los bordes. No sabía qué porción de su pasado le había sido arrebatada. Noctámbula se acercó los dedos a la cabeza, como si pudiera percibir la ausencia como si se tratara de una herida. El Conocido esbozó un gesto compasivo.

—Vimos la incisión en tu mente. La que produjeron los mortales hace cientos de años, cuando extirparon de tu memoria ese despertar. Ojalá hubiéramos podido curarla del todo y restaurar tus recuerdos, pero lo único que pudimos hacer fue ralentizar el deterioro e impedir que otros desaparezcan tan deprisa.

—No pudisteis curarme.

—El daño era demasiado grave. Tal vez habríamos podido hacer más hace cuatrocientos años. —El Conocido añadió en voz baja—: Si vuelves a dormirte en Ventisca, la magia que habita allí preservará lo que queda de tus recuerdos.

A Noctámbula se le encogió el corazón. Era mejor que nada, pero al parecer estaba destinada a ser siempre menos. Menos conocedora. Menos capacitada. Menos completa.

—No quiero olvidar nada más —susurró.

—Lo siento.

—Daghath Mal se ofreció a restaurar mis recuerdos. Tuvo acceso a ellos antes de que desaparecieran de mi mente.

El Conocido inclinó la cabeza.

—Dijiste que no.

—No podría haber aceptado.

Pero habría querido hacerlo. Daghath Mal apeló a su miedo y a su ira, tentándola con la promesa de su pasado.

—Podrías haberlo hecho —coincidió el Conocido, con un ligero temblor en la voz—. Pero habrías quedado a su merced y el mundo se habría desmoronado a tu alrededor.

Noctámbula quiso preguntarle qué más sabía al respecto, pero el guardés ya se había dado la vuelta para abrir una puerta y conducirla hacia una zona de baños. Era lo bastante grande como para que unos asistentes ayudasen a una persona herida a asearse: había una bañera enorme con un grifo, un taburete al lado y una encimera con productos de aseo. El Conocido colocó un fardo de ropa sobre el mostrador.

—Supongo que no quieres mi ayuda.

Noctámbula retrocedió, desplegando sus alas.

—Así es.

Una sonrisa fugaz atravesó el rostro del Conocido.

—Regresaré pronto.

El guardés volvió a cruzar la puerta y comenzó a cerrarla.

—Utilizas puertas —se apresuró a decir Noctámbula—. Y agarras cosas.

Nunca los había visto abrir puertas ni empuñar objetos. Al menos, no lo recordaba. El Conocido hizo una pausa y ladeó la cabeza.

—Sí.

—Era una observación —aclaró Noctámbula—. No una pregunta.

—Por supuesto que no. —Otra sonrisa cruzó el rostro del Conocido, luego se marchó.

A solas, Noctámbula se sentó en el borde de la bañera y comenzó a quitarse su armadura. La sangre de rencor le había quemado la piel, dejando unas ronchas enrojecidas. Las heridas tenían peor aspecto bajo la intensa luz del cuarto de aseo. Una sustancia oscura y viscosa goteaba de su pelo.

El Conocido estaba en lo cierto: era repugnante.

Con cuidado, se subió al taburete y giró la llave. Comenzó a brotar agua caliente, que impactó sobre su cuerpo, provocando que la sangre seca se escurriera en chorretones por su estómago, sus brazos y sus piernas. La mugre se derramó desde los mechones negros de su cabello y desapareció por el desagüe.

El impacto del agua le dolió, pero en el sentido en que duele el ejercicio o la expectación. Mientras sus alas empapadas se combaban bajo el peso del agua, se enjabonó, se frotó y se enjabonó otra vez.

Se sintió exhausta.

Estaba harta de combatir, de despertar y comprobar que el mundo se encontraba, una vez más, al borde de una catástrofe, y que toda la gente que había desempeñado un papel para producir esa catástrofe de repente necesitaba su ayuda para remediarlo.

Quería acabar con eso, seguir su camino y vivir tranquila, pero no podía imaginarse qué aspecto tendría ese desenlace.

Daba igual. Ese día no llegaría jamás.

6. HANNE

He oído que no se había producido un terremoto grave en Brink desde hace casi un siglo. —Lea deslizó el cepillo por el pelo enmarañado de Hanne—. Por lo visto, se producen terremotos minúsculos a todas horas, pero la mayoría de la gente no los percibe. Me han dicho que a veces los perros ladran o gimotean, y la gente comprueba a veces que sus pertenencias se han desplazado de su sitio, pero casi nadie se da cuenta.

—¿Cómo te has enterado de todo eso? —Cecelia se inclinó sobre el rostro de Hanne para aplicarle en las mejillas un colorete confeccionado con pasta de rosas.

—Tengo mis recursos. —Ruborizada, Lea miró de reojo a Sabine. La mujer estaba sentada junto a la ventana del vestidor, sus agujas de tricotar relucían bajo la luz del sol. Al ver que Sabine no levantaba la cabeza, Lea se inclinó hacia delante y bajó la voz—: Está bien, te lo diré: a uno de los mozos del aviario le gusta hablar conmigo.

—Ya, hablar contigo. —Maris soltó una risita mientras terminaba de recolocar los vendajes de Hanne—. Seguro que eso es todo.

A esas alturas, Lea se había puesto colorada como un tomate.

—No le permito nada más. Al fin y al cabo, es un mozo del aviario. Un sirviente.

—Hasta los sirvientes más humildes pueden ser de gran valor. Es un activo. —Sabine tenía un oído excelente, un detalle que las doncellas más jóvenes solían olvidar—. No comprometas futuras perspectivas matrimoniales, pero acércate más a él. Hazle creer que te gusta hablar con él tanto como a él le gusta hablar contigo. De ahora en adelante, serás tú la encargada de recoger la correspondencia de su majestad.

Lea asintió, el rubor desapareció de su rostro.

—Sí, lady Sabine.

—Supongo que ese mozo no podrá revelarnos el contenido de ninguno de esos mensajes —prosiguió Sabine—, pero sabrá quién los recibe y con qué frecuencia. Puede que sepa incluso de dónde han llegado. Toda esa información resultará valiosa para nosotras.

«Pobre Lea», pensó Hanne. Esa muchacha habría hecho mejor en no mencionar nada delante de Sabine; la vieja maestra de espías consideraba a todo el mundo como un activo. Tenía ojos y oídos por todas partes, y estaba decidida a conseguir que esas doncellas llegaran a ser tan astutas como ella algún día.

Lea era la más inocente de las damas que Hanne se había traído desde Embria, la más propensa a soñar despierta. Aún no era consciente de que los finales felices solo eran una ilusión, confeccionada meticulosamente por personas como Sabine, Hanne y Nadine.

—En fin —dijo Lea después de un silencio incómodo. Se había afanado con otra porción del cabello de Hanne y ya casi había terminado de aflojar todos los enredos—. Gorrión también dijo que…

—Espera. —Cecelia cogió otro tarro de cosméticos y un pincel de pelo de visón—. Ese chico que te gusta, ese mozo que trabaja en el aviario…, ¿se llama Gorrión?

Lea volvió a ponerse roja como un tomate.

—¡No es culpa suya!

—Estoy de acuerdo. —Nadine alzó la cabeza desde el pequeño escritorio donde estaba revisando el discurso de Hanne ante el consejo—. Los padres caberwilianos son muy crueles. ¿Cómo pueden hacerle algo así a un muchacho al que supuestamente quieren?

—Es absurdo —coincidió Maris—. Pero continúa, Lea, cuéntanos qué te dijo tu amiguito el de los pájaros.

Mientras la conversación se extendía por la estancia y Lea retomaba la tarea de recoger el pelo de Hanne en un moño muy elaborado, Hanne contempló su rostro reflejado en el espejo. Con sombra de ojos de color dorado oscuro y perlas machacadas repartidas sobre los pómulos, tenía un aspecto imponente. Refinado.

—Si se produce una réplica del terremoto, ¡deberías lanzarte entre sus brazos! —rio Cecelia—. Y luego deberías volver aquí para contárnoslo todo.

Hanne mantuvo una expresión neutral, para no alentarlas. Pero, en el fondo, le daba igual que hablaran del terremoto (o de chicos). Los informes preliminares indicaban que no había muerto nadie, y tampoco se había producido ningún daño estructural evidente, así que se trataba sin duda de lo más emocionante que había ocurrido desde la boda.

Al fin, las doncellas terminaron de acicalarla. Lea insertó la horquilla final en su pelo con mano experta y rauda, y Cecelia desplegó toda la ropa interior que habría de ponerse antes del vestido.

—Estáis preciosa, majestad —dijo Maris—. Radiante.

—Lo sé —coincidió Hanne—. Habéis hecho un gran trabajo. Los consejeros se quedarán impresionados, estoy segura. No podrán mirar para otro lado.

Esa era la intención. En Embria, antes de dar el visto bueno a un matrimonio, las familias nobles se planteaban qué aspecto tendrían los descendientes, consultando con diligencia gráficas de atributos dominantes y recesivos. (Por supuesto, la riqueza y la posición social también recibían la debida atención, así como la inteligencia que podría heredar un niño.) Pero en casa, en el mundo en el que se había criado Hanne, la gente utilizaba sus mejores atributos como armas elegantes, distrayendo a sus oponentes de aquello que desearan ocultar. ¿Impuestos más altos? Sonreír más. ¿La corona quería reservar un bosque para su uso personal? Deslumbrarlos para reprimir cualquier discrepancia.

Todo el mundo confiaba en la belleza. Era algo instintivo.

Pero luego… estaba el caso de Caberwill. Aunque albergaba a muchas personas con un atractivo razonable, ese reino aún no había averiguado cómo utilizar esa ventaja para fortalecer sus ambiciones políticas. En vez de eso, apostaban por la fuerza y el tamaño, por el poderío físico. A veces, eso desembocaba en accidentes afortunados, como Rune Highcrown, que poseía tanto la presencia física que deseaba la sociedad caberwiliana, como el rostro agraciado que un embriano podría admirar.

«Tendremos unos hijos preciosos», pensó Hanne. Hermosos e inteligentes, como ella, pero fuertes como Rune. Suponiendo que regresara.

«Quizá debería anunciar que estoy embarazada». Hanne se levantó y deslizó sus manos vendadas hacia su abdomen.

El vestidor se quedó en absoluto silencio, la cháchara distendida se había acallado.

—¿Majestad? —Lea estaba reprimiendo una sonrisa. Tenía los ojos muy abiertos con un gesto de esperanza—. ¿Tenéis buenas noticias?

—No —admitió Hanne, que fingió no advertir el chasco que se llevó la doncella—. Pero un heredero en camino ayudaría a legitimar mi posición… y mi presencia en las reuniones del consejo.

—Creo que sería sensato esperar. —Nadine se recostó en su asiento, con gesto pensativo—. Nadie se creería que puedas saberlo ya. No ha pasado suficiente tiempo. Solo unos pocos días.

Hanne suspiró.

—Entretanto, quizá deberíais plantearos buscar a otra persona. —Sabine alzó la mirada de su labor de punto. Siempre estaba tricotando. Cada vez que alguien le preguntaba qué estaba confeccionando, ella respondía que daba igual, que solo quería mantener las manos ocupadas. Pero corría el rumor de que en una ocasión utilizó esas mismas agujas para matar a un hombre—.

De ese modo tendréis un plan de contingencia, en caso de que el rey Rune no regrese.

—Pero ¿qué pasaría con el caballero en cuestión? —preguntó Lea—. ¿Cómo se aseguraría su silen...? Oh.

Sabine había interrumpido su labor y estaba contemplando las puntas de sus agujas. Hanne dejó caer las manos junto a sus costados.

—Lo consideraré si me llega el periodo el mes que viene.

—No deberíamos esperar demasiado —le advirtió Sabine—. De lo contrario, os enfrentaréis a preguntas sobre las fechas. Y encontrar al hombre adecuado requerirá cierto esfuerzo. Necesitaremos a alguien que se parezca bastante a su majestad, pero al que, por supuesto, nadie eche en falta cuando esto termine.

Hanne asintió, pero sin comprometerse. No es que sintiera una lealtad especial hacia Rune, sobre todo ahora que no estaba presente, pero sacar a escena a otra persona conllevaba sus riesgos. Aunque Sabine lo hiciera desaparecer en cuanto Hanne estuviera embarazada, había que tener en cuenta todo el tiempo previo, cuando cabía la posibilidad de que sorprendieran a un desconocido en sus aposentos.

¿Valdría la pena correr el riesgo? Rune aún podría regresar. Con eso bastaría para asegurar la posición de Hanne.

Nadine se levantó de su escritorio y le llevó una hoja de papel a Hanne.

—He añadido unas cuantas frases para hacer alusión al terremoto.

Hanne leyó los renglones redactados con la pulcra caligrafía de su prima.

—Aquí no se menciona nada sobre la incursión.

—Lo he suprimido.

Una vez más, la estancia se sumió en un silencio que esta vez resultó incómodo.

—¿Por qué? —Hanne se esforzó por mantener un tono neutral, pero comprendió que había fracasado cuando Lea retrocedió, intimidada.

Nadine, sin embargo, se mantuvo firme, como si hubiera previsto esa reacción.

—Porque el Consejo de la Corona no cree que estemos experimentando una incursión.

—Un rencor acaba de matar a su reina. Yo he estado atrapada en un malsitio. Esos hechos son innegables. —Hanne arrojó el papel al suelo—. Incluso la condenada Noctámbula está aquí. En alguna parte. Ella dice que hay una incursión.

—Como tu consejera, debo decirte que no es sensato centrar tu primer discurso ante el consejo en este tema, majestad. —Nadine empleó un tono severo. Hasta entonces, Hanne no sabía que su prima pudiera hablar de esa manera—. Ya te enfrentas a una gran oposición. El consejo está en tu contra. Eres una reina extranjera. Tu esposo está ausente. Y a él tampoco lo tienen en demasiada estima.

Hanne apretó la mandíbula. Nadine continuó:

—Si sacas a colación tu campaña contra la Malicia, te verán con los mismos ojos con los que ven a Rune. Eso fue lo que hizo él y mira cómo ha terminado.

A una de las ayudantes de cámara se le escapó un grito ahogado.

—Entiendo. —Hanne alternó la mirada entre sus doncellas—. ¿Todas opináis lo mismo?

—Yo no me pronuncio —murmuró Lea—. No soy una consejera.

—Yo tampoco. —Aquello lo dijo Cecelia. Maris también negó con la cabeza.

—¿Sabine? —Hanne miró a la mayor de las presentes—. ¿Estás de acuerdo con Nadine?

—Vos sois la reina y de vos depende dirigiros al consejo como os parezca oportuno. —Lady Sabine retomó su labor de punto—. Sin embargo, el argumento de Nadine es acertado. El consejo no respeta al rey Rune. Solo toleran su gobernanza por su linaje. Os aconsejo que os distanciéis.

Maldito Rune. Así se consumiera en la Fracción Oscura.

—Tenéis que haceros inestimable para ellos —prosiguió Sabine—. Indispensable. Por desgracia, me temo que eso resultará difícil si los abordáis de inmediato con las prioridades del rey Rune.

—Sé que es importante para ti. También debería ser importante para el consejo. —Nadine hablaba con una suavidad que le produjo un cosquilleo en la piel a Hanne. Le estaba hablando como si Hanne fuera una timorata—. Pero no están de tu parte…, aún no.

Hanne tomó aliento. Se le aceleró el corazón.

—¿Y tú lo estás?

Nadine puso los ojos como platos y, por primera vez en toda esa discusión, pareció verdaderamente conmocionada.

—Sí. Por supuesto.

«No permitas discrepancias. Tú eres su reina».

Hanne se quedó mirando a su prima, su confidente, su mejor amiga. Siempre habían formado un dúo contra el mundo. Nadine nunca le había llevado la contraria.

Hasta ahora.

Un recuerdo se proyectó en su mente. Tuvo lugar la misma noche que llegó al Bastión del Honor, cuando le contó a su prima todo lo relativo al malsitio, al rencor, a Ivasland. Nadine también le contó algo. Le dijo que el conde Flight había sugerido que, si Hanne había desaparecido, ella podría casarse con Rune.

Nadine había estado a punto de convertirse en reina de Caberwill.

«No —pensó—. *Nadine no está intentando sabotearme. No pretende arrebatarme lo que me pertenece».*

Ella jamás haría algo así.

¿Verdad?

Cecelia, Maris y Lea se revolvieron con incomodidad, alternando la mirada entre ambas. Las agujas de Sabine no dejaron de centellear bajo la luz del sol.

Hanne fue la primera en romper el silencio. Tomó las riendas.

—Voy a seguir adelante con el proyecto del observatorio. Es la única forma de reparar el Malfreno y poner fin a las incursiones.

—Por supuesto. —Nadine parpadeó. Se quedó un rato callada. El pulso se le aceleró en la garganta.

«Ella no quiere que sigas adelante con esto».

«No se interpondrá en mi camino —pensó Hanne—. Hará lo que yo le ordene».

«Asegúrate, elegida mía».

Hanne quería estar segura. Detestaba esas dudas, esa grieta que se estaba formando entre ellas. Siempre había contado con la lealtad de Nadine. Nunca la había cuestionado. Pero ahora...

Alguien llamó a la puerta exterior con contundencia. Sin esperar a recibir la orden, Maris corrió a abrirla. Enseguida, se oyeron unos murmullos urgentes procedentes del salón.

—Esto no me da buena espina. —Lea se mordió el labio.

—Seguro que tiene algo que ver con el terremoto —dijo Cecelia—. Puede que haya reventado una cañería y que no podamos volver a asearnos en tres días.

—Especular no sirve de nada —las regañó Sabine.

Poco después, Maris volvió a entrar corriendo en el vestidor.

—¡Majestad, el Consejo de la Corona ya está reunido!

—Pero si es muy temprano. —Hanne miró a Nadine con el ceño fruncido—. Dijiste que aún contábamos con un cuarto de hora.

—Se han reunido antes de tiempo a propósito —repuso su prima, muy seria—. Pretenden mantenerte al margen de sus deliberaciones.

—Vestidme —ordenó Hanne—. De inmediato.

*

Con Nadine a su lado y el capitán Oliver, el líder de su guardia, avanzando por detrás, Hanne salió de los aposentos de la reina y accedió al pabellón real del Bastión del Honor. Se había puesto un vestido formal, compuesto por tonos radiantes de azul, con gemas centelleantes cosidas en el corpiño. Era una obra maestra que acaparaba la atención y resaltaba los tonos dorados de su cabello.

Las paredes estaban revestidas con paneles de madera rojiza y decoradas con retratos imponentes de ancestros de los Highcrown. El emblema real estaba representado por doquier. Unas esferas luminosas centelleaban desde unos apliques de hierro, iluminando a esos hombres grandes como osos que ocuparon el trono caberwiliano.

—Averiguaré quién comenzó esta reunión antes de tiempo. —Nadine avanzaba al lado de su prima—. Lamentarán haberte faltado al respeto de esta manera.

Hanne se limitó a asentir. Sospechaba que no sería difícil identificar al culpable. Pero Nadine estaba ansiosa por recuperar su confianza después del incidente con el discurso.

Al cuerno con él. La hoja con el discurso seguía tirada en el suelo del vestidor de Hanne. No había tenido tiempo de memorizarlo.

De todos modos, no iba a necesitarlo.

Pasaron a toda prisa junto a los aposentos del rey, donde se alojaría Rune si alguna vez regresaba. Luego pasaron por los aposentos del príncipe heredero. Después por las estancias reservadas para los demás niños de la realeza, incluidas las princesas Highcrown.

En ese momento, la puerta de sus aposentos estaba abierta. Había un trajín de criadas que entraban y salían, limpiando al paso de las niñas.

La cámara del consejo estaba al fondo, con unos guardias apostados junto a la puerta.

Hanne solo había estado allí unas pocas veces, pero conocía de vista a todos los consejeros. Había pasado una parte considerable del día de su boda rodeada de esa gente, debido al ataque sobre Monte Menudo.

La urgencia la instó a apretar el paso y, cuando llegó ante los guardias, pudo oír las voces que resonaban al otro lado de las puertas.

—Dejadme pasar —ordenó.

Los dos guardias se quedaron mirando al frente, como si Hanne no estuviera allí.

—Franqueadle la entrada a su majestad —dijo Nadine— o pasaréis el resto de vuestros días en la mazmorra. Y me pregunto en qué estado se encontrará después del terremoto. Deplorable, seguro.

—Pronto lo comprobaremos. —El capitán Oliver echó mano del arma que llevaba a la cintura.

El guardia de la izquierda fue el primero en recular.

—Lo siento, majestad —dijo—. Tenemos orden de mantener las puertas cerradas hasta que termine la reunión.

—¿Quién os dio esas órdenes?

—Me temo que no puedo decirlo. —El guardia parecía incómodo, y no era de extrañar—. Y no puedo desobedecer.

—En Embria —comentó Hanne—, la respuesta a la sedición es el arresto de familias enteras. Es imposible saber qué clase de ideas comparten los cónyuges después de oscurecer, o si la traición es hereditaria. Esos pobres chiquillos. Pero comprenderás que debemos ser precavidos, y creo que la práctica embriana es correcta en estas cuestiones. Oliver, arréstalos. Y después arresta a sus familias. Incluidos los recién nacidos.

Hanne no estaba segura de que un capitán embriano, aunque fuera alguien como Oliver, pudiera arrestar legalmente a unos ciudadanos de Caberwill, pero ya se preocuparía de eso en otro momento.

El segundo guardia, el que no había abierto la boca aún, se lanzó hacia la puerta y la abrió.

—Disculpadnos, majestad. Solo cumplíamos órdenes.

Las órdenes solo importaban cuando era Hanne la que las daba.

Se introdujo en la cámara del consejo y el estrépito de las voces se acalló.

Con una sonrisa capaz de cortar el cristal, Hanne pasó de largo junto a los secretarios, asistentes y guardias reales, hasta situarse en un extremo de la alargada mesa del consejo, en el espacio reservado para la reina.

Uno por uno, miró a los consejeros reunidos. Estaban presentes los tres que obtuvieron ese puesto por su rango —el gran general, el sumo sacerdote y la galena mayor—, y los tres que habían sido elegidos por los gremios. Por último, en el otro extremo de la mesa, se encontraban Rupert Flight y Charity Wintersoft.

Hanne sabía que esos dos supondrían un problema, pero no había previsto que los obstáculos empezaran antes incluso de que tuviera ocasión de hablar. Y tampoco se esperaba que hicieran algo así.

Sentadas a la cabecera de la mesa, en el espacio entre Rupert y Charity, había dos muchachas vestidas de un modo impecable —según los gustos caberwilianos—, con una rigidez en su postura que delataba su incomodidad.

La princesa Unity y la princesa Sanctuary. Las hermanas de Rune.

Sus guardias e institutrices se encontraban expectantes a lo largo de la pared del fondo, con los dientes apretados y un gesto de inquietud.

—Ah. —Charity miró a Hanne—. Estábamos hablando de vos, majestad.

Hanne sintió una oleada de furia y el contorno de su campo visual se tiñó de rojo.

—Ya veo. Chismorreos. —Su tono fue gélido.

Alguien, uno de los asistentes repartidos por la sala, soltó una risita.

—Me gustaría que me explicarais —dijo Hanne lentamente— por qué habéis comenzado la reunión del consejo antes de tiempo, sin informarme, y por qué habéis invitado a las princesas Unity y Sanctuary. Estamos aquí para hablar de guerra y represalias. Dejemos que regresen con sus estudios.

—Oh, pero es que esta reunión atañe directamente a las princesas. —Charity se recolocó un rizo oscuro por detrás de la oreja—. Veréis, estábamos debatiendo cuál de las princesas Highcrown se convertirá en reina.

7. NOCTÁMBULA

Cuando Noctámbula se vistió con las suaves prendas blancas que le proporcionó el Conocido, regresó a la enfermería. El guardés se encontraba al fondo de la estancia, retirando las sábanas de la cama donde había dormido ella.

Hacía mucho tiempo que no tenía la cabeza tan despejada. Cuatrocientos años, tal vez. Allí donde antes acechaba la siniestra voz de Daghath Mal, ahora solo había un espacio libre. El vínculo entre ellos se había roto por completo.

Gracias a Rune.

Noctámbula cerró los ojos y soltó el aire lentamente. Intentó no preguntarse qué estaría haciendo Rune en ese momento, pero era demasiado tarde; podía imaginarse a los rencores abalanzándose sobre él, el ahínco con el que intentaría combatirlos, lo inevitable de su derrota.

Pero Daghath Mal no le dejaría morir, de eso estaba bastante segura. Si Rune moría, el rey rencor no tendría ningún poder sobre ella, ninguna forma de controlarla.

—¿Y tu armadura? —preguntó el Conocido.

—En la lavandería. Secándose. Los daños más aparatosos ya se han regenerado casi del todo.

—Bien. ¿Quieres más sopa? —El Conocido formó un fardo con las sábanas sucias—. O dormir más si te apetece. Elije cualquier otra cama. Alguien ha dejado esta manchada de sangre… Oh. —El Conocido miró hacia un punto situado por detrás de ella—. Hasta ahora nunca habías tenido que asearte tú sola, ¿verdad?

Noctámbula siguió la trayectoria de su mirada hacia el lugar donde había agua, toallas y manchas de sangre repartidas por el suelo.

—No.

El Conocido suspiró.

—Supongo que, cuando te han venerado como a una semidiosa durante toda la vida, siempre hay alguien dispuesto a realizar esas labores mundanas por ti.

Noctámbula se había pasado la vida limpiando toda clase de estropicios, a menudo con acuayesca y una chispa de fuego numinoso, seguido por un infierno de purificación sagrada.

—Dime cuánto tiempo he pasado inconsciente.

—Atravesaste el Portal del Alma hace dos días. —El Conocido depositó el fardo de sábanas al pie de la cama—. Tuvimos que cargar contigo hasta aquí.

Desde la ventana, Noctámbula podía ver el Malfreno, un muro crepitante de energía blanca y azulada. Pocas veces tenía la oportunidad de contemplarlo sin más, pero era hermoso a su manera. Poderoso y ancestral.

—Cuando atravesaste el Portal del Alma, dijiste que el Malfreno estaba siendo atacado. —El Conocido mantuvo una voz suave. Afable—. ¿Este ataque es peor que los demás?

Noctámbula asintió.

El Malfreno siempre se encontraba asediado. Siempre había rencores arrojándose contra la barrera, que los abrasaba hasta que morían. Incluso el aire contenido ahí dentro corroía el escudo, desprendiendo sin cesar las capas internas de energía.

—Uno de los reinos mortales ha desarrollado un dispositivo que contiene malicia. Al menos, durante un breve periodo de tiempo.

—Ah. —El Conocido encogió un poco los hombros—. Esa máquina infringe los Acuerdos de Ventisca, ¿verdad? ¿Serán castigados?

Noctámbula pensó en la alianza, en el foco letal que Caberwill y Embria habían concentrado sobre su vecino sureño.

—Sí —dijo al fin—. Pero Ivasland no es el único que ha quebrantado los acuerdos. Los tres reinos participaron en la invocación del rey rencor hace cuatrocientos años.

El Conocido asintió ligeramente.

—¿Y crees que existe una conexión entre el rey rencor y esa… máquina de malicia?

—No creo que sea una coincidencia que esa máquina se haya materializado ahora, cuando Daghath Mal se encuentra en la cúspide de su poder y ha reunido una hueste inmensa. —Noctámbula negó con la cabeza—. Pero desconozco cuál es la conexión.

Solo estaba segura de una cosa: si el Malfreno caía, los rencores se desplegarían sin control por Salvación. La oscuridad se extendería como una mancha de tinta sobre un mapa, sin dejar un sitio habitable para la humanidad. Salvación caería ante la Fracción Oscura, tal y como les pasó a los demás continentes de este planeta hace mucho tiempo.

—Tengo que hacer algo —murmuró.

Rune le había dicho que buscase a la reina Johanne, pero ¿de qué serviría eso? Sí, tenían que organizar un asalto contra la Malicia, a una escala como no se había visto en miles de años. Pero, aunque la reina accediera a proporcionar ejércitos, eso no resolvería el problema del rey rencor. Noctámbula solo podría debilitarlo, no matarlo, pues darle muerte supondría convertirse en él.

Todo parecía perdido.

—¿Qué es lo último que recuerdas? —preguntó el Conocido.

—Ya te lo he dicho: atravesar el Portal del Alma. —Pero eso no fue lo único que sucedió—. Espera. Me apoyaste las manos encima. El Anónimo y tú me tocasteis la cabeza y el corazón, y entonces…

Y entonces cobró forma un nuevo recuerdo. Como el nacimiento de un sol cercano, apareció primero como una luz blanca y caliente que surcó el cielo nocturno, centelleando cada vez más hasta que eclipsó otras estrellas e incluso el mundo que lo rodeaba.

Ese recuerdo era lo único que Noctámbula había podido ver, al menos hasta que se desplomó sobre las baldosas blancas, ante los pies del guardés.

—Me concedisteis un recuerdo. —Su corazón latió con fuerza en su pecho—. De un modo diferente a como lo hizo Daghath Mal.

Esos recuerdos eran rudimentarios e imperfectos, mientras que aquel era prístino y cegador.

—Lo desbloqueamos —dijo el Conocido—. Daghath Mal solo podía compartir evocaciones de tus recuerdos, copias. Este recuerdo siempre ha estado dentro de ti, pero oculto. Ni siquiera la acción de los mortales pudo afectarlo.

Noctámbula tragó saliva con fuerza.

—Dime cómo lo hicisteis. —Alzó la voz a medida que las implicaciones de su manipulación mental se tornaron claras—. Nadie debería tener acceso a mis recuerdos, no sin magia oscura. Quizá pretendéis forzar una especie de conexión conmigo, susurrar cosas en mi mente como hizo…

—Basta. —La voz del Conocido irradiaba fortaleza. De repente parecía más sólido, menos espectral; sus ojos también despedían un fulgor azulado más intenso. Un poder crepitante manaba de él, radiante, cálido y puro.

Con un resuello, Noctámbula retrocedió hasta que rozó con las alas la mesilla que tenía detrás.

—Dime qué eres —susurró con voz ronca.

—Ya sabes lo que soy. —El Conocido avanzó hacia ella, extendiendo una mano luminosa—. Medella.

Noctámbula se quedó mirando al guardés. Su corazón retumbó con estrépito en sus oídos. Se le entrecortó la respiración. Se le saltaron las lágrimas a causa del fulgor que despedía la silueta que tenía enfrente.

—Un numen.

El Conocido no se movió.

—Pero los númenes abandonasteis este plano hace miles de años. Todos sin excepción.

—No todos. —El Conocido bajó la mano. La luz que lo rodeaba se atenuó.

—Sí que lo hicisteis. —Noctámbula apretó los puños—. Me abandonasteis.

Claro que se marcharon. Aquello era una especie de prueba, una trampa. El Conocido y el Anónimo no podían ser númenes.

Porque si lo fueran, Noctámbula no solo habría sido abandonada por los númenes que partieron a la Tierra Radiante hace siglos, sino también por esos dos, que nunca le habían revelado su presencia.

Ella era su arma. Nada más.

Noctámbula le dio la espalda al Conocido. Le pesaban los ojos y le ardía el rostro, pero no quería dejarle entrever cuánto le dolía esa certeza. Ni al Conocido, ni a nadie.

Después de miles de años —después de que abrieran su memoria en canal y la desangraran—, Noctámbula no podía recordar qué aspecto tenían los númenes. Ni cómo sonaban sus voces. Incluso algunos de sus nombres habían desaparecido de su mente.

—Antes… —Tenía la voz ronca. Se aclaró la garganta—. Antes creía que algunos númenes podrían haberse quedado en el plano laico. Pero abandoné esa esperanza. Si de verdad sois númenes, dime por qué os quedasteis aquí. —Noctámbula apretó los dientes—. Dime por qué decidisteis quedaros, cuando podríais haber regresado a la Tierra Radiante con los demás. Allí habríais estado mejor.

—Así es —coincidió el Conocido—. Pero a medida que se cerraba la abertura, fuimos elegidos para permanecer aquí, para conservar el Malfreno… y vigilarte a ti.

Noctámbula enderezó el espinazo. ¿Vigilarla? Habían moldeado su alma con sus propias manos, le concedieron conocimiento, fortaleza y un abrumador sentido del deber. Y aun así no se fiaban de ella.

—Nadie podría haber predicho cuánto tiempo estaríamos aquí —prosiguió el Conocido—. Yo tenía la esperanza de que el portal solo permanecería cerrado un breve periodo de tiempo, que todos regresarían y podríamos poner fin a esta guerra eterna entre la luz y la oscuridad. En vez de eso, hemos estado atrapados aquí, igual que tú.

—No. —Noctámbula se giró, alzando las alas, apretando los puños—. Vosotros teníais este lugar. Vuestras torres. Vuestras obligaciones. Incluso me teníais a mí. A mis caballeros del alba. Pero, por encima de todo, os teníais el uno al otro: alguien capaz de entenderos a un nivel muy profundo. De numen a numen. Mientras tanto, era yo la que libraba esta guerra infinita. Fui creada para combatir en ella, para que vosotros pudierais marcharos y olvidaros de este lugar. —Noctámbula tragó saliva para contener su ira—. Estaba sola.

El Conocido se quedó callado, su luz titilaba y se atenuaba.

—¡Di algo! —Una migraña se originó entre los ojos de Noctámbula, mientras parpadeaba una y otra vez.

—¿Qué querías que hiciéramos? —preguntó el Conocido.

—Podríais haberme ayudado. —A Noctámbula se le quebró la voz—. Dime… dime dónde estuvisteis hace cuatrocientos años, cuando me embargó la furia de Daghath Mal y masacré a todos los miembros de las familias reales de los tres reinos. Dime por qué, hace apenas unos días, no hicisteis nada cuando acudí ante vuestras puertas sin un ejército. Dime por qué me permitisteis acceder sola a la Malicia, para acabar destrozada y conducida ante un rey rencor.

Rune tenía razón. Los númenes eran indiferentes. Habían abandonado este mundo. Incluso aquellos que se quedaron tenían la mente puesta en otra parte.

—Me he enfrentado al rey rencor en dos ocasiones. En ambas he fracasado. —Noctámbula proyectó su mirada hacia el exterior, hacia el Malfreno. Bajó la voz, adoptando un tono suave y reflexivo—. Algunos mortales creen que la muerte es un proceso constante; que, desde el momento en que nacen, sus cuerpos se embarcan en un estado continuo de decadencia, precipitándose hacia la muerte. Nunca lo he entendido. Yo podía percibir la vida que latía en ellos, los diminutos fragmentos de sí mismos que se multiplicaban, viviendo.

—Pero ¿ahora? —preguntó el Conocido.

—Ahora entiendo cómo se sienten: mudando piel muerta y cabello, perdiendo la vista, su resistencia. Nublando sus mentes. —Noctámbula agachó la mirada—. Me siento más mermada a cada segundo que pasa.

—¿Más mermada? —repuso el Conocido, pensativo—. ¿Eso está bien dicho?

La ira atenazó el corazón de Noctámbula.

—¡Estoy perdiendo mi pasado! No puedo derrotar al rey rencor. Y vosotros lleváis una eternidad ocultándome vuestra verdadera naturaleza. No me distraigas con… contradicciones lingüísticas.

—Lo siento.

Noctámbula apretó la mandíbula.

—Quizá deberíamos habernos revelado ante ti. Pero no sé qué habría cambiado eso. Nosotros también estamos exiliados de la Tierra Radiante, nuestras habilidades se han reducido. Y hemos centrado todos nuestros esfuerzos en el Malfreno para sustentarlo, para fortalecerlo. Los hemos centrado en ti y en tus caballeros del alba. —La luz se desplazó cuando el Conocido avanzó hacia ella—. No contábamos con estar aquí tanto tiempo. Y confiábamos, igual que tú, en que no fuéramos los únicos. Pero si hay más, aún no se han presentado. Así que nuestro poder continúa menguando. Un día, desaparecerá.

¿Y qué sería del Malfreno, entonces? Noctámbula se estremeció.

—Dime que tenéis un plan para detener a Daghath Mal.

—El plan eres tú. —El Conocido la miró fijamente—. Y nosotros somos tus aliados. Desbloqueamos ese recuerdo por un motivo. Querías otra opción y la tendrás. Si buscas bien.

—Oh. —Noctámbula retrocedió, registrando las estrellas que poblaban su mente.

Y ahí estaba.

Al principio le costó mirarlo, era demasiado brillante y resplandeciente. Pero cuando pudo ver con claridad, el recuerdo —un conocimiento, en realidad— la envolvió, y por fin comprendió por qué el Conocido insistía tanto en preguntarle qué recordaba.

—Dime por qué no he sabido nada de esto hasta ahora —susurró.

—Tenía que permanecer oculto, reservado para una situación desesperada —respondió el Conocido—. Solo podrás utilizarla una vez.

Noctámbula tensó la mandíbula. Había sufrido una gran revés. Pero aún estaba a tiempo de enmendarlo.

—Dime dónde está.

—No lo sé —respondió el Conocido—. Está dividida en tres fragmentos. Es lo único que puedo decirte.

Tres fragmentos, tres reinos... Noctámbula empezaría por la reina Johanne, tal y como pidió Rune.

Una esperanza prendió en su pecho. Había una oportunidad. Pequeña, aunque factible.

—Ten cuidado. Daghath Mal no conoce su existencia, pero los rencores se sentirán atraídos hacia los fragmentos una vez que estén expuestos. No podrás ocultarlo durante mucho tiempo.

Noctámbula recogió su espada y su tahalí y los colgó sobre sus prendas blancas. Luego se dirigió al cuarto de baño para recuperar su armadura.

En algún rincón del mundo existía un arma tan poderosa que no se limitaba a matar: destruía la esencia de su víctima, desintegrando cada pedazo hasta no dejar nada.

Esa arma era la esperanza de la humanidad.

Noctámbula podría acabar con el rey rencor. Para siempre.

8. HANNE

Una nueva reina. —Hanne arqueó una ceja—. Decidme, duquesa Wintersoft, ¿estáis planeando matarme? La cámara del consejo se quedó en completo silencio. Al fondo de la sala, las princesas cruzaron una mirada nerviosa.

—Cuidado —susurró Charity—. Si decís esas cosas, la gente podría pensar que os habéis vuelto paranoica. No sería la primera vez que un Fortuin enloquece bajo el peso de la corona.

Hanne mantuvo un tono comedido y uniforme para soltar su advertencia:

—Sois vos la que insistís en que no soy reina. No hay muchas maneras de poner fin a mi reinado. ¿Sois una asesina, Charity?

Quizá no fuera juicioso mencionar un asesinato tan pronto —no era cuestión de darle ideas a nadie—, pero Hanne podía defenderse por sí misma. Sabine y Oliver se arrojarían delante de una espada con tal de protegerla. Maris llevaba probando la comida de Hanne desde que eran pequeñas. Cecelia revisaba todas sus prendas y ropa de cama en busca de venenos en polvo o cualquier otra amenaza potencial. Así que, si planeaban ir a por ella, tendrían que ser más astutos que todos los guardias y doncellas de Hanne.

—Existen otras maneras de deshacerse de una reina indeseada —dijo Charity sin paños calientes—. No es necesario asesinarla.

—El consejo tiene potestad para considerar inadecuado a un gobernante. —Rupert Flight le dirigió una sonrisa mordaz—.

Siempre que haya otro heredero disponible para ocupar el trono, podemos suprimir a un monarca ilegítimo.

Así que pretendían arrebatarle el trono. Usurparlo.

Pues que lo intentaran.

—Un monarca ilegítimo —susurró Hanne—. ¡Ilegítimo! —Fulminó al conde Flight con la mirada—. Soy la esposa de Rune Highcrown. Represento la mitad de la alianza viviente entre nuestros reinos. Yo soy la reina de Caberwill.

—Solo mientras estéis casada con el rey de Caberwill —replicó Rupert—. Su majestad ha desaparecido y el reino no puede subsistir sin un gobernante... Un gobernante nacido del linaje de los Highcrown.

Hanne mantuvo una voz fría, carente de emoción:

—Este consejo tiene fama de tomar decisiones precipitadas. Ahora me estáis diciendo que no estáis dispuestos a mantener el reino para el regreso de Rune. En vez de eso, queréis convertiros en regentes de una princesa que aún no ha alcanzado la mayoría de edad. Pero yo me pregunto: ¿qué planeáis hacer con el rey Rune cuando regrese y os encuentre ocupando su trono?

Todos parecieron incómodos. De repente, a la princesa Sanctuary se le escapó un sollozo. Una de las institutrices le apoyó una mano en el hombro.

—Todos sabemos que Rune desapareció por un portal de malicia durante el ataque de Ivasland contra nuestro ejército. Por supuesto, tememos por aquellos que nos fueron arrebatados. —Hanne se quedó mirando al gran general, que ocupaba su asiento con gesto estoico—. Sin embargo, dos tercios de aquellos que atravesaron esos portales ya han sido rescatados o están de camino a casa. Y seguro que pronto aparecerán más.

El gran general asintió con la cabeza.

—Esa es nuestra esperanza.

—Incluido nuestro rey —añadió Hanne—. A no ser que, a pesar de las enormes probabilidades de que haya sobrevivido, lo deis por muerto.

En el otro extremo de la mesa, los ojos de las princesas se cubrieron de lágrimas. Parpadearon varias veces, resistiéndose a llorar delante del Consejo de la Corona.

Un silencio incómodo se asentó en la estancia, mientras los presentes cambiaban de postura o miraban al suelo. Varios de ellos miraron a Sanctuary y Unity con gesto culpable.

—Oh, Charity. —Hanne se giró de nuevo hacia la duquesa—. ¿Se os olvidó explicarles a las princesas que lo más probable es que nuestro querido rey siga vivo? ¿O acaso le tenéis tanto aprecio a la regencia?

Hanne sintió una punzada de culpabilidad entre las costillas cuando las muchachas palidecieron, al darse cuenta de que les habían mentido. Pero ¿por qué debería sentirse culpable? A ella nunca la habían tenido entre algodones. Les estaba haciendo un favor a esas jovencitas al abrirles los ojos a la verdad más sencilla de todas: no podían fiarse de nadie.

Hanne reprimió esa sensación incómoda de deficiencia moral y aglutinó otra sensación mucho más agradable de superioridad moral.

—¿Cómo podéis afirmar que os importan las princesas, cuando las utilizáis de esta manera?

—Sus altezas comprenden sus obligaciones como miembros de la familia Highcrown —replicó Charity—. Siempre han sabido que una de ellas podría reinar algún día, por muy dolorosas que sean las implicaciones.

—¿Cómo os atrevéis a hacerles esto? —repuso Hanne sin alzar la voz—. ¿No han sufrido ya bastante? Pero en lugar de ofrecerles esperanza por el regreso de Rune, les decís que también lo han perdido a él.

Hanne negó con la cabeza, como si se sintiera profundamente asqueada. Y así era.

No se había dado cuenta hasta ese momento, pero le resultaba aborrecible que Charity Wintersoft se aprovechara de esas niñas. Las princesas ya habían padecido mucho, y ahí estaban sus consejeros, intentando ascender a una de ellas al trono, intentando gobernar un reino por medio de una chiquilla.

Era repugnante. Además, ahora ese reino le pertenecía a ella. Charity se levantó de su asiento.

—Sea como sea, un Highcrown debe gobernar Caberwill.

—Y así será. —Hanne esbozó su sonrisa más encantadora—. Hoy tenemos muchos asuntos importantes que debatir: guerras, terremotos, rumores, ayuda extranjera y, al parecer, las ambiciones de la duquesa para convertirse en regente. Pero supongo que ahora es un buen momento como cualquier otro para transmitir las buenas noticias.

—¿Qué buenas noticias? —preguntó la profesora Lelia, la canciller de educación.

Hanne presionó las palmas sobre su abdomen. No quería jugar esa carta tan pronto, pero el consejo estaba maquinando para apartarla del poder antes de lo previsto.

—No pensaba anunciarlo todavía, pero me complace informaros de que estoy embarazada del rey Rune. Porto al heredero de Caberwill.

Resuellos ahogados se extendieron por la cámara del consejo. Varios miembros se enderezaron en sus asientos, como para verla mejor. Confiando, al parecer, en atisbar su interior y juzgar por sí mismos si de verdad estaba embarazada. Swan Brightvale fue la primera en hablar:

—No es posible que lo sepáis aún.

—Por supuesto que lo sé. El rey y yo compartimos un vínculo especial.

Noir Shadowsong se inclinó hacia delante, apoyada sobre sus codos.

—Majestad, es normal que una muchacha joven crea esas cosas, pero...

—Es más —Hanne reprimió una sonrisa de satisfacción—, recordad que Rune pasó varias semanas en Embria antes de que regresáramos a Brink para casarnos en vuestro templo. Pasamos varias horas juntos cada día, mientras se concretaban los términos del matrimonio. Siempre hemos mantenido una relación muy apasionada..., tanto dentro como fuera de la mesa de negociación.

Noir levantó los codos de la mesa del consejo.

—Eso es un poco... escandaloso, majestad.

—Pero existen precedentes —repuso Hanne con toda la dulzura que fue capaz de reunir—. Y con eso en mente, ¿es de extrañar que mi esposo llegara a tales extremos para liberarme del malsitio, hasta el punto de invocar a Noctámbula? Al fin y al cabo, estamos perdida y apasionadamente enamorados.

Varios consejeros torcieron el gesto.

—Sé que mi esposo está vivo. Y sé que este niño será fuerte e inteligente, sacará lo mejor de nuestros linajes. En caso de que intentéis apartarme del trono, pondréis en riesgo vuestra legitimidad como junta de gobierno.

—Ya he oído bastante. —Dayle Larksong presionó sus manos arrugadas sobre la mesa y se incorporó—. Las leyes sucesorias son claras. Si efectivamente su majestad está encinta, el Consejo de la Corona deberá retener el trono para ese niño, tanto si el rey Rune sobrevive como si no. Y yo creo que sigue vivo. Voto a favor de conservar el trono para nuestro legítimo rey.

Eso era bueno. Desde luego, jugaba en favor de Hanne. Pero Dayle era el consejero más fácil de persuadir, pues sentía una admiración sincera hacia Rune y creía en él. Era el único.

La sala se quedó un rato en silencio. Entonces Stella Asheater, la galena mayor, alzó la mirada y dijo:

—Secundo al sumo sacerdote. Tengo mis reservas, pero la situación se aclarará pronto, y debemos abordar el asunto de la gobernanza del reino. Como ha dicho su majestad, se ha producido un terremoto hace menos de una hora.

Hanne reprimió una sonrisa.

—Estoy de acuerdo —asintió Swan—. Es hora de pasar página.

—No me extraña —murmuró Noir—. Todos aquellos a los que representas se han enriquecido desde que se firmó el tratado con Embria.

—Hay multitud de acuerdos en marcha que benefician también al distrito industrial —replicó Swan—. Todos sabemos que la demanda de hierro se ha disparado. Por no mencionar la lana de calidad.

—¿Cuál es tu voto, Noir? —preguntó Dayle.

Noir miró de soslayo a Charity, achicando los ojos.

—Voto por mantener el trono para el rey. No sería la primera vez que nos sorprende.

Uno de los secretarios resopló. Otro le mandó callar.

—¿Lelia? —Dayle miró a la canciller de educación, después al gran general—. ¿Tide? Nos gustaría escuchar vuestras opiniones.

La profesora Lelia suspiró.

—El reino necesita estabilidad. Para eso, el regreso del rey Rune sería lo mejor. Las monarquías en transición son débiles, tal y como nos demuestra la historia. En cualquier caso, parece que hay un heredero en camino. Así que no apoyaré todavía el ascenso de una de las princesas. Aunque... —Lelia las miró de reojo— considero que las dos estáis cualificadas para asumir ese puesto.

Sanctuary y Unity agacharon la cabeza con modestia.

Todos se quedaron mirando a Tide Emberwish, el gran general. Todos lo respetaban. (Durante mucho tiempo, Embria había sido el objetivo de las campañas de Tide, así que el respeto que Hanne sentía hacia él era el que reservaba a sus adversarios: un respeto cauteloso, a la espera de que cometiera un error.) Tide inspiró hondo antes de responder:

—La protección del reino debe ser prioritaria en estos tiempos de... —asintió en dirección a Lelia— inestabilidad. No estoy dispuesto a arriesgar nuestra alianza con Embria. La reina Johanne debe permanece en su puesto, por el momento.

Charity soltó un pequeño gruñido de frustración.

Hanne se limitó a asentir. Por dentro, sin embargo, estaba encantada con su victoria y sabía que Tuluna también estaría satisfecha. El consejo, al menos en su mayoría, la apoyaba, aunque fuera a regañadientes. Podría conservar el trono un día más.

—Está bien. —Rupert empleó un tono conciliador, aunque su expresión sugería que esa batalla estaba lejos de terminar—.

Si el consejo acepta a la reina Johanne como legítima soberana de Caberwill, no seré yo quien se oponga.

Charity achicó los ojos, pero, al cabo de un rato, asintió con rigidez.

—Yo también respeto la voluntad de la mayoría. —Se giró hacia las princesas—. Pido disculpas por haberos hecho perder vuestro tiempo, altezas.

Sanctuary fue la primera en levantarse, seguida de su hermana.

—Que los númenes los bendigan a todos —dijo—. Es un placer servir al reino y al consejo como mejor se considere.

Sabían cumplir bien con su papel, pensó Hanne. Quizá podrían resultar útiles.

—Una cosa más. —Hanne se dirigió a las jóvenes princesas—. Me gustaría que os quedarais, altezas. Tengo la esperanza de que ninguna de las dos tenga que asumir la carga del trono, pero si se produjera lo peor, debéis estar preparadas para ello. ¿Estáis dispuestas?

Hanne tenía intención de matarlas. En el futuro. Pero tras la muerte de los reyes, al poco de su llegada, necesitaba aguardar el momento oportuno. Por no mencionar que le desagradaba la idea de asesinar a unas chiquillas.

Aunque no seguirían siendo niñas eternamente.

Las princesas se miraron, inclinaron la cabeza para transmitirse un mensaje sin palabras. Después Sanctuary dijo que sí y las dos volvieron a sentarse.

«Bien jugado» —murmuró Tuluna—. *«Pon a las princesas de tu parte. Finge preocuparte por su bienestar. Si se encariñan contigo, no usurparán tu trono».*

—Está bien. Ya podemos abordar el objetivo de esta reunión: el reino. —Hanne tomó asiento, el correspondiente a la reina, y se dirigió al consejo al completo—. Nuestra máxima prioridad debe seguir siendo el rey Rune. Sé que los portales de malicia se encuentran vigilados en todo momento en busca de indicios sobre su presencia, pero puede que necesitemos voluntarios para atravesar algunos de ellos. —Miró a Tide—. ¿Quiere ocuparse de esa cuestión, gran general?

Tide asintió.

—Estoy haciendo cuanto está en mi mano para encontrar a su majestad.

—Bien. —Hanne se giró hacia Noir—. En cuanto a los daño causados por el terremoto...

—Ya nos estamos ocupando de ello, majestad. —Noir consultó sus notas—. He desplegado supervisores por todo Caberwill para obtener una imagen más completa de los daños. Aunque resulta extraño. No hubo ningún indicio de la inminencia de ese terremoto. Ni sacudidas, ni desprendimientos...

Resultaba asombroso lo mucho que podía acercarse la gente a la realidad de la incursión antes de fingir, una vez más, que no se estaba produciendo.

—Sabía que lo tendríais bajo control. —Hanne apoyó sus manos vendadas sobre la mesa—. Hablemos ahora de Ivasland. No podemos ignorar sus agresiones continuadas. Han atentado contra la industria, la agricultura y ahora contra el ejército caberwiliano, sirviéndose de la malicia en todo momento. No podemos tolerar ese desprecio tan flagrante a los Acuerdos de Ventisca. Y la ligereza con la que asesinan a los Highcrown, o tratan de asesinarlos, debe ser castigada con la máxima severidad.

Todos asintieron y, a través de la mesa, Unity agarró de la mano a Sanctuary.

—Quiero duplicar la vigilancia de las princesas. Asigne a sus mejores hombres, gran general. Y continúe su adiestramiento en combate. Deben ser capaces de defenderse por sí mismas.

Eso era algo que Hanne admiraba de Caberwill: no había necesidad de ocultar esa clase de adiestramiento a ojos de la opinión pública, ni vergüenza alguna en que una mujer empuñara una espada.

—Desde luego. —Tide miró a las princesas con un gesto culpable en los ojos.

—En cuanto a nuestra avanzadilla contra Ivasland, debemos asestarles un golpe y hacerlo cuanto antes. No podemos permitir que continúen activando esas máquinas tan terribles.

No olvidaría nunca la falta de escrúpulos con que la reina Abagail habló sobe el dispositivo, como si estuviera deseando utilizarlo contra sus enemigos del norte. Y así lo demostró. En cuanto la máquina estuvo lista, Monte Menudo fue diezmado, seguido inmediatamente por Sol de Argento.

Rupert Flight miró directamente a Hanne, con un destello malévolo en los ojos.

—Sí, majestad. Habladnos de esas terribles máquinas.

Hanne notó un cosquilleo en la piel. «Sabe lo que hice en Ivasland».

Sintió una punzada desagradable en el estómago mientras recordaba a un visitante que acudió a los aposentos de Rune a altas horas de la noche: un visitante que ahora sabía que fue Rupert Flight. Rune se mostró alterado cuando regresó de la reunión, sus hermosos ojos castaños reflejaban ira y desconcierto, así que Hanne admitió la verdad: que un rencor la amenazó, la torturó y la controló. Rune se mostró muy comprensivo. Quiso entenderlo.

Pero a nadie en ese consejo le importaría un comino lo imposible que fuera la posición en la que se encontraba. Solo volverían a considerarla una enemiga. Todo su trabajo habría sido en vano.

—Ah, conde Flight. —Hanne volvió a sonreír, manteniendo un tono de firmeza mientras su mente discurría a toda velocidad—. Supongo que os referís a esos rumores absurdos que corren contra mí, los mismos que originaron agentes de Ivasland. Podemos decir muchas cosas sobre Abagail y Baldric, pero su capacidad para propagar información falsa y conseguir que la gente se la crea, por disparatada que sea, es excepcional. Por desgracia, parece que ese cuento de hadas les está provocando ciertos apuros a mis padres en estos momentos.

—Así es —dijo Tide—. He oído que la situación en Solcast se está agravando a pasos agigantados.

Hanne asintió con solemnidad.

—Pues sí. El populacho no tiene capacidad para entender los entresijos de la política, por eso resulta tan fácil manipularlos con las campañas de desinformación extranjeras.

Fulminó a Rupert con la mirada, dejando patente que él también había sido engañado.

—Por favor, explicad esa desinformación. —La galena mayor se inclinó hacia delante—. ¿De qué se trata?

Hanne asintió con cortesía, después respondió sin rodeos:

—Me acusan de haber construido los dispositivos de malicia que detonaron en Caberwill y Embria. A mí. Como si pudiera haber hecho algo así.

—¿De veras? —La galena mayor ladeó la cabeza, después miró a Rupert—. ¿Se trata de propaganda ivaslandeña?

—Mis fuentes eran claras —replicó Rupert con frialdad—. Mis agentes escucharon cómo el ivaslandeño que instaló el dispositivo en Sol de Argento identificaba a la reina Johanne como miembro crucial del equipo de desarrollo. Podríamos tacharlo de paparruchas..., pero me han contado que Noctámbula confirmó su implicación.

Hanne suspiró con la mezcla adecuada de irritación y paciencia.

—Canciller, comprendo que sus fuentes sean sagradas para vos, y estoy segura de que confiáis en ellas, pero ¿cuándo podría haber llevado a cabo esa labor? ¿Mientras esperaba a que finalizara el tratado matrimonial, bajo supervisión constante en Solspiria? ¿O quizá mientras estuve atrapada en el malsitio, famélica y aterrorizada? ¿O quizá durante mi estancia aquí, custodiada en todo momento del día? —Negó con la cabeza y soltó una carcajada exhausta—. Ni siquiera poseo los conocimientos necesarios para una labor como esa. Pero, claro, eso es lo de menos cuando se trata de conspiraciones. Los hechos no son tan divertidos.

—¿De verdad lo confirmó Noctámbula, Rupert? —preguntó Lelia—. ¿Por qué?

Al otro lado de la mesa, Charity asintió para mostrarse de acuerdo.

—Eso, ¿qué pasa con Noctámbula?

Si de Hanne dependiera, Noctámbula podía morirse en la oscuridad.

—No puedo hablar en su nombre —intervino Hanne—. Lo que sí puedo deducir es una cosa: mi pueblo está furioso por mi alianza con Caberwill, así que están dispuestos a creer que también me he compinchado con Ivasland. Están convencidos de que apoyo a todo el mundo excepto a Embria. —Hanne adoptó un tono exasperado—. Esa es la genialidad de estos ataques, ¿no? Apelan a los miedos de la gente, a sus emociones. Es imposible combatir la histeria colectiva con la lógica.

—Resulta bastante inverosímil —murmuró Stella.

—Puede que el espía de Rupert lo entendiera mal —dijo Noir—. O que tergiversara lo que se dijo en realidad.

—Es difícil determinarlo —coincidió Swan—. Por desgracia, Noctámbula no está aquí y no podemos pedirle más información. No obstante, en vista de la cronología, todo esto parece, cuando menos, improbable.

—Además —dijo Lelia—, ¿por qué querría su majestad colaborar en la fabricación de algo que sería utilizado de inmediato en su contra? No tiene sentido.

Los consejeros continuaron de esa guisa, desmontando cada argumento por sí mismos. Dos de ellos, sin embargo, no se sumaron a la conversación. Rupert y Charity. Hanne carraspeó y el debate se acalló.

—El problema más acuciante es este: una facción rebelde mantiene asediados a mis padres en Solspiria. Restaurar el orden en Solcast no forma parte estrictamente de las condiciones de la alianza, serviría para enviar un mensaje contundente de unidad: tanto a nuestros reinos como a Ivasland. Que vean cómo actuamos juntos.

—¿Queréis que el ejército caberwiliano marche hacia Solcast y sofoque la rebelión? —Swan enarcó una ceja—. ¿Sois conscientes del desembolso?

Tide frunció notablemente el ceño.

—¿Y qué pasa con el ejército embriano?

De modo que esa noticia no había llegado hasta Caberwill.

—Se convirtió en ganado.

Una oleada de confusión se extendió por la sala. Despúes Lelia dijo:

—Majestad, ¿queréis decir que se amedrentaron y se volvieron sumisos cual ganado?

—El ejército embriano al que combatí no se amedrentaría jamás ante unos plebeyos —murmuró Tide.

—No —se apresuró a decir Hanne—. El ejército embriano es... era... muy aguerrido. Pero los emboscaron con un dispositivo de malicia, como le pasó al ejército caberwiliano. Sin embargo, en lugar de abrir portales de malicia, los convirtió en...

—Ganado. —De repente, Tide se puso muy pálido. Todos, de hecho, tenían mala cara—. Ivasland debe pagar por esto.

Hanne estaba de acuerdo. Ivasland le estaba costando ejércitos enteros en ese momento, cuando necesitaba guerreros más que nunca. Si no quedaban efectivos suficientes para combatir a los rencores, la humanidad estaría perdida.

—Es preciso adiestrar a más soldados —dijo—. En Embria, sí, pero aquí también. Los dos ejércitos deben reforzarse si queremos tener alguna esperanza de derrotar a Ivasland.

Y al rey rencor.

Estuvo a punto de decirlo en voz alta, de nombrar a su verdadero enemigo, pero cuando miró de reojo a Nadine, su prima negó con la cabeza. Muy bien. Hanne no presionaría al consejo con la cuestión de la Malicia. Hoy no. Y menos cuando habían estado a punto de destituirla apenas media hora antes.

Deslizó la mirada por la mesa en dirección a Rupert y Charity.

Hanne había logrado ganar tiempo, pero seguro que volverían a atacar. Tenía que estar preparada.

Ojalá regresara Rune. ¿Dónde estaría?

9. RUNE

La Malicia era infinita.

Como el hambre que tenía Rune. Su agotamiento. Su sed ardiente.

Tampoco tenían fin.

Pero Rune siguió corriendo, afanándose por ignorar el pinchazo creciente en el costado, la quemazón en los pulmones, las súplicas de su cuerpo para que se detuviera.

Su determinación también era infinita. Lograría enviarle un mensaje a Noctámbula. De alguna manera.

El castillo era una mancha oscura y amenazante a su espalda, una silueta negra sobre el fondo carmesí del cielo. Quería alejarse de Daghath Mal tanto como le fuera posible. Ojalá tuviera alas. Ojalá pudiera volar.

Pero cuanto más corría, más se agotaba, hasta que tropezó y se desplomó, mareado. Su rostro quedó cubierto de tierra y hierba seca, obligándole a toser y escupir para desprenderse de ese regusto amargo.

Durante un rato, permaneció inmóvil. Se quedó tendido en el suelo, escuchando el estruendo remitente de su corazón y el chiflido de sus pulmones, que por fin introducían suficiente aire. Notó calambres en los músculos.

Rune maldijo su cuerpo sobrecargado. Cuando se le empezó a despejar la vista, se incorporó y se giró para comprobar con qué había tropezado.

Era un hueso cuyos extremos seguían enterrados, solo resultaba visible la parte central, allí donde el viento había dispersado la tierra. Se le había enganchado el pie con él. Aturdido, apenas dueño de sí mismo, agarró el fragmento expuesto con las manos y tiró. La tierra seca crujió y acabó cediendo, y Rune se encontró empuñando algo que jamás había pertenecido a un ser humano.

El hueso era tan largo como su brazo e igual de ancho. Estaba ligeramente curvado, aunque no porque estuviera roto. La criatura a la que perteneció tuvo que ser inmensa.

¿Un rencor? No pesaba demasiado para tener ese tamaño, pero sí parecía resistente. ¿Podría volar, tal vez?

Empleó el hueso como muleta para ponerse de pie y, relativamente despejado después de ese descanso involuntario, miró a su alrededor.

El castillo a su espalda. El inmenso cielo rojo por encima. Los valles y colinas a su alrededor. Las montañas oscuras en el horizonte, un recordatorio extraño de la orgullosa cordillera de Caberwill.

Más cerca había unos árboles ralos y sombríos, de una especie desconocida para él. De ellos brotaban espinas en lugar de hojas, y sus troncos estaban divididos en dos, como si fueran piernas. Cuando parpadeó, se diría que estaban más cerca que antes.

Se le aceleró el corazón. Achicó los ojos, tenía que asegurarse. Ese movimiento podría haber sido fruto de su imaginación. Era lo más probable.

Después vio algo justo enfrente de él: huellas. No había reparado antes en ellas, pues estaba concentrado en avanzar, pero ya no podía pasar por alto esa hilera de pisadas en la tierra. Huellas de botas. ¿Humanos? ¿O humanoides?

Trazaban una senda sinuosa que se alejaba del castillo.

Lentamente, entre las protestas de su cuerpo, Rune metió una mano en su bota y sacó la pluma de Noctámbula por primera vez desde que se la dio.

Tenía una forma alargada, con unas barbas estrechas unidas por unos raquis rígidos. Una pluma primaria, quizá, o secundaria, aunque Rune no era un experto en la anatomía de las alas.

En cualquier caso, parecía perfecta para volar. El cálamo era rígido y hueco —y afilado en la punta—, y los bordes de las barbas parecían cuchillas. Rune había visto a Noctámbula matar a un rencor tras otro, no solo con su espada, sino también con sus alas.

Y aunque el color de sus alas siempre le había parecido negro como la medianoche, esa pluma centelleaba ligeramente bajo la luz rubicunda, casi iridiscente. Era impresionante. Mortífera.

—Qué hermosura —susurró.

Mientras la sostenía sobre su pecho, una calidez le recorrió el cuerpo. La niebla se disipó de sus pensamientos y le pareció sentir... algo. Calor. Claridad.

Recuperado, hasta cierto punto, volvió a guardar la pluma en su bota y aferró el hueso alargado. Le serviría de bastón. O, en caso de necesidad, de arma.

Los árboles espinosos estaban más cerca, sus sombras eran más alargadas de lo que deberían. Y más anchas. Y más amenazantes.

Rune se estremeció de pies a cabeza. Se quedó mirándolos un rato más, pero los árboles se negaron a moverse mientras los observaba.

Cuando reanudó la marcha, lo hizo con paso lento. Cauteloso. Y se aseguró de no perder nunca de vista a los árboles por el rabillo del ojo, incluso mientras seguía el rastro de las pisadas.

Puede que Noctámbula hubiera dejado esas huellas. Puede que condujeran hasta el Portal del Alma, hasta la salida, suponiendo que ya hubiera escapado de ese lugar.

Y en caso contrario, siempre cabía la posibilidad de que lo condujeran hasta ella.

*

El tiempo hacía lo que quería en la Malicia, se saltaba lapsos, a veces se invertía. El sol nunca estaba en el lugar adecuado y las estrellas no hicieron su aparición ni una sola vez. Desorientado, Rune siguió las huellas hasta que se interrumpió el rastro.

Noctámbula no estaba allí.

En vez de eso, un par de ojos asomaban desde las sombras, por debajo de un pequeño risco, despidiendo un ligero fulgor escarlata. Esos ojos se encontraban próximos al suelo; la criatura estaba agazapada.

Las pisadas que había estado siguiendo Rune conducían directamente hasta esa criatura de ojos rojos. Se sintió decepcionado, aunque no debería haberse hecho ilusiones.

Poco a poco, la criatura siniestra comenzó a incorporarse y Rune se planteó la posibilidad de haberse topado con un rencor. Blandió el hueso cuando la criatura salió a la luz del sol, revelándose.

Era humano.

En su mayor parte.

Piel grisácea y flácida. Cabello ralo y apelmazado. Uñas curvadas hasta formar unas garras mugrientas. Era un hombre manchado de sangre y mugre, con los ojos rojos y reflectantes, con un rastro de venas oscuras sobre la piel, que se encogía y se retorcía ante los ojos de Rune.

Estaba corrompido. Hacía mucho tiempo que dejó de ser humano del todo.

—Atrás —le advirtió Rune—. No quiero hacerte daño.

El hombre lo miró con los ojos entornados, contemplando el hueso y la pose amenazante de Rune. Una palabra emergió de su garganta, casi ininteligible, como si tuviera la boca llena de piedras.

—¡Caberwill!

El desconocido se abalanzó sobre él.

Rune casi no tuvo tiempo de reaccionar. Casi.

Golpeó a su agresor en el estómago con el hueso, y luego, mientras se tambaleaba hacia atrás, le asestó un puntapié para terminar de derribarlo. Sin perturbarse, el desconocido lo agarró por el tobillo y tiró de él.

Rune quedó tendido en el suelo, el hueso se escapó rodando de su mano al tiempo que el otro le hincaba los dientes en la pierna.

Con un grito inarticulado, Rune zarandeó su extremidad inmovilizada y le arreó una patada en el rostro. Se oyó un crujir de huesos por debajo su tacón y su agresor empezó a sangrar por la nariz. Rune se apartó rápidamente, empuñando el hueso de rencor una vez más.

—¡He dicho que no quiero hacerte daño!

Un cosquilleo nervioso atravesó su mente. ¿Y si ese hombre estaba rabioso? ¿Y si el mordisco se infectaba?

El desconocido gruñó y se puso en pie. Tenía un dedo ensangrentado, pues se le había arrancado la uña, pero no pareció inmutarse.

—¡Caberwill!

Esa palabra resultó aún más ininteligible ahora que tenía la nariz rota. Corrió directamente hacia Rune.

No hubo tiempo para pensar ni para discutir. Rune tomó impulso y golpeó al desconocido entre los ojos con el hueso de rencor.

Se oyó un crujido estrepitoso cuando el hueso impactó contra el cráneo. El hombre se detuvo y se tambaleó hacia atrás, y antes de que pudiera volver a atacar, Rune blandió el hueso una vez más y le golpeó en la parte trasera de la cabeza.

El desconocido se desplomó, sus ojos rojos habían perdido su brillo. Al ver que no se movía, Rune oteó la zona; el combate había sido breve, pero ruidoso.

Los árboles espinosos estaban más cerca, con las ramas extendidas hacia él. Una sustancia negra y viscosa discurría por el cauce de un río, ubicado entre Rune y esos árboles, pero era imposible saber si eso frenaría su avance. Puede que a los árboles les gustara ese pringue.

Un gemido ronco y grave devolvió su atención hacia el desconocido. No estaba muerto. Pero tampoco se movía.

Con cuidado, sin hacer ruido, Rune alzó el hueso de rencor y contempló los restos de aquel hombre. Debía actuar rápido, con compasión. Debía descargar el hueso sobre la cabeza de esa criatura con tanta fuerza como para que dejara de respirar. Porque, tarde o temprano, Rune tendría que descansar. Tarde o temprano, necesitaría echarse a dormir.

Se fijó en los árboles. Estaban más cerca.

Dormir era una fantasía.

Tenía los músculos agarrotados. Dio la orden para hacerlo, para eliminar esa amenaza, pero sus brazos se negaban a cooperar.

No podía hacerlo.

No con ese hueso.

Lentamente, sin perder de vista al desconocido, Rune se agachó y depositó el hueso en el suelo. Después sacó la pluma del interior de su bota. Era lo bastante afilada como para cumplir esa tarea con rapidez. Sin hacer ruido.

Desde esa distancia, Rune pudo ver que aquel hombre no era mucho mayor que él. Un año o dos, quizá. Unas burbujas sanguinolentas explotaban con cada respiración. Su corazón se estaba ralentizando. No haría falta mucho para rematarlo. Solo deslizar la pluma sobre su arteria carótida.

—¿Qué te ocurrió? —susurró Rune.

Era obvio que llevaba allí mucho tiempo. La Malicia lo había transformado, el mismo destino que sufriría Rune si se quedaba allí.

Ese era el futuro que lo aguardaba, incluidos los ojos rojos.

«Hay batallas que solo se libran por el placer de resistir».

Rune volvió a observar el cuerpo de aquel hombre. Advirtió que llevaba puesto un uniforme andrajoso, de origen ivaslandeño, aunque parecía antiguo. Muy muy antiguo.

—¿Cuánto tiempo has pasado aquí? ¿Cómo pudiste entrar?

Que Rune supiera, la última persona que atravesó el Portal del Alma fue Noctámbula. Y antes de eso…, Noctámbula también. Hace cuatrocientos años. Con un ejército.

Lo que significaba que ese hombre era un caballero del alba. Uno de verdad.

Rune aferró la pluma con más fuerza y experimentó un momento de claridad. Comprendió, de golpe, lo que había estado a punto de hacer: aplastarle la cabeza o rebanarle el pescuezo a una persona.

Pero ese hombre estaba enfermo, no era malvado. Estaba corrompido por la malicia, atrapado en la Malicia desde hacía cuatro siglos. Puede que el lado oscuro de Rune no estuviera tan lejos como se pensaba. Puede que todo empezara así.

«Debes combatirla —le dijo Noctámbula—. Tienes que ser fuerte».

Rune dejó caer un poco los hombros. Si cada momento era una batalla que debía vencer, ya estaba perdiendo.

—Lo siento —susurró.

Una mano salió disparada y lo agarró con fuerza por la muñeca. El ivaslandeño abrió los ojos de golpe y lanzó un grito ronco e inhumano.

Intentó zafarse, pero aquel hombre era fuerte y no aflojó su agarre mientras se acercaba la mano de Rune a la boca.

—No —resolló—. ¡No…!

Entonces hizo lo único que podía hacer: hincó la punta afilada de la pluma en la carne de aquel hombre, por encima de la clavícula.

Un relámpago restalló entre ellos y una fría esquirla de hielo se introdujo en el corazón de Rune. Magia. Rune volvió a extraer la pluma y retrocedió lo más rápido posible.

El ivaslandeño seguía gritando —chillando, más bien—, sus palabras resultaban ininteligibles, pero su agonía era innegable. Rune, a su pesar, sintió una punzada de compasión.

Pero cuando se fijó mejor, vio que las venas oscuras remitían del rostro del ivaslandeño. Su piel adoptó una tonalidad más saludable. El tono rojizo de sus ojos se apagó. La corrupción que había padecido…, se estaba revirtiendo.

De repente, la luz del sol se desplazó. Unas sombras alargadas se proyectaron sobre el suelo, estirándose hacia él.

«Maldita sea». Los árboles.

Habían cruzado el río viscoso y estaban a punto de alcanzarlo.

Entonces una sombra se extendió velozmente sobre el suelo rubicundo hasta llegar a la bota de Rune. Sonó un golpe seco, un contacto físico que debería haber sido imposible. Rune se apartó.

—Deja de gritar —le dijo al ivaslandeño, en voz baja pero firme—. Deja de gritar ahora mismo.

Su pulso latía tan fuerte que le hacía daño en el cuello; le palpitaba la cabeza al ritmo de esos latidos. Una presa sabe cuándo andan cerca los depredadores. Rune presionó la pluma sobre la garganta del ivaslandeño.

—Cállate de una vez o te mataré.

No lo decía en serio —o quizá sí, era imposible discernirlo a esas alturas—, pero funcionó. El hombre se quedó en silencio y Rune apartó la pluma.

—¿Quién eres? —masculló el joven, exhausto.

Rune miró hacia los árboles, nervioso. Se le erizaron los pelillos de la nuca.

—Soy un caballero del alba. —Aunque no lo sentía como cierto—. Puedo ayudarte.

Levantó la pluma, dejando que la luz se reflejara en los raquis. Un rayo de esperanza iluminó los ojos del ivaslandeño.

—¿Ella está aquí?

Rune mantuvo una expresión neutral. Quería que ese hombre cooperase, pero sería una crueldad hacerle creer que Noctámbula estaba allí. Seguramente creía que estaba cerca… y que Rune también tenía cuatro siglos de edad.

—Tenemos que irnos. ¿Puedes levantarte?

El ivaslandeño se tocó la nariz, después la herida que tenía en la base del cuello. Su mano se manchó de sangre, aunque no había tanta como esperaba. Asintió brevemente y se incorporó.

Rune agarró el hueso de rencor, se guardó la pluma de Noctámbula y lo ayudó a ponerse de pie.

El hombre, con la vista despejada por primera vez, miró por detrás de Rune, hacia los árboles y sus sombras.

—Espinos. Vienen a por ti.

Estaban más cerca que antes. Mucho más.

Pronto, Rune y el ivaslandeño acabarían rodeados.

—Corre.

10. NOCTÁMBULA

«Qué hermosura».

Noctámbula estaba volando cuando esa frase resonó por todo su ser. Una tonalidad. Un timbre. Una voz familiar.

—Rune.

Se detuvo y giró lentamente en círculo, oteando el cielo dorado de media tarde. Aunque era imposible que Rune estuviera allí arriba. Para empezar, no podía volar.

Durante varios minutos, no pasó nada más. Reanudó la marcha hacia Brink.

Entonces notó algo.

Un dolor agudo le hizo resollar. Empezó atenuado, como el pinchazo de una aguja, pero cuando pensó que podría ignorarlo, el dolor se incrementó y algo emergió en tromba de ella. Algo brillante y numinoso, fundamental para su propio ser.

—¡Espera!

Noctámbula agarró el aire, en un vano intento por volver a introducir en su cuerpo ese flujo de luz radiante, pero era insustancial; sus dedos lo atravesaron limpiamente. Un dolor agónico explotó en su interior, nublándole la vista, provocando que sus alas cedieran.

Entonces comenzó a caer, el viento soplaba con fuerza en sus oídos.

Vio destellos de colores a su alrededor, manchas verdes, marrones y azules. Estaba girando, dando volteretas en el aire, y la aguja que tenía en el alma se clavó más a fondo.

Noctámbula gritó y trató de aferrarse a algo, pero apenas podía distinguir el derecho del revés. No percibía nada más que esa terrible sensación de caída al vacío...

De repente, el dolor se desvaneció. Se le despejó la vista y recuperó el sentido de la orientación, a tiempo para detectar las ramas más altas de un árbol justo por debajo de ella.

Desplegó las alas para interceptar el aire. Se obligó a elevarse, hasta que el cielo azul volvió a rodearla.

Orientada, más o menos, y con la mente despejada, voló hacia el suelo y aterrizó como es debido, en un pequeño claro situado al sur de Brink. Desde allí podía ver la montaña que albergaba la ciudad en su ladera, aunque la capital y el Bastión del Honor se encontraban en la cara opuesta, no resultaban visibles desde allí.

Noctámbula plegó sus alas y se arrodilló sobre la hierba. Sintió como si le hubieran extraído algo físico.

Tal vez debería regresar al Portal del Alma. Quizá los guardeses podrían echarle un vistazo. Curarla. Cabía la posibilidad de que aquello estuviera conectado con lo que le habían hecho a su memoria. O, quizá, era el precio por haber roto su conexión con Daghath Mal.

No. No pensaba acudir a ellos para pedirles ayuda.

Le harían daño ocultándole su verdadera naturaleza. Puede que Noctámbula no estuviera diseñada para ser capaz de sentir algo así, pero no podía negar esa emoción. Le dolía sentirse traicionada. Acudir a ellos sería la última opción.

Con suerte, no volvería a pasar.

Sin embargo..., había oído una voz. La voz de Rune.

—Rune. —Noctámbula se levantó y oteó el claro, pero solo había árboles y pájaros, bichos correteando por la hierba y sombras que se acentuaban a medida que el sol descendía por el cielo—. Rune —repitió. Si ella pudo oírlo, seguro que él también.

Pero no hubo respuesta.

Se le encogió el corazón mientras se giraba en dirección norte, hacia Brink, y comenzó a caminar; debía asegurarse de que no volvería a caerse del cielo antes de arriesgarse a volar.

—Es posible que este problema esté relacionado con los demás que tengo —le dijo a Rune, aunque era evidente que no podía oírla—. Puede que la incisión en mi memoria se haya extendido hasta mi alma. Puede que mi alma tenga... fugas.

Esa posibilidad resultaba inquietante.

—Si, de algún modo, se trata de una hemorragia en mi alma, es posible que muera. Tal vez no importe que esté perdiendo mis recuerdos, porque no estaré aquí para echarlos de menos.

La tristeza le atenazó el corazón.

Pero había oído la voz de Rune. ¿Cómo?

Al menos, podía tener la certeza de que estaba vivo. Además, tenía su pluma. Fue lo mejor que pudo ofrecerle en ese momento. Ahora podía hacer algo más.

Encontraría un aliado, alguien en condiciones de ayudarla a descubrir la ubicación del arma. Y rápido.

Y ese alguien, por desgracia, era la reina Johanne.

11. HANNE

Ya era casi medianoche cuando Hanne tuvo tiempo para volver a pensar en el Consejo de la Corona. Había sido un día agotador, plagado de reuniones y cenas, pero al fin se sentó en su vestidor una vez más, mientras sus doncellas trajinaban a su alrededor.

—Si estuviéramos en Embria, mandaría eliminar a mis enemigos a la antigua usanza. De un modo repentino y permanente. Desaparecerían de un día para otro, sin dejar rastro. —Hanne se miró al espejo mientras Lea le cepillaba el pelo, dejando que los bucles dorados se desplegaran sobre sus hombros—. Su paradero sería un misterio hasta que algún día radiante, mucho después de que yo trajera la paz a los tres reinos, una doncella decidiera hacer una limpieza a fondo en las mazmorras. Y, oh, ¿qué es eso? ¿El cadáver podrido de un tipejo al que nadie puede identificar? Debe de ser Rupert Flight.

Las doncellas soltaron una risita.

—Por desgracia, esas desapariciones levantan suspicacias en Caberwill. —Nadine ojeó las notas de las diversas reuniones a las que habían asistido—. Y se investigan, lo cual es un detalle importante para tener en cuenta.

—¿Alguien se daría cuenta si el conde Flight desapareciera? —Cecelia vertió agua de rosas en un paño blanco, después le frotó la frente a Hanne—. ¿O supondrían que ha perdido su broche? Es muy curioso, pero su rostro es tan anodino que la verdad es que no sé qué aspecto tiene.

—Ese es su don —dijo Maris—. Pasar desapercibido. He oído que antes la gente se chocaba de bruces con él, sencillamente porque no advertían su presencia. Se cuenta que por la noche se vuelve completamente invisible. Por eso tiene que llevar ese broche.

—Entonces se lo quitaremos —sugirió Lea—. Así solo tendremos que lidiar con Charity.

—Ella es de todo menos invisible —murmuró Maris.

—El primer paso será apartarlos del Consejo de la Corona —dijo Hanne, llamando al orden a sus doncellas—. Sus intentos por minarme dificultan la gobernanza. Ya tengo bastante que hacer, sin necesidad de pelearme con ellos a cada paso.

—Tendríamos que reemplazarlos. —Nadine dejó sus notas en la mesa—. Tengo dos candidatas en mente. Ya las conoces: Prudence Shadowhand y Victoria Stareyes.

Hanne asintió lentamente. Esas dos mujeres estaban en la lista que redactó lord Bearhaste sobre posibles colaboradores dentro de Caberwill. Lord Bearhaste estaba muerto, desde luego, asesinado por un rencor en el bosque de Sendahonda. Pero Nadine había recuperado sus notas y emprendió la labor de reunirse con todos los que aparecían nombrados, cuando todavía se daba por hecho que Hanne estaba muerta.

Ciertamente, su prima la había apoyado en las peores condiciones posibles. Y eso hacía que las reservas que mostraba ahora fueran tan difíciles de sobrellevar.

—Me gusta Prudence como canciller de la información —dijo Nadine—. No posee la misma red que Rupert, pero podemos complementarla con la de lady Sabine.

—Me acuerdo de ella —dijo Sabine—. Tiene madera para ser una maestra de espías. Siempre está observando.

—Estoy de acuerdo. Y la red de Prudence crecerá con el tiempo —añadió Hanne—. Por algún sitio hay que empezar. Siempre que esté de nuestra parte.

—Lo estará —aseguró Nadine—. He estado asignando encargos a la explotación forestal de su familia desde nuestro primer encuentro. Y cuando terminen las revueltas en Embria y se calmen los ánimos, la gente necesitará una cantidad considerable de madera con la que reconstruir sus tiendas y sus hogares.

»En cuanto a mi selección para la cancillería del tesoro, la familia Stareyes y la familia Wintersoft son rivales desde hace mucho tiempo. Como futura condesa, Victoria resulta adecuada para el puesto.

—Bien. Me gustaría volver a reunirme con ellas, para terminar de asegurarme antes de sumarlas a nuestro bando.

—Haré los preparativos —dijo Nadine—. Y hablando de sumar gente: tu anuncio durante la reunión del consejo implica que debemos darnos prisa para encontrar a un caballero adecuado. Si no, tendrás que perder trágicamente al niño en los próximos meses, antes de que el embarazo deba resultar visible.

—Búscame a alguien. —Hanne se levantó. Llegados a ese punto, tenía el rostro impoluto y el cabello suelto—. Me habría gustado darte más tiempo, Nadine.

Eso fue lo más parecido a una disculpa que pudo articular.

—Hiciste lo que tenías que hacer —repuso su prima—. Te tenían entre la espada y la pared.

Cecelia suspiró enojada.

—Todo sería mucho más fácil si el rey Rune regresara. Eso resolvería al menos la mitad de vuestros problemas.

No la mitad —aún quedaban las cuestiones del Malfreno y el rey rencor—, pero sí un buen número de ellos, desde luego.

—Así es —dijo Nadine—. En fin, me pondré manos a la…

Alguien llamó a la puerta principal.

—Pero si es medianoche —protestó Lea.

—Una reina es una reina a todas horas. —Hanne le hizo señas a Maris—. Ve a ver quién es. Si no es urgente, dile que regrese mañana.

Mientras Maris se apresuraba a cumplir las órdenes, Hanne volvió a mirarse en el espejo. Túnica. El pelo suelto. Sin maquillar. Bueno. No estaba tan presentable como le habría gustado. Parecía más joven y vulnerable. Pero, quizá, si se pusiera una corona…

Maris volvió a entrar corriendo en el vestidor.

—¡Es Noctámbula! Exige una audiencia con vos.

Hanne sintió una oleada de furia. ¿Cómo se atrevía alguien a «exigir» una audiencia con ella? Y menos aún Noctámbula. Qué osadía.

No obstante...

—¿Está aquí? —Hanne se dirigió hacia la puerta, su túnica ondeaba a su paso—. ¿Esa criatura está aquí en este momento?

—No, majestad. Ha enviado a un mensajero.

Hanne se detuvo junto a la puerta del salón, sopesando la situación. Detestaba la idea de que ella —una reina y heredera— acudiera al encuentro de alguien como Noctámbula. Tendría que ser al revés.

No obstante, ¿de verdad quería que ese pájaro de mal agüero merodease por los pasillos del Bastión del Honor e irrumpiera en los aposentos de la reina? No. Hanne no quería que Noctámbula pensara que podía entrar y salir a voluntad. Se giró hacia sus doncellas una vez más.

—Volved a recogerme el pelo. Y ataviadme con un vestido sencillo. Iré a verla.

Todas las doncellas, sin excepción, se quedaron mirándola.

—¿De veras? —Nadine se había quedado atónita.

—Sí. Tal y como acabamos de comentar, necesito que Rune regrese. Y si alguien sabe dónde está, es la persona que maneja sus hilos: Noctámbula.

*

—¿Adónde me llevas? —preguntó Hanne.

La voz del mensajero reflejaba nerviosismo mientras guiaba a Hanne y al capitán Oliver a través de un pasillo vacío, iluminado tan solo por unas tenues esferas luminosas.

—A la Torre Prohibida, majestad. Allí es donde reside Noctámbula cuando viene a Brink.

Qué nombre tan funesto. Aunque apropiado para alguien como ella.

—La torre cuenta con tres llaves —prosiguió el mensajero—. Una para cada monarca en activo y otra para su heredero.

Efectivamente, Hanne recibió una llave cuando fue coronada a toda prisa unos días antes, pero nadie le había explicado para qué servía. Se limitó a guardarla dentro de una caja en su habitación, suponiendo que sería una de esas extrañas costumbres caberwilianas, como la de vestir de negro en todos los eventos.

El mensajero abrió la aparatosa puerta situada en la base de la torre. Chirrió sobre sus goznes y se desprendió polvo del marco.

—En este momento, la torre no está cerrada con llave, puesto que Noctámbula está despierta.

Porque Rune la abrió.

Porque Rune la invocó.

Porque Rune no la envió de vuelta a la isla de Ventisca, tal y como les prometió a sus padres que haría.

La ira atenazó el corazón de Hanne. Rune había infringido muchas reglas en lo relativo a Noctámbula.

Pero mantuvo esas frustraciones en secreto mientras seguía al mensajero por la escalera en espiral. Habían limpiado ese espacio recientemente, pero había manchas permanentes dejadas por el polvo y por cosas muertas en descomposición.

En lo alto, desembocaron en una estancia que ocupaba todo el ancho de la torre. Había mapas colgados en las paredes, algunos representaban batallas relevantes entre los reinos, otros representaban malsitios. Y había una roca grande y fea con una figura tallada. Era extraño guardar allí un objeto como ese, pero...

La abordó un recuerdo, surgido de mucho tiempo atrás, algo que no pudo terminar de ubicar. Miedo, oscuridad y una extraña luz verdosa... Eso fue todo lo que pudo evocar. ¿Qué relación guardaba con esa roca? No lo sabía.

«No te preocupes por eso ahora. Tienes que concentrarte en el presente. Ve al encuentro de Noctámbula».

Hanne avanzó hacia la roca. Si pudiera ubicarla...

«*Elegida mía.* —Percibió un tono de advertencia en la voz de Tuluna—. *Céntrate*».

Hanne apartó la mirada de la piedra y volvió a mirar al mensajero, que había ejecutado una aparatosa reverencia.

—Os esperaré al pie de la torre, majestad. —Salió de la habitación antes de que Hanne pudiera preguntarle algo más.

—¿Queréis que me quede, majestad? —preguntó el capitán Oliver.

Hanne volvió a otear la estancia. Noctámbula no estaba allí, pero seguramente querría hablar en privado.

—Ve con el mensajero. Noctámbula no me hará daño.

Su guardaespaldas frunció el ceño, pero obedeció y dejó a Hanne a solas en esa estancia fría y vetusta. La luz de las esferas era tenue, acentuaba las sombras de la estancia. Pero Hanne no tenía miedo. Solo se trataba de una oscuridad natural. No podía hacerle daño.

La puerta del balcón se abrió, dejando entrar una ráfaga de aire frío.

Noctámbula entró en la habitación, sus alas rozaron el marco de la puerta. Tenía una altura desproporcionada. Imponente. Era la encarnación de un arma. Con el suave fulgor de la ciudad dormida como telón de fondo, era una silueta negra que irradiaba violencia.

La puerta se cerró con un chasquido y Noctámbula se giró hacia Hanne. Durante un instante de pánico, Hanne se arrepintió de haber mandado marchar al capitán Oliver.

«Tuluna me protegerá —pensó—. Soy su elegida».

—Reina Johanne.

La voz de Noctámbula era más suave de lo que Hanne recordaba. Y más profunda. Parecía muy cansada, pese a que no dejaba de mirar fijamente a Hanne, casi como si la atravesara, de esa forma tan desasosegante que tenía.

Durante un momento extrañísimo, quiso decirle a Noctámbula que la llamara Hanne, pero reprimió ese impulso. No eran amigas. Nunca lo serían. Además, había algo excitante en el hecho de que Noctámbula tuviera que utilizar su título. Incluso esa criatura ancestral se había visto obligada a admitir que Johanne Fortuin estaba por encima de ella.

—Lady Noctámbula —dijo Hanne con toda la cortesía posible—. Bienvenida de nuevo al Bastión del Honor. ¿Dónde has estado? ¿Qué te ha pasado en el ala?

Noctámbula alzó un poquito su ala izquierda, observándola con un atisbo de fastidio.

—Me hirieron. Ya se curará.

No era una gran explicación. Pero daba igual. En el fondo, a Hanne no le importaba.

Noctámbula rodeó una mesita y observó a Hanne con sus ojos oscuros, fantasmagóricos e inescrutables.

—Fui a la Malicia. Maté rencores y suavicé la presión sobre el Malfreno.

Hanne había advertido que el Malfreno parecía más sólido que antes. Eso era bueno, pero no cambiaba su plan. El Malfreno iba a caer: eso era un hecho, para el que ya se estaba preparando.

—¿Qué me dices del rey rencor? ¿Lo detuviste?

Noctámbula entrecerró los ojos. Se quedó completamente inmóvil, ni siquiera se oía el frufrú de sus plumas negras.

—No —respondió al rato—. No pude.

Hanne apretó los puños. A duras penas, por culpa de los vendajes.

—Tendrías que haberlo hecho. ¿Por qué has vuelto si no has concluido tu labor?

—Por la ley de la conquista.

—No sé qué significa eso. —Pero esas palabras activaron algo al fondo de su mente, extrañamente familiar.

—Matar a un rey rencor implica convertirse en uno de ellos.

Hanne sintió un escalofrío. Conocía esas palabras, las comprendía. Pero no recordaba por qué.

Noctámbula ladeó la cabeza, escrutándola. Juzgando. Hanne se esforzó por serenar su respiración.

—Si no vas a matarlo, ¿cuál es tu plan? Porque tienes alguno, ¿verdad?

—Por supuesto. Combatiré la oscuridad hasta mi último aliento. —Noctámbula se pasó una mano por encima del hombro y rozó la empuñadura de su espada, como para confirmar que seguía allí—. Para eso me crearon.

Pero no estaba haciendo un gran trabajo al respecto, ¿verdad?

Noctámbula tenía la culpa de todo. Las muertes. La violencia. La ruptura de los Acuerdos de Ventisca. Si hubiera cumplido con su deber hace cuatrocientos años, ninguna de las dos se encontraría en la situación en la que estaban ahora.

—¿Por qué querías verme? —inquirió Hanne—. Estoy muy ocupada. Ejerciendo de reina.

Noctámbula desprendió una esfera de la pared y la zarandeó hasta que las sustancias químicas se mezclaron. La luz se proyectó sobre su rostro, acentuando y desplazando las sombras alrededor de sus ojos y sus pómulos, mientras volvía a colocar la esfera en su aplique. Se puso a observar los mapas recién iluminados.

—Tras la detonación del dispositivo de malicia en Monte Menudo, purifiqué el terreno y quemé los restos de todos aquellos que fueron masacrados allí.

Hanne apretó los dientes.

—Es tu deber.

—Y luego entré en la mina de Sol de Argento para combatir a los muertos vivientes. Purifiqué las profundidades, para que los mineros pudieran regresar a los lugares oscuros donde sus vecinos habían sido devorados por la misma tierra que excavaban.

Hanne se estremeció ligeramente.

—Tanto si los malsitios son nuevos o viejos, son tu responsabilidad.

Noctámbula bajó las alas e inclinó la cabeza.

—Efectivamente, lo son. Y los destruiré, así como los nuevos malsitios que se produjeron cuando el Malfreno titiló. Pero no estoy contenta con el papel que habéis desempeñado vos en esto.

Hanne empezó a sudar. Evocó el olor de la torre donde conoció a los malicistas: la suciedad de Athelney, los productos químicos, la desesperación.

—No sabes de lo que estás hablando.

—Sé que infringisteis los Acuerdos de Ventisca cuando ayudasteis a finalizar el dispositivo de malicia.

—No tenía elección. —Esas palabras salieron por su boca antes de que pudiera contenerlas—. El rencor me habría matado. Me envió a la Fracción Oscura. Se metió en mi cabeza… y me mostró el aspecto que tiene ese mundo. No pude… No pude.

Le temblaban las manos. También la mandíbula. Cuando parpadeó, no pudo ver más que un cielo sin estrellas y aquel fragmento que parecía de cristal.

Noctámbula la estaba mirando con un gesto que parecía de curiosidad. Luego lo cambió.

—Yo habría elegido a la humanidad por encima de mi propia seguridad.

—Yo no soy como tú.

—Sois reina. Por tanto, debéis anteponer siempre a los demás. —Noctámbula flexionó las alas antes de volver a plegarlas sobre su espalda—. A raíz de vuestros actos, Monte Menudo ha desaparecido y este invierno habrá escasez de alimento en Brink. A no ser que vuestros predecesores acumulasen reservas en caso de una incursión, los habitantes de vuestro nuevo hogar pasarán hambre. Sin embargo, como los Highcrown insistían en negar que hubiera una incursión, creo que encontraréis vacíos esos almacenes.

Hanne se puso nerviosa. Era cierto. Ya había ordenado registrar los viejos depósitos del interior de la montaña, pero sus hombres solo habían encontrado polvo y aire rancio.

—Además, el pueblo embriano marchará contra vuestra familia en Solcast. Cientos de rebeldes…

—Miles.

—Miles de personas están asediando Solspiria en este momento, en lugar de atender sus granjas, sus forjas y las demás labores que deben realizar los mortales. Los habitantes de vuestro palacio no tardarán en morir de hambre. Pero vos insistís en fingir que todo esto habría sucedido sin vuestra influencia.

Hanne sintió una oleada de ira tan intensa que se le nubló la vista y se tambaleó ligeramente hacia atrás.

—Estoy ocupándome de esos problemas. Tengo un plan para poner fin al asedio de Solspiria. Y para alimentar a Brink.

—No lo dudo —repuso Noctámbula.

—¿Qué has querido decir con eso?

—Asumo mis errores —dijo Noctámbula—. Vos deberíais hacer lo propio.

—Pensaba que los asuntos mortales no te concernían.

Noctámbula alzó sus alas negras, haciendo que pareciera mucho más alta. Amenazante. Su espada estaba allí, visible por encima de su hombro. En el fondo de su mente, Hanne se preguntó si dolería o si la estocada sería tan veloz que no tendría tiempo de sentirla.

Noctámbula la miró a los ojos, los suyos eran terroríficos y ancestrales.

Pero Hanne había visto cosas peores. Se había enfrentado a dos rencores. Aunque, sí, la criatura que tenía delante mataba rencores.

—Olvidáis otra consecuencia de haber concluido el dispositivo de malicia.

Hanne sintió un nudo en la garganta. Provocó que casi le doliera al decir:

—¿Qué crees que he olvidado?

—A Rune Highcrown.

Algo cambió en la expresión de Noctámbula. Fue algo fugaz, y si Hanne no hubiera estado mirándola tan fijamente, lo habría pasado por alto. Pero no fueron imaginaciones suyas.

Su rostro también debió de revelar algo, porque Noctámbula asintió despacio con la cabeza.

—Necesitáis traerlo de vuelta. Para legitimar vuestra posición en Caberwill.

—¿Sabes dónde está? —preguntó Hanne.

Noctámbula no respondió de inmediato. Finalmente, dijo:

—Sí.

¿Lo dijo con un tono de culpa? ¿Noctámbula podía experimentar algo así?

—¿Dónde? —Hanne achicó los ojos.

—Está allí donde lo envió el portal.

—Sí, pero ¿dónde?

—Vuestros hombres lo dan por muerto —prosiguió Noctámbula, como si Hanne no hubiera preguntado nada—. Las esferas flotan a la deriva por el terreno, en el lugar donde el rey Rune desapareció por una de ellas. Alguien ha plantado allí una bandera a media asta.

Hanne se sintió revuelta. Una cosa era escuchar esas especulaciones de labios de plebeyos y consejeros. Esas eran fáciles de desestimar, rebatir, aplastar. Sin embargo, no era tan fácil ignorar a Noctámbula.

—Pero ¿está muerto o no?

Hanne estaba perdiendo el control de la situación, pero ya se preocuparía por eso más tarde, cuando la criatura más poderosa de Salvación no estuviera tomando como rehén su futuro y acusándola de traicionar a la humanidad.

—Decidme por qué queréis a Rune.

—Ya lo sabes. Tú misma lo has dicho. Por legitimidad. Sin él, lo perderé todo.

Hanne tomó aliento. Detestaba esa sensación incómoda y sofocante. Detestaba ponerse a la defensiva, cuando ella era siempre la que golpeaba primero, rápido y repetidas veces.

—Decidme algo más —añadió Noctámbula—. Decidme si lo amáis.

—¿Mi respuesta cambiará algo? —inquirió Hanne—. Para ti, quiero decir. Es obvio que sientes una especie de fascinación hacia él.

Noctámbula se quedó callada un rato. ¿Titubeando?

—Simplemente quiero saberlo.

—En ese caso, no. —Hanne no vio motivos para mentir—. No lo amo. Decidí casarme con él por el bien de nuestros reinos y para poner fin a las agresiones de Ivasland. Nada más.

Noctámbula asintió con los labios fruncidos, pensativa.

—Está bien. En respuesta a vuestra pregunta: el rey Rune sigue vivo.

Hanne sintió cómo se quitaba un peso de encima.

—¿Estás segura?

—Me pidió que viniera a veros. Para pediros ayuda.

Era evidente que Rune necesitaba ayuda. Pero Hanne lo necesitaba a su vez, así que haría lo que fuera necesario para traerlo de vuelta.

—Muy bien. ¿Dónde está? ¿Qué necesita?

Se estaba empezando a imaginar a su desventurado esposo atrapado en la cumbre de una montaña lejana, necesitado de ropa de abrigo y tal vez unos esquís, pero Noctámbula esbozó un gesto tan sombrío que el pavor que sentía Hanne alcanzó nuevas cotas.

—Rune está atrapado en la Malicia. A merced del rey rencor.

12. NOCTÁMBULA

Noctámbula desconocía muchas cosas.

Por ejemplo: ¿cómo tenía la reina Johanne constancia de la existencia de Daghath Mal? ¿Cómo había participado en la construcción del dispositivo de malicia? Y lo más importante: ¿cómo se había llevado eso a cabo? ¿La reina Johanne se había visto coaccionada, tal y como aseguraba?

—Rune está en la Malicia —murmuró la reina Johanne, apesadumbrada. Se le nubló la vista. Por un momento, pareció como si estuviera en otra parte: replegada en su mente, en un recuerdo, en algo oscuro y peligroso que había dejado una cicatriz invisible—. ¿Cómo es posible que esté allí?

—El portal. —La respuesta debería haber sido obvio, pero a veces la conmoción hacía que los mortales necesitaran que les explicaran las cosas con palabras sencillas—. Por desgracia, era de una única dirección.

—¿Cómo lo sabes? ¿Viste a Rune? —Una risita escapó de los labios de la reina Johanne—. Supongo que has tenido que verlo si te pidió que vinieras a buscarme. Así que lo viste en la Malicia, pero no lo rescataste. ¿Y ahora está atrapado en ese lugar horrendo con el rey rencor? —Su rostro enrojeció de ira—. ¿Por qué no lo salvaste? —Fulminó a Noctámbula con la mirada, con una llamarada de odio en sus ojos azules—. ¡Es un ser humano! Está atrapado ahí dentro. Con rencores. ¿Cómo pudiste dejarlo allí?

Estaba temblando, su cuerpo menudo apenas podía contener su rabia. ¿Era una pantomima? ¿De verdad estaba tan indignada al pensar que Noctámbula debería haber hecho algo más para ayudar a Rune porque era un ser humano, cuando la propia reina había condenado a miles de personas a un destino parecido? Noctámbula adoptó un gesto férreo.

—Lo habría cargado sobre mi hombro si hubiera sido posible. Pero el rey rencor es un enemigo muy astuto, con legiones bajo sus órdenes. En cuanto a Rune, todos sus guardias habían sido masacrados y el rey rencor lo tenía agarrado por el pescuezo. Es un rehén. Si decido regresar a la Malicia, Rune morirá.

La reina Johanne apretó los dientes, tenía los ojos desorbitados.

—Tendrías que haber…

—No pude.

—Tendrías…

—Vos no estabais allí. —Noctámbula insufló fortaleza en su voz, en un intento por hacerle entender a la reina Johanne—. Rune sigue vivo, lo juro.

—¿Cómo lo sabes?

—Habría notado su marcha de este mundo.

La reina Johanne se rio.

—Hablas como una campesina. No dejan de decir que, si su amante hubiera muerto en un desprendimiento, o en un incendio, o en el mar, ellas lo sabrían. Pero no es cierto.

Era improbable que la reina Johanne hubiera dedicado mucho tiempo a hablar con campesinas.

—Vuelve a entrar en la Malicia —ordenó—. Mata a unos cuantos rencores más. Y tráeme a Rune.

Noctámbula se puso furiosa.

—Eso supondría condenar a muerte al rey.

—¿Qué necesitas? —insistió la reina Johanne—. ¿Un ejército? Puedo conseguirte uno.

Noctámbula soltó un bufido. Ya había oído antes esa promesa.

—Rune es mi invocador, mi caballero del alba y mi alma gemela. Si no pude conseguir un ejército de él, desde luego que no espero conseguirlo de vos.

—Tu alma... —La reina Johanne apretó los dientes—. No deberías reivindicar aquello que no puedes mantener.

—En ese caso, medid vuestras palabras cuando os hacéis llamar reina.

A la reina Johanne se le ruborizaron las mejillas y la garganta. Sus ojos despidieron un brillo furibundo.

—No sabes nada sobre mí.

—He visto otros gobernantes como vos, obsesionados con el poder, aterrorizados con lo que pasará cuando lo pierdan. No es nada nuevo ni especial. No sois diferente a todos esos monarcas inseguros que os precedieron.

No debería permitir que esa muchacha la sacara de sus casillas, pero la reina Johanne podría hacer mucho bien. Bastaría con que tuviera la voluntad de hacerlo.

—Sí soy diferente. —La reina Johanne estaba furiosa—. Soy especial. He sido elegida.

«¿Elegida?». Una alarma sonó en la mente de Noctámbula. Un aviso. Bajó la voz, cautelosa.

—¿Por qué creéis eso?

Silencio. Ojos entornados. Y luego:

—¿Qué es un alma gemela?

—Nada que os incumba.

La reina se replegó durante un instante, luego meneó la cabeza ligeramente. Sonrió.

—Tienes razón. No es nada. Puedes llamarlo como quieras, pero Rune es mi esposo, mi rey y el padre de mi hijo.

¿Hijo?

Noctámbula aguzó el oído, pero solo oyó el viento que gemía alrededor del castillo, los ratones que mordisqueaban una pared de yeso. Si la joven reina estaba embarazada, aún no había latido.

Pero tal vez fuera cierto. Al fin y al cabo, era el deber de Rune. Debería alegrarse por él, en vez de recordar cómo, junto a esa misma mesa, Rune se ofreció (cuando estaba ebrio) a ayudarla a cepillarse el pelo; la suavidad con que le acarició el rostro en el balcón; el estallido de añoranza que experimentó cuando Rune la besó en la Malicia…, antes de que lo abandonara.

No debería volver a pensar en esas cosas. Jamás.

Así que Noctámbula sofocó una oleada de emociones. Reprimió la culpa. Regresó al presente.

—Enhorabuena. Seguro que os sentís aliviada.

A la reina se le empañaron los ojos, como si estuviera pensando en algo que no terminaba de… encajar.

—¿No hiere tus sentimientos?

Otra oleada de suspicacia se elevó dentro de Noctámbula. Rune le había pedido que fuera a buscar a la reina Johanne para pedirle ayuda, pero ahí estaba pasando algo muy sospechoso. No podía mencionar el arma que buscaba cuando su instinto la alertaba de lo contrario.

—Debo irme —dijo Noctámbula—. Debería haber previsto que no me ayudaríais.

—¡No has dicho lo que querías! —protestó la reina Johanne—. A pesar de que te he hecho una oferta. Un ejército entero. Tantos hombres como quieras. A ti te gustan los ejércitos, ¿verdad?

—Y ya he dado mi respuesta. No voy a regresar a la Malicia.

Los ojos de la reina se oscurecieron.

—Esperaba que pudiéramos ser aliadas.

Eso era mentira casi con toda seguridad.

Pero Noctámbula había esperado algo parecido. Las dos querían poner fin a esa incursión…, o eso aseguraba la reina. Sin embargo, el dispositivo de malicia, la insistencia para que Noctámbula regresara a la Malicia sin importar las consecuencias… Eran señales de alerta que no podía ignorar.

Observó las manos de la reina Johanne, que estaban envueltas en vendajes. De ellas manaba un olor a antiséptico y sangre.

—Decidme cómo os hicisteis esas heridas.

—Maté a un rencor. —La reina Johanne tocó la esquirla de obsidiana que llevaba al cuello—. Como verás, no necesito tu ayuda. No necesito nada de ti. Si no piensas ir a buscar a Rune, ni hacer lo que sea necesario para traerlo de vuelta sano y salvo, no me sirves de nada.

—Es impresionante —susurró Noctámbula.

Incluso un caballero del alba adiestrado tendría dificultades para matar a un rencor, así que, si la reina Johanne había sido capaz de tal hazaña, significaba que era mucho más formidable de lo que aparentaba.

—Lo es. —La reina Johanne se irguió—. Y ahora, vete. No quiero volver a verte en Caberwill ni en Embria.

Dicho eso, agarró una esfera luminosa y bajó por las escaleras.

Noctámbula escuchó las pisadas, el murmullo distante de unas voces y el chirrido de un cristal al deslizarse sobre un aplique. La reina Johanne no había mencionado que le impidiera desplazarse por el castillo.

De hecho, ni siquiera una reina tenía tanta autoridad. Nadie imponía límites a Noctámbula.

Era una lástima que se hubiera frustrado la reunión. Esperaba, como mínimo, descubrir alguna pista sobre el paradero del arma. Algo que solo conocieran los miembros de la realeza, como los altares de invocación. Pero durante toda la conversación había tenido la sensación creciente de que la estaba poniendo a prueba. Tentándola. Como si la reina hubiera estado intentando sonsacarle cuáles serían sus próximos pasos.

«Necesito esa arma», pensó Noctámbula.

Si la reina Johanne no estaba dispuesta a ayudarla, solo quedaba otra persona que podría intentarlo.

13. Rune

¡Corre! —volvió a gritar Rune.

De inmediato, el ivaslandeño se puso en marcha, en perpendicular a las sombras de los árboles, y desapareció pendiente abajo. Pero Rune se retrasó demasiado. Se pegó mucho a las sombras. Se movió demasiado lento.

La sombra de un árbol serpenteó sobre la tierra roja y lo agarró por el tobillo; otra se enroscó alrededor del hueso. Al mismo tiempo, ambas sombras tiraron de él hacia los árboles.

Rune arrastró las rodillas por el suelo y se le escapó de la mano el hueso del rencor, lejos de él. Más sombras le rodearon la cintura. Aunque solo se tratara de sombras, ejercían una presión más fuerte que la de un cepo.

Entonces todo se detuvo.

Habían arrastrado a Rune hasta situarlo bajo los árboles. Desde esa distancia, vio que las ramas eran garras, los nudos en la madera eran cuencas de ojos vacías, los agujeros en el tronco semejaban bocas. Mientras estuvo mirando hacia arriba, los árboles permanecieron completamente inmóviles.

Pero tuvo que parpadear.

En un instante, los árboles se acercaron.

Desesperado, Rune intentó mantener los ojos abiertos a base de fuerza de voluntad, pero se levantó polvo mientras forcejeaba para tratar de zafarse de las sombras. Le lagrimearon los ojos y…

Un error. En cuanto apartó la mirada de los árboles, se cernieron sobre él: una docena de ramas retorcidas, espinas que supuraban una sustancia parduzca y viscosa. Un hedor dulzón que le revolvió el estómago.

Se le nubló la vista y le escocían los ojos, pero se obligó a mirar hacia arriba, a observar fijamente esos árboles espinosos mientras intentaba desembarazarse de ellos. Se le desgarró la ropa y las espinas se le clavaron en la piel, pero se negó a amilanarse mientras se zafaba y se puso a buscar a tientas el hueso del rencor, hasta que por fin lo rodeó con los dedos.

Lo blandió frente a su cuerpo mientras volvía a parpadear. Le ardían los ojos.

El hueso impactó contra algo sólido: una rama se resquebrajó y uno de los árboles soltó un aullido.

Se puso en pie y volvió a blandir el hueso, apuntando hacia las ramas más pequeñas que conformaban sus garras. El aullido se repetía cada vez que parpadeaba, los árboles se movían a trompicones. Poco después, unas ramas lo rodearon, lo aferraron, dejándole los brazos pegados a las costillas. Soltó un grito breve y ahogado mientras las espinas de los árboles se clavaban a fondo, perforándole la piel y la armadura. Sintió el roce caliente de la sangre al fluir y el dolor le obligó a cerrar los ojos de nuevo. Oyó el chasquido de sus articulaciones mientras los árboles seguían apretando…

—¡Abre los ojos!

Le costó un gran esfuerzo obedecer a esa voz, con ese dolor agónico recorriendo su cuerpo y palpitando en su cráneo, pero se obligó a abrir los ojos y vio que había un manojo de espinas justo delante de su rostro.

Algunos depredadores apuntaban a la garganta. Este optaba por los ojos. Si Rune se quedara ciego no podría detenerlos.

Se obligó a mirar más allá de esas espinas, hacia los propios árboles. Estaban tan cerca que sus ramas se enredaban y sus troncos se presionaban entre sí.

La voz de aquel hombre volvió a resonar por detrás de él:

—¡Sigue observándolos!

Crujir de madera. Chasquidos. El hombre soltó un gruñido. Poco a poco, la presión ejercida sobre Rune comenzó a aflojarse, pero el escozor en los ojos era insoportable.

—Parpadea ahora —dijo el otro.

Así lo hizo, varias veces. Una vez satisfechos sus ojos, exclamó:

—Ya está.

Otro gruñido. Entonces se oyó un sonoro crujido y Rune cayó al suelo, libre de esas espinas.

Sirviéndose del hueso del rencor, Rune apartó las ramas, partiendo fragmentos que hasta hace apenas unos instantes habían intentado matarlo. Cuando tuvo espacio suficiente para moverse, retrocedió, coordinando sus parpadeos con los del otro hombre.

Entonces unas manos humanas lo agarraron de los brazos, tirando de él para terminar de liberarlo de los árboles. Ramitas, espinas y ramas enteras cubrían el suelo.

Sin decir nada, Rune y el otro hombre echaron a correr, alejándose de los árboles y sus sombras.

—Has vuelto.

—Quería seguir huyendo, pero no pude... —Se aclaró la garganta—. No podía abandonar a otro caballero del alba. Aunque seas caberwiliano.

A Rune le dolía el cuerpo entero. Le entraron ganas de tumbarse y terminar de desangrarse. Pero en lugar de eso, avanzó varios pasos más para alejarse de los árboles, apoyando el peso de su cuerpo sobre el hueso del rencor.

—No te preocupes. —Tenía la voz tomada—. Yo tampoco siento mucho aprecio hacia los ivaslandeños.

—Tomo nota. —El ivaslandeño retrocedió junto a él, de espaldas, sin perder de vista a los árboles. Pero ahora que no estaban coordinando sus parpadeos, resonaron aullidos y lamentos a medida que los árboles descubrían sus extremidades rotas, sus ramas caídas, sus presas desaparecidas. Se acercaron un poco, dispuestos a reanudar la persecución—. No podemos quedarnos aquí.

Rune estaba de acuerdo. Pero no sabía cuánto tiempo más podría tenerse en pie. Sus heridas sangraban en abundancia, seguramente atrayendo a más depredadores.

Aun así, retrocedió otro paso con tiento, lejos de los árboles, lejos de sus sombras. El ivaslandeño lo siguió.

—No bastará con romper la línea de visión —dijo—. Nos perseguirán hasta que nos atrapen. O hasta que lleguemos a algún sitio inaccesible para ellos.

«Lleguemos». En plural.

Rune sintió dentera solo de pensarlo.

Pero estaba herido y estaba claro que ese ivaslandeño sabía más que él sobre la Malicia y sobre cómo sobrevivir.

Inspiró hondo. Después dijo:

—Entonces, ¿adónde vamos?

—A la Tormenta —respondió el ivaslandeño con un tono sombrío.

Aquello no sonaba bien, pero tal vez, cuando consiguiera escapar de esos árboles antropófagos, podría hallar un modo de enviarle un mensaje a Noctámbula sobre los planes de Daghath Mal para el Malfreno.

—De acuerdo.

El ivaslandeño alzó la cabeza y miró en derredor, como si estuviera intentando orientarse. Luego se puso en marcha.

—Camina de espaldas y vigila a los Espinos mientras yo marco el rumbo. Eso debería ralentizarlos lo suficiente como para permitirnos llegar hasta la Tormenta.

Apoyándose en el hueso del rencor, Rune caminó de espaldas detrás del ivaslandeño. De vez en cuando, el otro le daba instrucciones —«gira a la izquierda» o «cuidado con ese agujero»—, pero la mayor parte del tiempo caminaron en silencio. Aun así, Rune pudo sentir la presión de las preguntas que se acumulaban en el interior de su nuevo compañero, pero el ivaslandeño no las formuló, así que él tampoco le ofreció respuestas. Aún no.

Pasaron los minutos. Rune tenía el rostro y el pecho bañados en sudor. Le ardían las piernas y sentía una punzada en el costado. Siempre había estado en forma, pero ahora estaba herido y la Malicia lo dejaba exhausto; podía sentir cómo le extraía su energía. Experimentó un efecto de visión túnel mientras se concentraba en impulsar los pies sobre el terreno seco y rojizo, intentando no caerse. Si se desplomara, no sabía si sería capaz de volver a levantarse.

Los árboles espinosos no eran más que unas manchas oscuras en el horizonte cuando el ivaslandeño habló de nuevo:

—¿Cómo te llamas?

—Rune. —La familia Highcrown había sido prominente cuatrocientos años antes, si bien aún no pertenecía a la realeza. Si le revelara su apellido, seguro que el otro lo reconocería y se incrementaría la tensión. Mejor que ese ivaslandeño creyera que se trataba de un plebeyo caberwiliano—. ¿Y tú?

—Thoman Summerhill.

Los apellidos ivaslandeños correspondían a pueblos o ciudades, al lugar de nacimiento de una persona. Que Thoman se lo dijera era una pequeña muestra de confianza, aunque tampoco implicaba un gran riesgo.

Rune giró la cabeza para mirar por encima del hombro. Un risco inmenso del tamaño de una casa se alzaba frente a ellos: un sitio tentador para descansar un rato a la sombra.

—Necesito recuperar el aliento —dijo—. E intentar frenar la hemorragia.

El ivaslandeño, Thoman, giró la cabeza para mirarlo.

—Aquí no. Tenemos que seguir avanzando. Podrás ver las huellas del peñasco cuando pasemos.

Efectivamente, cuando rodearon el risco, Rune vio el rastro que dejaba: una línea larga y sinuosa sobre la tierra roja. No pudo discernir cuándo se movería, pero al igual que todo lo demás allí, seguramente no tendría problema en aniquilar a dos pobres desdichados.

Caminaron en silencio durante varias horas más, turnándose para vigilar a los árboles mientras el otro abría camino alrededor de arbustos o ascendiendo por pequeñas colinas. Durante los tramos que le tocó guiar a Rune, vio algo que se extendía a lo lejos: una oscuridad desplegada sobre el cielo. Esperó que fuera la tormenta. Necesitaba sentarse y curarse las heridas, aunque no tenía nada con lo que hacerlo. Los dolores que sentía comenzaron a entremezclarse. Cada paso era una tortura.

—¿Cómo...? —A Thoman se le quebró la voz. Cuando Rune miró de reojo por encima del hombro, hacia el lugar donde el ivaslandeño caminaba por delante de él, el hombre se deslizó sus uñas largas y curvadas por el rostro, trazando unos surcos entre la mugre—. Antes. Cuando me encontraste. No recuerdo gran cosa. Solo sensaciones, siniestras y furibundas. Estaba furioso. Y asustado. Pero ahora me siento... —tiró de un mechón de su cabello mugriento— más despejado. He recuperado mis facultades mentales.

Rune asintió.

—¿Cómo lo hiciste? —Thoman tocó el punto donde Rune lo apuñaló—. Sentí dolor, pero después... —Negó con la cabeza.

Rune hizo una pausa.

—Ella me dio una de sus plumas. ¿Lo recuerdas? La utilicé contigo.

Una emoción iluminó los ojos del ivaslandeño.

—¿Está aquí? ¿Ha vuelto para buscarnos?

—No, no está aquí.

—Soñé que la veía. Estaba sobrevolando el terreno. —Señaló hacia arriba, trazando con el dedo una senda a través del cielo—. Se dirigía al castillo, pero la alcanzaron antes. Los rencores. Los que tenían alas la arrastraron hacia el cielo. Los que no tenían alas, pero sí arcos, intentaron abatirla. Corrí para gritarle por... por haberme dejado aquí. Pero ella ya se había ido.

—No fue un sueño. —Rune tropezó con la raíz retorcida de un árbol—. Estuvo aquí. Pero ya no.

—No lo entiendo. ¿Adónde se fue? ¿Los rencores la... la mataron?

—Está herida, pero sigue viva. —Rune aferró el hueso de rencor con más fuerza—. Lo siento. No puedo contarte nada más que eso.

Thoman refunfuñó.

—Típico de los caberwilianos.

Rune giró la cabeza para mirarlo.

—¿Cómo dices?

—Ya me has oído. —Thoman volvió a darse la vuelta—. Puede que combatamos juntos como caballeros del alba, pero sigues siendo un nativo de Caberwill. Sé cómo piensan los caberwilianos y los embrianos, sé lo que le hacéis a la gente de Ivasland: ocultáis cosas. Cosas que necesitamos.

—Teniendo en cuenta que Ivasland asesina caberwilianos, no debería sorprenderte que no te cuente gran cosa. —Rune volvió a mirar hacia los árboles. Se habían acercado mientras hablaba con Thoman.

—Ivasland hace lo necesario para sobrevivir. —Thoman apretó los puños. Varias de sus uñas se chascaron a causa de la presión—. Los ivaslandeños siempre hemos tenido menos que vosotros. Pero hemos hecho más cosas. Instruimos a todo el mundo. Racionamos la comida. Y a pesar de tener un ejército más pequeño y peor equipado, adiestramos y desplegamos el mismo número de caballeros del alba. Aportamos más de lo que nos corresponde. La familia real de Athelney quiere lo mejor para su pueblo. Entretanto, los Aska matan a trabajar a los plebeyos embrianos… y luego nos culpan a nosotros de su miseria. Y los Skyreach… —Thoman negó con la cabeza—. Vuestros monarcas solo quieren guerreros, no pensadores. Buscan cualquier excusa para enzarzarse en una batalla. Cualquier excusa para asaltar pueblos fronterizos y robar lo poco que tenemos.

Rune sintió una oleada de furia y, por un momento, lo único que pudo ver fue a ese asesino ivaslandeño emergiendo de entre las sombras, el destello del cuchillo mientras le rebanaba el pescuezo a su hermano, el silencio y la conmoción en el pasillo situado frente a la capilla familiar, mientras Opi se desplomaba sobre el suelo. Tal que así, Rune pasó de repuesto a heredero.

Y luego la noticia recibida apenas unos días antes, cuando su madre y sus guardias irrumpieron en su habitación para contarle que su padre había sido asesinado por un sicario ivaslandeño, lo cual lo convertía en rey.

Rune juró que Ivasland pagaría por ello. A cada instante, les causaban más perjuicios a su reino y a él. No estaría allí de no ser por Ivasland. ¡Y Thoman! Puede que fuera un caballero del alba, pero ante todo era un ivaslandeño.

—¿Cuántas veces ha enviado tu rey a sus ejércitos contra pueblos indefensos? —insistió Thoman—. ¿Cuántas veces ha robado nuestros avances científicos, nuestros…?

Se oyó un traqueteo leve. Cuando alzaron la mirada, los árboles estaban más cerca, a escasos metros del lugar donde se encontraban. Los rostros grabados en sus troncos eran máscaras furiosas. Tenían las ramas extendidas hacia el frente, con intención de alcanzarlos.

—Maldita sea —murmuró Rune. Por suerte, las sombras se proyectaban en una dirección diferente…

Pero mientras pensaba en eso, el sol cambió de posición. Las sombras se desplazaron. Aunque ahora eran más cortas, apuntaban directamente hacia él.

Con el corazón acelerado, Rune retrocedió varios pasos, ampliando la distancia que lo separaba de los árboles. Si volvieran a alcanzarlo, no sería capaz de repelerlos. Thoman también retrocedió.

—Están heridos —dijo—. Enfurecidos. Antes estaban cazando, dispuestos a esperar a que te cansaras. Pero ahora que les hemos hecho daño…

—Solo quieren venganza. —Rune tenía la voz ronca. Siguieron retrocediendo. Los árboles se desplazaban durante las fracciones de segundo en las que Rune y Thoman parpadeaban al mismo tiempo—. ¿Falta mucho para llegar a la tormenta?

—Podemos correr y confiar en que no esté lloviendo.

Rune no tenía claro si debía echar a correr, teniendo en cuenta sus múltiples heridas, pero una descarga de adrenalina le recorrió el cuerpo. Podía hacerlo. Tenía que lograrlo.

Llegados a ese punto, habían aumentado la distancia que los separaba de los árboles. Por varios cuerpos de longitud.

—De acuerdo —dijo Rune—. Estoy listo.

Los dos se dieron la vuelta al mismo tiempo y corrieron hacia la oscuridad rojiza. Unos nubarrones se aglutinaron en el cielo, de un ominoso color óxido, cargados de lluvia. Rune corría hacia ellos, hacia ese lugar donde esos árboles asesinos no podrían alcanzarlos.

Traqueteos, crujidos, chirridos: los árboles seguían avanzando, persiguiendo a sus presas. Las sombras se alargaron, rozando los talones de Rune. Cuando podía, miraba por encima del hombro para detenerlos, para ganar otro segundo que les permitiera llegar hasta la tormenta.

—¡Ya falta poco! —Thoman iba en cabeza, corriendo con todas sus fuerzas, propulsando rocas y guijarros mientras subía a toda prisa por una pendiente.

Rune tropezó con una de esas piedras que echaron a rodar por la cuesta. Trastabilló y, en un visto y no visto, acabó de rodillas, la gravilla se le clavó en las palmas, el hueso de rencor se le escapó de las manos.

—Thom…

Se afanó por levantarse, pero la sangre acumulada provocaba que se le resbalasen las manos. Una sombra le rozó la bota.

Desesperado, rodó por el suelo hasta quedar sentado, mirando de nuevo hacia los árboles. Estaban a punto de alcanzarlo, ahora paralizados…, hasta que parpadeara. En cuanto lo hiciera, estaría muerto.

—Los estoy mirando —exclamó Thoman—. Muévete. Corre. Vamos.

Rune se incorporó, perdiendo más sangre en el proceso, y recogió el hueso de rencor antes de correr hacia la tormenta, que se encontraba apenas a unos metros.

No hubo confusión posible cuando llegó a su destino. Una línea negra marcaba la frontera. El suelo crepitó bajo sus botas. Y cuando se dio la vuelta, una sombra se aferró al tobillo del ivaslandeño.

Los árboles se quedaron paralizados, Rune agarró a Thoman por los brazos y tiró de él para liberarlo e impulsarlo hacia la tormenta.

Se desplomaron, después se quedaron sentados a recobrar el aliento. Los árboles permanecieron inmóviles, en parte porque los estaban observando y en parte porque habían fracasado en su persecución. Durante los instantes en los que podían moverse, se meneaban con furia.

—Gracias —susurró Rune—. Por haberte dado cuenta de que ya no estaba detrás de ti.

Thoman se encogió de hombros.

—Te odio. Eres caberwiliano. Has… —Carraspeó—. No importa. Somos enemigos por naturaleza, pero…

—Aquí no podemos serlo.

Rune soltó un quejido mientras examinaba las magulladuras que tenía en las manos y los nudillos. El último estallido de energía atenuó el dolor, pero ya había regresado. Le dolía hasta el último centímetro del cuerpo.

—Estoy de acuerdo.

Thoman se incorporó. Parecía exhausto, pero resultaba desconcertante lo joven que parecía. De la misma edad que tendría Opi si no lo hubieran asesinado.

—En marcha —dijo—. No podemos permanecer a campo abierto.

—¿Por la tormenta? —Rune se levantó sin perder de vista a los árboles, que los observaban con avidez.

—Sí. —Thoman frunció el ceño—. La Tormenta. Con «T» mayúscula. Y no queremos que nos alcance un aguacero.

—¿Por qué…? —preguntó Rune con voz ronca mientras caía de las nubes algo oscuro y viscoso. Siseó al impactar con el suelo; una nubecilla de humo se elevó en espiral. Esa lluvia no estaba compuesta de agua—. Maldita sea.

Se apresuró a otear el entorno en busca de un posible refugio. Maleza, grava, un cauce poco profundo por el que discurriría esa no-lluvia.

—¡Allí! —Señaló hacia un enorme saliente de roca. Había detectado una pequeña oquedad bajo la repisa de piedra.

Restalló un trueno que reverberó a través de la Malicia. Rune estuvo a punto de soltar el hueso mientras intentaba taparse los oídos, pero Thoman ya había echado a correr otra vez. Rune aferró su arma con más fuerza y salió tras él mientras caían nuevas gotas, que siseaban al contactar con la tierra... y con él. Con su rostro. Con sus brazos.

De repente, comprendió por qué los árboles no se aventuraban por allí: la Tormenta los habría chamuscado hasta convertirlos en un despojo humeante.

Rune se lanzó hacia la oquedad situada bajo la roca, antes de que la Tormenta lo matara también a él.

14. HANNE

—Pues claro que Rune la eligió a ella —refunfuñó Hanne. Ese pensamiento la acompañó toda la noche, reconcomiéndola a cada momento. Apenas había pegado ojo—. Cómo no.

Nadine alzó la mirada de la partida de gambito de mora. Iba ganando ella. Como siempre.

Hanne sacó una carta del mazo. Un cinco. Apoyó los dedos sobre la diminuta corona de cristal teñida de negro, mientras miraba de reojo el tablero. (La corona de cristal era un nuevo añadido para el juego, el joyero del castillo la diseñó en su honor para conmemorar cómo mató al rencor.) Tras meditarlo un instante, avanzó siete casillas con la corona. Nadine escrutó el rostro de su prima.

—Es un farol. Enséñame la carta.

—Maldita sea —murmuró Hanne—. ¿Cómo lo has sabido?

—Por tu cara. —Nadine sonrió con satisfacción mientras sujetaba la corona de Hanne y la hacía retroceder siete casillas hasta el punto de partida. Las mismas posiciones que el farol de Hanne—. Pareces muy disgustada.

—Rune atravesó un portal voluntariamente y se dejó atrapar en la Malicia. Se lo buscó él solito. Y lo hizo por ella, sabiendo que lo necesitamos aquí.

Nadine suspiró.

—¿Qué vas a hacer al respecto? Quejarte ante mí no servirá para traerlo de vuelta.

—Lo sé —repuso Hanne—, pero así me siento mejor.

«Un momento». Hanne miró a su prima con los ojos entornados. ¿Nadine siempre se había referido a Rune por su nombre de pila? ¿Habría empezado a hacerlo después de que Rupert sugiriese que se casara con él?

Nadine sacó una carta del mazo, su rostro no reveló nada mientras examinaba el valor, luego se fijó en el tablero. Avanzó siete casillas con su taza de té y atravesó la línea de meta.

—¡No! —Hanne le quitó la carta de la mano. Efectivamente, era un siete. Se quedó chafada y arrojó la carta sobre la mesa—. Has trucado la baraja.

—No tendrías tantos problemas si se te diera mejor farolear.

—Nadie se da cuenta nunca cuando voy de farol. Excepto tú. ¿Cómo es posible?

Hanne tenía ganas de discutir, pero alguien llamó a la puerta y Maris asomó la cabeza.

—Ya han llegado —anunció la doncella.

—Gracias, Maris. —Hanne se levantó y se alisó las faldas—. ¿Qué tal estoy?

Nadine respondió sin titubear:

—Tienes el aspecto propio de una reina.

Hanne asintió mientras jugueteaba con el colgante que estaba apoyado sobre su pecho: la esquirla de la corona de obsidiana. Su presencia la reconfortaba, aunque muchos alegarían que era un abalorio bastante feo.

Pero el poder no tenía por qué ser siempre hermoso.

—Ojalá… —Se interrumpió. Resultaba muy fácil hacerle confidencias a Nadine. Al fin y al cabo, lo había hecho siempre. Era algo tan natural como respirar.

Su prima aguardó.

—Ojalá me sintiera como una reina. —Hanne mantuvo la mirada fija sobre el tablero—. Ojalá me pareciera algo real.

Nadine le acarició el brazo, tan reconfortante como siempre.

—Lo que pasa es que la gente no deja de cuestionarte. Están intentando que dudes de ti misma. Eres embriana. No se fían de ti.

—Necesito hacer que confíen en mí.

—Y lo harás. Pero poco a poco. —Nadine señaló hacia la puerta que conducía al salón—. Prudence y Victoria están ahí fuera porque quieren confiar en ti. Ya lo hacen, a su manera. Se cuentan entre las primeras personas con las que hablé cuando llegué a Brink.

Con tiento, Hanne escuchó el relato de Nadine.

—Desayunamos el día después de mi llegada. Les expliqué lo valiente que fuiste, cómo atrajiste a ese rencor para alejarlo de mí. Me habría matado, Hanne. Te debo la vida.

Hanne sintió un nudo en la garganta.

—Eso no es...

—Y eso es precisamente lo que les conté a ellas. Saben lo que hiciste por mí y lo que has hecho en Brink. —Nadine señaló hacia el fragmento de la corona de obsidiana.

Hanne inspiró una bocanada trémula y asintió. La presión la estaba afectando, el estrés de saber cuánto trabajo quedaba por hacer... y que ella era la única capaz de llevarlo a cabo. Nadine era consciente de eso.

—Voy a tener que ocuparme de Rune —murmuró Hanne—. Está vivo y Noctámbula sabe dónde está. Puede que se lo cuente a alguien más.

—Sería mejor si estuviera muerto.

Hanne sopesó esa posibilidad.

—¿Tú crees?

—Mejor para ti. Si Rune sobrevive, si escapa..., podría contarle al Consejo de la Corona que mentiste: que no estás embarazada y que no os acostasteis en Embria.

—Rune no se lo contará a nadie. Yo también soy una garantía para su trono.

Nadine frunció los labios.

—Bueno, si quieres recuperarlo, tal vez podríamos enviar una tropa a través del Portal del Alma. Quizá puedan traerlo de vuelta, ya que Noctámbula se niega.

Hanne no entendía por qué se negaba en redondo a rescatar a alguien a quien denominaba su «alma gemela», fuera lo que fuera eso. ¿Tan difícil sería entrar volando en la Malicia, agarrar a Rune y volver a salir volando? ¿El rey rencor se enteraría si Noctámbula acudiera allí para rescatar a alguien?

—Traeré de vuelta a Rune cuando caiga el Malfreno. Enviaré una pequeña comitiva con nuestros mejores hombres para recuperarlo y traerlo a casa antes de que el Malfreno se regenere.

—¿Sabes cuánto tiempo estará desactivado? —Nadine se mordió el labio, apartándose unos milímetros de su prima.

—Un rato.

A Hanne le habría gustado saber con exactitud cuánto tiempo tardaría en restablecerse el Malfreno, pero Tuluna no se lo había dicho. Era posible que Tuluna tampoco lo supiera, aunque le resultaba inconcebible que pudiera desconocer algo.

—No me gusta perder el Malfreno, aunque solo sea unos instantes. —Nadine recogió las cartas de la pila de descartes y comenzó a barajarlas—. ¿Quién sabe lo que pasará? Seguro que morirá gente. Se crearán nuevos malsitios. Los rencores camparán a sus anchas. Y... y la gente.

Sí, morirían unas cuantas personas. Tal vez muchas. Eso era inevitable. Pero al final, cuando el Malfreno se restaurase, en su plenitud, serían más las que se salvarían.

—Lo siento —dijo Hanne—. Ojalá pudiera darte mejores respuestas. Pero los númenes están de nuestra parte. Tuluna guía nuestros pasos.

Un gesto de preocupación cruzó el gesto de Nadine.

—Por supuesto.

«¿Está de tu parte?».

«Sí —pensó Hanne—. Sí, Nadine siempre me apoya».

«Asegúrate».

Hanne quería tener la certeza.

Sí, Nadine tenía sus reservas. No lo aprobaba. Pero eso no significaba que fuera a sabotear el plan.

¿Verdad?

Nadine se levantó y se alisó el vestido.

—En fin. Será mejor que vayamos a ver a Victoria y a Prudence.

Hanne asintió y salieron juntas al salón, donde Cecelia les estaba sirviendo un té a las dos damas caberwilianas.

—Lady Victoria Stareyes —dijo Hanne con afecto—. Lady Prudence Shadowhand.

Las dos mujeres se levantaron y le dirigieron una reverencia, obsequiándola con cumplidos como «Majestad» y «Hoy estáis radiante».

Tras aceptar esas muestras de cortesía con elegancia, Hanne tomó asiento en la silla más alta y dio un sorbo de té. Estaba dulce y caliente, justo como le gustaba. Ya reconfortada, tomó la palabra:

—Supongo que sabéis por qué estáis aquí.

Las dos cruzaron una mirada.

—Estamos al corriente de vuestra disputa con Charity y Rupert —dijo Victoria.

—Aunque no es nuestra intención aventurar los motivos por los que queréis hablar con nosotras —se apresuró a añadir Prudence.

En circunstancias normales, Hanne se deleitaba con las sutilezas del lenguaje, poniendo a prueba a los demás, haciendo que se esforzaran para congraciarse con ella. Pero aún le dolía la cabeza desde anoche y, para colmo, no le gustaba esa tensión latente con Nadine.

Así que no estaba de humor para poner a prueba el temple de esas damas caberwilianas. Hoy no.

—Ahora que soy reina, expulsaré a Rupert y a Charity del consejo. Se han aferrado a esa mesa durante demasiado tiempo. Mis predecesores no quisieron capear la tormenta política resultante de ascender a alguien nuevo a las cancillería del tesoro y la información, pero yo sí estoy dispuesta. Por supuesto, valoro mucho la experiencia de ambos y me siento agradecida por sus numerosos años de servicio, pero el reino debe mirar hacia el futuro.

—Estoy de acuerdo, majestad. —Prudence inclinó la cabeza. Deslizó un dedo enguantado por el asa de su taza; siempre llevaba puesto un guante oscuro, negro o gris, ya que su apellido era Shadowhand y, al parecer, no quería que nadie lo olvidara. Resultaba un poco burdo, al menos en opinión de Hanne, pero si esa mujer le mostraba lealtad, podría hacer lo que le viniera en gana, al menos en lo referido a la estética—. El conde Flight posee una amplia red de informadores, pero no los valora.

Hanne asintió.

—Si alguien más metiera la mano y... se adueñase de la red de Rupert, eso lo debilitaría, junto con los planes que esté maquinando. Pero habría que estar atentos a cualquier posible tránsfuga. Hay vidas en juego.

Prudence también asintió con la cabeza.

—Así es, majestad. Pero ¿cómo lo expresó lady Holt? «En Caberwill, la lealtad se ve recompensada; en Embria, se exige». Si me nombráis canciller de la información, podría dejar a Rupert Flight ciego y sordo, figuradamente, en un plazo de... —miró de reojo a Nadine— dos años.

—Que sea uno y el puesto es tuyo —repuso Hanne—, en cuanto comience el nuevo mandato del consejo.

Prudence se quedó callada un rato, quizá revaluando sus planes. Pero luego asintió.

—Sí, puedo hacerlo.

A Hanne le daba igual si Prudence decidía, literalmente, cortarle las orejas y arrancarle los ojos a Rupert. Lo único que quería era sacarlo de su vida.

—Ten cuidado. Rupert no debe tener ningún indicio de lo que se avecina.

Ese era el problema de conspirar contra el jefe de espías: había muchas probabilidades de que se enterase de la conspiración.

—¿Y tú? —Hanne se giró hacia Victoria—. Es posible que Charity no esté tan atrincherada en su puesto como canciller del tesoro, pero es una mujer poderosa. Controla una riqueza inmensa, minas y fábricas de moneda, posee cientos de contactos de negocios...

—No por mucho tiempo. —Victoria esbozó una sonrisa triunfal—. Estoy dispuesta a adquirir sus mejores contratos mediante cualquier método necesario. Mi familia entera respaldará esta iniciativa. Seguro que ya conocéis nuestra reputación.

—Espléndido.

—También hemos abiertos nuevos túneles en la mina de hierro que poseo, de donde se están extrayendo cantidades considerables de ese metal. Tengo entendido que el hierro es necesario para la guerra, y estaré encantada de vendérselo a la corona con un descuento. También puedo disponer que se envíe una porción de las cosechas de mis fincas a Brink, para llenar nuestros almacenes.

Hanne se irguió un poco más en su asiento. Noctámbula había logrado que se sintiera mal por no poder alimentar a Brink ese invierno, pero aquí tenía a una mujer que estaba trabajando para resolver ese problema.

—Bien —dijo Hanne—. Asegúrate de que tus ofertas para los contratos sean generosas. Que nadie piense que la nueva reina de Caberwill no está dispuesta a pagar por lo que quiere.

—Así lo haré. —Victoria volvió a sonreír.

Hanne se terminó el té.

—Sabía que erais especiales por el entusiasmo que mostró Nadine con esta reunión. Le hicisteis compañía mientras estuve indispuesta, os convertisteis en buenas amigas. Y ahora, también lo sois para mí. Representáis un ejemplo excelente de lo que se puede alcanzar con esta alianza.

Las dos caberwilianas sonrieron.

—Avanzar hacia el futuro, hacia la paz, no será tarea fácil —dijo Prudence—, pero creo que podremos conseguirlo. Juntas.

—Está asegurado. —Victoria sonrió otra vez.

Sonreía demasiado, pensó Hanne, pero era una sonrisa agradable. Ese era el problema de Charity. Bueno, uno de ellos: era arisca, demasiado ambiciosa y conspiradora, y no hacía nada para disimularlo.

Hanne se levantó y las demás la imitaron enseguida.

—Gracias por hacerme compañía esta tarde —dijo—. Ojalá pudiera quedarme para seguir charlando, pero me temo que debo asistir a otra reunión. Si pudiera aplazarla, lo haría...

—Por supuesto —dijo Prudence—. Sois la reina. Tenéis una agenda muy apretada. Somos nosotras las que agradecemos el tiempo que nos habéis dedicado.

Tras otra ronda de cumplidos y una invitación para una cena fastuosa dentro de poco, las futuras consejeras salieron de la habitación.

Hanne esperó unos instantes hasta que se marcharon. Luego alzó la voz:

—¿Sabine?

Lady Sabine salió de la habitación contigua.

—Majestad.

—¿Ha llegado lo que mandé a buscar? —preguntó Hanne.

Sabine asintió.

—Sí, pero está muy enojada.

—Era de esperar. —Hanne se deslizó los dedos por el pelo—. En marcha.

Hanne, junto con Sabine, Nadine y el capitán Oliver, abandonó los aposentos de la reina y salió del pabellón real.

Varios nobles merodeaban por los pasillos, la mayoría enfrascados en sus asuntos, pero siempre había alguien que quería pararse a charlar con ella. Hanne les permitía copar una parte de su tiempo mientras le preguntaban por su vestido (diseñado y confeccionado por su modista particular), alababan su valentía al enfrentarse a un rencor (ella se mostraba humilde) y la prevenían de comer queso tierno si quería tener un bebé fuerte (Hanne no dio orden a su guardia de asesinarlos por darle esos consejos indeseados, pero se planteó hacerlo).

Finalmente, llegaron a las escaleras de la mazmorra. Sin que nadie los viera, descendieron por los húmedos escalones de piedra, uno detrás de otro. El pasadizo era estrecho, diseñado para impedir que grupos grandes de prisioneros pudieran escapar todos a la vez al castillo. El camino estaba iluminado por unas esferas distribuidas a una distancia regular.

En silencio, bajaron tres tramos de escaleras hasta que por fin llegaron a la mazmorra, un espacio grande tallado en la montaña, con la altura y profundidad propias de una caverna. Las celdas eran unos agujeros en el suelo cubiertos por una rejilla, con unos faroles apostados encima de cada una. Nadine se aproximó al borde de una de esas celdas y se asomó al interior.

—No está metida en una de estas, ¿verdad?

—Por supuesto que no. —Sabine señaló hacia unas dobles puertas que estaban cerradas. Eran más altas que tres hombres adultos encaramados unos encima de otros—. Por ahora está en la sala de maquinaria. Donde se guardan las mangueras, las bombas de agua y esas cosas.

—¿Hay más prisioneros en este momento?

—Ahora mismo, no, pero calculo que habrá, mmm, media docena de plebeyos arrestados por amenazaros. Para que sirvan de ejemplo.

Sabine lideró la comitiva hasta una pequeña puerta accesoria situada junto a las principales. Dentro, unas bombas de agua ocupaban la mayor parte del espacio, con unos armarios y otros artilugios mecánicos repartidos por todas partes.

En el centro, atada a una de las gigantescas cañerías, había una joven. Tenía el pelo corto y oscuro, manchado de polvo y sudor, y llevaba puesto un uniforme gris reconocible. También estaba sucio y mugriento. Alzó la cabeza y abrió mucho sus ojos oscuros cuando reconoció a la recién llegada.

—Hildy.

—En realidad, soy Johanne Fortuin. Pero prefiero que me llames Hanne. —Hizo una pausa—. Me alegro de volver a verte, Mae.

15. NOCTÁMBULA

El templo numinoso de Brink era antiguo y majestuoso, estaba plagado de vidrieras y capiteles de piedra.

Noctámbula había estado allí muchas veces, la más reciente para asistir a la boda entre Rune Highcrown y Johanne Fortuin. No era un recuerdo feliz, sobre todo teniendo en cuenta cómo acabó aquel día —purificando un malsitio emergente e incinerando a todos los muertos de Monte Menudo—, pero sirvió para que encontrara con facilidad el camino hasta la sala de lectura oficial, el mismo lugar donde encontró a Rune examinando textos antiguos de los caballeros del alba.

Plegó sus alas mientras contemplaba los muebles de madera rojiza pulida, la enorme mesa y las estanterías que cubrían las paredes. Fue allí donde le explicó a Rune el concepto de las almas gemelas y donde depositó el saco de materiales para la invocación de un rencor, ofreciéndole una forma de pedir ayuda a su padre en la verdadera guerra.

Desde entonces se habían torcido muchas cosas.

Un quejido. Un estrépito. El olor a madera pulida inundó la estancia cuando una joven criada que había estado limpiando se apresuró a arrodillarse para recoger las esquirlas de cristal.

—Lo siento, lady Noctámbula. Perdonadme. No os había oído entrar...

—No te disculpes. —Noctámbula atravesó la habitación. Por el camino, sacó un par de trapos del carrito de la limpieza—. Yo recogeré los cristales. Tú limpia el suelo.

La doncella tragó saliva mientras cogía los trapos que le ofrecía. Tenía cara de no saber si obedecer o huir para salvar el pellejo.

—No te haré daño —dijo Noctámbula con suavidad, mientras recogía los fragmentos de cristal de entre la masa rezumante de abrillantador. Los dejó caer sobre su mano ahuecada—. No pretendía asustarte. Supuse que la habitación estaría vacía.

—No me… no me habéis asustado, lady Noctámbula. —La doncella se puso a limpiar el líquido derramado.

Noctámbula la miró de reojo, tenía el pelo negro y recogido en un moño ceñido, llevaba puesto un uniforme gris e impoluto.

—Si así fuera, lo entendería.

—No, no. —La criada negó con la cabeza.

Noctámbula suspiró. Detestaba que esa chica se sintiera en la necesidad de mentir, de apaciguarla de esa manera.

—¿Cómo te llamas? —preguntó con voz afable.

—Aura, lady Noctámbula.

—Aura. Como un viento suave y apacible.

—O como el aura que desprenden las personas importantes. —Aura fue a buscar dos trapos más—. Como los reyes, por ejemplo. Supongo que mis padres esperaban que yo también consiguiera algo especial, aunque fuera a un nivel más humilde.

—Entiendo. —Qué crueles eran los padres caberwilianos—. Tal vez esperaban que mostrases interés por los asuntos palaciegos.

—Es posible. Pero si pudiera elegir, preferiría la biblioteca —añadió Aura, un poco menos cohibida—. Me encanta contemplar los libros cuando tengo un momento de respiro. Me gusta imaginarme todos sus secretos.

—Aquí la mayoría de los bibliotecarios son sacerdotes.

Aura asintió.

—La mayoría. Pero no todos. Tal vez… —Agachó la cabeza—. Lo siento. No quiero entreteneros con mis balbuceos.

A Noctámbula no le importaba si servía para que la pobre criada dejara de estar aterrorizada.

—Es bueno tener sueños.

—Gracias, lady Noctámbula. Os agradezco que digáis eso.

Noctámbula recogió el último fragmento de cristal y los envolvió todos con el trapo.

—Cuando nos hayamos deshecho de esto, me gustaría reunirme con Dayle Larksong.

—¿El sumo sacerdote? ¡Por supuesto! —Aura se puso en marcha—. Lo traeré enseguida.

Terminó de limpiar los restos de abrillantador y arrojó los trapos a un cubo separado, que ya albergaba un montón de paños sucios—. ¿Puedo traeros algo más? ¿Comida? ¿Algo de beber? —Se fijó en las manos de Noctámbula—. ¿Algo con lo que asearos?

Noctámbula interrumpió la labor de limpiarse las manos en la armadura.

—Sí. Por favor.

Su armadura se limpiaría por sí sola, pero parecía que Aura le daba importancia al hecho de estar presentable.

Varios minutos después, la criada había salido con el carrito de la sala de lectura y Noctámbula se encontraba en uno de los pequeños cuartos de baño anexos. Apenas había espacio para sus alas y del grifo solo salía un hilillo de agua, pero había jabón y una pila de toallitas de manos plegadas.

Se miró en el espejo de vidrio mercurizado. Tenía el rostro chupado, con manchas de tierra y aceite. Ojos negros, rodeados por un grueso manto de pestañas. El pelo oscuro y alborotado.

Tenía el mismo aspecto que siempre que se miraba en el espejo —bueno, más aseada de lo habitual—, pero, de repente, se quebró un recuerdo en el que contemplaba su propio rostro.

Noctámbula se estremeció. La amnesia se había ralentizado, pero seguía perdiendo fragmentos de sí misma, poco a poco, momento tras momento.

Rápidamente, se lavó las manos y los brazos, se peinó lo mejor que pudo para mitigar los efectos del viento y luego hizo un intento para limpiar las manchas de aceite de su armadura. Solo consiguió empeorarlo.

Cuando regresó a la sala de lectura, Aura había pasado por allí, dejando un aguamanil lleno de agua, unos vasos vacíos y un trozo de pan tibio. Noctámbula vertió un poco de agua y cortó un trozo de pan, después se sentó en la silla que ocupó Rune apenas unos días antes. Imaginó que aún podía percibir el calor de su cuerpo. Pero no pudo. Ni siquiera podía oírlo. Ya no.

Pero Rune seguía vivo. Estaba convencida de ello.

Alguien llamó a la puerta con suavidad. Entró Dayle Larksong, con un gesto a medio camino entre una sonrisa y una mueca en su rostro arrugado.

—Lady Noctámbula —dijo—. ¿En qué puedo ayudarte?

Noctámbula dejó a un lado el agua y el pan a medio comer.

—Busco un arma.

El anciano se fijó en la espada que llevaba a la espalda.

—Un arma diferente —aclaró ella—. Un arma olvidada.

—Entiendo. La biblioteca del templo alberga muchos libros que describen armas antiguas. Si pudieras decirme de qué tipo de arma se trata…

Noctámbula negó con la cabeza.

—O en qué época fue forjada…

—Hace muchos miles de años.

—O quién la creó…

—Númenes.

El sumo sacerdote Larksong la miró fijamente.

—¿Alguien ha visto esa arma desde su creación?

—No, que yo sepa. Es una reliquia, como Bienhallada, mi espada, o como la Aureola Negra, la corona que porta la reina Johanne. Yo tenía constancia de la existencia de noventa y nueve reliquias. Ahora he descubierto que existe una más.

—¿De veras? ¿Cómo la has descubierto?

Noctámbula se quedó callada.

—En fin. Si tú no la conocías, ni siquiera estará enumerada en nuestros catálogos de reliquias más antiguos. —Suspiró y la miró a los ojos—. Supongo que será un arma secreta. ¿Para qué sirve?

—Para destruir. —Noctámbula rodeó la mesa—. Un rey rencor ha atravesado el Desgarro. Puede que esos textos antiguos lo describan.

—Sí. —El sumo sacerdote Larksong palideció—. En textos que son muy muy antiguos. Pocas personas vivas los han leído. Los horrores que describen no se olvidan con facilidad.

Noctámbula tragó saliva.

—Pero los reyes rencor no pueden acceder al plano laico por voluntad propia. No pueden atravesar el Desgarro del mismo modo que sus soldados. Entonces, ¿cómo...?

Noctámbula se quedó mirando al sacerdote y esperó. Lo deduciría por sí mismo, estaba segura.

Introdujo una mano en el tejido de seda amarillo que rodeaba su garganta y finalmente agarró un colgante de obsidiana machacada.

—Alguien lo invocó. No con materiales simples, como los que trajiste antes, sino con poder. Poder de verdad. Poder de la realeza. Hace cuatrocientos años.

Noctámbula asintió.

—Solo los reyes pueden invocar a otros reyes.

—Entonces yo tenía razón —murmuró Larksong—. El Amanecer Rojo fue un castigo por los actos de nuestros ancestros. Impartiste justicia divina.

Noctámbula apretó los dientes.

—Lo que hice estuvo mal.

—¿Y el rey rencor? ¿Lo has matado?

Noctámbula estaba empezando a detestar esa pregunta.

—No —respondió—. Ni hace cuatrocientos años, ni tampoco hace cuatro días. Matar a un rey implica convertirse en uno. Me habría convertido en una pesadilla para este mundo, en la destrucción encarnada. —Noctámbula reprimió el impulso de mirar hacia el Malfreno a través de la ventana—. Está vivo. El rey Rune es su rehén.

El anciano se sobresaltó.

—¡Tenemos que salvarlo! ¡Reunir a los ejércitos! ¡Enviar a todos los soldados de Salvación a la Malicia para rescatarlo!

¿Ahora la gente quería seguirla hacia la oscuridad, cuando solo había una única vida en juego? Pero ¿qué pasó cuando era el mundo entero el que corría peligro? Nada. Nadie mostró el menor interés.

Los humanos eran el oponente más complicado al que se había enfrentado.

—Por más que me gustaría adentrarme en la Malicia y liberarlo —replicó Noctámbula—, no regresaré allí sin esta arma.

—Podrías volver a arrojar al rey rencor a través del Desgarro —insistió el sumo sacerdote Larksong—. No hace falta que lo mates. Solo tienes que enviarlo de vuelta al lugar del que salió. Ya lo sabes, mi señora.

Noctámbula negó con la cabeza.

—Eso fue lo que intenté hace cuatrocientos años. —Decidió saltarse todos los motivos por los que no tuvo éxito—. Y ahora el Desgarro está oculto, así que, aunque quisiera, primero tendría que encontrarlo. No puedo buscarlo dentro de un castillo desconocido al mismo tiempo que combato al rey rencor mientras impido también que mate a Rune.

El sumo sacerdote se quedó callado un rato.

—¿El rey rencor es capaz de matarte?

—Soy inmortal. No invulnerable.

Una vez más, le habían recordado que era un arma: la espada de los númenes. Un arma. No una mujer.

—Sería muy difícil matarme —continuó en voz baja—. Pero alguien como el rey del inframundo podría hacerlo.

El sumo sacerdote tensó los dedos con los que sujetaba el colgante.

—Esta arma destruirá al rey rencor —dijo Noctámbula—. Lo desintegrará por completo.

—¿Por qué un arma tan poderosa debería estar oculta? ¿Por qué no la has estado utilizando durante siglos?

—No es necesario usarla contra cualquier adversario. Además, imagine que un arma como esa cayera en manos de los mortales. Las guerras que libran contra otros humanos ya son desastrosas. Con esa arma, un reino podría aniquilar por completo a sus vecinos. Un gobernante equipado con esa arma sería imparable.

»O imagine que esa arma estuviera en poder del rey rencor. No habría esperanza para la humanidad, su sufrimiento no tendría fin. —Noctámbula negó con la cabeza—. No, esa arma se ha mantenido oculta para protegerlos hasta ahora, cuando más se la necesita.

—Está bien. Te ayudaré a encontrarla —dijo el sumo sacerdote Larksong con firmeza—. Supongo que deberíamos empezar buscando cualquier documento relativo a las reliquias. Desde luego, aunque no haya ninguna mención directa a la reliquia número cien, tiene que haber alguna pista. Si estaba previsto que la empuñaras alguna vez, no puede ser imposible de encontrar.

Noctámbula siguió al sumo sacerdote fuera de la sala de lectura y atravesaron el pasillo en dirección a una estancia inmensa. Las paredes tenían una altura de tres pisos y estaban cubiertas de estanterías, donde cada estante estaba repleto de volúmenes encuadernados en piel. Una luz amarillenta y verdosa iluminaba la biblioteca; había cientos de esferas luminosas instaladas en apliques espejados o colgadas a modo de lámparas, siempre encendidas gracias a una joven que se encaramaba a las escaleras y corría de un lado a otro de las estanterías de hierro forjado.

—Supongo que ya habrás estado antes en la biblioteca, lady Noctámbula. —El sumo sacerdote Larksong esperó mientras ella contemplaba el entorno.

—Por supuesto. Pero nunca deja de asombrarme la manera que tienen los mortales de comprimir el conocimiento en papel y almacenarlo en estantes. Parece tan... frágil.

—Lo es —admitió Larksong—. Y me tomo muy en serio la labor de defenderlo. —Le hizo señas para que lo siguiera hasta la escalera más cercana—. Por aquí. Todo lo que podamos necesitar se encontrará en las secciones restringidas.

Atravesaron un largo pasillo flanqueado por puertas que conducían a habitaciones privadas. Cada una tenía una pequeña etiqueta. «Diarios reales», «Registros numinosos» y, por último, «Noctámbula». Al lado estaba dibujado su emblema: un relámpago atravesando una luna nueva.

El sumo sacerdote sacó un llavero de los pliegues de su toga y fue pasando llaves hasta que encontró una que tenía grabado el emblema de Noctámbula. La encajó en la cerradura y poco después el sumo sacerdote abrió la puerta de la habitación etiquetada como «Noctámbula».

Sus ojos se acostumbraron de inmediato a la oscuridad. Y se le escapó un resuello.

Las estanterías. Las vitrinas. Estaban vacías.

No del todo, pero los estantes tenían más polvo que libros. Había poquísimos. Esa habitación apenas tenía motivos para existir.

—Lo sé. —El sumo sacerdote Larksong zarandeó ligeramente la esfera de cristal situada junto a la puerta, dejando que la luz se proyectara por la estancia—. Se perdieron muchas cosas tras el Amanecer Rojo. Me han contado que estos estantes estaban tan atiborrados de libros que los ayudantes tenían que apilarlos junto a la pared del fondo. He encontrado tres informes de lesiones relacionadas con libros ocurridas en esta habitación.

Noctámbula registró su memoria en busca de una imagen de la colección completa, pero, aunque estaba segura de haber estado allí, no encontró nada.

—Quiero revisarlo todo. También la otra colección, la dedicada a los númenes. Y cualquier otra crónica antigua que tengan aquí.

Quizá debería escribir a las bibliotecas de todos los templos para que le concedieran también acceso a sus colecciones. Era posible que los demás reinos no hubieran realizado una purga tan concienzuda.

—Por supuesto —dijo el sumo sacerdote Larksong—. ¿Quieres utilizar la sala de lectura oficial? Puedo pedir que te lo traigan todo.

—No. Trabajaré aquí. —Ese lugar era suyo. Y era secreto..., o tan secreto como podía aspirar a ser. No quería que nadie más supiera qué estaba buscando—. Y pide que me envíen a Aura.

—¿Para limpiar? —El sumo sacerdote enarcó una ceja—. Estas habitaciones no forman parte de sus labores habituales.

Noctámbula se permitió esbozar una sonrisa ínfima. Apenas perceptible. Un gesto que solía inquietar a la gente. Pero era obvio que el sumo sacerdote era un hombre decente; no le hizo falta preguntar quién era Aura. Se preocupaba por la gente que trabajaba para él. No era de extrañar que Rune lo apreciara tanto.

—No quiero que limpie. —Noctámbula hizo una pausa y echó un vistazo por la habitación—. Quiero que limpie alguien, sí. Pero quiero que Aura sea mi ayudante.

—Aura no posee las credenciales apropiadas, lady Noctámbula. Es una criada.

—Pero usted, el sumo sacerdote de Caberwill, tiene autoridad para asignarle un empleo distinto si lo desea. Y para enseñarla.

Percibió la incertidumbre en su rostro, el cálculo de cuántos rangos se estaría saltando Aura, las consecuencias de rechazar esa petición. Finalmente, asintió.

—Así se hará, lady Noctámbula.

—Bien. —Con otra leve sonrisa, Noctámbula volvió a girarse hacia la habitación que iba a reclamar como propia—. Es hora de ponerse manos a la obra.

16. RUNE

Rune notó una sensación abrasadora en la piel cuando la lluvia ácida arreció, pero no se detuvo. Se impulsó colina arriba, detrás de Thoman, y finalmente entró dando tumbos en el pequeño refugio que había divisado antes: una oquedad bajo un saliente rocoso.

Soltó un quejido cuando acercó las rodillas al cuerpo, unas lágrimas le empañaron la vista mientras se introducía en el refugio, dejaba el hueso del rencor apoyado a su lado y comenzaba a limpiarse el líquido de la piel.

—Utiliza tu ropa —dijo Thoman—. No frotes. Dale unos toquecitos con la tela.

A Rune le temblaron las manos mientras extraía un brazo de la manga, después la presionó con suavidad sobre su rostro. La lana absorbió las gotas de esa sustancia viscosa, mitigando el efecto de las quemaduras.

—¿Qué es? —Tenía la voz ronca a causa del dolor.

—Icor. Algunos lo llaman «esputo de rencor». —Thoman negó con la cabeza—. No sé qué será en realidad, pero te corroe.

A lo lejos, un relámpago surcó el cielo rojizo, pero en lugar de emitir un fulgor blanco y cegador, era negro. Como un cielo sin estrellas. El trueno reverberó por toda la Malicia.

—No es un relámpago —dijo Thoman cuando cesó el estruendo—. Y tampoco es un trueno.

Rune se quedó mirándolo.

—Es una grieta en nuestra realidad, una ventana fugaz hacia la Fracción Oscura. Ese sonido que se oye, ese ruido que tus oídos interpretan como un trueno, es el caos infinito de los rencores. Solo lo oyes como un trueno porque tu mente lo interpreta así.

Rune sintió un escalofrío.

—Una tormenta espantosa acorde con este páramo atroz.

—No es lo peor que encontrarás aquí.

Rune se acordó del Desgarro, de esa herida supurante e infectada en el mundo de la que brotaba una magia capaz de destruir la realidad.

—Lo sé —susurró.

—Se nota que eres nuevo. —Thoman apoyó la cabeza en las rocas—. Si llevaras aquí mucho tiempo, no te habrías parado a comprobar qué hacía el icor. Habrías sabido lo de la Tormenta. Además, no me acuerdo de ti.

—¿Acaso conoces a todos los caballeros del alba? —replicó Rune.

—Por supuesto que no. Pero tú provienes de Caberwill y tienes apariencia de noble. Y no lo digo como un cumplido.

—Ya.

—Ivasland posee una larga tradición de que todo el mundo se postule para unirse a los caballeros del alba si pueden. La nobleza embriana, no. Casi nunca. Caberwill, de vez en cuando. Siempre presto atención a esos detalles.

—Tienes razón —dijo Rune al cabo de un rato—. Soy nuevo. Llegué a través de un malsitio que se escindió en varios portales. Uno conducía hasta aquí. Al interior del castillo.

—¿Malsitios? —La mirada de Thoman se ensombreció—. No... Ella los estaba purificando. ¿Cuánto tiempo llevo aquí?

Rune titubeó. Después susurró:

—Cuatrocientos años.

Thoman se giró para observar la lluvia con un gesto indescifrable.

Rune quiso preguntar cómo era posible que siguiera vivo después de tanto tiempo, pero sabía que allí las cosas funcionaban de otro modo. El tiempo. La distancia. La muerte, al parecer.

Lo cual suscitaba una pregunta: ¿cuánto tiempo llevaba él allí en comparación con el resto del mundo?

Deslizó una mano hacia la pluma sin darse cuenta, rozando con el pulgar la punta rota del cálamo. Se hizo daño, pero se sintió mejor, como si estuviera más cerca de ella.

—Necesito enviar un mensaje —dijo—. A Noctámbula.

Thoman lo fulminó con la mirada.

—Si hubiera un modo de enviar un mensaje, ¿no crees que lo habría hecho hace cuatrocientos años? —Soltó una carcajada adusta—. Incluso para los mensajes solo existe una salida: el Portal del Alma.

Rune se ruborizó, avergonzado. Por supuesto que, de haber podido, Thoman habría enviado un mensaje.

—En ese caso, deberíamos acudir al Portal del Alma. Podríamos salir de aquí.

—El portal no se abre para la gente como nosotros —replicó Thoman.

—¿Por qué no?

Thoman respondió, abstraído en sus recuerdos:

—Cuando Noctámbula nos ordenó que saliéramos del castillo, algunos nos resistimos. Nos negamos a abandonarla a merced de ese monstruo. Pero, al final, no tuvimos elección. Cada paso conllevó una lucha durante todo el trayecto hasta el portal, y vi morir a otros caballeros del alba, uno detrás de otro. Sigo sin entender cómo lo conseguí.

El corazón de Rune se ablandó con compasión.

—Sé lo que se siente —admitió—. Todos los que entraron conmigo están muertos. Los rencores los hicieron pedazos delante de mí.

A la mayoría de esos hombres no los conocía demasiado bien, pero a John Taylor... Bueno, John fue lo más parecido que tuvo a un amigo en los últimos dos años.

—Durante la retirada, vimos volar a Noctámbula y pensamos que se reuniría con nosotros en la entrada. Pero cuando llegamos, la verja levadiza estaba bajada. Gritamos y rogamos para que la abrieran, pero la verja no se levantó. Entonces los rencores nos atacaron y tuvimos que huir. Pero la malicia ya se había adentrado en nuestros cuerpos. Era imposible que se abriera la verja.

Rune agachó la mirada. Quiso preguntar qué ocurrió después, dónde estaba el resto de la tropa de Thoman, pero ya sabía que estaban muertos.

—Entonces, estás diciendo que el Portal del Alma no se abre para cualquiera.

Thoman asintió.

—Solo se abre para aquellos que tengan una llave… o para la propia Noctámbula.

—¿Qué clase de llave?

—No lo sé. Mi capitán dijo que Noctámbula le dio una, a él y a todos los capitanes, que le permitiría abrir la verja en caso de retirada de emergencia. Pero el capitán murió junto a la entrada, tratando de introducirla en la cerradura. Regresamos en una ocasión. Buscamos por todas partes, pero no había nada. Fue un tiempo perdido. Fuera lo que fuese esa llave, desapareció hace mucho, y ellos no abrirán el Portal del Alma sin ella. Puede que ni siquiera sepan que hay alguien ahí.

—¿Quiénes son ellos?

—La gente que opera el Portal del Alma. —Thoman suspiró y se quedó contemplando la lluvia—. No sé nada sobre ellos. Ni siquiera los vi cuando entré aquí. Estaba contemplando el Malfreno a medida que se abría como un telón, con un cielo rojo y ardiente al otro lado. Estaba aterrorizado, pensé que moriría aquí… Y, en cierto modo, así ha sido. Jamás me planteé este destino, ni una sola vez: que me quedaría atrapado aquí durante cuatrocientos años mientras mis conocidos vivían y morían, y después todos sus descendientes. Pero aquí estoy. No sé cómo me has traído de vuelta con la pluma de Noctámbula, ni cómo la conseguiste, pero sí sé una cosa: aún estoy corrompido. Nunca podré atravesar el Portal del Alma. No hay salida posible de la Malicia. No para mí. Si tengo suerte, moriré aquí, y si tú eres inteligente, serás el que acabe conmigo.

*

Esperaron a que pasara la tormenta, sumidos en un silencio incómodo. Rune estaba exhausto, pero no se atrevía a dormirse. El ivaslandeño cerró los ojos al cabo de un rato y, si no se quedó dormido, se le dio bien fingirlo.

Puede que estuviera disfrutando de su primer descanso plácido tras cuatrocientos años de vigilia atroz.

Pero Rune no pudo pegar ojo. Alternó la mirada entre la lluvia constante, el ivaslandeño dormido y el cálamo de la pluma que asomaba de su bota. Finalmente, sacó la pluma y la apoyó a lo largo sobre sus manos.

Incluso bajo esa extraña luz rojiza, atenuada por el torrente de icor, la pluma resultaba impresionante. Era negra como la medianoche cuando la sostenía por un reverso y un cielo repleto de arcoíris oscuros cuando la giraba hacia el otro lado. Al igual que Noctámbula, esa pluma ocultaba su verdadera belleza detrás de unos bordes afilados. Pero solo había que fijarse con un poco de atención para comprobar que había algo más.

Deslizó el índice por el asta central, deteniéndose a sentir el roce de las barbas, que parecían hechas de seda y acero al mismo tiempo. Parecía imposible que existiera una pluma como esa, que permitiera volar a una joven, pero ahí estaba, un fragmento de Noctámbula entre sus manos.

De repente lo embargó una sensación cálida. Ese calor suave y dulce mitigó el escozor en el rostro, allí donde el esputo de rencor le había quemado la piel, y alivió los pinchazos de los árboles.

Rune volvió a mirar de reojo a Thoman. Seguía durmiendo.

—¿Qué ha sido eso? —murmuró mientras ladeaba la pluma para inspeccionarla de nuevo. No obtuvo respuesta, por supuesto. Las plumas no pueden hablar. Pero, poco a poco, el nudo de su estómago se aflojó y el sopor causado por el agotamiento se disipó de su mente—. ¿Ha sido… cosa tuya?

Una vez más, no hubo respuesta, más allá de los efectos sobre su cuerpo y su mente. Cuanto más sujetaba esa pluma, más capacitado se sentía para resistir ante la corrupción de la Malicia.

—Gracias.

Apoyó la parte plana de la pluma sobre su pecho, por encima del corazón, y se imaginó que Noctámbula estaba allí con él, que estaban acurrucados juntos en ese refugio. Se quedarían sumidos en un silencio agradable, sin necesidad de decir nada. Mientras las yemas de sus dedos se rozaban. Mientras Rune levantaba una mano hacia ella, que ya estaría replicando el gesto. Mientras presionaban entre sí los costados de sus cuerpos, con un brazo alrededor de la cintura de Noctámbula, que a su vez le apoyaría una mejilla en el hombro. No sabía dónde colocar sus alas en esa escena —¿alrededor de ambos?, ¿plegadas?—, ni cómo evitaría hacerse un desgarro, pero todo era posible en su imaginación.

Un trueno que no era tal reverberó por las colinas, vibrando a través de las rocas. Rune suspiró. Noctámbula no estaba allí, y aunque así fuera, no se habría atrevido a cogerla de la mano, no hablemos ya de abrazarla.

Lo embargó la melancolía. En cualquier caso, supuso que ella no estaba diseñada para cosas como esa. Roces. Afecto. No estaba previsto que la gente se enamorase de ella. Ni siquiera las almas gemelas.

Rune se sintió ruin por ser capaz de imaginarse la curvatura de su mejilla bajo su mano, o el resuello de sorpresa que proferiría si se atreviera a besarla otra vez. Maldita sea, ¿cómo podía ser tan ruin como para anhelar esas cosas?

Tenía el cuerpo dolorido y agarrotado, estaba incómodo en ese espacio tan estrecho, sin otro sitio a donde ir.

Sin previo aviso, una tremenda grieta de oscuridad se abrió en el cielo. La negrura expansiva le gritó a la cara: sonidos terribles y angustiosos, procedentes de otro mundo. Durante un momento atroz, Rune pudo asomarse a la Fracción Oscura.

Unas torres retorcidas se alzaban hacia un cielo sin estrellas. Los rencores volaban y peleaban entre sí. Y había algo más: algo inmenso, aplastante y devorador...

La ventana que daba a la Fracción Oscura se cerró tan deprisa como apareció. Cesó ese estrépito apabullante, dejando un silencio extraño e incómodo. Incluso se atenuó el siseo de esa lluvia, que no era tal, al impactar contra el suelo; el aguacero estaba remitiendo.

—Es horrible, ¿verdad? —Thoman contempló la extensión de la Malicia con el rostro mudo de expresión. ¿Cuándo se había despertado?—. Me refiero a esas grietas. Lo que se ve cuando estás lo bastante cerca como para asomarte a ellas.

Rune asintió con la cabeza, estremecido.

—No sé cómo has sobrevivido a todo esto.

—No lo hice. —Thoman hablaba en voz baja, entre los chiflidos y el traqueteo de la tormenta agonizante—. Ya me viste. Se me metió dentro.

—¿Lo recuerdas... todo?

—Ojalá pudiera olvidarlo. —La garganta de Thoman se estremeció cuando tragó saliva—. He hecho cosas horribles para permanecer con vida. Ojalá pudiera borrar esos años, esos siglos, y volver a ser como era antes. Cuando creía que era un buen hombre.

Rune giró la pluma entre sus dedos preguntándose qué pensaría Noctámbula. Sus recuerdos le resultaban muy valiosos, incluso los malos.

—Está regresando. La corrupción. —Cuando las nubes se separaron, Thoman alzó las manos hacia la luz. Su piel se estaba quedando gris, sus venas se estaban oscureciendo.

Rune alternó la mirada entre Thoman y la pluma, titubeando, aunque sabía lo que tenía que hacer. Después reprimió el temblor de sus manos antes de sostener en alto la pluma.

—Quiero recuperarla en cuanto hayas terminado.

Un gesto reverencial cruzó el rostro del ivaslandeño mientras alargaba la mano hacia la pluma.

—Ten cuidado. —Rune giró la mano para que Thoman pudiera agarrarla por el cálamo—. Los bordes están afilados.

—¿Qué tengo que hacer? —Thoman la apoyó sobre la palma de su mano y la contempló, la pureza de su oscuridad resultaba abrumadora.

—No lo sé. Los efectos se producen sin más.

Rune sintió un remolino de emociones. Posesividad, sobre todo; Noctámbula le había dado esa pluma a él. Después celos por que alguien más pudiera ver ese fragmento de ella; él había sido el único durante mucho tiempo.

Pero la gente adoraba a Noctámbula en los tiempos de Thoman. Confiaban en ella. La reverenciaban. Ese hombre formó parte de un mundo en el que Rune siempre había querido vivir.

La esperanza se desvaneció de los ojos de Thoman mientras contemplaba la pluma… y luego se la devolvió a Rune.

—Conmigo no funcionará. Estoy malogrado. Soy indigno.

Una sensación de camaradería atravesó el corazón de Rune. No quería sentir eso. Thoman venía de Ivasland, era un enemigo por naturaleza. Pero la añoranza presente en su voz le hizo preguntarse si en el fondo no serían tan diferentes.

Cuando Rune cogió la pluma, lo envolvió una sensación de calidez que le purificó la mente y disipó la neblina rojiza de sus pensamientos. Tal vez…

Con tiento, volvió a apoyar la parte plana de la pluma sobre la muñeca de Thoman. De inmediato, la carne grisácea adoptó una tonalidad más saludable y las venas se aclararon, hasta no ser más que unos atisbos azules bajo la piel morena. Thoman volvió a apoyarse en la pared de roca, aliviado.

—Me la dio ella. —Rune volvió a guardarse la pluma en la bota—. Por eso la tengo. Fue un regalo.

Un regalo esencial para su supervivencia allí. Es más, la clave de ello.

Rune recordó la forma en que Noctámbula le deslizó la pluma en la mano, la forma que tuvo de mirarlo, como si le implorase que entendiera algo importante. Vital.

¿Y si la pluma era la clave? ¿O, tal vez, una llave? Si solo Noctámbula podía abrir el Portal del Alma, ¿no significaba eso que la llave era ella? Podría haberles dado a los capitanes de los caballeros del alba algo tan pequeño e inocuo como una uña o una hebra de cabello, cualquier cosa que encajara en la cerradura.

—Noctámbula te tiene en mucha estima. —Thoman lo miró con aflicción—. La mayoría de nosotros no llegamos a conocerla. Insistió para que todos nos presentáramos ante ella. Decía que siempre quería mirar a sus caballeros del alba a los ojos y saber quiénes éramos, pero no había nada personal ni duradero. Aparte de nuestra devoción, nuestra voluntad para morir por ella.

—Las cosas han cambiado para Noctámbula. —Rune se asomó al exterior del refugio. La lluvia había cesado por completo. Por ahora—. ¿Recuerdas el camino hasta el Portal del Alma? Quiero ir allí.

—No nos servirá de mucho, pero sí, puedo mostrarte el camino. —Thoman se incorporó para salir de la oquedad—. Tenemos que darnos prisa, antes de que empiece a llover otra vez.

Rune lo siguió, agarrando el hueso de rencor por el camino.

—Estoy preparado.

De repente, le daba igual no poder enviar un mensaje al exterior. Tenía algo mejor:

Un modo de salir.

17. HANNE

—¡No somos amigas! ¡Y no pienso tranquilizarme! —La voz de Mae estaba a medio camino de convertirse en un alarido—. Has ordenado que me secuestraran de mi hogar, que me arrastraran a través de dos reinos ¡y luego me has dejado encerrada en la sala de mantenimiento de una mazmorra!

Hanne suspiró. Sus guardias personales habían sacado a la malicista de la mazmorra para llevarla a una torre abandonada, donde las dos se encontraban a solas. Era un viejo observatorio, ahora abarrotado de bancos de trabajo, armarios y cajas llenas con todos los materiales que Hanne podía recordar de su paso por Ivasland. Habían fregado recientemente el suelo y las paredes, y acondicionado una habitación situada más abajo para utilizarla como dormitorio. Todo estaba pensado para Mae, pero ella no estaba de humor para cooperar. Hanne lo intentó de nuevo:

—Deja que te lo expli…

—¡Sin olvidar que me mentiste sobre tu nombre!

—Por supuesto que mentí. —Hanne se rio un poco, pero eso solo sirvió para enfurecer más a Mae—. No tenía intención de morir. Ya sé cómo se las gastan en Ivasland con la realeza extranjera.

—¡Me has arrancado de mi hogar!

—Sí. —Hanne se esforzó por mantener un tono ecuánime—. Pero no enmascaremos la realidad: allí te mantenían detenida. Siete hombres te vigilaban a todas horas.

—Y ahora estoy detenida aquí.

Hanne se encogió de hombros.

—Yo te trataré mejor de lo que Abagail y Baldric podrían llegar a soñar. Estaban decidiendo si ordenar que te ejecutaran o no por tu implicación en la rebelión de las estrellas… y en mi huida. Pero yo te dejaré marchar en cuanto me hayas ayudado.

—Ya, seguro: me dejarás saltar desde el borde del tejado. —Mae achicó los ojos—. Aún no me has dicho con qué quieres que te ayude.

Esa imagen perturbó a Hanne: la encantadora Mae despanzurrada sobre los adoquines del suelo, al pie de la torre. Desde luego, Hanne se había manchado las manos de sangre en alguna ocasión. Pero no se le ocurriría hacerle algo así a Mae.

—Yo jamás te haría eso.

—¿Y crees que el trayecto a rastras desde Ivasland hasta Caberwill resultó agradable? —insistió Mae—. ¿Con tus soldados? Te juro que vi a uno de ellos beberse el fluido de una esfera luminosa.

—Es posible. No tienen muchas luces. Bueno, puede que uno de ellos sí las tenga.

A Mae se le escapó una carcajada. Luego se apresuró a fruncir el ceño. Hanne reprimió una sonrisa.

—En cualquier caso, la sala de máquinas no estaba tan mal. No era una celda.

—Prueba a estar rodeada de caberwilianos andrajosos, trabajando sin tus herramientas.

—Lamento que te aburrieras. Y que ese soldado se bebiera el fluido de una esfera delante de ti. Si eso no lo mata, haré que se lo descuenten de su salario. Al fin y al cabo, las esferas luminosas no son gratis.

—Bien.

Hanne suavizó el tono:

—Sabes que Abagail iba a ordenar que te mataran, ¿verdad? Mae se mordió el labio.

—Es posible.

—Iba a hacerlo —insistió Hanne—. Bear y Barley, los otros malicistas que trabajaron en el dispositivo, están muertos.

—¿Qué?

—Ataque al corazón y accidente de carro, oficialmente. Pero mis fuentes me han dicho que Abagail le hizo una visita a Bear después de los versos matutinos. Tomaron un té. Más tarde, a Bear se le paró el corazón.

Mae se presionó las palmas de las manos a la altura del corazón.

—¿Crees que…?

—Lo sé.

—¿Y el accidente de Barley?

—Una tarde lo convocaron a la residencia real, escoltado por media docena de soldados. Tendrían que haberlo trasladado en secreto, pero, por alguna razón, corrió la voz de que uno de los malicistas estaba siendo transportado…, y la rebelión de las estrellas se congregó en su ubicación. Hubo carros implicados, sí, pero no se trató de un accidente.

Mae dejó caer los hombros, afligida.

—¿Cómo pudo la reina Abagail hacer algo así?

—Muy fácil. ¿Te crees que no ha hecho cosas parecidas en el pasado? Pregúntale a cualquier habitante de Caberwill lo que le pasó a su príncipe heredero. Me refiero al que precedió a Rune. Pregúntales qué le sucedió a su rey. —Hanne hizo una pausa—. De nuevo, al que precedió a Rune, obviamente.

—Eso suena como si Rune estuviera tramando algo —murmuró Mae.

—Rune es incapaz de tramar nada. —Hanne negó con la cabeza. Rune era un necio hermoso y obediente. Y maldita fuera Noctámbula por no ir a rescatarlo—. Abagail ordenó esas muertes. Y lo sabes. Solo estaba esperando para eliminarte, porque esperaba utilizarte contra mí. Pero aquí no podrá hacerte daño. Ni siquiera sabe que estás en Caberwill. Estás a salvo.

—No me siento así.

Mae pegó un respingo cuando se abrió la puerta. Apareció Nadine.

—El capitán Oliver acaba de concluir otra ronda por los pasillos. La torre está asegurada.

—Bien. —Hanne volvió a girarse hacia Mae—. ¿Lo ves? Nadie sabe que estás aquí.

—¿Y dónde es «aquí»? ¿Qué lugar es este? —Mae oteó la habitación de la torre—. Solo es ligeramente mejor que la sala de máquinas.

—Es un observatorio —dijo Hanne—. Se utiliza para observar.

—Así es. —Nadine atravesó la habitación para soltar un pestillo y empujar una porción de la pared a lo largo de unos raíles. La madera traqueteó mientras se movía, revelando un ventanal de vidrio de plomo. Estaba cubierto de grietas que semejaban telas de araña, pero resultaba obvio hacia dónde querían que apuntara.

Hacia el Malfreno. Una energía azulada y crepitante recorría su superficie curvada. La silueta de Nadine se dibujó parcialmente sobre el pálido fulgor azulado.

—Si quieres disfrutar de una panorámica sin el cristal, puedes ir al exterior. Hay una pasarela que rodea esta habitación. Y hay una trampilla que conduce a la azotea. —Señaló hacia el techo—. Por si quieres ver las estrellas. Es toda tuya.

Mae volvió a otear la estancia, contemplando los telescopios y el equipamiento, como si los observara con una perspectiva nueva.

—Puede que no sea un lugar tan malo para estar atrapada.

Hanne sonrió. Finalmente, Mae estaba atendiendo a razones.

—Contarás con un pequeño equipo para ayudarte.

—¿Para ayudarme a qué? —Mae había vuelto a adoptar ese tono de suspicacia, pero estaba reñido con la curiosidad. Esa era la clave de los científicos como ella: adoraban su trabajo.

—Necesito que construyas algo para mí: las mismas máquinas que construiste para Abagail. Veinticuatro en total.

El observatorio se quedó en silencio, salvo por el aire que siseaba a través de las grietas en el cristal.

Varias emociones se desplegaron sobre el rostro de Mae, entre ellas miedo y preocupación.

—¿Y si me niego?

—No lo harás. —Hanne estaba convencida.

—Accedí a fabricar el dispositivo de malicia para la reina Abagail porque esperaba que lo utilizara con sensatez. —Mae se estrechó entre sus brazos mientras miraba de reojo hacia las ventanas—. Pero lo empeoró todo. Utilizó mi trabajo para hacerle daño a la gente.

Pues claro que Abagail había usado esas máquinas para hacer daño. Mae sabía que lo haría. Pero, como buena persona que era, se engañó al creer que podría controlar el resultado de su trabajo. Y se convenció de que el fin justificaba los medios, de que al final todo saldría bien.

—Si los construyera, te limitarías a utilizarlos contra Ivasland.

—No, de eso nada. —Hanne dio un paso al frente, urgiendo a Mae a que comprendiera que le estaba diciendo la verdad—. Juro que no utilizaré las máquinas contra Ivasland. Que no infringiré los Acuerdos de Ventisca utilizando la malicia contra ningún otro reino ni persona.

—No te creo.

Si hubiera sido cualquier otra persona, Hanne se habría rendido y la habría amenazado. «Construye los dispositivos o si no...», seguido por una mirada elocuente hacia el ventanal agrietado. Pero Hanne quería convencer a Mae. Persuadirla. Quería que lo hiciera por voluntad propia. Así que hizo lo que funcionó con Rune: le contó la verdad.

—Cuando la emprenda contra Ivasland, lo haré a la antigua usanza, con soldados mortales armados con arcos y mazas. Será un combate tan justo como pueda serlo una guerra. —Inspiró hondo—. No seré una reina que utiliza la malicia contra sus enemigos. Antes de desplazarme a Ivasland, estuve atrapada en un malsitio. Para el resto del mundo, solo transcurrió un día. Pero para mí..., fueron semanas. Estuve sola. Y pensé que me moriría de vieja antes de que me rescataran.

—¿Cómo conseguiste salir? —susurró Mae.

—Esa es una historia para cuando tengamos más confianza. —Hanne mantuvo un tono templado. Afable—. Pero quiero que entiendas una cosa: al contrario que Abagail, yo sí conozco la verdadera naturaleza de la malicia. La he experimentado en mis propias carnes. Yo no soy como ella. —Era mucho mejor que Abagail Athelney—. Pretendo utilizar estas máquinas para arreglar nuestro mundo. Quiero acabar con los malsitios y con la malicia. Y quiero poner fin a la Malicia si es que tal cosa es posible. Quiero proteger Salvación, no sepultarla. Quiero la paz, no la guerra.

Junto a la ventana, Nadine estaba asintiendo. Mae alternó la mirada entre ellas y al rato dijo:

—Necesito saber con exactitud cómo planeas usar las máquinas. No quiero formar parte de otro Monte Menudo o Sol de Argento.

—Ya te he dicho que no será así. —Hanne se acercó al armario más cercano y lo abrió—. Hay suministros de todo tipo. Metales, productos químicos, equipamiento de proyección... Todo lo que necesites.

—¿Por qué yo? Podrías habérselo encargado a cualquiera.

—Podría haberlo intentado. Y lo hice. Algunos de mis hombres han estado trabajando en ello... —Hanne cerró el armario que había abierto—, pero no son como tú. No entienden la máquina como lo haces tú. Eres mi mejor opción, y yo siempre me aseguro de obtener lo mejor. —Hanne cambió de pose—. Además, te echaba de menos. Quería volver a verte.

Mae suavizó su expresión.

—Podrías haber enviado una paloma.

Hanne se encogió de hombros.

—Abagail la habría devorado.

Una vez más, Mae soltó una risita, sorprendida.

—Tienes razón.

Hanne cruzó la habitación y le acarició el brazo.

—¿Me ayudarás?

Mae se quedó inmóvil, observando los pálidos dedos de Hanne sobre su uniforme gris de malicista.

—¿No estás casada con Rune Highcrown? —dijo en voz baja.

—¿Eso te molesta?

—Un poco. —Cuando Mae alzó la mirada, un pequeño cosquilleo recorrió el cuerpo de Hanne—. Pensaba que, si alguna vez volvía a verte, podríamos retomar nuestra... conversación en el callejón.

Una «conversación» durante la que se besaron.

—¿Quién dice que no podamos hacerlo? —Hanne sonrió—. Esas conversaciones hay que mantenerlas en privado. Pero estoy dispuesta... si tú también lo estás.

Mae la miró fijamente durante un buen rato.

—Está bien. Fabricaré tus máquinas.

Oír eso supuso un gran alivio. Mae lo había planteado como si fuera una elección y Hanne le había seguido la corriente. Al fin y al cabo, era algo (casi) voluntario, con toda la ayuda y las cortesías que uno podía desear.

—Está bien —dijo Hanne—. Quiero que empieces mañana a primera hora. De momento, echa un vistazo por el lugar, disfruta de la privacidad, y yo te conseguiré cualquier otra cosa que necesites. Todo el que acuda aquí formará parte de mi séquito personal, me deberá lealtad a mí por encima de todo. ¿Entendido?

Mae tenía cara de querer preguntar a qué venía tanto secretismo, pero quizá, después de haber trabajado para Abagail, estaba acostumbrada a mantener la boca cerrada. Asintió con la cabeza.

—No haré nada que infrinja los Acuerdos de Ventisca —repitió Hanne en voz más baja. Y no lo haría. Esos acuerdos no incluían reiniciar el Malfreno.

«*Mantén el rumbo* —susurró Tuluna—. *Mantente fiel a nuestros planes*».

«No te fallaré». Pero la inquietud persistió. Necesitaba ser más fuerte. La humanidad necesitaba que lo fuera.

Una vez acordado todo, Hanne mandó llamar a sus investigadores para presentárselos.

—Mae tomará el mando de este proyecto —dijo—. Es una experta en estos dispositivos, así que seguid sus indicaciones. Y recordad que este proyecto es confidencial. Habrá guardias apostados a lo largo de la torre para supervisar los progresos y, por supuesto, asegurar vuestra discreción. También se llevarán a cabo registros e interrogatorios al azar. Esto no se debe a que no me fíe de vosotros...

Pues claro que era porque no se fiaba de ellos.

—Sino porque quiero que seamos transparentes los unos con los otros. Como ya sabéis, este asunto es de la máxima importancia.

Todos asintieron. Y de ese modo, todo estaba saliendo como quería Hanne.

Durante dos minutos completos.

Entonces Mae dijo:

—Hanne, nos falta el ingrediente más importante.

—¿Cuál? —Hanne contempló con el ceño fruncido las mesas abarrotadas y los armarios atestados—. Pensaba que lo teníamos todo.

—No me hace falta aún, pero sí dentro de unos días.

Hanne sintió una punzada de inquietud.

—¿El qué?

—Malicia.

18. RUNE

A Rune le sonaba la barriga, lo cual no era de extrañar a esas alturas. No recordaba cuándo comió por última vez. Antes de que el dispositivo de malicia detonara en el campamento, eso seguro. ¿Almorzó aquel día? Desayunó en Brink, antes de partir con el ejército. Pero ya no podía recordar si había tomado el almuerzo.

—¿Cómo te alimentas aquí?

—Me como cualquier cosa que encuentre —Thoman alzó la mirada hacia él—. Plantas, sobre todo. Insectos. Rocas.

—¿Rocas? No mientas. —Rune agarró una piedra roja y cubierta de agujeritos, la hizo girar entre sus manos. Casi pensó que le saldrían dientes y le pegaría un bufido, pero solo era una roca normal y corriente. Se la arrojó a Thoman—. Toma, el almuerzo.

—Muy gracioso. —Aunque el ivaslandeño olisqueó la piedra a fondo—. Demasiado salada.

—Supongo que es un pregunta bastante indiscreta, pero como tú no eres muy cortés que digamos, allá va: ¿cómo salen por el otro lado?

Thoman arrojó la roca por encima de su hombro y le dirigió a Rune una mirada sombría.

—No salen.

Rune tragó saliva.

—¿Nunca?

—De momento, no.

—No sé a qué numen invocar. ¿Ulsisi? ¿Nanror? —Eran los númenes del dolor y la misericordia, respectivamente—. ¿Existe un numen de la digestión?

—Supongo que se tratará de uno de los númenes anónimos. Seguro que a la gente le avergonzaba mucho invocarlo, así que su nombre cayó en el olvido.

—Pues yo diría que es un numen al que más gente debería rezar.

—¡Ah! ¡Gardiar! El numen de las rocas.

Rune asintió.

—Buena idea. Pero ¿cómo podemos expresarlo con palabras? «¿Lamento haberme comido tantas rocas? ¿Por favor, facilita el tránsito?».

Thoman soltó una risotada.

—Perfecto. Con una oración como esa, seguro que me pondré bien.

Siguieron bromeando con las rocas y compartiendo anécdotas sobre las peores cosas que se habían comido. Thoman ganaba siempre.

De no ser por el hecho de que se encontraban en la Malicia —se lo recordaba constantemente la necesidad de rodear unos charcos gigantes de una sustancia roja y viscosa—, Rune habría disfrutado del momento. No recordaba la última vez que había mantenido una conversación tan agradable con alguien, y menos con alguien de su edad. Incluso cuando estaba con Noctámbula, una parte enorme de él siempre estaba añorando, deseosa de acercarse más a ella, consciente de que no debería hacerlo.

Con un puntito de humor negro, parecía que Thoman disfrutaba recalcando toda la extrañeza de la Malicia, dirigiendo la atención de Rune hacia un géiser que escupía minerales fundidos o una enorme porción de sombra que en una ocasión engulló a un rencor entero.

—¿Qué es esa sombra? —preguntó Rune—. ¿Es una criatura?

—Creo que solo es una sombra. Una sombra hambrienta. —Thoman se quedó mirándola un rato más—. En una ocasión, me planteé meterme por ella.

No hizo falta que explicara por qué.

Era imposible saber cuánto tiempo había transcurrido; el sol se desplazaba por el cielo siguiendo patrones erráticos. Nunca oscurecía del todo. En el fondo, Rune se alegraba de eso. Ese lugar ya era bastante horrible durante el día. Sin duda, de noche sería peor.

—Mis venas están volviendo a ennegrecerse —dijo Thoman al cabo de un rato.

Cuando se detuvieron, Rune sacó la pluma. Lo embargó una oleada de calidez, que consumió la malicia que también intentaba asentarse en él.

Thoman extendió las manos, con las palmas hacia arriba, y cerró los ojos mientras Rune utilizaba la pluma. Al igual que antes, la corrupción remitió.

—¿Cuánto tiempo más crees que funcionará eso?

—No lo sé. Pero espero que hayamos salido de aquí antes de que se agote.

Thoman miró a Rune con gesto dubitativo, como si no creyera que conseguirían escapar, pero se puso en marcha de nuevo.

—¿Qué ha sucedido durante mi ausencia? Antes dijiste que las cosas han cambiado para Noctámbula.

—Han cambiado muchas cosas.

—¿Nuestros reinos continúan odiándose?

—Más que nunca.

Thoman resopló con suavidad.

—Al menos somos consecuentes.

Rune deslizó la mirada por el mundo rojo que se extendía ante él. Estaba inmóvil, sumido entre unas sombras impenetrables y una neblina carmesí.

—Ojalá… —Titubeó—. Ojalá no fuéramos tan consecuentes. Creo que solo hay una guerra que debemos ganar. Esta. Contra la Fracción Oscura. Me avergüenzo de no haber actuado siempre al servicio de esa idea. —Se le quebró la voz—. A la hora de la verdad, cuando Noctámbula me pidió una ayuda que solo yo podía prestarle…, la decepcioné.

—¿Por qué?

Rune frunció los labios.

—Porque me debatía entre mi deber hacia ella, hacia el mundo…, y hacia mis padres y el reino.

Thoman asintió, comprensivo.

—Mis padres no querían que me uniera a los caballeros del alba. Temían que no regresara. No les faltaba razón. —Sus siguientes palabras apenas resultaron audibles entre el crujir de sus pisadas y los gemidos del viento—. Ahora están muertos.

Rune sintió una punzada de compasión. No resultaba fácil mirar la emoción descarnada que había en el rostro de Thoman. Eso lo hacía humano. Antaño tuvo una familia. Por primera vez en cientos de años, podía llorar su pérdida.

—¿Tenías hermanos? —le preguntó.

—Una hermana. —Thoman sonrió ligeramente—. Era un incordio. Siempre me desordenaba los libros. Era una buena estudiante. Mejor que yo. Quería ser galena. Espero que lo consiguiera.

Rune soltó una risita.

—Yo tengo dos hermanas pequeñas. Nunca he tenido una relación muy estrecha con ellas, pero quiero enmendar eso cuando vuelva a casa.

—¿Cómo se llaman?

—Sanctuary y Unity.

Thoman torció el gesto.

—¿En qué estaban pensando tus padres?

—No pudieron evitarlo. Mi madre… —A Rune se le trabó la voz—. Se llamaba Grace. Las virtudes están muy de moda hoy en día.

—¿Y ser un caballero del alba? ¿Seguimos siendo…? ¿La gente nos sigue respetando?

Rune negó con la cabeza.

—Hace cuatrocientos años que no se celebra el certamen de los caballeros del alba. Y la reputación de Noctámbula… no es buena.

—Eso has dejado entrever. Pero explícamelo. ¿Qué ha cambiado para ella?

Rune hizo una pausa y se apoyó un momento sobre el hueso de rencor.

—No quiero que cambie tu opinión sobre ella.

Thoman fulminó a Rune con la mirada.

—Merezco saberlo.

Rune no podía replicar a eso, así que mientras seguían caminando le contó a Thoman lo del Amanecer Rojo. Cuando terminó, el ivaslandeño frunció el ceño.

—Si a todo el mundo le daba miedo invocarla, incluso mientras los malsitios se propagaban durante cientos de años, ¿por qué está despierta ahora? ¿Quién la invocó?

—Fui yo. —Rune titubeó, aunque ya le había revelado muchas cosas a Thoman. Bien podía contarle el resto—. Mi prometida se había quedado atrapada en un malsitio. Un rencor la persiguió hasta allí. Solo vi una solución posible que permitiera liberarla y salvar nuestra alianza.

—¿Alianza? —Thoman adoptó un gesto receloso—. ¿Un compromiso político?

—Una alianza entre Caberwill y Embria. —Rune se detuvo y miró a Thoman a los ojos, rogándole que comprendiera que no se trataba de algo personal. Al menos, no contra él—. Contra Ivasland.

—Ya. —Thoman frunció el ceño—. Así que, después de todo este tiempo, Caberwill y Embria por fin han decidido que su odio mutuo contra nosotros debe prevalecer. ¿Y qué papel juegas tú en esto? ¿Qué importancia tienes?

Su corazón latía desbocado, pero ya era demasiado tarde para echarse atrás.

—Soy Rune Highcrown. Cuando me casé con Johanne Fortuin, ella fue nombrada princesa heredera de Embria y yo príncipe heredero de Caberwill.

Thoman retrocedió un paso, palideciendo.

—Después de que un asesino ivaslandeño asesinara a mi padre, me convertí en rey de Caberwill. Y sigo siéndolo, suponiendo que Hanne haya logrado conservar nuestros tronos.

Thoman lo miró fijamente durante varios segundos, largos e incómodos. Entonces, sin mediar palabra, giró sobre sí mismo y continuó en la dirección por la que estaban avanzando.

Rune sintió un nudo en el estómago. Tendría que haber mentido. Ya eran casi amigos. Casi. Habían estado a punto de aparcar sus diferencias en favor de sus similitudes.

Pero Rune, por el simple hecho de ser quien era —y lo que era—, lo había echado a perder. Igual que había arruinado todo lo bueno que había en su vida.

Inspiró una bocanada honda y dolorosa. Y luego, cuando Thoman ya se había alejado bastante, se puso en marcha una vez más.

*

—El Portal del Alma está allí —dijo Thoman, varias horas (¿o días?) más tarde. Señaló hacia las montañas que se alzaban frente a ellos—. Entre esas torres.

Rune asintió con rigidez.

Ahora que estaban tan cerca del Malfreno, casi pudo divisar el otro lado: las torres de vigilancia abandonadas, unas siluetas de piedra torcidas, por detrás de la barrera crepitante. Pero las torres que estaba señalando Thoman eran sólidas, rectas, y estaban mucho más cerca, alzándose con orgullo sobre las rocas. No podía ver sus cúspides. ¿Qué altura tendrían?

—Esas son las torres del Conocido y el Anónimo —dijo Thoman—. Allí reside la gente que abre y cierra el Portal del Alma.

Rune no sabía nada sobre ellos. Que él supiera, nunca habían asignado a nadie allí.

—He estado pensando —dijo Thoman, que seguía sin mirar a Rune—. Antes has dicho que un ivaslandeño asesinó a tu padre. Pero esa no es la razón por la que Caberwill y Embria se han unido contra nosotros.

—No. —Rune titubeó—. Ivasland también asesinó a mi hermano. Al mayor, el que fue príncipe heredero antes que yo.

Thoman se quedó callado un rato. Con gesto pensativo.

—Me cuesta imaginar que a Embria le afectara tanto eso como para formar una alianza.

—No les afectaba. —Rune tragó saliva para aflojar el nudo que tenía en la garganta. ¿Alguna vez le resultaría más fácil hablar de eso?—. Pero Embria no quería que asesinaran a su heredera, por si acaso Ivasland había adoptado esa estrategia. Era mejor protegernos entre nosotros.

—Me cuesta imaginar a mis monarcas empleando asesinos.

Los Athelney eran una familia real diferente en los tiempos de Thoman, quizá fueran mejores personas que Abagail y Baldric. Aunque Rune lo dudaba.

—No, el verdadero motivo por el que Caberwill y Embria formaron la alianza fue porque Ivasland estaba infringiendo los Acuerdos de Ventisca. —Rune tenía que hablar con claridad. Con honestidad—. No sabíamos cómo lo hicieron exactamente. Era un secreto celosamente guardado. Pero ahora sabemos que estaban construyendo máquinas capaces de transferir malicia desde una ubicación a otra. Monte Menudo ha sido arrasado por completo. Una mina en Sol de Argento comenzó a devorar a los trabajadores. Y así fue como acabé aquí: uno de esos dispositivos detonó en el lugar donde mi ejército estaba levantando el campamento; generó portales hacia diferentes rincones del mundo, incluido este. Cuando vi a Noctámbula luchando contra el rey rencor en uno de ellos, corrí a travesarlo. Algunos de mis mejores hombres me acompañaron. Ahora están muertos.

Esa última palabra sonó descarnada; tenía la garganta muy seca.

Todos sus allegados… estaban muertos.

«Es culpa mía —pensó por enésima vez—. La gente que me importa se muere». Pero no podía dejar de establecer lazos con los demás, ¿verdad?

Thoman lo estaba mirando fijamente, con un gesto de horror e incredulidad plasmado en su rostro. Lentamente, negó con la cabeza.

—Eso no puede ser cierto. Ivasland jamás haría...

—Lo hicieron. —Rune apretó los dientes—. Noctámbula lo confirmó.

Y Hanne, según pudo descubrir, había desempeñado un papel para ayudar a concluir el diseño de la máquina. Aunque lo hizo bajo coacción.

—Eso no es posible. La Ivasland que yo conozco...

—Ya no existe —zanjó Rune—. El Amanecer Rojo remodeló el mundo. Todos los reinos perdieron a sus gobernantes. Hubo combates, disputas, caos.

—Ivasland valora el conocimiento. Nuestros gobernantes no encubrirían ninguna verdad.

—¿No? Ocultaron el desarrollo de los dispositivos de malicia. —Rune tomó aliento, después suavizó el tono—. No estoy intentando provocarte. Ellos son tu gente. Ivasland es tu reino. Comprendo tu lealtad. Pero Ivasland no es infalible. Las fuerzas rebeldes están acumulando poder en Athelney. Y tengo la impresión de que Embria no tardará en tener que lidiar con un problema parecido... si es que no lo están haciendo ya.

Era difícil de decir, teniendo en cuenta que no sabía cuánto tiempo llevaba allí.

—Me cuesta mucho creer eso —murmuró Thoman—. Pero llegaste aquí de alguna manera. No fue a través del Portal del Alma. Si lo hubieras atravesado, no necesitarías mi ayuda para volver a encontrarlo.

Rune asintió.

—Eso significa que llegaste como dices. —Thoman adoptó una expresión adusta—. Es posible que estés mintiendo acerca del dispositivo. Es evidente que odias a Ivasland..., puede que con razón. Pero a no ser que Caberwill y Embria hayan invertido muchos recursos en educación e investigación, es improbable que pudieran producir nada parecido.

—Eso me ofende un poco —admitió Rune—. Nuestra canciller de educación trabaja sin descanso para asegurar que todo el mundo tenga acceso a...

—Lo que intento decir es que te creo. No me gusta. Pero te creo.

Era una gran concesión. La propaganda ivaslandeña era muy efectiva sobre su población. Rune había oído hablar de los versos matutinos, las normas estrictas y esa universidad que era, fundamentalmente, una iglesia inmensa dedicada a su numen patrona: Vesa la Erudita.

—Si salimos de aquí, no sé qué haré. ¿Cómo puedo volver a casa si todos mis seres queridos han muerto y mi reino ha caído tan bajo?

—No hace falta que lo decidas ahora. Primero tenemos que escapar, luego llegar hasta Caberwill. No sé si seguirá habiendo una guerra o no. Ni cuál será la situación de mi esposa.

Sintió una punzada de culpabilidad. Apenas se había parado a pensar en Hanne. Es posible que Noctámbula hubiera logrado encontrarla, como sugirió Rune. Es posible que estuvieran trabajando juntas.

Una posibilidad inquietante.

—Puede que mis conocimientos históricos resulten útiles. Podría ayudar a reinstaurar el certamen de los caballeros del alba en los tres reinos. —Thoman reanudó la marcha en dirección a las torres—. Quiero ayudar a enmendar los agravios de mi país.

Rune alargó sus pasos para seguirle el ritmo.

—Tú no eres el responsable.

Thoman negó con la cabeza.

—No es eso. Quiero volver a tener un lugar en el mundo. Y hacer algo bueno por los demás.

—Tendrás un sitio —le prometió Rune—. Si es que queda un mundo después de esto.

—La situación es muy grave ahí fuera, ¿verdad?

—Sí. Así que vamos a concentrarnos en llegar al Portal del Alma. —Rune avanzó hacia las montañas—. Explícame bien qué nos vamos a encontrar.

Thoman tomó aliento antes de responder:

—Hay un túnel que discurre a través de las rocas. A ambos lados de ese túnel hay una verja levadiza de hierro. El Malfreno se extiende entre medias.

—¿Qué me dices de la cerradura? —preguntó Rune—. ¿Dónde está?

—Justo enfrente del portal. A poca distancia. Pero no abrirá el portal sin una llave.

—Yo puedo pasarnos al otro lado —aseguró Rune—. Ella me tiene en mucha estima, ¿recuerdas? Tú mismo lo dijiste. Las puertas se abrirán a nuestro paso.

No se atrevió a decirle a Thoman que la pluma era la llave. O, al menos, que él pensaba que lo era. ¿Y si se equivocaba?

Con la pluma o con Thoman.

Por improbable que fuera, no podía ignorar la posibilidad de que el ivaslandeño intentara robarle la pluma y escapar de allí sin él. O peor: podría ser un espía de Daghath Mal que «ayudaba» a Rune a orientarse por la Malicia hasta llegar al Portal del Alma solo para arrebatarle la pluma y liberar al rey rencor.

Era improbable, pero no imposible.

Después de lo que pareció otra breve eternidad, llegaron al sendero que emprendía la subida por la ladera de la montaña. Hacia el Portal del Alma. Era lo bastante ancho para un ejército, aunque la mayor parte estaba cubierta de arbustos y maleza. Hacía cientos de años que ningún ejército pasaba por allí para rebajar la espesura con sus botas.

A medida que el sendero se volvía más escarpado, con una mezcla de escaleras y curvas cerradas, Rune percibió un traqueteo en los oídos, como si fuera un segundo latido. Se le erizó el vello de los brazos y notó un cosquilleo en el cerebro. Se metió el pulgar en una oreja para intentar sofocar el ruido.

—Es cosa del Malfreno —le explicó Thoman—. ¿Alguna vez habías estado tan cerca de él?

—Solo una vez, cuando era pequeño. Durante una gira oficial por el reino, mi padre nos llevó a mi hermano y a mí hasta unas ruinas llamadas Alee. Restos de cuando se erigió el Malfreno. Pero el ruido no me pareció tan estridente.

—Puede que el zumbido cambie cuando estás dentro de él.

Sí, estaban rodeados por el Malfreno. Expuestos a la presión que ejercía su magia.

Rune empezó a sentir migraña cuando iban por la mitad del sendero y tenía la mente aturullada. No era de extrañar que Thoman no hubiera regresado allí. Se detuvieron en dos ocasiones para que Rune pudiera usar la pluma sobre ellos, por si acaso, pero el zumbido de fondo no se atenuó en ningún momento.

Al fin llegaron al último recodo. Aparte del ruido del Malfreno, el trayecto había sido tranquilo, sin incidentes. Rune miró a Thoman con suspicacia, pero su acompañante no pareció advertirlo. Estaba contemplando las torres con una expresión comedida. Después alargó de repente una mano y agarró a Rune por la muñeca, con fuerza suficiente como para magullársela. Tiró de él para guarecerse detrás de unas rocas.

—Algo va mal —susurró Thoman con apremio.

Con cuidado, Rune se asomó por encima de las piedras. No había mucho que ver: un tramo seco de un sendero más o menos nivelado, un pedestal de piedra y, enfrente, un túnel inmenso en la montaña, demasiado oscuro como para atisbar el interior.

Pero también había un edificio: una torre achaparrada, compuesta de maleza, barro y ramas muertas y espinosas. El ivaslandeño no había mencionado nada de eso. Su arquitectura no concordaba con las elegantes torres del Conocido y el Anónimo, y estaba asentada entre las rocas, no oculta del todo, pero tampoco a la vista de cualquiera. Rune calculó que tendría tres o cuatro pisos de altura. Volvió a agacharse por detrás del muro.

—¿Qué es eso?

—Es nuevo. —Thoman habló tan bajito que Rune tuvo que inclinarse para escucharlo—. Parece una torre de vigilancia. Desde ahí podría divisarse a cualquiera que atravesara el Portal del Alma. Seguramente, uno de esos rencores alados tendría tiempo de ir a informar al castillo del rey antes de que un ejército de caballeros del alba pudiera atravesar siquiera el túnel.

Rune se estremeció. ¿Noctámbula habría visto esa torre cuando se adentró en la Malicia? ¿O estaba tan frustrada con la humanidad, y tan enfadada con él, que no se dio cuenta?

Deslizó el pulgar sobre la punta de la pluma. De ella brotó una chispita blanca, azulada y cegadora.

—Debemos suponer que hay rencores ahí dentro —murmuró.

Thoman asintió.

—Si intentamos salir a través del Portal del Alma, nos lo impedirán.

—¿Cuántos crees que habrá?

Refunfuñando un poco, el ivaslandeño se incorporó y giró el cuerpo para asomarse, contando en voz baja.

—Veo a tres en el piso más alto.

«Maldita sea», pensó Rune.

—Está bien. En ese caso, supongo que vamos a necesitar una distracción. ¿Qué tal andas de puntería?

19. Hanne

— Esto ha sido una mala idea —dijo Hanne mientras el carruaje circulaba a través del túnel en la montaña. Aunque había cientos de esferas luminosas colgadas a lo largo de las paredes talladas, la oscuridad seguía infiltrándose, repleta de posibilidades aterradoras. Al fin y al cabo, el Malfreno había titilado recientemente. Podrían haber aterrizado glóbulos de malicia en cualquier parte, incluido ese túnel tan concurrido. Podría estar formándose un malsitio en las zonas más recónditas de la montaña, su infección podría estar filtrándose a través de las capas de piedra.

De hecho, podría estar al otro lado de esa pared.

Hanne se estremeció solo de pensarlo.

—Ya sabías que esto formaría parte del proceso —replicó Mae, ataviada con su ropa de trabajo.

—Por supuesto. —Hanne cruzó los brazos y miró a las mujeres que la acompañaban. Mae, enfrente, y Nadine al lado. El capitán Oliver también estaba presente, como protección, pero como guardia bien entrenado que era, no hablaba hasta que no se le dirigía la palabra. El resto de la comitiva, formada principalmente por aquellos que trabajaban en las máquinas, iba por detrás en carruajes separados—. Lo que no sabía era que yo también tendría que venir.

—Podría haber venido yo sin ti. —Nadine le apoyó una mano en el brazo—. Siempre podemos dar la vuelta.

—¡No! —Hanne la miró con el ceño fruncido—. Jamás se me ocurriría enviarte sola a un malsitio. O vamos juntas o no va nadie.

A pesar de esa indeseada excursión para obtener la malicia necesaria para las máquinas, Hanne estaba satisfecha con el progreso de los dispositivos. La producción, a su juicio, estaba yendo bastante bien. Pero la labor requería malicia. El malsitio más próximo a Brink era aquel que se formó cuando el ejército caberwiliano fue diezmado por unos portales. El mismo malsitio que Ivasland creó con sus máquinas.

Estaba vigilado a todas horas. Solo podían acceder a él las personas de mayor rango, lo cual se refería a Hanne. O a una de sus damas y consejeras de mayor confianza, como Nadine.

Pero Hanne no pensaba dejar que su prima acudiera a un malsitio ella sola. En parte porque no quería ni imaginarse a su persona favorita en un lugar así. Y en parte porque Nadine no terminaba de apoyar plenamente ese proyecto.

Cumplía órdenes, pero siempre con ese ligero ceño fruncido de desaprobación, con un atisbo de crítica.

«Todas las grandes reinas son puestas a prueba», dijo Tuluna.

Cuanto más majestuosa era esa reina, mayores eran las pruebas. Claramente.

—¿Seguro que podrás recolectar malicia aquí? —preguntó Hanne.

—Ya sabes que no puedo darte una respuesta en firme hasta que lleguemos allí —repuso Mae—. Si es bipermeable, como los bosques llameantes, entonces sí. Pero si se parece más a tu anomalía temporal… ¡Uf! Lo siento.

Nadine le había arreado un puntapié a Mae a modo de advertencia. Uno suave, seguramente. Estaba prohibido mencionar la anomalía temporal.

Pero Mae tenía razón. Los malsitios se dividían en dos categorías: bipermeables y unipermeables. Era una forma de describir la membrana, esa barrera que parecía una pompa de jabón y que mantenía contenida la malicia. Determinaba si una persona podría atravesar esa membrana en ambas direcciones… o solo en una. Hanne estuvo atrapada en un malsitio unipermeable. Esa característica hacía imposible recolectar malicia para sus máquinas. Necesitaban una zona bipermeable.

En cuanto al malsitio de los portales, no estaba claro de qué tipo era. Era demasiado reciente. Y si no pertenecía a la categoría adecuada, tendrían que buscar el bosque llameante o el pueblo fantasma más cercano.

Finalmente, los carruajes emergieron en la falda de la montaña, donde había una arboleda rala. Allí el aire era más seco, dejaba un regusto polvoriento que Hanne asoció de inmediato con Ivasland, a pesar de que seguían en Caberwill. Esa era la región menos próspera del reino, con un clima más seco y menos recursos, debido a que la presencia de las montañas afectaba a las lluvias. Sobrevivían gracias a las aguas del deshielo y a un inteligente sistema de irrigación.

Al fin, el bosque dejó paso a un claro... y al malsitio. Unos lazos amarillos colgaban de los árboles, mecidos por el viento. El tintineo de unas campanas copaba el ambiente con una placidez engañosa.

A Hanne se le aceleró el corazón, que retumbó de un modo doloroso contra sus costillas. Se le entrecortó la respiración mientras percibía el hedor del amoniaco y la descomposición. No. No mostraría miedo.

Oliver fue el primero en salir del carruaje. Junto con los demás guardias personales de Hanne, rodeó el perímetro del malsitio, manteniéndose alejado de los lazos amarillos. Tras conversar con varios soldados, regresó.

—Es seguro, majestad. Cuando estéis preparada.

—Ya lo estoy. —No pensaba pasar más tiempo en ese sitio del que resultara indispensable.

Una por una, Hanne, Nadine y Mae se apearon del carruaje. Varios soldados que vigilaban el malsitio observaron a Hanne de un modo extraño, con una mezcla de respeto, curiosidad y aversión. Porque era una reina, había acudido allí en persona y era embriana. En ese orden, supuso Hanne.

—Pon a tu equipo a trabajar —le ordenó a Mae—. No tenemos mucho tiempo.

—¡En marcha! —dijo la malicista a los investigadores—. Weft, quiero que calcules los niveles de malicia ambiental fuera de la línea amarilla y después dentro. Hasta los portales. Cable, empieza a descargar el equipamiento.

—¿Tiene que ser en el equinoccio de otoño? —preguntó Nadine mientras Mae continuaba con su labor, alejándose de ellas—. Solo faltan unos días y todavía es necesario llenar y colocar las máquinas. No creo que podamos cumplir con esa fecha.

—Lo haremos. Tuluna proveerá. —Sí, era poco tiempo. Ojalá sus hombres no hubieran tardado tanto en sacar a Mae de Ivasland—. El equinoccio no es negociable. Tiene que ser cuando la luz y la oscuridad se equiparen.

—Yo lo habría hecho durante el solsticio de verano —murmuró Nadine—. El día más largo del año.

—El solsticio ya ha pasado —replicó Hanne. Después suavizó el tono—. Lo siento. El peso de esta labor me está afectando. Pero saldré victoriosa.

Nadine cambió su expresión, pasó de sentirse dolida a comprensiva.

—Por supuesto. Y ahora que se aproxima un nuevo mandato para el Consejo de la Corona, también hay prisa por apartar a Rupert y Charity de sus puestos para nombrar a Prudence y Victoria.

—Sí —murmuró Hanne. Había mucho que hacer—. Presiento que están tramando algo.

—Seguro que están al corriente de tu plan para reemplazarlos. —Nadine le hizo señas para que caminara junto a ella; se mantuvieron fuera de la línea amarilla—. Están desesperados por aferrarse al poder. Pero no te preocupes. Sabine no les quita ojo en ningún momento. Y los hombres de Prudence también los mantienen vigilados. Hay dos redes de espías observándolos.

Las dos eran muy conscientes de que había muchas coincidencias entre las redes de Sabine y Prudence, pero Hanne asintió con la cabeza porque su prima estaba intentando reconfortarla y quería que creyera que lo estaba consiguiendo.

—Por cierto —añadió Nadine, al percibir que había logrado inducir en Hanne un ánimo más receptivo—, no hace falta que disfrutes del tiempo que pases aquí, pero sí deberías sacarle el máximo provecho. Para empezar, haz un poco de ejercicio. Llevas mucho tiempo enclaustrada en reuniones.

Ese comentario era un poco injusto...

—Y sería buena idea que te presentaras a algunos de esos soldados. Que les dieras las gracias por la labor que están haciendo. Si lo utilizamos bien, este malsitio tiene potencial para convertirse en una herramienta estratégica increíble.

Finalmente, Hanne se obligó a alzar la mirada para contemplar el malsitio.

Más allá de la línea amarilla, el enorme claro estaba repleto de esferas ambulantes que despedían un leve fulgor verdoso y mostraban escenas diferentes en su interior. Una cumbre nevada, un bosque, un sótano oscuro.

—Es seguro caminar entre las esferas, majestad —dijo uno de los soldados apostados cerca del lugar al que se dirigían. La insignia de su uniforme gris indicaba que tenía el rango de teniente—. Las esferas se mueven, pero no tan deprisa como para no poder esquivarlas con una zancada rápida.

—Gracias, teniente. —Cuando se aproximaron, Hanne leyó el nombre bordado en el uniforme—. Teniente Crosswind. Hábleme de su trabajo.

Aquel joven apuesto sonrió.

—Sobre todo, estamos atentos a cualquier persona que se acerque al malsitio. Tenemos puestos en los árboles, barricadas en la carretera y trampas repartidas por todo el bosque. Nadie pasa por aquí sin ser detectado.

—Eso es estupendo, teniente Crosswind. —Nadine esbozó una de esas sonrisas que incitaban a la gente a confiar en ella sin reservas—. ¿Puede decirle a su majestad cuántos de estos portales han catalogado?

Crosswind echó un vistazo a los portales con el ceño fruncido, pensativo.

—Más o menos la mitad. Como se desplazan, a veces resulta complicado seguirles la pista, pero los vórtices que hay al otro lado se mantienen estables, así que hemos podido dejar marcadores. Un rasguño en la pared o en un árbol, una bandera en algunos sitios. Según lo que requiera la ubicación.

—¿Le importaría enseñarnos algunos de esos portales? —Nadine volvió a esbozar esa sonrisa y Crosswind asintió de inmediato.

—Será un placer. Majestad, mi señora, acompáñenme. —Las guio a través de la línea amarilla.

A Hanne se le volvió a acelerar el corazón, retumbaba tan fuerte que no sabía cómo era capaz de mantenerse en pie. Lo último que quería era acceder al malsitio. Solo de pensarlo, la embargaba un pavor intenso y estremecedor.

Pero mientras sus pies se mantenían plantados en el extremo seguro de la línea amarilla, Mae y sus malicistas ya estaban accediendo al claro, tomando medidas y anotaciones. No les pasó nada. No fueron absorbidos por ninguno de esos portales, ni se perdieron para siempre como el bobalicón de Rune. Y tampoco desaparecieron en otra corriente temporal.

Entonces Nadine siguió a Crosswind hacia el interior del malsitio y Hanne se obligó a ponerse en marcha.

Aferrando el fragmento de obsidiana que llevaba colgado al cuello, avanzó al ritmo de su prima (y de su nuevo admirador), escuchando de fondo su conversación.

—La mayoría de los portales que hemos investigado conducen a algún paraje natural —estaba diciendo Crosswind—. Pero hemos atravesado unos cuantos que desembocan en casas o tiendas. Muchos de ellos han sido bloqueados desde el otro lado.

—Es lógico —dijo Nadine—. Si apareciera un vórtice en mi casa, yo también lo taparía.

Hanne se obligó a seguir su ritmo. Su prima hacía que caminar por el malsitio pareciera muy fácil, como si se tratara de un paseo por el campo. Era una farsa, por supuesto; Hanne detectó la tensión que había en los hombros de Nadine, la inclinación de su cabeza. Pero estaba engañando a Crosswind y acaparando la atención, lo cual le daba tiempo a ella para recomponerse.

Sin embargo, no duraría mucho. Las reinas siempre llamaban la atención. Hanne siempre acaparaba todas las miradas.

Cerca de allí, Mae estaba interrogando a otro soldado.

—¿Los portales se mueven por aquí dentro, pero nunca atraviesan la línea amarilla?

El soldado asintió.

—Simplemente cambian de dirección.

—¿Como si chocaran con algo?

A Mae le brillaban los ojos. Si tenía miedo por encontrarse dentro de un malsitio, uno que nadie comprendía aún, Hanne no pudo discernirlo.

—Sí, supongo.

—¡Estupendo! —Mae se inclinó para anotar algo en su libreta—. Eso me indica que estamos en un malsitio bipermeable, no en un cúmulo de malsitios unipermeables más pequeños. Perfecto. ¿Qué más habéis observado sobre el comportamiento de los portales?

Conforme se extendían las conversaciones, y a medida que Hanne se adentraba cada vez más en el malsitio sin que ocurriera nada malo, comenzó a relajarse. De no ser por la peste a amoniaco y podredumbre, y por los portales impulsados por la brisa, con esas imágenes de los destinos a los que conducían reluciendo en su interior, casi podría olvidar dónde estaba.

Bajó la mano con la que sujetaba el colgante. No era el único fragmento de obsidiana que llevaba encima aquel día —nunca lo era—, pero sí era la pieza que le hacía sentir más segura, en vista de que le había permitido cercenarle la cabeza al rencor con relativa facilidad. Tenía anillos, broches y pendientes. Nadine, también. Es probable que toda esa obsidiana estuviera afectando a los registros de Mae, pero mientras pudieran capturar una porción de malicia para añadirla a las bombillas de titanio, a Hanne le daba igual todo lo demás.

Mientras Nadine y Crosswind se adelantaban, Hanne se atrevió a asomarse un poco más a los portales.

Vio una cima desde la que se divisaba un pequeño pueblo con tejados en punta y un río que discurría entre medias. El cielo mostraba esa tonalidad azul propia de las primeras horas de la mañana, mientras que allí, en el malsitio, el sol ya había salido hacía rato. Mientras Hanne rodeaba la esfera, pudo atisbar el otro lado a través del vórtice, donde el fulgor del Malfreno resultaba visible por encima de los árboles y el sol que se alzaba al fondo.

Embria. Estaba asomada a Embria.

Se le escapó una risita. Qué novedoso resultaba contemplar algo tan lejano, ver lo que estaba pasando allí en tiempo real. Ya comprendía de antes, a nivel teórico, las posibilidades estratégicas, pero verlo de primera mano era algo distinto. Ese lugar no solo resultaría increíblemente útil en la guerra contra Ivasland, sino que podría resultar muy valioso para los viajes y el comercio. Si se ignoraba el hecho de que estaba compuesto de malicia —y si se obviaba la violencia que lo había generado—, la verdad es que parecía algo maravilloso. Algo mágico.

Con la mente cargada de inspiración, Hanne fue de un portal a otro, fijándose en las banderas, piedras y demás marcadores que habían colocado en el lugar de destino. Algunos de los portales que conducían al interior de un edificio tenían letreros clavados en la pared del fondo o algún mensaje grabado en la madera. Decían cosas como «Dejadnos en paz» o «El camino está bloqueado». Pero esos portales escaseaban. Crosswind tenía razón al decir que la mayoría de los portales conducían a un lugar al aire libre.

—Oliver —dijo, plantada delante de un portal.

La ubicación de destino era un bosque en plena noche, iluminado tan solo por unos fuegos fatuos fantasmagóricos y por los relámpagos que restallaban en las nubes.

—¿Sí, majestad?

—¿Crees que estamos viendo otro continente ahora mismo? —Rodeó la esfera para echar un vistazo en todas direcciones. El mismo bosque se extendía hasta donde le alcanzaba la vista, sin indicios de civilización—. ¿Podría tratarse de una de las tierras antiguas?

—Es posible —coincidió Oliver—. No veo ningún marcador. Puede que nadie lo haya atravesado aún. Sería peligroso adentrarse en un lugar donde el momento del día es tan diferente, sin ningún indicio del Malfreno.

Hanne echó un vistazo en derredor hasta que divisó un estante con espadas.

—Tráeme una de esas espadas. Y algo con una bandera. Ah, y un lazo.

—¿Nuestra bandera o la suya? —Al fin y al cabo, Oliver era embriano, aunque en ese momento residiera en Caberwill.

—Cualquiera. La primera que encuentres.

Porque Hanne era reina de uno de esos reinos y futura monarca del otro.

Al cabo de un rato, Oliver regresó con la espada solicitada, un lazo amarillo y una bandera caberwiliana.

—No he podido encontrar una de las nuestras.

—Servirá.

Agarró la espada y la clavó en el suelo, después introdujo el lazo a través de los ojales de la bandera. Con el trozo sobrante del lazo sujetó la bandera a la empuñadura y la guarda de la espada, después lo ató con el nudo más resistente que conocía. Cuando terminó, Oliver le preguntó:

—¿Queréis que me ocupe yo, majestad?

Hanne negó con la cabeza.

—Soy la reina. Debo hacerlo yo.

Extrajo la espada del suelo y la alzó sobre su cabeza.

—Yo, la reina Johanne Fortuin de Caberwill y Embria, futura monarca de Ivasland, tomo posesión de esta tierra.

Entonces arrojó la espada hacia el interior del portal. Fue un buen lanzamiento. La espada surcó el cielo, a pesar de no estar diseñada para esos menesteres, y la punta se hundió en el suelo de esa tierra lejana. Se quedó clavada. Y cuando se levantó una brisa, la bandera se desplegó, iluminada por los fuegos fatuos y los destellos de los relámpagos procedentes del cielo.

—Listo. —Hanne alzó la cabeza y sonrió al ver una de sus banderas ondeando en un lugar desconocido—. Si todo cuanto rodea a Salvación no estuviera sumido en la oscuridad —quizá en una oscuridad literal, pensó con cierto espanto—, enviaría a alguien allí para explorarlo. Sería toda una aventura. ¿Quién sabe qué clase de suministros necesitarían? Hay que tener en cuenta la geografía y el clima, el agua y la comida...

Se quedó contemplando el portal un rato más, visualizando cómo sería una expedición así, imaginándose a sí misma explorando mundos olvidados en el otro extremo del planeta.

Por supuesto, jamás podría ir ella. Una reina no podía marcharse a explorar, cuando la necesitaban en casa.

«Eres una conquistadora —murmuró Tuluna en el fondo de su mente—. *Aunque no puedas explorar, no significa que no puedas ir a tomar posesión, una vez que sepas si lo quieres».*

A Tuluna no le faltaba razón. «Tal vez algún día, cuando haya traído la paz a Salvación, pueda hacer lo mismo con el resto del mundo».

Se asomó un poco más al portal, imaginándose a sí misma como una luz lo bastante intensa como para disipar la oscuridad que había allí.

La reina del alba.

Sí. Le gustaba mucho cómo sonaba eso.

Entonces, con una sensación de ingravidez en el pecho, se giró hacia otro portal. Todo lo que se encontraba al otro lado era rojo, ignoto y palpitante.

La estancia situada al otro lado era enorme, con techos abovedados y unas gemas inmensas incrustadas en las paredes. Eran las piedras lo que proyectaba esa luz rojiza tan horripilante. Bajo esa luz, mientras Hanne rodeaba el portal para ajustar su punto de vista, se dio cuenta de que las paredes no eran de ladrillo ni argamasa, tampoco se trataba de paneles de madera. No, las paredes estaban compuestas de huesos.

—¿Qué lugar es este? —murmuró—. ¿Otra tierra engullida por la oscuridad?

—Debe ser —coincidió Oliver.

Desde luego, eso se parecía más a cómo se había imaginado el aspecto del otro extremo del mundo. Inhabitable para los humanos, incapaz de sustentar una vida reconocible para cualquier mortal. Pero lejano. Tanto como ese bosque oscuro donde Hanne había fijado su bandera.

—Supongo que se trata de un edificio muy antiguo, que lleva vacío todo este tiempo, desde que los númenes nos abandonaron. Es increíble que las luces sigan encendidas y el edificio se mantenga en pie. Debería haberse derrumbado hace una eternidad.

Rodeó el portal lentamente, asomándose a esa penumbra rojiza. Aquello provocó que se le acelerase el corazón, que se le entrecortase la respiración, pero Hanne ya había superado su miedo. Lo había conquistado. Podía asomarse a ese reino maldito y observarlo de frente, tal y como hizo con el otro.

Al fin y al cabo, se encontraba muy lejos.

No podía hacerle daño.

La panorámica cambió a medida que se desplazaba alrededor de la esfera, dejando a Oliver atrás para examinar el portal desde ese lado. Pero Hanne quería ver todo lo relativo a ese lugar extraño. Allí, en lo que parecía ser el centro del espacio octogonal, se alzaban dos tronos inmensos. También estaban hechos de huesos, pero descoloridos hasta adoptar el color de una tiza.

Un trono estaba ocupado. El otro, expectante.

Hanne se acercó más, tratando de ver quién —qué— estaba sentado allí. Era enorme, eso sí podía verlo desde esa perspectiva. Blanco. Alado.

Hanne parpadeó.

Al otro lado del vórtice, el aire se difuminó, se estremeció, se escindió.

El ocupante del trono se levantó frente al vórtice, observándola con unos ojos insondables y rojos como la sangre. Carne blanca como el alabastro cubierta de venas que formaban emblemas. Sus alas se alzaban por detrás, con membranas blancas.

La criatura le sonrió, mostrando una fila tras otra de dientes amarillentos y afilados como cuchillas.

Hanne pegó un grito y retrocedió, su corazón latía tan rápido como las alas de un colibrí. Ese rostro, esa bestia.

Era Daghath Mal, el rey rencor.

Ese portal no conducía a una tierra en ruinas. Era un portal que conectaba con el interior de la Malicia, con el trono del rey rencor. Ese era el portal que Rune atravesó para salvar a su querida Noctámbula, cuando desatendió sus obligaciones como rey de Caberwill... y como su esposo.

En el otro extremo del portal, el rey rencor levantó una mano hacia ella. Arañó el vórtice con unas garras curvadas.

Hanne volvió a chillar y retrocedió un poco más. Se le nubló la vista, sumida en un efecto túnel, así que lo único que podía ver era ese rostro, esas garras.

Al oírla gritar, todos se acercaron corriendo: primero Oliver, que rodeó el portal a toda velocidad; luego Nadine y el teniente Crosswind; y, finalmente, Mae, que llevaba aferrado un instrumento de algún tipo.

—¡Hanne! —El rostro preocupado de Nadine copó su campo visual—. ¿Qué ocurre? ¿Qué has visto?

Hanne alzó la mirada hacia la esfera roja, por detrás de su prima, pero desde ese ángulo lo único que podía ver era el techo. No había ni rastro de aquel pálido monstruo.

—¿Lo has visto? —susurró. No recordaba haberse caído, pero estaba tendida en el suelo, con el vestido aplastado por debajo de su cuerpo. Le dolían el codo y el trasero tras haberse golpeado con una roca. No podía dejar de mirar hacia el portal.

Nadine se asomó por encima de su hombro, luego negó con la cabeza.

—Lo siento. No veo nada.

Oliver la ayudó a levantarse, mientras el teniente Crosswind se quitaba la casaca y se la ofrecía.

—Majestad —dijo el teniente—. Tal vez os gustaría descansar en nuestros barracones.

Hanne tragó saliva con fuerza mientras recuperaba el equilibrio, dejando que Nadine y Mae la sujetaran por los codos.

—Sí. Necesito sentarme.

Lentamente, la sacaron del malsitio, más allá de la línea amarilla. Los barracones eran rústicos, seguían en construcción, pero tenían cuatro paredes de madera y un tejado, y en el interior podría evitar las ventanas. Así no tendría que contemplar el malsitio. Aún tenía el corazón acelerado. Sus pensamientos eran hebras de niebla. Intentó no parpadear, porque cada vez que lo hacía, veía ese rostro. Casi pudo sentir las garras deslizándose por su garganta y su pecho.

Nadine le presionó un paño húmedo sobre la frente. Hanne detestaba que la trataran como si estuviera enferma, pero el tejido frío tenía un tacto agradable sobre su piel ruborizada.

—Era el rey rencor —dijo en cuanto remitió el sofoco. Aferró el vaso de agua que le había dado alguien—. El portal rojo conduce al interior de la Malicia. Al castillo del rey rencor. Lo he visto. Cara a cara.

Nadine parecía petrificada. Apenas podía hablar.

—Qué espanto.

—Ha debido de ser aterrador —dijo Mae con suavidad—. Pero los portales solo tienen una dirección. El rey rencor no podía llegar hasta ti. Ni siquiera sabemos si pudo verte.

La había visto. Hanne estaba segura de eso.

—Mae. —Todavía temblando, Hanne se giró hacia la científica—. La malicia que hay aquí. ¿Funcionará?

La malicista consultó sus notas, después se estiró para asomarse a una de las ventanas.

—Sí —dijo al cabo de un rato—. Sí, majestad. Tendréis vuestras máquinas de malicia... Y las tendréis antes de la fecha prevista. Lo prometo.

Hanne asintió lentamente, bajando la mirada hacia el vaso que tenía en las manos. Tuluna le había dado esa orden. Le había dicho que era la única manera de darle tiempo al Malfreno para restaurarse. Había sido muy explícita con respecto a lo que Hanne tenía que hacer para comenzar a traer la paz que había prometido.

Pero, maldita sea, no quería ni pensar en esas horas durante las que el Malfreno estaría inactivo. En el caos que saldría en tromba de la Malicia. En los cuerpos que se pudrirían en los campos de batalla. Y en esa bestia, Daghath Mal, que quedaría libre para causar estragos en Salvación.

A no ser que Hanne estuviera allí para detenerlo.

Sabía que tendría que enfrentarse a él en persona, con su fragmento de obsidiana, su corona y un ejército a su espalda.

—Soy la reina del alba —susurró Hanne—. Me enfrentaré a la oscuridad. Traeré la luz y todo lo que no germine con ella se quemará.

20. Noctámbula

Q uiero matar algo.
En el otro extremo de la mesa, Aura alzó la mirada y enarcó una ceja.

—¿Esos libros os están tratando mal, lady Noctámbula?

—Yo jamás le haría daño a un libro. Simplemente me harto de ellos. —Noctámbula se deslizó los dedos por el pelo.

—Ya casi ha amanecido, ¿verdad? —preguntó Aura—. Tal vez os animará saber que hoy vamos a desayunar rollitos dulces.

—No me importaría probar uno de esos.

Noctámbula no necesitaba comer mucho, pero ni siquiera ella podía resistirse a esos panecillos calientes con una costra de miel cristalizada por encima.

Aura sonrió y Noctámbula recordó, una vez más, lo mucho que se alegraba de haberle pedido a esa joven que trabajara como su asistente. En los últimos días habían repasado docenas de volúmenes y documentos sobre la Escisión (según la entendían los mortales), los númenes (de nuevo, desde la óptica de los humanos) y las desasosegantes creencias relacionadas con la creación de Noctámbula. (Había una secta formada por personas que insistían en que nació. Como un ser humano. Del cuerpo de otro individuo. «Pero ¿qué pasa con esa supuesta madre? —preguntó Aura, horrorizada—. ¿Es que nadie pensó en esas alas? Pobre mujer».)

Noctámbula no tenía claro qué esperaba encontrar en lo referente al arma. ¿Una profecía antigua? ¿Alguna especie de acertijo? ¿Una entrada del diario de algún sacerdote muerto hace mucho tiempo, donde describiera un artefacto misterioso que debería ser una reliquia? Pero no había visto nada parecido, ni siquiera en los textos más antiguos.

O bien los libros de autoría mortal no albergaban la respuesta, o bien la respuesta se quemó hace cuatro siglos. Parecía muy posible que, una vez más, los humanos fueran los artífices de su propia destrucción.

—¿Y si no encontramos nada? —preguntó Aura, frotándose los ojos.

—Los númenes predijeron una crisis de esta magnitud —repuso Noctámbula en voz baja—. Pretendían que yo utilizara el arma. La respuesta sobre su ubicación existe. Si no está aquí, tal vez se encuentre en las grandes bibliotecas de Embria o Ivasland.

—¿Iréis allí?

—Si no queda más remedio, sí.

Confiaba en que no fuera necesario. La tentación de entrar volando en la Malicia para rescatar a su alma gemela sería muy grande. Y en caso de que volviera a sufrir un desmayo, como ya le había sucedido tantas veces, no quería que más desconocidos la vieran en ese estado. Ya había sido suficiente con que Aura la hubiera visto replegarse hacia el fondo de la sala de archivos.

—Quiero que las respuestas estén aquí —murmuró Aura—. Quiero ser yo quien las encuentre. —Pareció un poco cohibida—. No... no quiero que os arrepintáis de lo que habéis hecho por mí.

—No existe bibliotecario más concienzudo, Aura, ni ayudante más abnegada. Y eso es lo que le diré al sumo sacerdote si me lo pregunta.

Aura se puso colorada como un tomate.

—Gracias. —Se levantó y se estiró—. No estoy acostumbrada a pasar tanto tiempo sentada. Volveré enseguida.

A pesar de lo que pudiera creer Aura, Noctámbula comprendía las funciones corporales que regían a los mortales.

Cuando regresó un rato después, traía un brillo en los ojos y una noticia.

—No os vais a creer lo que acabo de descubrir. La reina Johanne ha regresado.

—No sabía que estuviera ausente. —Aquello era menos emocionante de lo que indicaba la expresión de Aura—. Lo expresas como si las idas y venidas de la realeza fueran material de primera para estar de cháchara en el baño.

—Todo el mundo lo piensa.

Tal vez eso explicaría por qué los númenes no consideraron necesario que Noctámbula se aliviara varias veces al día.

—Lo lógico sería que la gente terminara de hacer sus necesidades lo más rápido posible.

Aura se dejó caer sobre su asiento y se inclinó hacia delante.

—Escuchad: la reina y sus damas de mayor confianza partieron ayer por la mañana a bordo de unos carruajes.

Un cosquilleo de inquietud se extendió por el cuello de Noctámbula.

—Nadie sabe con exactitud adónde se fueron, pero no pudo ser muy lejos si ya están de vuelta. He estado pensando qué pueblos se encuentran lo bastante cerca como para que haya podido visitarlos en ese plazo. Monte Menudo, pero ya no existe. Aunque tal vez fue a echar un vistazo a las ruinas.

—Es posible —coincidió Noctámbula, aunque si la reina hubiera partido a alguna especie de memorial, lo habría anunciado a los cuatro vientos.

—Lo averiguaré —anunció Aura—. Una amiga mía conoce a una criada que limpia los aposentos de la reina. Seguro que vos querréis saber qué está haciendo su majestad.

Noctámbula se quedó inmóvil. Ella no era como los monarcas que intercambiaban secretos como moneda de cambio. No manipulaba a la gente para que le debieran favores. Se limitaba a pedirles ayuda. Y luego se la pedía otra vez. Y otra vez más, porque normalmente la eludían o se escaqueaban las primeras veces.

Pero necesitaba saber qué estaba haciendo la reina Johanne: por qué había abandonado Brink, cómo pretendía rescatar a Rune y si tenía algún plan que pudiera entorpecerla.

—Vale —dijo—. Pero quiero que entiendas que no tengo ninguna intención de obligarte a contarme nada, y que tampoco deseo que emprendas ninguna acción que pueda ponerte en riesgo.

Aura parpadeó varias veces, pero luego asintió.

—Os lo agradezco. —Volvió a inclinarse hacia delante—. Por lo que se rumorea, la reina tuvo un sobresalto durante su ausencia. Una de las criadas del cuarto de aseo dijo que las doncellas de su majestad pasaron de largo junto a ella hace un rato y que iban diciendo que debían ser muy cuidadosas cuando hablaran «del viaje» o «de lo que vio».

—Interesante.

La reina Johanne era muchas cosas, pero no una persona que se asustara fácilmente.

—Su majestad es embriana. —Aura sacó un libro de la pila pendiente de lectura—. Y se nota en la forma que tiene de tratar a sus sirvientes. Aun así, es la reina, así que espero que se encuentre bien. Pero vos preferís al rey Rune, ¿verdad? —Aura ladeó la cabeza—. Todo el mundo dice que tenéis una relación muy estrecha.

Estrecha. Sí. En el fondo de su mente, a lo lejos, Noctámbula podía percibir su presencia incluso ahora. Podía trazar el vínculo que unía sus almas desde allí hasta la Malicia. Y si se concentraba, podía percibir los latidos de su corazón, como un eco de los suyos. Rune era, literalmente, un fragmento de su propia alma.

«Estrecha». Esa era la palabra para describirlo.

—Tanto como puedo acercarme a un mortal —dijo Noctámbula al fin—. Todos vosotros moriréis algún día, pero yo seguiré existiendo hasta que mi propósito se haya cumplido; me conviene mantener ciertas distancias, cuando tal cosa es posible.

Un gesto de tristeza cruzó el rostro de Aura.

—No parece una forma sencilla de vivir. ¿Cómo sabréis cuándo se ha cumplido vuestro propósito?

—Cuando la oscuridad ya no suponga una amenaza para Salvación, cuando la Fracción Oscura ya no tenga presencia en el plano laico y cuando los mortales ya no necesiten que los defienda: solo entonces mi misión alcanzará su conclusión natural.

—¿Qué pasará después? —preguntó Aura—. ¿Moriréis?

Noctámbula se quedó callada; nunca lo había pensado de ese modo. La muerte. Quizá no habría recompensa alguna por cumplir el objetivo para el que había sido creada.

—No estoy segura —dijo al cabo de un rato—. Pero a no ser que sea posible cerrar el Desgarro y restaurar los planos, siempre habrá necesidad de un protector.

Por suerte, se oyeron voces por el pasillo antes de que Aura pudiera formular más preguntas incómodas. Se oyó el chirrido de unas ruedas y un olor a café se filtró en la estancia.

—¡Rollitos dulces! —Aura se levantó de un salto y corrió al encuentro del carrito de la comida.

En ese momento, un chispazo recorrió el cuerpo de Noctámbula. Rune estaba a punto de utilizar la pluma.

Lentamente, se levantó y se dirigió al fondo de la sala de archivos, donde podría mantenerse oculta detrás de las estanterías.

—¿Se encuentra bien? —preguntó la muchacha que traía el desayuno.

—A veces necesita privacidad —respondió Aura con un susurro—. No seas cotilla.

Noctámbula sonrió ligeramente. Aura era una protectora incansable.

La sonrisa se desvaneció cuando se incrementó el cosquilleo en el fondo de su mente. No resultaba insoportable, aún no, pero pudo percibir la expectación de Rune. Estaba a punto de ocurrir algo. Al menos, esta vez estaba prevenida. Normalmente, era algo repentino, un extracción tremenda de energía, como si Rune estuviera canalizando su poder de alguna manera.

En una ocasión, después de que sucediera, Noctámbula escuchó su voz: «Gracias». Como si estuviera hablando con ella.

También sintió… algo. La calidez de un hálito en la garganta. Un dedo fantasmal que se deslizaba suavemente por su espinazo. Fue una caricia levísima, una sensación muy íntima. Quizá fuera fruto de su imaginación.

Noctámbula pensaba en ello a menudo. Nadie la había tocado nunca de ese modo y ella tampoco lo había deseado. Pero con Rune, sí. Quería más.

Sin embargo, no debería. Y si Rune quería pensar en alguien en sus momentos de privacidad, tampoco debería pensar en ella.

De repente, volvió a oír su voz. En algún lugar dentro de la Malicia, el corazón de Rune latía con fuerza mientras hablaba con alguien más, a quien Noctámbula no podía oír.

«Si esos rencores nos alcanzan —decía Rune—, estamos muertos».

Un millar de alarmas se activaron en su mente. Rune estaba a punto de hacer algo aguerrido e imprudente, estaba segura. Pero ¿por qué razón?

«Solo son tres. Simplemente tenemos que apretar el paso».

Tres rencores. Ella lo había visto matar a un rencor en la sala del trono de Daghath Mal, pero entonces iba armado. Estaba en plena forma. Listo para combatir. No llevaba varios días atrapado en la Malicia.

Puede que esos rencores lo mataran. Puede que Daghath Mal lo impidiera, como parte de la tregua, pero Noctámbula no podía contar con ello. Sobre todo, mientras su ejército se congregaba y mermaba la utilidad de su acuerdo.

Noctámbula se tambaleó, aferrándose el pecho a la altura del corazón. Necesitaba llegar hasta él. Tenía que partir ya.

Emergió del otro lado de las estanterías y agarró su espada y su tahalí. Aura se levantó a toda prisa, con un rollito dulce a medio comer pendiendo de sus dedos.

—¿Lady Noctámbula? ¿Qué ocurre?

—Debo irme. —Noctámbula extendió sus alas. Tendría que volar más deprisa de lo que lo había hecho hasta entonces.

—Antes habéis dicho que no podíais…

—Encuentra mi arma, Aura.

Noctámbula irrumpió en el pasillo, salió a la sala central de la biblioteca y se impulsó desde el suelo. Voló a través de la claraboya, envuelta en un estallido de cristal. Cayó una lluvia de esquirlas sobre la biblioteca, reflejando la luz de la mañana mientras impactaban contra las estanterías, contra los libros, y se desperdigaban por el suelo.

Pero Noctámbula no vio nada de eso. Estaba elevándose, de sus alas se desprendían trozos de cristal mientras se propulsaba por el cielo. Rumbo al Portal del Alma, al encuentro de Rune.

21. RUNE

Acordaron que Thoman aportaría la distracción.

—En cuanto los hayas atraído, vete corriendo. —Rune giró la cabeza hacia un lado—. Lo más rápido que puedas. No te detengas por nada. Los dos lo conseguiremos.

—No pienso perder esta oportunidad —dijo el ivaslandeño—. No te preocupes por mí.

Rune quiso abundar en que no estaba preocupado. Pero antes de que pronunciara esas palabras, se dio cuenta de que no eran ciertas. Thoman era un buen hombre. No era perfecto. ¿Quién podría serlo? Pero había estado dispuesto a dejar a un lado sus diferencias, sus rangos, sus experiencias... Todo, con tal de que pudieran ayudarse el uno al otro.

—Ten cuidado tú también —añadió Thoman—. Podría haber otro rencor que no hayamos visto. O puede que ya no funcione la cerradura. O...

—Lo conseguiremos. —Rune carraspeó un poco—. Los dos.

Con un ademán firme, el ivaslandeño agarró la honda que habían confeccionado con un jirón de la casaca de Rune. Ya tenía el bolsillo lleno de piedras. Y tras esbozar una sonrisa aguerrida, desapareció entre la espesura.

Rune esperó, oteando la torre de vigilancia, atento a cualquier atisbo de movimiento.

Un rencor pasó delante de una ventana, renqueando, farfullando. Se sumaron dos más que no perdían de vista el portal.

¿Siempre lo estarían vigilando? ¿O Daghath Mal los había enviado allí por si Rune intentaba salir? ¿O por si acaso regresaba Noctámbula?

Rune se acercó la pluma a los labios, con cuidado para no cortarse.

—Te veré pronto. Lo prometo —susurró, después se la volvió a guardar en la bota.

Un alarido resonó entre la penumbra.

Y en la torre, tres rencores se irguieron, aguzando el oído.

El grito se prolongó, era un sonido espeluznante e inhumano, y luego dos de los rencores se arrojaron desde la torre. Su piel gris como la de un champiñón relucía.

Dejaron a uno atrás.

Rune pudo verlo desde su posición. La bestia estaba mirando con el ceño fruncido hacia el lugar donde los otros dos emprendían la búsqueda de Thoman.

El grito prolongado se interrumpió. Entonces se oyó el crujido de una piedra al impactar contra una superficie rocosa a gran velocidad, una estratagema concebida para enviar a los rencores en dirección contraria.

Sin embargo, el tercer rencor no se movió.

«Maldita sea». En cualquier caso, uno era mejor que tres. Lo importante era que Rune pudiera llegar hasta el pedestal que albergaba la cerradura del portal.

Inspiró hondo. Después se puso en marcha, corriendo hacia el pedestal. Intentó hacerlo con sigilo, pero rocas y guijarros crujían bajo sus botas. La hierba seca susurraba a su paso. A pesar del estrépito que estaba causando Thoman, el avance de Rune resultó muy ruidoso.

De repente se le erizaron los pelillos de la nuca. El estado de alerta propio de una presa que había desarrollado allí se agudizó. Y un gruñido largo y ronco llegó hasta él.

Rune renunció al sigilo. Corrió hacia el pedestal a toda velocidad. Su corazón retumbaba como un trueno en sus oídos.

Un peso impactó contra él, impulsándolo de bruces hacia el suelo.

Recuperó el equilibrio en el último segundo, se giró y blandió el hueso de rencor para asestarle a la criatura un golpe seco. Pero el rencor apenas se inmutó. Se ilimitó a inclinarse y a arrancarle el hueso de las manos, después lo partió por la mitad mientras gritaba:

—¡Está aquí!

Su voz era una pesadilla, como una avalancha aproximándose hacia él. Solo con mirar a ese rencor... Rune zarandeó la cabeza para despejarse la mente. Tenía que moverse. Reaccionar. Si lo apresaban ahora, tan cerca de la salida, el rey rencor lo arrastraría de vuelta al castillo, donde quedaría atrapado para siempre. Lo registrarían y le quitarían la pluma, lo cual conduciría a su inevitable corrupción. ¿Qué efecto tendría eso sobre Noctámbula?

Cuando el pánico comenzaba a embargarlo, se acordó de una cosa: la pluma. Aún la llevaba metida en la bota.

La sacó. El poder crepitó a través de sus dedos, de sus brazos, se extendió por todo su cuerpo. Y antes de que pudiera pensárselo dos veces, clavó la pluma en el vientre del rencor. La punta estaba tan afilada que apenas notó cómo se introducía en la carne. Brotó una energía caliente que se adentró en el cuerpo del rencor.

A Rune se le entrecortó el aliento.

Se le entumeció la mano.

Por un momento, no vio más que una luz blanca y azulada, no oyó más que el bramido del fuego a través de su cuerpo. Después, poco a poco, detectó otro sonido: el lamento del rencor.

La criatura se zafó y se arrojó hacia atrás. Rune se incorporó a duras penas, blandiendo la pluma como si fuera un puñal. Un hedor sulfúrico emanó de la herida del rencor, al tiempo que una sangre negruzca se derramaba por su cuerpo, siseando al contacto con el suelo.

—¡Rey! —gritó el rencor—. ¡Rey!

Estaba llamando a Daghath Mal.

Rune se abalanzó de nuevo sobre él. Deslizó la pluma negra y cristalina sobre el pescuezo de la bestia, después se apartó cuando la sangre salió proyectada. Unas gotas corroyeron su armadura en segundos. Su mano quedó cubierta de plasma ácido, pero una luz palpitaba a través de él, curándolo.

El rencor dejó de gritar y cayó al suelo. Inmóvil. Muerto. Rune lo había matado.

Un grito estridente lo sacó del ensimismamiento de su victoria.

Thoman. A esas alturas, ya debería estar allí. Pero el sonido de unas rocas al deslizarse, los gritos de los rencores y los chasquidos de la espesura le confirmaron que aún seguía vivo.

Con un gruñido de frustración, Rune echó a correr hacia la torre. Cuando la alcanzó, acercó la pluma de Noctámbula a una veta de madera que se extendía a través de la piedra. No ocurrió nada.

—Vamos —susurró, restregando la pluma como si fuera un pedernal sobre una yesca—. Por favor. Te necesito.

Rune nunca había sido propenso a rezar. Los númenes abandonaron su mundo hace mucho tiempo, dejando sola a Noctámbula para que librase sus batallas mientras ellos se retiraban a la Tierra Radiante. Así que cuando susurró: «Por favor», iba dirigido a la única persona que sabía que le ayudaría. Si podía.

Un fuego azulado brotó de la pluma. Rune se apartó a tiempo de evitar morir abrasado. Lo consiguió: una distracción perfecta para alejar a los rencores de Thoman.

—¡En marcha! —gritó Rune para hacerse oír entre el ruido de las llamaradas que devoraban el puesto de vigilancia de los rencores.

El fuego centelleó, proyectando calor. Aunque el sol había salido (en alguna parte), la luz del fuego ejerció un efecto extraño en su visión. Rune se apartó, con una mano apoyada sobre un lateral del rostro para protegerse los ojos.

Ni rastro de Thoman. Ni rastro de nada.

Rune volvió a mirar hacia el pedestal. Hacia la verja levadiza. Hacia la promesa de libertad a través de ese túnel. No había ningún rencor cerca. Podría irse.

Pero si abandonaba a Thoman jamás se lo perdonaría.

—Maldita sea.

Rune siguió los ecos de los gritos, de la refriega, hacia el lugar donde esperaba encontrarlo.

En ese momento, Thoman irrumpió a través de la espesura. Estaba herido y ensangrentado, pero de una pieza. Un rencor lo perseguía y, cuando se abalanzó sobre él, el ivaslandeño se agachó y rodó por el suelo para apartarse.

Rune se lanzó contra la bestia, empuñando con fuerza la pluma. Se la clavó en el costado, después se apartó cuando la criatura giró el cuerpo y clavó sus ojos amarillos sobre él.

—Alma gemela —masculló, abriendo la boca para revelar sendas hileras de dientes y una lengua bífida—. Tu muerte la destruirá.

—No me matarás —dijo Rune—. Tu rey me necesita.

El rencor se rio, sonó como una montaña al desmoronarse.

—¿Tú crees?

Rune apenas captó un indicio de movimiento antes de que Thoman embistiera al rencor, desequilibrándolo y arrojándolo hacia el fuego. Su cuerpo prendió de inmediato, ennegreciéndose; un alarido inhumano reverberó entre el crepitar del fuego.

—¿Dónde está el tercero? —preguntó Rune—. ¿Lo has matado?

El ivaslandeño negó con la cabeza.

—¡Desapareció!

—Maldición. ¡Corre! —Rune salió a toda prisa hacia el pedestal, seguido de cerca por Thoman.

No era mucha distancia. Pero tal y como ocurre en las pesadillas, Rune sintió como si se moviera a cámara lenta. Le pesaban las extremidades. Su vista padeció un efecto túnel. Un ruido penetrante reverberaba en sus oídos. Cada pisada sonaba muy lejana.

Pero, al fin, los dos llegaron ante el pedestal. Los barrotes negros de la verja levadiza aguardaban a escasos metros de allí. Al otro lado se alzaba el Malfreno, un muro infranqueable de energía centelleante.

Llegó el momento. La huida era inminente.

—Deprisa —lo urgió Thoman—. La llave. Vamos.

A su espalda, oyeron un potente aleteo, como el restallido de varios truenos consecutivos.

Con un nudo en el estómago y el corazón desbocado, Rune giró la cabeza para mirar hacia atrás. Y entonces lo vio: una carne blanca como el alabastro surcada de emblemas carmesíes.

Daghath Mal había llegado.

22. NOCTÁMBULA

Noctámbula estaba cayendo.

Un estrépito inundó su cabeza: el eco de los latidos de su corazón, el bramido de la sangre, el aullido del viento al pasar junto a sus oídos. El aire se tornó punzante al rozar los bordes afilados de sus plumas. Aunque trató de tomar aliento, sus pulmones parecían bloques de hielo mientras se precipitaba al vacío desde el cielo. Cada vez más y más deprisa, la luz escapaba de su cuerpo mientras la atracción se intensificaba.

Pataleó e hizo aspavientos para intentar recuperar altitud, forzando sus alas. Pero entonces comenzó a girar sobre sí misma, dando volteretas, incapaz de distinguir el derecho del revés. La luz escapaba de su cuerpo en oleadas radiantes.

Y entonces cesó la caída.

Sintió alivio cuando desplegó sus alas, captando el aire segundos antes de estrellarse contra los árboles. Recuperó sus fortaleza y por fin alzó el vuelo. De regreso hacia el cielo. Volando.

Era la segunda vez desde que salió del castillo que estaba a punto de precipitarse al vacío, con tanta cantidad de su poder proyectándose hacia la Malicia. No sabía qué le estaría pasando a Rune, pero estaba absorbiendo su energía a través de la pluma muy deprisa y en grandes cantidades.

Tenía que llegar hasta él.

El Malfreno estaba cerca. A través de su concentrada visión era como un faro que le mostraba el camino hacia su alma gemela.

Noctámbula viró en el aire, gritando hacia el Portal del Alma. No podía volar lo bastante rápido. El cansancio le lastraba las alas. Incluso su espada dificultaba su avance.

Pero siguió volando, más y más deprisa, surcando los cielos. Otra absorción. Otra caída. Noctámbula descendió en espiral.

Desplegó sus alas, en un intento por ralentizar su descenso, pero no había obtenido suficiente altitud previa. Estaba demasiado cerca del suelo. Plegó las alas sobre su cuerpo mientras se estrellaba contra los árboles, con ramas afiladas e inmisericordes que se chascaron durante su caída, atravesando la vegetación a una velocidad alarmante.

Se estampó contra el suelo con un golpetazo y una lluvia de hojas y ramitas. Se levantó una polvareda a su alrededor mientras rodaba por el suelo hasta quedar apoyada sobre las manos y las rodillas, después resolló mientras se incorporaba.

Luego empezó a correr. Las ramas de los pinos le azotaron el rostro y la garganta, enredándose en mechones de su cabello y astillándose al contacto con los bordes afilados de sus plumas. Ella apenas notó su presencia.

Adelante.

Un paso después de otro.

El rastro de energía era fácil de seguir, seguía resultando visible, aunque se le nublara la vista y se le oscureciera por los bordes. Se forzó a seguir avanzando, incapaz de parar, incapaz de resistirse al impulso de ayudar a su alma gemela.

«Maldita sea...».

La voz de Rune resonó en el fondo de su mente, plagada de horror. En un destello, vio lo mismo que él: un rencor blanco y gigantesco.

Daghath Mal.

23. Rune

Rune no esperó. Introdujo la pluma en la oquedad.

Se proyectó una luz desde el interior del pedestal, blanca y caliente. Por delante de él, el metal rechinó. A su alrededor, el estrépito fue increíble: el runrún del portal, el edificio ardiendo, el zumbido del Malfreno y el sonido atronador de las alas del rey rencor. A su espalda, Daghath Mal tomó tierra, haciendo temblar el suelo.

Rune se tambaleó, aferrando todavía la pluma mientras se apoyaba en el pedestal.

—¡Vamos! —le gritó a Thoman—. ¡Corre!

En cuanto la pesada verja se levantó del suelo, corrieron hacia la abertura en la montaña: un túnel inmenso y oscuro, atravesado tan solo por el fulgor distante del Malfreno.

—¡No! ¿De dónde has sacado esa pluma? —Daghath Mal apareció por la linde de su campo visual mientras lo perseguía.

Por delante, Thoman ya se había agachado para pasar por debajo de la verja levadiza. Desde el otro lado, urgió a Rune para que apretara el paso.

—¡Vamos! ¡Ya te falta poco!

El portal aún no era lo bastante alto como para que pudiera pasar corriendo por debajo. Y por alguna razón, quizá porque no había dejado la pluma en la cerradura, la verja ya no se elevó más.

Se estaba cerrando.

Rápido.

Rune se arrojó al suelo y rodó por debajo de los aparatosos barrotes negros. Unas rocas se le hincaron en el espinazo. Una punta afilada le hizo un corte en la cabeza. Pero logró pasar.

Excepto… excepto que sentía algo raro en la pierna derecha. Y entonces…

Unas garras se le clavaron en el tobillo, apretando con tanta fuerza que perforaron las botas hasta llegar a la piel. Notó el roce cálido de la sangre al empapar el cuero.

El rey rencor aferró la pierna de Rune desde el otro extremo del portal. La bestia la había posicionado por debajo de uno de los barrotes: un pincho metálico que descendía directamente hacia el muslo de Rune.

Al otro lado de la verja, Daghath Mal sonrió, desplegando tanto los labios que Rune alcanzó a ver unas encías carmesíes.

—Te tengo.

Rune sintió una oleada de pánico, mientras Thoman se acercaba para ayudar, aferrando los barrotes como si pudiera frenar su descenso. Desesperado, Rune blandió la pluma hacia el rostro de Daghath Mal.

Le hizo un corte profundo.

El rey rencor retrocedió rugiendo, bramando, escupiendo sangre. Y lo más importante: le soltó la pierna.

Thoman agarró a Rune por los hombros. Se movieron al unísono, Rune consiguió apartar la pierna de los barrotes justo a tiempo. El pincho le rozó un lateral del muslo, dejando un tajo en su armadura, antes de clavarse en la tierra roja. Entonces, mientras Daghath Mal se recobraba, Rune terminó de franquear el portal con la pierna, fuera del alcance del rey rencor.

Daghath Mal se abalanzó sobre el portal, aferró el metal con tanta fuerza que se abolló y rechinó. Una sangre negruzca corría por su rostro, manando del corte que tenía en la mejilla.

—Tenemos que irnos corriendo. —Thoman tiró de Rune para ponerlo en pie—. Antes de que destroce los barrotes.

Rune no se había planteado esa posibilidad hasta entonces. Pero a juzgar por la furia presente en el rostro ensangrentado del rey rencor, la bestia estaba decidida a intentarlo.

—Te haré pedazos —gruñó—. Y alimentaré a mi ejército con tus despojos.

—Inténtalo. —Rune sacudió los restos de sangre de la pluma directamente sobre los ojos de Daghath Mal, y echó a correr.

Nunca había corrido tan rápido en su vida. Sus piernas se impulsaban a toda velocidad; le ardían los pulmones a causa del aire caliente y cargado de amoniaco de la Malicia. El túnel era muy largo, muy oscuro, pero a lo lejos, el fulgor abrasador del Malfreno le servía de guía. Su zumbido resonaba a través del túnel, reverberando en los huesos de Rune.

Y entonces oyó el chirrido de unos engranajes, el traqueteo del hierro. La verja situada al fondo se estaba elevando, lo justo para que Rune y Thoman pudieran atravesarla.

—¡Más rápido! —gritó Rune—. ¡Ya falta poco!

Un par de figuras fantasmales aparecieron en el otro extremo del Malfreno, apenas visibles por detrás del fulgor cegador. Rune se impulsó hacia el frente, deseando que el suelo se plegara bajo sus pies, que lo transportara como si fuera una ola. ¿Por qué no podía volar? ¿Por qué?

Las dos figuras introdujeron sus dedos en el Malfreno y lo abrieron haciendo palanca, generando un paso estrecho.

—¡Vamos! —Thoman empujó a Rune hacia delante, entre los fantasmas.

Rune cayó a través del Malfreno, golpeándose el codo y después el hombro en el suelo, mientras rodaba. Cuando logró incorporarse, Thoman ya había atravesado la barrera, y los fantasmas, cuyos cuerpos se ondulaban al compás de la cadencia del zumbido, estaban deslizando sus manos translúcidas sobre la escisión en el Malfreno. La barrera volvía a ser sólida una vez más.

La verja de hierro se cerró de golpe, impactó contra el suelo con un ruido ensordecedor.

A Rune se le escapó una carcajada exhausta y triunfal.

Estaba fuera. Libre. Todavía le daba vueltas la cabeza mientras se acercaba a Thoman dando tumbos para abrazarlo. El ivaslandeño lo rodeó con un brazo.

—No me lo puedo creer. Lo hemos logrado.

Se apoyaron el uno en el otro durante un rato, resollando, secándose el sudor que les corría por el rostro mientras alzaban la mirada hacia el cielo azul e inspiraban el aire limpio y sin contaminar.

—Lo había olvidado —murmuró el ivaslandeño—. Había olvidado lo hermoso que es.

Montañas. Bosques. Llanuras. Rune estaba de acuerdo: Salvación era una preciosidad.

—No imaginaba que llegaría este día. —Thoman miró para otro lado, pero no tan deprisa como para ocultar las lágrimas que centelleaban en sus ojos—. ¿Cómo puedo darte las gracias?

—No hay nada que agradecer. Tú también me has ayudado mucho. —Rune inspiró hondo, dejando que el aire limpio llenara sus pulmones. Su frecuencia cardíaca se estaba ralentizando por fin, estaba recuperando su visión periférica. Le dolía el cuerpo entero, sobre todo la pierna, pero había sobrevivido—. La Malicia me habría matado si tú no me hubieras enseñado a sobrevivir.

—Digamos que los dos nos hemos ayudado. —Thoman suspiró—. Aun así, podrías haberte marchado mientras yo distraía al rencor. No tenías por qué esperar. Elegiste ayudarme. No lo olvidaré.

—¿Qué clase de hombre sería si te hubiera abandonado a tu suerte? —Rune negó con la cabeza—. Además, hemos pasado por muchas cosas juntos. Te considero un amigo.

—Un hermano —dijo Thoman con una risita—. Nunca he tenido un hermano pequeño. Pero si lo tuviera, me gustaría que fuera como tú.

A Rune se le encogió el corazón, pero no de un modo doloroso. No como cuando echaba de menos a Opi. En cambio, deseó que aquello fuera cierto. Thoman era un buen hombre, inteligente y divertido, honesto y considerado. Se parecía mucho a Opi, la verdad.

Nadie podría reemplazarlo. Eso era imposible. Pero esa amistad, esas hermandad, podría encajar en el vacío que Rune tenía dentro desde que murió su hermano.

—Es un honor que digas eso —dijo con voz ronca—. De verdad.

Parpadeó para aclararse la vista y observó el mensaje que estaba grabado sobre la superficie de piedra:

TRAS LA ESCISIÓN: GUERRA.

ANTES DE LA ENMIENDA: PAZ.

—¿Qué crees que significa eso? —preguntó.

Thoman negó con la cabeza.

—Supongo que se refiere al Desgarro, cuando los planos se separaron.

—Pero ¿la Enmienda? Nunca había oído hablar de eso.

—¿No? En mi época, había profecías que auguraban que los planos volverían a enmendarse. Pero la mayoría de la gente no se lo creía. ¿Cómo se puede reparar el mundo?

—No lo sé. Yo...

Se levantó una polvareda a causa de una ráfaga de aire repentina, bajo una amplia sombra que se proyectó sobre las baldosas blancas. Eran unas alas.

Rune alzó la cabeza; se le cortó el aliento al ver lo que era. Unas alas negras e inmensas desplegadas sobre el firmamento.

Noctámbula aterrizó en el suelo, empuñando su espada. Tenía el pelo alborotado por el viento; lucía una expresión indómita mientras avanzaba hacia el portal, con las alas desplegadas de par en par. La furia manaba de ella en oleadas oscuras, como ondas de calor.

Tenía un aspecto glorioso. Feroz. Un poco intimidante, el clamor de la batalla vibraba a través de sus venas.

Y había venido a buscarlo.

—Noctámbula —susurró Rune.

De repente, se quedó quieta. Lo miró. La ira se evaporó de sus ojos. Bajó las alas. Y su espada, su preciada espada, traqueteó al caer al suelo.

Con una voz sedosa, susurró:

—Rune.

24. Noctámbula

Rune se encontraba frente a ella, vestido todavía con el uniforme que llevó a la guerra. Tenía el pelo desgreñado y varios cortes en el rostro, el cuello y las manos. No portaba ninguna espada, pero sí aferraba una pluma —su pluma—, como si lo fuera todo para él.

Y estaba vivo.

Muy vivo.

Cuando sus miradas se cruzaron, los ojos de Rune estaban cargados de reconocimiento, afecto y, sobre todo, ese sentimiento de asombro con el que siempre la observaba. Movió los labios para articular su nombre: «Medella».

Noctámbula sintió un escalofrío mientras se ponía de rodillas, quedándose sin aire en los pulmones. Rune estaba vivo. Y Daghath Mal seguía atrapado en su jaula.

No había fracasado. Aún no.

Mientras terminaba de apoyarse en el suelo, embargada por un alivio tan intenso que hasta dolía, Rune recorrió la distancia que los separaba con media docena de zancadas. Entonces se arrodilló frente a ella y alzó una mano, deteniéndola a escasos milímetros de su mejilla. Noctámbula percibió el calor que irradiaba su piel, aunque detectó incertidumbre en sus ojos.

—Has venido. —Rune tenía la voz trémula.

—Eres mi alma gemela.

Noctámbula se fijó en más detalles de su aspecto: las prendas hechas jirones, las sombras oscuras bajo los ojos, la palidez de su piel deshidratada. La Malicia le había afectado con dureza, pero podría recuperarse de esas dolencias. Otras, las heridas invisibles, tardarían toda una vida en cicatrizar.

—Siempre acudiré a buscarte —dijo Noctámbula en voz baja—. Siempre te encontraré. Siempre te salvaré. Si puedo.

La mano que Rune había situado junto a su rostro estaba temblando; le rozó la sien con las yemas de los dedos.

—¿Cómo sabías que te necesitaba?

—Te oí —susurró ella.

Entonces Rune se despojó de su indecisión, porque le deslizó los dedos por el pelo y cuando la miró con esos ojos castaños tan cariñosos, afables y comprensivos, lo hizo con un gesto de añoranza tan intenso que Noctámbula apenas fue capaz de sostenerle la mirada.

Poco a poco, Rune la atrajo hacia sí, hasta que la frente de Noctámbula le rozó la clavícula y le apoyó la mejilla en el pecho. Sintió un estallido de calidez en la espalda mientras Rune le rodeaba los hombros con sus brazos, para después apoyar el mentón sobre su coronilla.

—Te oí —susurró de nuevo. Y ahora oyó cómo le latía con fuerza el corazón.

Nadie la había abrazado ni acariciado nunca de esa manera. La sensación de sentirse reconfortada, protegida, le resultaba ajena. Estaba tan inmersa en esos sentimientos que tardó en darse cuenta de que Rune estaba hablando, pegado a su pelo, atropellando las palabras:

—… Calidez, y sentí como si me estuvieras ayudando, impidiendo que la oscuridad tomara el mando. Y así fue. Me salvaste ahí dentro, una y otra vez. ¿Lo sabías? ¿Lo sabías?

Rune flexionó los dedos, presionando las uñas sobre su coronilla y su espinazo.

—Noctámbula. —Una voz hueca emergió del interior del portal.

Ella se apartó de Rune, obligándose a no pensar en cómo sus manos se demoraban sobre sus hombros y muñecas. Que los guardeses y un desconocido situado junto al portal la hubieran visto en el suelo de ese modo le produjo una vergüenza que la ruborizó. Pero se obligó a adoptar un gesto neutral mientras recogía y envainaba su espada, después avanzó hacia ellos con toda la dignidad que fue capaz de reunir.

El desconocido era un hombre de aspecto macilento, ataviado con los restos andrajosos de un viejo uniforme de caballero del alba. La piel que le recubría el cráneo se estaba quedando flácida, empeoraba a cada segundo.

—Este es Thoman —dijo Rune—. Yo... Thoman, ¿te encuentras bien?

—No estoy seguro. —Aquel hombre tenía una voz sibilante, sonaba como el aire al soplar a través de una grieta—. Noctámbula, es un honor... —Se encogió sobre sí mismo y tosió, expulsando un polvo rojizo de su interior—. No puedo... Oh.

A Noctámbula se le encogió el corazón mientras lo ayudaba a sentarse en el suelo.

—Caballero del alba —dijo en voz baja.

El hombre la miró. Sus ojos habían perdido su color.

—Tu larga noche ha terminado. Es hora de partir hacia tierras más radiantes. —Esas eran las palabras que les decía a todos los caballeros del alba que agonizaban.

Thoman frunció los labios con un gesto a caballo entre una sonrisa y una mueca.

—Gracias... —Miró a Rune, que se había arrodillado a su lado—. Hermano. Nunca pensé que volvería a ver el cielo azul...

De repente, su corazón dejó de latir y sus ojos perdieron su brillo. Piel, músculo y tendones se desmenuzaron, como llevara muerto mucho tiempo.

Noctámbula lo depositó en el suelo mientras los ligamentos se convertían en polvo y se desperdigaban con la brisa.

—¿Qué? —Rune estaba pálido cuando se giró hacia ella—. ¿Qué ha ocurrido?

Fue el Conocido quien respondió:

—Estaba muerto, rey Rune. Solo la magia oscura lo mantenía en pie, y cuando salió de la Malicia, se disipó.

—No. —Rune negó con la cabeza—. Eso no está bien. Él... él estaba... —Rune volvió a menear la cabeza—. No.

Noctámbula le apoyó una mano en el hombro.

—Le diste algo que jamás habría tenido en la Malicia: paz, al final.

Rune mantuvo su gesto horrorizado mientras contemplaba los huesos de su amigo.

—Merecía algo mejor.

Noctámbula sintió una punzada de tristeza en el corazón. Rune había perdido a mucha gente: su hermano, su padre, su madre, todos sus guardias... Y aquí había uno más.

El Anónimo dio un paso al frente.

—Me llevaré a Thoman de aquí.

Rune se hundió los dedos en el pelo.

—¿Qué vas a hacer con él?

—Descansará con los demás caballeros del alba cuyos restos nunca fueron reclamados.

—Yo lo reclamo —dijo Rune—. Es mi amigo. Debería volver a casa conmigo.

El Anónimo titubeó.

—¿Es buena idea?

—Por supuesto. Yo...

Rune se tambaleó. Le pasaba algo en la pierna derecha, advirtió Noctámbula de repente. Tenía los pantalones cubiertos de sangre, completamente empapados.

—No estás bien —dijo—. Tus heridas...

Rune se tambaleó, después se arrodilló junto a los huesos de Thoman. Tenía el rostro surcado de lágrimas, que se deslizaban a través de la mugre.

—Es mi amigo —dijo en voz baja, debilitado a causa del cansancio y la pérdida de sangre.

Cuando Rune se venció hacia delante, Noctámbula se agachó y lo sujetó.

—Lleva los restos de Thoman a un lugar seguro —le dijo al Anónimo—. Rune irá a buscarlos más tarde, pero por ahora, mi caballero del alba se merece un descanso.

El Anónimo asintió.

Noctámbula levantó a Rune del suelo, sosteniendo su cuerpo inconsciente. No era un hombre pequeño, pero ella lo sujetó con facilidad, ahora que su poder estaba estable.

—Necesita que lo curen —le dijo al Conocido.

El guardés —el numen, ese detalle no podía olvidarlo— guio a Noctámbula hasta su torre, subieron por las escaleras y llegaron a la enfermería. Juntos, llevaron a Rune al cuarto de baño, donde lo depositaron en una silla y le limpiaron la mayor parte de la suciedad de la cara y las manos, pese a que con una de ellas seguía sujetando la pluma con firmeza.

—Rune. —Noctámbula lo zarandeó un poco—. Despierta.

Sus ojos aletearon.

—Necesitamos asearte antes de poder tratar tus heridas —prosiguió.

—Y para ello es preciso desvestirte —añadió el Conocido.

—No tengo nada que ocultar —murmuró Rune—. Mi pierna...

—Nosotros cuidaremos de ti.

Noctámbula encontró unas cizallas y cortó los restos de su uniforme. Tenía la piel cubierta de cortes y magulladuras, pero ninguno tan grave como la herida que le recorría el muslo derecho y los zarpazos que había por debajo. Marcas de rencor. Marcas de Daghath Mal.

El Conocido frunció el ceño.

—Vas a tener que purificar esas heridas para asegurar que el rey rencor no obtenga el control sobre el rey Rune. Puedo oler cómo se está formando la corrupción.

—Lo sé. —Noctámbula apretó los dientes mientras se hacía un corte en la palma y vertía unas gotas de su propia sangre en las heridas. De inmediato, la carne crepitó y Rune tuvo una sacudida en la pierna, aunque volvía a estar inconsciente en su mayor parte.

Lo asearon. Lo secaron. Trataron todas las heridas. Y por último lo vistieron con unas prendas suaves y blancas. Entonces Noctámbula lo condujo hasta una cama situada cerca de la ventana, donde lo arropó con una manta de lana.

El Conocido carraspeó, desviando la atención de Noctámbula de su alma gemela.

—¿Has avanzado con la búsqueda del arma?

El arma. Por supuesto.

—Aún no. —Noctámbula se plantó delante del Conocido. Durante todo ese tiempo, le había ocultado su naturaleza numinosa. El Anónimo, también. La ira que sentía hacia ellos le dejó una sensación agria en el estómago, pero no logró mitigarla. Así que tuvo que aceptarla mientras hablaba—: Regresaré con premura a Brink y reanudaré mi búsqueda. Si no logro encontrarla allí, viajaré a los demás reinos. Ahora que el rey Rune ha regresado, tal vez pueda ayudarme.

—¿Y si no la encuentras?

—La encontraré.

¿Siempre habían dudado de ella?

—En ese caso, no te demores. El Malfreno no resistirá mucho más.

—Si supieras algo sobre el arma… Su ubicación, por ejemplo… Iría a recogerla y luego entraría volando en la Malicia para utilizarla de inmediato. —A Noctámbula le dolían los músculos de la mandíbula—. No me estoy demorando por gusto. No sé dónde está. Los mortales tampoco. Es posible que esa arma que me ocultaron los númenes haya desaparecido.

—No ha desaparecido —repuso el Conocido en voz baja—. Solo está perdida.

—Eso es lo de menos si no hay pistas que me conduzcan hasta mi objetivo.

—Ojalá pudiera ayudarte más, de veras. —El numen se quedó mirándola durante mucho rato. Su silueta se onduló—. Noto cómo se estremece el Malfreno. Mi compañero está haciendo todo lo posible por sustentarlo. Debo sumarme a él.

Y dicho eso, salió por la puerta. Noctámbula miró con el ceño fruncido hacia el lugar por el que se había marchado.

Sabía que debía superar ese resentimiento. No era propio de ella. Númenes o no, el Conocido y el Anónimo la habían ayudado a lo largo de su existencia. Y no se habían marchado, al contrario que los demás. Eso hablaba bien de ellos.

Noctámbula soltó un largo suspiro, después se sentó en la cama, al lado de Rune. Sus ojos se movían por detrás de sus párpados; estaba soñando.

—Siento lo de Thoman —murmuró.

Rune refunfuñó en sueños, girando la cabeza a un lado y a otro. Pero cuando Noctámbula presionó la palma de la mano sobre su mejilla cálida, Rune suspiró y se quedó quieto.

—El rey rencor ha perdido su ventaja sobre mí —murmuró Noctámbula—. Podría acceder a la Malicia ahora mismo. Podría matar a sus rencores.

Quizá debería hacerlo. Eso le concedería más tiempo para encontrar el arma. Volvería a suavizar la presión sobre el Malfreno.

Pero Daghath Mal se esperaría ese ataque, ahora que Rune estaba libre. Estaría expectante, y Noctámbula aún no estaba lista para enfrentarse a él.

Necesitaba el arma.

Rune la ayudaría. Reuniría lo que quedara del ejército caberwiliano y los convertiría en caballeros del alba. Noctámbula estaba convencida de ello. Rune había experimentado la Malicia y, si estuviera en su mano evitarlo, no expondría a su pueblo a esa pesadilla.

—Eres un buen hombre.

Sin prisa, se inclinó sobre él y le dio un beso en la frente. Pero eso fue todo. Noctámbula no quería —ni podía— obligarlo a elegir entre su deseo hacia ella y su deber hacia su esposa y su hijo nonato. Tenía un compromiso con su reino y con su honor.

Y lo que ella sintiera... no tenía importancia.

25. RUNE

Cuando Rune se despertó, Noctámbula estaba sentada a su lado, inclinada sobre él, con la frente apoyada en su hombro y las alas desplegadas por encima de ambos.

De repente, notó con gran intensidad todos los puntos donde se estaban tocando, desde el peso que sentía en el hombro hasta la suave presión de la palma de su mano en el pecho, a la altura del corazón. Una de sus alas estaba desplegada sobre su pierna. Ella nunca lo había tocado de esa manera. No por mucho tiempo. No de un modo tan íntimo.

Pero eso no significaba nada, por supuesto. Era imposible. Simplemente se sentía aliviada al ver que se encontraba sano y salvo y libre de la corrupción de la Malicia. Aun así, dedicó un rato a disfrutar de esa sensación, a deleitarse con la atención que le prestaba, escuchando tan solo el susurro de sus plumas, mientras respiraban al unísono. Suavemente, Noctámbula flexionó los dedos sobre el corazón de Rune.

—Sé que estás despierto.

—No quería que te movieras. —Rune giró el rostro hacia la oscura cortina de su cabello. Noctámbula olía a relámpago. A batalla. A viento—. Te he echado de menos.

Lo dijo en voz baja. Tanto, que solo ella podría haberlo oído.

—Me odié por haberte dejado allí. —Apretó la mano que tenía apoyada sobre su corazón y las mantas amortiguaron sus palabras—. Pero no se me ocurrió otra forma de conseguir que Daghath Mal te perdonara la vida.

Rune le acarició el pelo, recolocándole varios mechones por detrás de la oreja, aunque enseguida volvieron a desprenderse.

—No pasa nada. Hicimos lo que fue necesario.

Noctámbula se incorporó y se apoyó en un brazo. Una luz tenue se proyectó a su alrededor, bañando su rostro con sombras.

«Qué hermosa es». La curvatura de sus labios, la inclinación de su cabeza, esos ojos que albergaban un millar de secretos... Rune no podía dejar de mirarla.

—Eres mi alma gemela. Tendría que haber sido más cuidadosa. —Cuando ella le acarició el rostro, a Rune se le entrecortó la respiración—. No tendría que haberte ocultado ese detalle.

—Te lo dije antes: ya lo sabía. —Rune ahuecó una mano sobre la de ella y entrelazó sus dedos—. Lo he percibido toda mi vida.

Noctámbula sonrió ligeramente.

Por todos los númenes conocidos y anónimos: Rune no podía dejar de fijarse en sus labios. Ese beso fugaz que compartieron en la Malicia lo había dejado hechizado. Quería repetirlo. Ahora mismo.

Comenzó a incorporarse, apoyado en un codo, pero un dolor se extendió por su cuerpo y volvió a tenderse en la cama con un quejido. Noctámbula se enderezó.

—Has sufrido muchas heridas durante tu paso por la Malicia. Dime cómo te sientes.

—Me siento como si alguien hubiera intentado amputarme la pierna.

De pronto, recordó las circunstancias de esa herida: la verja levadiza, Daghath Mal, la carrera a través del túnel con Thoman. Thoman.

Lo embargó un horror frío mientras recordaba cómo su amigo se descompuso ante sus ojos. La figura fantasmal dijo que iba a llevarse sus restos.

Después del horror llegó un sentimiento de culpa. Había estado pensando en besar a Noctámbula cuando debería haber estado llorando la pérdida de Thoman, preguntando por Caberwill e interesándose por Hanne. Noctámbula ya le había explicado lo que era y no era un alma gemela, y además de eso, Rune ya había asumido otros compromisos.

Se odió por eso: por casarse con alguien a quien jamás podría amar y por querer a alguien que jamás podría corresponderle. No como a él le gustaría.

Inspiró una bocanada honda y trémula y reprimió el dolor causado por la pérdida de Thoman, el sentimiento de culpa y la añoranza. Lo enterró muy hondo, donde pudiera lidiar con ello más tarde. Cuando estuviera a solas. Cuando no tuviera asuntos más acuciantes que atender.

—Se suponía que debía decírtelo... —Intentó no volver a mirarla directamente. Tenía que despejarse la mente—. Tenía que contarte que el rey rencor planea tirar abajo el Malfreno.

Noctámbula arqueó una ceja.

—No sé cómo —admitió Rune—. Pero lo dijo como si... estuviera convencido de ello.

—Los guardeses son diligentes en sus obligaciones. Aunque consiguiera provocar otro debilitamiento en la barrera, los guardeses volverán a levantarla.

La tensión que tenía Rune en la mandíbula se rebajó.

—Bien. Simplemente..., necesitaba contártelo.

—Lo entiendo.

—¿Cómo está Caberwill? ¿Sigo teniendo un reino?

Noctámbula asintió.

—Pero si quieres que siga siendo así, deberías regresar cuanto antes. La reina Johanne se enfrenta a una gran oposición.

Rune podía nombrar a un centenar de personas que se opondrían al reinado de Hanne, incluido un número significativo de miembros del Consejo de la Corona. Pero lo más inmediato era que, seguramente, Rupert Flight y Charity Wintersoft estarían causando problemas. Cómo de graves fueran esos problemas dependía tan solo de cuánto tiempo hubieran tenido para conspirar contra él.

—¿Cuánto tiempo he pasado en la Malicia?

—Dos semanas.

—Dos semanas —repitió—. Me pareció más tiempo. —Miró de reojo hacia la ventana, donde podía ver un resquicio del Malfreno—. Pero ¿Hanne ha conservado el trono?

—Cuando yo me marché, sí. Incluso me exigió que entrara volando en la Malicia para rescatarte. Ella... —Noctámbula se levantó y se sacudió las alas—. Parece que anhela mucho tu regreso.

Rune sintió otra oleada de culpa. Hanne había estado trabajando por su bien.

—¿Qué te hizo venir? ¿Cumpliste lo que te pidió? —Rune se incorporó, ignorando el dolor que sentía con cada movimiento.

—No. Me negué. —Noctámbula apretó los dientes y le dio la espalda—. Hasta que no pude seguir resistiendo el impulso.

Un «impulso».

Por eso había acudido a buscarlo. Y por eso irradiaba una ira tan indómita cuando aterrizó junto al Portal del Alma.

Noctámbula giró la cabeza hacia él y añadió con un ligero tono de cautela en su voz:

—Tu reina ofreció un ejército a cambio de que fuera a rescatarte. Creo que lo habría cumplido.

—¿Qué? —¿Hanne iba por ahí ofreciéndole su ejército a la gente? ¿Y Noctámbula lo rechazó?—. Creía que adorabas los ejércitos.

—Así es. —Noctámbula llenó un vaso con agua y se lo entregó—. Pero ya no será suficiente con un simple ejército. Necesito un arma.

—¿Un arma diferente a esa enorme espada de obsidiana? —Bienhallada era el arma más poderosa que Rune había visto en su vida.

—Sí.

—¿Y Hanne te ayudó con eso?

Noctámbula frunció el ceño.

—No. Me vi obligada a hacer otros amigos.

Eso no parecía propio de ella. Pero era un cambio positivo.

—Han pasado muchas cosas durante tu ausencia. —Noctámbula le habló, brevemente, del recuerdo desbloqueado, del arma y de su gesta para encontrarla—. Destruirá al rey rencor.

—Creía que no podías matarlo. Por la ley de la conquista, ¿no?

—Esa arma no mata. Desintegra. No puedes convertirte en algo que ya no existe.

—Entiendo. —Al menos, eso creía. Como mucho, había sido un estudiante promedio; algunas cosas se le escapaban. Pero si Noctámbula creía que era la única manera, Rune haría todo lo posible para ayudarla—. Aunque ¿por qué se bloqueó ese recuerdo? ¿Y qué son esos guardeses? ¿Cómo es posible que tengan algún control sobre tus recuerdos? ¿Eso no te parece invasivo?

Noctámbula agachó la mirada.

De pronto, Rune recordó que Daghath Mal también había tenido acceso a su mente. Y había utilizado esa conexión para espiarla, para provocarla, para coaccionarla.

Era injusto. Cruel. Antes del Amanecer Rojo, la gente trataba a Noctámbula con veneración, sí, pero también como un arma contra la oscuridad. No como una persona. Y después…, ya ni siquiera eso. Con esa oscuridad asomándose a sus pensamientos más íntimos. Y ahora lo hacían esos guardeses, que abrían y cerraban las puertas de su mente.

No tenían derecho.

Pero no quiso importunarla con eso; era obvio que no quería hablar de ello.

—Entonces —añadió—, ¿por qué los númenes diseñaron una reliquia tan poderosa si luego pensaban ocultártela?

Noctámbula dejó caer los hombros, la tensión se estaba disipando de su cuerpo.

—Es legítimo hacerse todas esas preguntas. Algunas puedo responderlas. Otras…, no me corresponde a mí hacerlo.

Rune se bebió el vaso de agua y lo apoyó sobre la mesilla.

—Los guardeses son inmortales y han servido a este mundo desde la Escisión, cuando el Desgarro regurgitó al primer rencor y los númenes se levantaron en armas contra la oscuridad.

Rune sintió un escalofrío. Si los guardeses llevaban allí desde la Escisión —antes del Malfreno—, significaba que eran aún más viejos que Noctámbula. Leyendas susurradas procedentes de otros planos, que se alineaban y desalineaban con el suyo.

Los guardeses podrían ser cualquier cosa. Llegados de cualquier parte.

Aun así, si Noctámbula confiaba en ellos, él también lo haría.

—¿Y dicen que esa arma desintegrará a Daghath Mal? —preguntó.

—Creen que es la mejor oportunidad para Salvación. —Noctámbula se sentó a su lado, manteniendo varios palmos de distancia entre ellos—. Si no consigo encontrarla, podría volver a intentar introducir a Daghath Mal a través del Desgarro.

—Me parece un buen plan...

—No. Su nombre ya se conoce en Salvación.

—Y a los reyes rencor se los invoca por su nombre —dijo Rune, asintiendo—. Tarde o temprano, volverías a verte en esta situación.

Con menos recuerdos para orientarse. Suponiendo que alguien se molestara en invocarla.

—Así es. —Su voz se tornó áspera—. La otra opción sería acatar la ley de la conquista... y arrojarme de inmediato a través del Desgarro. Sería casi imposible que alguien me invocara desde la Fracción Oscura. Solo tú conoces mi nombre.

¿Noctámbula se convertiría en el rey rencor, en lugar de Daghath Mal? ¿Quedaría aprisionada en la Fracción Oscura por toda la eternidad?

—No. —A Rune se le nubló la vista mientras le estrechaba las manos—. No, no puedes hacer eso.

Noctámbula adoptó un gesto tirante, a medio camino entre la tristeza y el miedo.

—He jurado proteger Salvación. Haría cualquier cosa para…

—Y yo iría contigo. —La miró a los ojos, rogándole que comprendiera que hablaba muy en serio—. Te seguiría a cualquier parte. Incluida la Fracción Oscura.

El horror inundó los ojos de Noctámbula y, durante varios segundos, se quedó mirándolo fijamente, como si estuviera esperando a que se retractara. Al ver que no lo hacía, añadió:

—En ese caso, debemos encontrar el arma. Es la única manera de asegurarse de que no regrese nunca.

Rune asintió con rigidez.

—La encontraremos. Te lo juro.

—Está bien. —Noctámbula miró hacia abajo—. Me estás apretando las manos muy fuerte.

Rune se apresuró a soltarla y volvió a apoyar las manos en su regazo.

—Lo siento. Pero iba en serio. Mientras estuve en la Malicia, me salvaste una y otra vez. Gracias a tu… —Se enderezó y miró a su alrededor—. La pluma. ¿Qué ha sido de ella?

Noctámbula señaló hacia la mesilla.

—Está ahí. Me costó bastante quitártela de la mano.

Rune se giró y sacó la pluma alargada del cajón. Estaba intacta. Limpia. Con suavidad, deslizó un dedo por el asta central y la presionó sobre su corazón.

Noctámbula se estremeció ligeramente, con la mirada fija sobre la pluma.

—¿Quieres recuperarla? —Rune titubeó, después se la ofreció—. No sé si podrás volver a usarla.

Ella negó con la cabeza.

—Ya ha cumplido su propósito.

—¿Sacarme de la Malicia?

—Sí. Yo soy la llave. Una única hebra de mi cabello basta para abrir el portal.

—Pero ¿una pluma para mí?

—Un arma, además de una llave. —Lo miró a los ojos—. Y un vínculo conmigo. Pudiste canalizar mis poderes. Sanarte. Frenar la corrupción. Al principio, no sabía lo que estaba pasando. Pero ahora lo entiendo.

Rune giró la pluma una y otra vez, dejando que la luz se reflejara en las barbas. Simbolizaba belleza y peligro al mismo tiempo.

Noctámbula se quedó callada un rato antes de añadir:

—Si quieres quedártela, adelante. Si no, la quemaré.

—Sí. —Rune acercó el filo de la pluma a su corazón—. Quiero quedármela.

Algún día, si el mundo sobrevivía a esa incursión, Noctámbula regresaría a su torre, dejándole tan solo con los recuerdos del tiempo que habían compartido. De los sentimientos que lo embargaron. De lo mucho que la quería. Y, tal vez, le dejaría una pluma.

—En ese caso, es tuya.

Rune asintió.

—Siento lo de antes. Cuando pediste un ejército y no se te concedió. Tendría que haberte hecho caso cuando intentaste explicarme lo grave que iba a ser la situación. Tendría que haber dado la cara por ti, hacer conseguido asignarte soldados que entrasen contigo en la Malicia. Creía saber lo que estaba en juego, pero en el fondo no lo entendía. Hasta ahora. Tendría que haber enviado un ejército contigo en cuanto me convertí en rey. No tendría que haberte rechazado.

Noctámbula sonrió. Estaba pálida, triste, pero cargada de comprensión.

—Lo único que importa es lo que hagas a partir de ahora.

Para ser alguien que (al menos, hasta hacía poco) lo recordaba todo, Noctámbula tenía una rapidez asombrosa para dejar atrás el pasado.

Rune se guardó la pluma en el bolsillo, luego se incorporó. Notó una punzada en la pierna derecha, pero ya no le dolía tanto como antes.

—Deberíamos irnos. Tenemos que encontrar tu arma.

Extendió una mano hacia ella. Noctámbula la aceptó, se levantó y se situó frente a él.

—Creo que mis nuevos amigos te caerán bien. A todos les gustan los libros.

Rune sonrió.

—¿Cómo volvemos a casa? ¿Los guardeses tienen caballos en alguna parte?

Noctámbula negó con la cabeza.

—Así tardaríamos demasiado tiempo. Iremos volando.

—Pero yo no puedo.

—Lo sé. —Frunció los labios—. Yo te llevaré.

Rune titubeó.

—¿En brazos?

—No. Te sujetaré con los dientes, por el cogote.

Rune se quedó pasmado al verla tan seria.

—Estás bromeando.

—Sí.

Sus hombros se relajaron mientras dejaba escapar un leve suspiro irónico.

—Bueno, ha sido muy gracioso.

—Te lo agradezco. Aunque no te hayas reído.

A Rune se le escapó una risita. No se esperaba esa respuesta.

—No me dejarás caer, ¿verdad?

—No —respondió ella—. Pero si ocurre algo, te agarraré al vuelo.

26. HANNE

Hanne apenas había puesto un pie en el observatorio cuando Mae le transmitió la buena noticia. Las máquinas estarían listas al final de la jornada.

—Los orfebres han trabajado de sol a sol para terminar las bombillas, pero ya están todas moldeadas. Solo hace falta que se enfríen antes de instalarlas. —Mae sonrió con orgullo—. Resultó peliagudo fabricar los filtros, pero ya está solventado. Lo único que queda por hacer, una vez completado el ensamblaje final, será distribuir las máquinas.

—¿Y tenemos un plan para hacerlo? —preguntó Hanne.

—Sí, por supuesto. —Mae la condujo hasta una mesa grande situada en el centro de la sala de trabajo principal. Había un mapa desplegado encima, con equis de colores señalando intervalos a lo largo de los senderos de los reyes—. La distribución supondrá un desafío inmenso, por supuesto, sobre todo porque los dispositivos tendrán que liberar sus cargas al mismo tiempo. Me he tomado la libertad de equiparlos con temporizadores, que harán detonar unos pequeños explosivos y expulsarán la malicia en una única dirección. Pero hay otros cuantos factores que complican la situación.

—¿Por ejemplo? —Hanne contempló el mapa, las torres distribuidas alrededor del Malfreno que sería preciso escalar y evacuar.

—Para empezar, la procedencia de la malicia podría determinar cuánto tiempo durará en las bombillas contenedoras. La malicia del portal no es tan potente como la del bosque llameante, lo que quizá permita que las bombillas la contengan durante un poco más de tiempo.

—Eso es bueno, ¿no? —preguntó Hanne—. Así los jinetes tendrán más tiempo para entregar sus dispositivos.

—Es posible —coincidió Mae—, pero ¿y si no es tiempo suficiente? ¿Deberíamos buscar otros malsitios para cargar los dispositivos? ¿Lugares más próximos a las torres?

—Tendrían que ser malsitios bipermeables.

La malicista asintió.

—Y esos no abundan, sobre todo porque no sabemos cuáles habrá destruido ya Noctámbula. Por ejemplo, el bosque llameante próximo a Boone ha sido purificado. Lo cual es una lástima, porque estaba relativamente cerca del Malfreno y tenemos una idea aproximada de cómo se concentraba la malicia allí. Podríamos haber hecho los cálculos necesarios para programar las entregas a esta torre y a esta también. —Señaló hacia un par de puestos de vigilancia situados en el extremo sudeste del Malfreno.

Hanne nunca pensó que le molestaría que purificaran un malsitio, pero no pudo evitarlo. Si Noctámbula tenía tantas ganas de eliminarlos, ¿por qué no había empezado por los vacíos gravitatorios? Esos no le resultaban útiles a nadie.

—Entiendo. —Hanne se cruzó de brazos—. ¿Tenemos algún malsitio viable, aparte del sitio de los portales?

—Puede que aquí. —Mae señaló hacia un pequeño círculo situado en la punta noroeste de Ivasland, cerca de la frontera que compartía con Embria—. Esto es un pueblo fantasma. Ahora está rodeado por un foso, con varios molinos que mantienen el agua en movimiento.

—¿El agua impide que los muertos crucen el foso? —preguntó Hanne.

—Quién sabe. Es posible que los muertos no puedan salir del malsitio, y que si no lo atraviesan se deba a que el foso está fuera de la membrana. En cualquier caso, es un desafío acceder ahí, y se rumorea que los fantasmas son violentos. Así que sería peligroso recolectar malicia allí.

—Y no sabemos qué potencia tiene la malicia —dijo Hanne—. A no ser que haya sido estudiada en fechas recientes, ¿no?

Mae negó con la cabeza.

—No, la reina Abagail fue la primera en permitir el estudio efectivo de la malicia y los malsitios. En su opinión, si teníamos que padecer la presencia de tantos malsitios, sumados a un clima adverso, al menos deberíamos intentar comprenderlos.

—Los tres reinos han convivido con esos malsitios durante cuatrocientos años —repuso Hanne—. Estudiarlos solo ha conducido a la situación en la que nos encontramos ahora: esta alianza contra Ivasland, el ejército dispersado, el... —El ejército convertido en ganado y el asedio de Solspiria. Pero no quería hablar de esas cosas en ese momento. Mae no tenía por qué saberlo todo—. Ahora necesitamos ese tipo de estudio, por supuesto. Pero no estamos en la misma posición en la que nos encontrábamos hace siquiera un año.

Un gesto fugaz de fastidio cruzó el rostro de Mae, pero lo reprimió rápidamente.

—Ivasland ha tenido que lidiar con más malsitios que Embria o Caberwill. Demolieron muchas de nuestras industrias, dificultaron el cultivo del terreno... —La malicista negó con la cabeza.

No había mapas (fuera de Ivasland) que indicaran que un reino tuviera más malsitios que otro. Si tal cosa era cierta..., bueno, es posible que los ivaslandeños hubieran hecho algo para atraer tanta malicia hacia su reino. La malicia jugaba con la línea temporal; tal vez, debido a esa atracción gravitatoria que ejercía sobre sí misma, había propiciado un futuro donde la gente construyera máquinas que le permitieran desplazarse.

Hanne notó un nudo de inquietud en el pecho, pero se obligó a respirar con normalidad. Estaba actuando así por el bien del mundo. Sí, sería terrible a corto plazo, pero se trataba de cauterizar una herida para frenar la hemorragia. De empujar la punta de flecha a través de la carne para luego poder extraerla con seguridad. De amputar un miembro para impedir que la infección se extendiera hasta el corazón.

Era necesario.

Horrible.

Pero necesario.

—Entonces, ¿crees que podríamos utilizar el pueblo fantasma para llenar los dispositivos que se instalarán aquí? —Señaló hacia la torre de vigilancia más cercana—. ¿Y tal vez aquí? —Deslizó un dedo a través del papel.

—Sí, creo que vale la pena intentarlo, pero no tenemos mucho tiempo. En cuanto los primeros dispositivos estén terminados, tendremos que enviarlos al pueblo fantasma. Puede que tengamos suerte y que alguien descubra algún portal que desemboque cerca de allí. —Mae negó con la cabeza—. Ojalá tuviéramos más tiempo para hacer pruebas y ajustar nuestros planes. No me gusta precipitarme.

—Tiene que ser durante el equinoccio. —Tuluna había sido clara con ese detalle—. ¿Qué me dices de estas otras torres? —Señaló hacia varias de ellas, situadas en Embria y Caberwill.

—Ah, sí. Estas dos. —Mae señaló a un par ubicadas en Caberwill—. Podemos recargar utilizando el malsitio de los portales. Creo que también podríamos utilizarlo para esta. —Señaló hacia otra que estaba un poco más alejada—. Para llegar hasta esa, necesitaremos jinetes de repuesto apostados en cada una de estas equis, para transportar el dispositivo a toda velocidad. Podría coordinarme con el capitán de tu guardia para asignar a sus mejores jinetes con los corceles más veloces. Solo tendrían que relevarse con los demás jinetes hasta que el último lleve el dispositivo hasta la torre.

—¿La máquina soportará tanto ajetreo?

No les convenía que el dispositivo de malicia detonara antes de tiempo.

—Es preciso transportar las máquinas a toda velocidad para poder llegar a sus destinos antes de que exploten —dijo Mae—. Lo más que puedo hacer es asegurar que estén empaquetadas con esmero, para minimizar las vibraciones.

—Mmm. —Hanne estaba empezando a comprender que se trataba de una pesadilla logística. Pero Tuluna nunca había dicho que fuera fácil cumplir su palabra para traer la paz al mundo. Siempre había afirmado que sería difícil y requeriría una dedicación plena—. ¿Y qué pasa con estas torres? ¿Cómo llevaremos los dispositivos hasta allí?

—Esta es, diría yo, la entrega que más me preocupa —dijo Mae.

En vista de que nada había resultado sencillo hasta el momento, Hanne volvió a sentir una presión en el pecho.

—Hay un portal que desemboca aquí y aquí. —Mae señaló hacia el norte de una torre en Caberwill y después hacia otra en Embria—. Enviaremos jinetes, junto con los paquetes, a través de esos portales. Deberían poder llegar a las torres a tiempo.

—Bueno, eso no suena nada mal. Utilizar los portales me parece bastante inteligente. ¿Por qué no te gusta este plan?

Mae frunció los labios.

—Me pone nerviosa introducir malicia contenida a través de un portal.

—¿Qué crees que puede pasar?

—Quizá nada. —Mae se encogió de hombros—. O quizá mucho. La malicia es impredecible. El hecho de que el dispositivo que detonó allí generase portales supone un beneficio enorme para Caberwill, pero ¿qué pasa con la máquina de Sol de Argento? Le dio dientes a la mina y se puso a devorar gente.

Por no mencionar lo que quiera que ocurrió en Monte Menudo; no sobrevivió nadie para contarlo.

—Esa incertidumbre es lo que me pone nerviosa —continuó Mae—. ¿Quién nos asegura que la malicia no se adherirá a sí misma y atrapará al jinete dentro del portal, dejándolo varado en una especie de... lugar de tránsito? Si es que se trata de un lugar. Puede que sea la nada. O el vacío. O... —Volvió a encogerse de hombros—. No sé qué se siente al atravesar los portales, ya que nunca he cruzado ninguno. Y tampoco he tenido la oportunidad de entrevistar a alguien que lo haya hecho. Pero imagina que te adentras en uno... y que te quedas apresado allí durante el resto de la eternidad. Suponiendo que sigas existiendo.

Hanne sintió un escalofrío y, por un momento, sintió como si estuviera de vuelta en esa anomalía temporal, contemplando los lazos amarillos que apenas se movían con la brisa, observando el muro de luz solar, cuando la noche ya hacía tiempo que se había desplegado sobre ella.

«*Confía en mí* —susurró Tuluna—. *Confía en mí*».

«Confío». Hanne siempre había confiado en su numen patrona. Nunca la había llevado por mal camino.

—Supongo que podría engullir a la persona que transporta el dispositivo si se rompiera la bombilla de contención. O sacarle las entrañas al jinete. O un millar de cosas más. —Mae desplegó las manos hacia los lados—. O puede que no ocurra nada si la malicia transportada coincide con la malicia del sitio de los portales. Yo no lo intentaría con malicia procedente de otro malsitio. Al menos, hasta no tener más información.

Nada de eso resultó reconfortante para Hanne.

—Está bien, con esos riesgos en mente, ¿cuál es el plan de contingencia por si el jinete acaba engullido o atrapado? ¿Tenemos materiales suficientes para fabricar más máquinas?

Mae titubeó.

—Tenemos suministros para dos máquinas más.

Pero eran tres las que podían acabar absorbidas en una especie de vacío de tránsito, por no mencionar las otras que podrían detonar a causa de la vibración. Y, por supuesto, otros tantos dispositivos que quizá no llegarían según lo previsto, debido a pequeños inconvenientes como el tiempo y el espacio.

—Está bien. —Hanne se cruzó de brazos—. ¿Qué me dices de la malicia vinculada con el titanio de las bombillas de contención? ¿Esas podrán atravesar los portales sin efectos adversos?

Mae asintió.

—Según lo que he podido determinar, sí. Durante nuestra visita al sitio de los portales, tomé una pequeña muestra de la aleación creada y la envié a través del vórtice. Por lo visto, llegaron intactas al otro lado, y no había indicios visibles de desgaste o corrosión del metal. Así que no creo que nos arriesguemos a perder ninguna máquina que atraviese el vórtice estando vacía.

—¿Y qué pasa si cargamos estas máquinas con malicia de otros sitios? ¿Debemos esperar alguna reacción adversa por parte de una bombilla confeccionada con la malicia del sitio de los portales si la llenamos con malicia de, por ejemplo, el pueblo fantasma?

Hanne era consciente de que estaba empezando a parecer paranoica, pero le había hecho una promesa a Tuluna. Nada podía salir mal. Nada.

—Creo que no pasará nada. —Mae pareció indecisa.

—¿Solo lo crees?

Mae se encogió de hombros.

Hanne estaba empezando a sentirse muy incómoda con toda esa sucesión de encogimientos de hombros durante la conversación.

—No puedo afirmarlo. —Mae señaló hacia sus ayudantes, que estaban trabajando en otras estancias del observatorio—. Necesitaríamos más tiempo para experimentar y poner a prueba las hipótesis, pero hay una fecha límite que según tú no se puede retrasar, lo que significa que nos toparemos con incertidumbres conforme abordemos las etapas finales del proyecto.

—Si la fecha límite fuera flexible —repuso Hanne—, te daría todo el tiempo que necesitas. Pero no lo es. Lo que me cuesta creer es que, después de haber hecho tantos experimentos en Ivasland, nunca te plantearas esta clase de preguntas. Creía que ya habrías zanjado esta cuestión hace meses.

—Teniendo en cuenta que apenas acabábamos de empezar a vincular la malicia con el titanio cuando apareciste tú... Habría sido del todo imposible llevar a cabo estos experimentos hace meses.

Mae repitió ese gesto de incertidumbre tan irritante. Hanne le apoyó las manos en los hombros.

—Deja de hacer eso.

—¿El qué? —Mae repitió el gesto, a pesar de que Hanne intentó sujetarla.

—¡Deja de encogerte de hombros!

Mae lo hizo otra vez.

—¿Estás intentando fastidiarme? —inquirió con voz chillona.

Mae soltó esa risita adorable tan típica de ella. Casi bastó —casi— para aplacar a Hanne.

—Esto no es ninguna broma, Mae. —Sin embargo, se le curvaron los labios en contra de su voluntad.

—Ya lo sé. —La malicista sonrió—. Pero me has pedido algo imposible. Lo estoy cumpliendo. Y para bien o para mal, muy pronto descubriremos un montón de cosas. ¿No te parece emocionante?

Hanne se permitió al fin esbozar una sonrisa genuina.

—Supongo. Pero necesito que salga bien. Confío en que la entrega y la detonación de los dispositivos transcurran del modo más anodino posible.

—Nunca será anodino para mí. —Mae se balanceó sobre las puntas de los pies—. Estoy deseando medir la oleada de malicia: su velocidad, la intensidad, la distribución de los malsitios…

—¿Y no te preocupa que vayamos a derribar el Malfreno entero? ¿A propósito?

Mae negó con la cabeza.

—Se regenerará, como tú dijiste. Siempre lo hace. Además, la oportunidad de estudiar una interrupción planificada es algo que no había estado al alcance de ningún malicista. Aprenderemos mucho. Y tal vez podamos predecir interrupciones en el futuro, para proteger mejor a la gente.

Era un buen plan. Cuanto más lo pensaba, más convencida estaba Hanne de que había acertado al traer a Mae hasta allí. La malicista también parecía de acuerdo: estaba sonriéndole otra vez.

Hanne le devolvió la sonrisa.

De repente, Mae se inclinó hacia delante y la besó. Fue un beso dulce, risueño, que se acentuó cuando Hanne le devolvió el gesto.

Mae la abrazó de tal manera —tocándole la cara, los hombros y la cintura—, que desplazó algo de un tamaño considerable que habitaba dentro de Hanne. Un peso: una terrible soledad que había aprendido a eludir con tanto éxito que había olvidado que seguía allí.

«¿Cómo es posible que te sientas sola? ¿Acaso no he estado siempre a tu lado?».

Eso era cierto. Pero Tuluna era un ser procedente de otro plano, una guardiana, una mentora, una figura a la que Hanne veneraba. No era alguien a quien quisiera besar.

—Hanne —le susurró Mae al oído.

Un escalofrío recorrió el espinazo de Hanne. Era la primera vez que alguien pronunciaba su nombre de esa manera.

—Más tarde —dijo Hanne en voz baja—, ven a mis aposentos.

Mae retrocedió un ápice; presionó la nariz sobre la de Hanne.

—¿Oh?

Hanne inclinó la cabeza hacia delante y volvió a besarla.

—Haré que te envíen una muda de ropa. Para que nadie sospeche.

—¿Y tus doncellas? ¿No les importará?

—¿Por qué debería importarles?

—Ya, supongo. —Mae retrocedió y sonrió con una chispa de entusiasmo en los ojos—. Está bien. Esta noche. Hagamos lo que hagamos… —Mae ladeó la cabeza y se asomó por encima del hombro de Hanne—. ¿Qué es eso?

Hanne frunció el ceño, pero no iba a caer en esa treta. Si Mae no quería ir a visitarla esa noche, podría haberlo dicho sin más.

Pero, entonces, varios trabajadores comenzaron a salir de la habitación contigua, con los ojos muy abiertos y gestos de curiosidad mientras se asomaban al ventanal oeste, el mismo lugar hacia donde miraba Mae.

Hanne siguió la trayectoria de su mirada, oteando a través de los ventanales que se extendían del suelo al techo, tratando de atisbar aquello que había llamado la atención de todos.

Al principio no vio nada. Solo unas nubes plateadas que se deslizaban sobre las cumbres de las montañas y el pálido Malfreno en el horizonte. Entonces divisó una silueta oscura que iba aumentando de tamaño. Unas alas negras, más grandes que las de cualquier pájaro, se impulsaban con presteza por el cielo.

Era Noctámbula. Tenía que ser ella.

Pero había algo extraño, como si cargara a la espalda con un objeto grande y pesado. Cuando se aproximó, Hanne pudo distinguir unas piernas. Unos brazos.

Noctámbula transportaba a una persona.

—¿Qué está pasando? —susurró Mae—. ¿Quién…?

Una certeza afloró en el pecho de Hanne. Sabía la respuesta. Por supuesto que sí. Noctámbula solo se dignaría a cargar con una persona por el cielo de esa manera.

—Es Rune —dijo—. Tiene al rey Rune.

Su posición en Caberwill se había salvado.

*

Hanne no perdió ni un segundo. Salió del observatorio y ya se encontraba en su vestidor. Lea le estaba trenzando el pelo y Maris la estaba maquillando, mientras Cecelia elegía un vestido adecuado para que una reina le diera la bienvenida a su rey.

—Esta noche iré a visitarlo a sus aposentos, por supuesto.

Mae tendría que esperar hasta que terminase con él; seguro que la malicista entendería que el deber hacia su reino tenía prioridad.

«Lo que sientes por ella es una distracción».

Tal vez. Pero Hanne nunca había pedido nada para ella, no desde que empezó a seguir las directrices de Tuluna. Se merecía un respiro.

«Estamos en un momento crítico. No podemos permitirnos que bajes la guardia».

«No voy a bajarla». Pero su réplica se quedó sin respuesta. Tuluna siempre estaba al tanto de sus verdades más recónditas.

Hanne miró de soslayo a Sabine, que estaba, como de costumbre, sentada junto a la ventana con sus labores de ganchillo.

—Pídeles a algunas de las criadas más chismosas que me preparen un baño antes de irme. Asegúrate de que los aposentos de Rune estén debidamente preparados. Haremos lo que sea necesario para que llegue a oídos del Consejo de la Corona que estamos enamorados apasionadamente y que si hace falta engendraremos una docena de herederos.

—Así lo haré, majestad. —Sabine retomó su labor—. También haré correr la voz a través de mi red de contactos. Se asegurarán de que todo el mundo hable de ello.

—Me gusta ese enfoque directo —dijo Hanne, porque Nadine le había dicho que una crítica obtiene mejores resultados si va precedida de un cumplido—, pero asegurémonos también de que la información se extiende de una forma natural, sin demasiadas interferencias por nuestra parte.

En ese momento, Nadine entró en el vestidor con una nota plegada en las manos.

—Acabo de recibir noticias sobre los movimientos del rey. Noctámbula lo llevó al templo y Rune llegará al Bastión del Honor dentro de media hora. Lady Shadowhand cree que está hablando con el sumo sacerdote.

Eso tenía lógica. Todo el mundo sabía que Rune y Dayle Larksong eran buenos amigos.

—Supongo que luego vendrá a ver a su esposa, ¿no?

A Hanne no le gustaba el mensaje que transmitía el hecho de que Rune acudiera a ver antes a otra persona, pero si tenía que quedar en segundo plano, al menos era con alguien tan respetable como el sumo sacerdote. Que el anciano fuera su aliado (más o menos) en el Consejo de la Corona tampoco estaba de más.

—Haré lo posible para asegurar que tú seas la primera persona a la que vea cuando llegue al pabellón real —dijo Nadine—. Pero creo que harías bien en convocar una reunión del Consejo de la Corona para, digamos, dentro de una hora. Deben comprobar que Rune está listo para trabajar por el reino, que está vivo, en buena forma y entregado a la victoria sobre Ivasland. Asegúrate de que está de tu parte en lo relativo al asedio de Solspiria. ¡Ah! Y deberíamos asegurarnos también de que vea a sus hermanas.

—Bien —dijo Hanne—. Organízalo todo con... Un momento, ¿quién se ocupa de la agenda de Rune? ¿Dónde están sus guardias? ¿Acaso no tiene consejeros? ¿Ni ayudantes de cámara?

Nadine se mordió el labio.

—Sus hombres atravesaron el portal con él. Si no están aquí, habrán muerto.

Esos reyes caberwilianos tenían un don para quedarse sin aliados.

—Dile al capitán Oliver que encuentre a alguien de fiar para que reinstaure la protección personal de Rune.

—Enseguida. —Nadine volvió a desaparecer por la puerta.

Lea anudó la trenza. Maris terminó de empolvarle las mejillas. En el menor tiempo posible, Hanne se atavió con un vestido de seda y, cuando se miró al espejo, vio una aglomeración de color rojo. Tiara roja, labios rojos, vestido rojo. Estaba compuesto por diversas tonalidades y variedades de ese pigmento, desde el escarlata al rubí, pasando por el color de los pétalos de una rosa. El conjunto atrapaba la mirada del espectador, al igual que el corte que resaltaba su silueta. Llevaba la esquirla de obsidiana colgada al cuello, como un recordatorio mortífero de su poder.

—Reina del alba —susurró Maris—. Vais a dar mucho que hablar.

—Bien —repitió Hanne—. Ya es la hora, ¿verdad? Llevadme ante mi rey.

27. RUNE

Rune no se imaginaba que volar pudiera resultar tan aterrador. El viento. El vértigo. Los moratones en las zonas por donde Noctámbula lo sujetó con fuerza durante toda la duración del vuelo.

Pero, fiel a su palabra, no lo soltó en ningún momento. Su agarre no flaqueó, no se debilitó, y cada vez que Rune se sentía abrumado por la nada que se extendía bajo su cuerpo, ella le decía que levantase la cabeza para admirar las montañas, el bosque, las llanuras del norte. Había sido la tercera experiencia más aterradora de su vida (después del primer y segundo enfrentamiento contra Daghath Mal), pero también le había ofrecido una oportunidad única para contemplar su reino —su mundo— desde una altitud espectacular.

Desde el cielo, Caberwill parecía diminuto. Y frágil. Ese hermoso fragmento de Salvación podría venirse abajo la próxima vez que cayera el Malfreno. No le costó imaginarse a su reino sepultado bajo la sangre que cubriría el terreno.

Pero ahora que volvía a estar en tierra firme, atravesando uno de los pasadizos secretos que conectaban el templo con el pabellón real del Bastión del Honor, se sintió... desequilibrado. Parecía absurdo que le costara mantenerse erguido, puesto que era una criatura terrestre, pero volar había sido una experiencia tan... tan... Rune anhelaba repetirlo con todas sus fuerzas..., y al mismo tiempo, no. Demasiado hermoso. Demasiado terrorífico. No sabía cómo sentirse al respecto.

Pero ya estaba en casa.

Rune quería ayudar de inmediato a Noctámbula con la búsqueda del arma, pero el sumo sacerdote Larksong lo instó a atender a su reino… y a Hanne.

Así que ahí estaba. Interesándose por el reino. Y por Hanne.

Cuando el pasadizo desembocó en la terraza acristalada, Rune abrió la puerta oculta y entró. Estaba vacía, iluminada por la luz de la tarde que se filtraba a través de las nubes, pero, por un momento, pudo percibir ecos de la presencia de su familia: sus hermanas, todavía pequeñas, jugando junto a las ventanas; su hermano, un hombre joven, estudiando leyes con su padre; y su madre al fondo, adiestrando debidamente a Rune en el manejo de la espada, para que pudiera proteger mejor a su hermano mayor.

La visión se evaporó cuando advirtió que habían reemplazado la enorme alfombra. El diseño le resultó similar —el emblema caberwiliano con una garra de dragón que aferraba una corona—, pero esta era más nueva, sin bordes desgastados. No quedaban zonas rebajadas por la familia de Rune al recorrer los mismos trechos durante años y años.

Era una alfombra nueva, porque la vieja había sido desechada. Porque su madre había muerto sobre ella. Y no fue posible limpiarla.

Rune cerró los ojos para reprimir un llanto desesperado.

La Malicia le había arrebatado muchas cosas. Sus amigos. Su familia. Puede que incluso su futuro.

Daghath Mal era el peor ladrón imaginable.

Se oyeron voces por el pasillo, que hicieron trizas su ira y tristeza creciente. Aparcó esos sentimientos por ahora. Tenía que actuar como un rey. Un hermano. Un esposo.

Tenso, llegó al pasillo justo cuando Hanne, sus doncellas y sus guardias estaban saliendo de los aposentos de la reina.

Rune se quedó paralizado, casi esperando que su madre emergiera de esos aposentos a continuación. Pero no. Grace Highcrown estaba muerta. Lo que significaba que…

—¿Te has instalado en los aposentos de mi madre? —Esas palabras salieron por su boca antes de que pudiera reprimirlas.

El bullicio se interrumpió. Una por una, las doncellas alzaron la mirada.

—¡Rune! —Hanne echó a correr, extendiendo los brazos hacia él. Una maraña de seda revoloteaba a su alrededor, haciendo retroceder a Rune.

Cielo rojo. Tierra roja. Pelo rojo. Ojalá pudiera desterrar ese color del reino.

—Amor mío. —Hanne se detuvo frente a él, con un tono cargado de hospitalidad e inquietud—. ¿Qué ocurre?

Rune no debería haber mostrado una reacción tan intensa, pero no pudo evitarlo. Cada vez que la miraba, veía la Malicia. Veía los emblemas rojos de Daghath Mal, grabados a cuchillo sobre su cuerpo de alabastro.

—Nada. —Rune apretó los dientes—. Estoy... Me desorienta un poco estar en casa.

Hanne esbozó un gesto de compasión.

—Entiendo perfectamente lo que se siente al regresar al mundo real. Cuando escapé del malsitio, nada me parecía auténtico. Y fue así durante mucho tiempo.

Rune dejó caer un poco los hombros. Por extraño que pareciera, Hanne era una de las pocas personas en ese mundo que podría entenderlo.

—Todo se arreglará —le aseguró—. Te acostumbrarás a la dualidad de tu nueva vida: el antes y el después.

Tal vez, pero...

—Te has trasladado a los aposentos de mi madre.

Hanne ladeó la cabeza.

—Y tú te has mudado a los de tu padre. Rune, eres el rey de Caberwill, y yo soy tu reina. —Avanzó un paso hacia él, después, al cabo de unos segundos, le acarició el brazo—. Tenemos mucho de que hablar. Nunca perdí la esperanza.

Rune se frotó las sienes.

—Debería reunirme con el Consejo de la Corona. Tengo que celebrar audiencia y hacer saber a la gente que he regresado. Y mis hermanas... Tengo que ir a visitarlas.

—Por supuesto. —Hanne sonrió ligeramente—. Ya he hecho todos los preparativos. Acompáñame para que te cambies de... ¿Qué llevas puesto?

Rune tiró del cuello de la camisa blanca.

—¿Dices que ya has convocado al Consejo de la Corona?

Hanne asintió y se hizo a un lado, dejándole espacio para que pasara de largo junto a ella.

—Sí. Y seguro que tienes hambre. Me he tomado la libertad de encargar un refrigerio. Más tarde, podemos cenar juntos en tus aposentos. A solas. —Le lanzó una mirada insinuante.

Rune notó un nudo en la garganta mientras avanzaba por el pasillo. Sabía, claro está, que pasar «tiempo a solas» formaba parte de su deber hacia el reino —y hacia Hanne— y mentiría si dijera que no le interesaba hasta cierto punto. Pero su corazón tiraba de él en otra dirección.

—Ojalá mostraras un poco más de entusiasmo —murmuró Hanne.

—Lo siento. —Y lo decía en serio. Hanne se merecía más de lo que él podría darle—. Pero es que acabo de regresar. Hay mucho que hacer. Y ahora...

Se detuvo delante de los aposentos del rey. Sus aposentos. Puede que Hanne hubiera hecho bien al trasladarlo allí. Rune era el rey de Caberwill: tenía que actuar como tal. No era momento para la modestia ni para muestras de duelo en público. No, tenía que demostrarle a la gente que era lo bastante fuerte como para guiarlos en la superación de esos desafíos.

Ojalá se sintiera capaz de guiar a alguien, siquiera a sí mismo.

Un guardia ataviado con un uniforme caberwiliano abrió la puerta. Rune la atravesó.

Los aposentos tenían más o menos el mismo aspecto que la última vez que los vio, decorados con ese estilo recio y sutil, muy del gusto de los reyes de Caberwill. Revestimientos de madera rojiza, muebles robustos y cuadros que representaban montañas y batallas. Bustos de reyes pretéritos montaban guardia desde lo alto de un aparador, con vitrinas donde se exhibían espadas, mazas y otras armas de gran tamaño.

Habían trasladado allí algunas de las pertenencias de Rune, como sus libros, que estaban agolpados en los estrechos estantes que antaño albergaban los tesoros personales del rey Opus. También encontró sus diarios, sus mantas y un puñado de cachivaches que reconoció de sus antiguos aposentos. Las prendas que había en los armarios también eran suyas.

Sin embargo, no identificó esa estancia como propia. Se sintió como si fuera un intruso, un impostor. Esos aposentos siempre serían los de su padre, del mismo modo que los aposentos del príncipe heredero siempre le habían parecido propiedad de su hermano.

Rune se dejó caer sobre un asiento en el dormitorio.

Hanne apareció en el umbral, vestida todavía de rojo.

—¿Rune?

—Dime qué ha pasado durante mi ausencia.

Hanne se sentó frente a él.

—Muchas cosas. Pero lo más importante que debes saber es que me he ocupado de todo. Esta alianza es primordial para mí.

—Me alegro. —Rune hizo acopio de fortaleza. Ya era hora de volver a ponerse la corona, en un sentido metafórico—. He oído que has tenido que enfrentarte a mucha presión. ¿Qué ocurrió? ¿Y qué has hecho al respecto?

—Veamos… —Hanne frunció los labios—. Rupert y Charity intentaron derrocarme. Porque tú no estabas aquí.

Rune se quedó helado.

—Pero…

—Estaban convencidos, o quisieron convencerse, de que estabas muerto. Pretendían coronar a una de tus hermanas.

Pobrecitas. Se merecían algo mejor que esto.

—Déjame adivinar: ¿Charity iba a proclamarse regente?

—Exacto. Pero yo insistí en que estabas vivo, en que ibas a volver. —Sonrió—. Y aquí estás.

Le estaba ocultando algo. Era imposible que alguno de esos consejeros se echase atrás solo porque Hanne se lo dijera.

—¿Qué más hiciste?

Hanne cerró los ojos y suspiró.

—No te enfades.

Eso no empezaba bien.

—Les dije que estoy embarazada.

Rune se quedó paralizado. Su mente dejó de funcionar durante un rato, mientras se afanaba en intentar asimilar esas palabras. Luego le preguntó con voz ronca:

—¿Y lo estás?

Hanne se rio. Fue una risa genuina.

—No. No que yo sepa. Pero algo tenía que decir, y sabía que no me desafiarían, al menos durante unos meses, si creían que llevaba a tu heredero en el vientre. Era la única solución.

Rune sintió ganas de sentarse, pero ya estaba sentado.

—Está bien. ¿Hay algo más que necesite saber al respecto?

Hanne esbozó una sonrisa de inocencia pura y manufacturada.

—Sí. Si alguien te pregunta, hemos estado enamorados apasionadamente desde que viniste a Embria.

—Entiendo.

Rune se debatía entre el asombro y el sonrojo. No era poca cosa que alguien en la posición de Hanne admitiera tales actividades previas al matrimonio…, aunque esa admisión fuera una invención.

—Era la única forma de persuadirlos. Puede que los hombres no sepan cómo funciona, pero las mujeres formularon preguntas relativas a cómo he podido saberlo tan pronto, teniendo en cuenta la fecha de la boda. Tenía que decirles algo.

Se impuso el sonrojo.

Rune sintió el impulso de volver a arrojarse al interior de la Malicia.

—No obstante, tendremos que hacer un esfuerzo auténtico. —Hanne se inclinó hacia delante, con un tono de voz susurrante y urgente—. Tu regreso nos ha concedido más tiempo y, si fuera necesario, puedo sufrir la trágica pérdida de este bebé ficticio. Pero debemos ser precavidos.

Seguramente, habría gente a la que no le importaría que la esposa embriana de Rune perdiera un niño, pero muchos lamentarían otro revés en la línea sucesoria. Y, en un sentido más práctico, haría que el linaje de los Highcrown pareciera débil. Eso era inaceptable.

—No.

Hanne adoptó un tono afable y firme al mismo tiempo:

—Rune, como ya he dicho, haré cualquier cosa para asegurar que nuestra alianza prevalezca. Saldremos victoriosos, no solo derrotaremos a Ivasland, sino también a la Malicia y al rey rencor.

Rune alzó la mirada.

—¿Conoces la existencia del rey rencor?

—Sí. —Hanne cerró los ojos, una expresión extraña se deslizó por su rostro—. Lo sé todo sobre Daghath Mal.

Al oír mencionar su nombre, Rune se puso tenso. Eso era lo que temía Noctámbula, ¿verdad? Y el motivo por el que no bastaba con enviar al rey rencor de vuelta a la Fracción Oscura. Su nombre ya estaba en circulación. Lo conocía demasiada gente.

Si no conseguían encontrar el arma, Rune estaba seguro de que Noctámbula optaría por la ley de la conquista: mataría al rey rencor, se convertiría en lo que era él y se adentraría en la Fracción Oscura.

Y Rune, el único que conocía su nombre, la seguiría de buena gana.

Pero su reino…

Ahora que estaba de regreso, le asaltaron las dudas. Tenía responsabilidades allí. Familia.

Tenían que encontrar esa arma. No quedaba otra.

Hanne cruzó los brazos, luego los volvió a separar.

—Rune. —Qué extraño, él nunca la había visto nerviosa. ¿Era real? ¿O era una farsa?—. ¿Cómo escapaste de la Malicia? Tuviste que disponer de una llave.

Algo hizo titubear a Rune. ¿Fue la expresión de sus ojos, más calculadora que curiosa? ¿Su tono de voz? Tuvo la certeza de que la pluma debía permanecer en secreto.

—No lo sé —respondió al cabo de un rato. Como si ella fuera a creerse que consiguió escaparse sin más. Señaló con la cabeza hacia el fragmento de obsidiana que llevaba colgado al cuello—. Me han contado lo que hiciste con eso.

Hanne tocó la superficie lisa de una de sus caras.

—Solo me arrepiento de no haber podido salvar a tu madre. —Volvió a dejar caer la mano sobre su regazo—. Dices que te lo han contado. En ese caso, no recibiste la carta que envié al campamento antes de que detonara el dispositivo de malicia.

—No me llegó ninguna carta. Ojalá la hubiera recibido. Habría sido una forma más amable de enterarme de la muerte de mi madre.

Hanne tragó saliva.

—¿Cómo te enteraste?

—Me lo contó el rey rencor. Me describió lo terrible y violenta que fue. Me contó que sufrió en sus últimos momentos. Es... ¿Es cierto?

Se libró una guerra por detrás de los ojos de Hanne: entre la verdad y el consuelo. Rune advirtió cómo sopesaba los beneficios de ambas opciones antes de limitarse a asentir con la cabeza.

Era significativo —en un sentido positivo, esperó Rune— que hubiera elegido la verdad.

—¿Cómo crees que el rey rencor sabía lo que le pasó a la reina Grace? —murmuró Hanne—. ¿Podrá ver a través de los ojos de rencores inferiores?

—No me sorprendería. Ha hecho cosas parecidas en el pasado.

Hanne frunció el ceño.

—¿Qué quieres decir?

Rune negó con la cabeza, arrepintiéndose de haber dicho eso. Ese secreto era de Noctámbula. No le correspondía a él decidir si lo revelaba o no.

—Nada. Es que… supongo que podrá hacerlo, basándome en lo que vi en la Malicia. En cómo lo invocaban los rencores. En cómo parecía controlarlos. Era como si pudieran oírlo hablar.

—Qué repugnante. —Hanne carraspeó—. Oye, detesto decir algo positivo sobre Ivasland. No se puede esperar nada bueno de ellos.

Normalmente, Rune habría estado de acuerdo. Sin embargo, Thoman… fue un buen hombre.

—Pero a veces pienso que Abagail tuvo una idea acertada: estudiar la malicia, intentar comprenderla.

—¿Cómo puedes decir eso? Su decisión ha destruido incontables vidas.

—Pero ¿no crees que el fin justifica los medios? —Su tono de voz se llenó de apremio—. Por ejemplo, si pudiéramos predecir las interrupciones del Malfreno…

—No se puede predecir algo que es impredecible por naturaleza.

—O si pudiéramos purificar los malsitios por nuestra cuenta. Sin ayuda de Noctámbula.

Rune se puso a negar con la cabeza.

—Hay que destruir la Malicia, extirparla de este plano. Solo ella puede llevarlo a cabo.

—Pero no lo hizo. Hace cuatrocientos años.

—Se lo impidieron —la corrigió Rune—. Nuestros ancestros la obligaron a retomar su sueño antes de que pudiera concluir su labor.

—Porque mató gente. Reyes. Reinas. Gente como nosotros.

—No eran como nosotros. —Rune miró a Hanne y reveló lo que había descubierto gracias a Noctámbula—. Regentes que infringieron los Acuerdos de Ventisca. Regentes que invocaron al rey rencor.

—Eso es imposible.

—No lo es. Lo hicieron durante el solsticio de invierno, en un día señalado. —En su mente, aún podía ver el libro que Noctámbula y él consultaron en la biblioteca del templo, las notas garabateadas en los márgenes—. Cada dinastía sacrificó a varios prisioneros que murieron quemados. Pronunciaron su nombre, sin saber que los demás reyes también lo hicieron. Sacaron a Daghath Mal de la Fracción Oscura y lo trajeron a nuestro mundo.

Hanne se quedó pálida, a excepción del rojo de sus labios y el maquillaje de sus párpados.

—¿Por qué?

—Por la guerra de los tres reinos. —¿Por qué si no? Siempre había una guerra de por medio—. Querían ganar. Él les prometió la paz. Su paz.

A Hanne se le entrecortó el aliento.

—Entiendo. —Se deslizó los dedos por el cabello—. Eran unos necios. Nosotros somos mejores que ellos y tomaremos decisiones más acertadas. No supone una infracción de los Acuerdos de Ventisca limitarse a estudiar...

Rune negó con la cabeza.

—No, yo no soy mejor que nadie. Y sé una cosa: la malicia es la esencia del mal. Es el caos, el azote de la realidad. Nadie que trabaje con ella puede salir indemne.

Hanne se puso tensa, alzó los hombros, endureció la mirada.

—¿Dirías lo mismo si Ivasland hubiera utilizado esos dispositivos como una herramienta para desplazar malicia, como esa anomalía temporal, lejos de lugares habitados? ¿O quizá si la hubieran arrojado al mar?

Rune se imaginó las aguas contaminadas por la malicia, las monstruosidades que los pescadores extraerían de las profundidades.

—O podrían haber creado un espacio diseñado para ella —prosiguió Hanne—. O haberla arrojado de nuevo al interior de la Malicia. Imagina que hubieran utilizado esas máquinas para hacer algo bueno. Si intentáramos...

—Pero no utilizaron sus máquinas para mejorar la vida de la gente. Utilizaron la malicia como un arma.

Hanne frunció los labios.

—Muchas cosas tienen una terrible dualidad. Piensa en el acero: puede convertirse en un escudo, diseñado para proteger, o transformarse en una espada, pensada para matar. ¿Nuestros ancestros tendrían que haber dejado de utilizarlo?

—El metal y la malicia no tienen nada que ver. Uno proviene de la propia tierra. Es natural. Neutral. Y el otro... está concebido para un único propósito, que es corromper. Nuestros ancestros eran conscientes de la diferencia cuando firmaron los Acuerdos de Ventisca. —Rune negó con la cabeza, le costaba creer que tuviera que explicarle eso a Hanne—. Los mortales no deberíamos tocar nunca la malicia, ni permitir que nos tiente. No puede utilizarse para hacer el bien. Y cualquiera que piense lo contrario se engaña, como tú misma pudiste comprobar en Ivasland. No dudo que la reina Abagail creyera que estaba haciendo lo correcto.

—¿Crees que es posible que el rey rencor se comunicara con ella? —preguntó Hanne con la voz entrecortada, como si se sintiera confusa y desesperada, dos emociones que rara vez mostraba, y nunca al mismo tiempo—. ¿Crees que le dijo que fabricara esos dispositivos?

—No nos conviene especular. La humanidad tiene capacidad de sobra para tomar decisiones horribles por sí misma. No podemos culparlo a él de todos los males del mundo. —Aun así, Rune no podía olvidar lo que le pasó a Noctámbula. Pensativo, añadió—: Sin embargo, es posible que... el rey rencor establezca una conexión con alguien, que se convierta en una voz siniestra que le susurra cosas en la mente. Supongo que...

Hanne se levantó de golpe y se dirigió hacia la puerta.

—Te-tengo que irme. Deberías prepararte para la reunión del consejo. Te veré luego.

Y sin decir nada más, se marchó.

Qué extraño.

Sus doncellas se ocuparían de ella. Y ella cuidaría de sí misma. Como siempre. Pero Rune no podía negar que parecía asustada, así que, mientras se levantaba para prepararse para la reunión del consejo, dejó un sitio para Hanne en su lista de preocupaciones. Ignoraba qué estaba pasando con ella, pero estaba decidido a averiguarlo.

28. HANNE

«¿Quién eres? —pensó Hanne—. Dímelo».

«No le hagas caso». La exasperación había endurecido el tono de aquella voz. (Hanne ya no podía identificarla como Tuluna. No hasta que no estuviera segura.) *«Ha pasado mucho tiempo atrapado en la Malicia. ¿Crees que salió ileso? Seguro que está corrompido. Está intentando ponerte en mi contra».*

Pero ¿cómo podía saber Rune que Hanne escuchaba una voz? Era imposible. Cuando mencionó ese susurro siniestro en la mente de alguien, no se refería a ella. Se estaba refiriendo a la comunicación de Daghath Mal con sus secuaces.

Hanne tenía el rostro, el cuello y el pecho empapados de sudor.

Ya casi había llegado a sus aposentos; apretó el paso, deseosa de encerrarse allí para pensar en privado.

«¿Cómo puedes dar crédito a sus palabras?».

«¿Y por qué te empeñas tanto en que lo ignore?».

La voz se quedó callada. El espacio situado al fondo de su mente desde el que siempre le hablaba parecía... más sombrío.

Hanne oyó el eco de unas pisadas que se aproximaban.

El capitán Oliver y sus doncellas se apresuraron para alcanzarla. Hanne pudo oír sus susurros, sus preguntas sobre su repentina salida de los aposentos del rey. ¿Habían discutido? ¿El rey estaba enfadado con ella? ¿Le había molestado el modo que tuvo de lidiar con el consejo durante su ausencia? ¿O era él quien había hecho algo malo?

La especulación se tornó más intensa, más detallada, hasta que Hanne se detuvo y giró sobre sí misma.

—Dejadme en paz. Marchaos. Idos a alguna parte. Me da igual adónde. Pero dejadme sola.

—¿Majestad? —Cecelia ladeó la cabeza—. Por favor, permitid que os atendamos.

—Solo necesito caminar y pensar.

—Pero el consejo...

—Estaré allí. Mientras tanto, no necesito teneros merodeando cerca de mí. —Hanne hizo amago de reanudar la marcha, pero entonces se le ocurrió otra cosa—. Enviad a Nadine a la terraza acristalada. Oliver, vigila la puerta. Las demás... —Ondeó una mano para que se marcharan.

Antes de que nadie pudiera hacer más preguntas, Hanne irrumpió en la terraza acristalada —la misma estancia en la que murió la reina Grace y de la que Rune emergió hacía menos de un cuarto de hora— y cerró con un portazo.

—¿Quién eres? —preguntó en voz alta.

Percibió un revuelo al fondo de su mente. Era aquella voz, prestando atención. Ya lo había percibido antes, pero esa sensación siempre le había reportado consuelo. Ahora no pudo ignorar la suspicacia que le generaba.

«Soy lo que siempre he sido. Tu amigo. Tu guía».

—¿Cuál es el verdadero motivo por el que quieres hacer caer el Malfreno?

«¿Estás dudando de nuestra labor? ¿Crees que él sabe más sobre la naturaleza de la malicia que yo?».

A esas alturas, Hanne dudaba de todo.

De todo.

Nadine llegó poco después, cerrando la puerta tras de sí.

—¿Hanne? —Le temblaba la voz—. Me han dicho que estabas disgustada.

«Disgustada». Era una forma de decirlo.

Hanne miró a su prima y le habló con voz baja y apremiante:

—Sé sincera conmigo. No me digas lo que creas que quiero oír. No seas servicial. Sé honesta.

Nadine puso los ojos como platos.

—Está bien.

Hanne formuló todas las preguntas de golpe. De no ser así, no habría sido capaz de plantearlas:

—¿Estoy haciendo lo correcto con los dispositivos de malicia? ¿Es posible utilizar la malicia para hacer algo bueno?

Tras oír eso, el rostro de Nadine se quedó mudo de expresión. Era la misma máscara tras la que se ocultaba cuando jugaban al gambito de mora, la única expresión que Hanne nunca había aprendido a descifrar.

—¿Y bien?

Si Nadine decía que no, si estaba de acuerdo con Rune…

—¿El rey Rune ha dicho algo? —preguntó Nadine—. ¿Lo sabe?

Hanne negó con la cabeza.

—Hemos hablado de las máquinas en general, pero no creo que exista ninguna posibilidad de que esté al corriente del proyecto del observatorio.

A no ser que… Rune dijo que Daghath Mal le contó lo de su madre. ¿Era posible que el rey del inframundo también hubiera mencionado algo sobre los dispositivos de malicia? No. Rune no sabía nada. Si así fuera, le habría interrogado por ello. No era un hombre sutil.

«Puede que esté aprendiendo. De ti. Del tiempo que pasó en la Malicia. No es como era antes, ¿verdad?».

Hanne cerró los ojos con fuerza. ¿Rune había cambiado? Había hablado con él durante menos de un cuarto de hora. Pero parecía… el mismo de siempre. Terco, determinado y fácil de sonrojar.

—¿A qué viene esto? —Nadine empleó un tono cauteloso. Afable. Y no estaba respondiendo a la pregunta.

—Has expresado ciertas reservas sobre el proyecto del observatorio. ¿Todavía piensas así? ¿Crees que es demasiado peligroso emplear la malicia? ¿Estamos cruzando una línea cósmica?

Su prima volvió a adoptar un gesto inexpresivo.

—No soy filósofa ni una autoridad moral.

—Te lo pregunto porque eres la persona en la que más confío —dijo Hanne en voz baja—. Quiero tu consejo.

«Creía que la persona en la que más confiabas era yo». La voz parecía dolida.

—Eso significa muchísimo para mí —dijo Nadine—. En serio. Pero esa confianza me genera mucha presión.

Hanne frunció los labios. Nadine no había mencionado nunca esa presión. ¿Se lo había estado ocultando todo ese tiempo?

Nadine miró por la ventana, su rostro se iluminó con el cálido fulgor de la tarde.

—Los Acuerdos de Ventisca se establecieron por una razón: la malicia es un veneno. Solo Noctámbula puede tocarla. Y destruirla.

Una fosa se abrió en el estómago de Hanne.

—Pero ¿y si su única intención es evitar que nosotros dominemos ese poder? ¿Y si no quiere que nos volvamos más poderosos que ella?

—¿Por qué preguntas estas cosas? —inquirió Nadine con un tono adusto.

«Quiero saber si la voz de mi cabeza es Tuluna... u otra cosa».

La voz se quedó en silencio.

—Cuando caiga el Malfreno —dijo Hanne—, morirá mucha gente. El Malfreno regresará, por supuesto, más fuerte que antes, y libraremos una guerra contra el rey rencor. Pero ¿vale la pena?

«Di que sí —deseó—. Di que sí».

«Sí», susurró la voz.

—Yo también quiero la paz para Salvación —dijo su prima con cautela—. Si este es el camino, entonces estoy contigo. Siempre lo estaré. Aunque no lo entienda.

A Hanne empezó a darle vueltas la cabeza. Le costaba mucho pensar con claridad.

Tuluna siempre había sido una amiga para ella. Siempre le había dicho lo que necesitaba oír, aunque no fuera lo que ella quisiera. Hanne no quería casarse con alguien solo para poder asesinarlo, pero esa era la única senda hacia la paz. Y tampoco quería derribar el Malfreno, siquiera por un instante, pero la paz exigía sacrificios.

Rune había dicho que Daghath Mal les ofreció paz a los monarcas de antaño. Su paz. Con un precio terrible.

No podía eludir la verdad. Ya no. No con Nadine.

«No lo hagas».

Tenía que hacerlo.

«Por favor. Hanne».

Una fría determinación embargó a Hanne. La voz podía amonestarla. Sermonearla. Culparla. Pero no podría detenerla.

—Nadine —dijo—, durante años, Tuluna ha guiado mis pasos.

Su prima asintió.

—Por supuesto. Siempre has sido su más devota…

—No, me refiero a que he escuchado su voz. En mi cabeza.

Nadine se apartó de las ventanas; su rostro quedó sumido entre las sombras

—¿Oyes una voz?

—No estoy mintiendo.

—Ya sé que no. —Nadine tragó saliva mientras escrutaba la expresión de su prima—. Pero ¿cómo es posible? Tuluna está en la Tierra Radiante.

Hanne notó una sensación desagradable en el estómago. Había dado por hecho que era especial. La elegida.

Nadine se acercó a una silla y se sentó con cuidado en ella. Había vuelto a adoptar esa expresión indescifrable.

—¿Cuándo ocurrió?

—Empezó cuando regresé de… —Oscuridad. Árboles. Una luz verde. Hanne dejó atrás los recuerdos dispersos de esa noche—. Cuando mis padres me sacaron de casa. Cuando cambié. Cuando regresé, Tuluna estaba presente.

No paró de trabarse, como si su boca supiera que no debía hablar de eso, como si supiera que Hanne había estado reprimiendo todo eso durante nueve años por un motivo muy importante. Nadie confiaría en ella si supieran que escuchaba voces.

Ni siquiera Nadine.

—No tendría que habértelo contado —susurró.

«Lleva criticando nuestra labor desde que llegaste a Brink. Esto no ayudará».

—Me alegro de que lo hayas hecho. —Nadine permaneció sentada, con la cabeza gacha y las manos entrelazadas. Se le habían blanqueado los nudillos—. Eso explica muchas cosas. Explica esta idea de utilizarla en tu propio provecho...

—No, por el mundo —replicó Hanne—. Yo quería ayudar al mundo.

Nadine asintió.

—Lo sé. Pero esa voz... ¿De verdad es Tuluna?

—Eso es lo que no sé. —Esas palabras sonaron endebles. Patéticas. Hanne se hundió los dedos en el pelo, se hincó las uñas en la cabellera—. Me dijo que era la Tenaz. Y yo estaba sola. Asustada. Pensé que...

A Hanne se le nubló la vista, se tornó líquida, como si hubiera estado llorando. Cuando se enjugó el rostro, se le humedecieron los dedos.

—Ay, Hanne. —Nadine se levantó y la agarró por los hombros—. ¿Qué está pasando?

—Dime la verdad. —El mundo de Hanne se tambaleó de un lado a otro. Se mantuvo erguida solo porque Nadine la sujetaba—. Sí o no: ¿eres Tuluna?

Nadine resolló, como si de repente se hubiera dado cuenta de que la voz de Hanne —que bien podía ser su numen patrona— estaba presente en ese momento. Pero no dijo nada.

Y la voz, tampoco.

—¿Eres Tuluna? O... —Hanne expresó con palabras su mayor miedo—: ¿Eres Daghath Mal?

La voz no le dio respuesta, pero Hanne aún podía percibir su atención.

Sintió una punzada de pánico en el pecho. La voz nunca le había mentido. Nunca. Así pues, si no respondía a esa pregunta..., solo había una conclusión posible.

—He cometido un terrible error.

Un escalofrío le recorrió el cuerpo. Ya no sabía discernir qué planes habían sido obra suya y cuáles pertenecían a la voz.

A él.

—Nadine, tengo que interrumpir el proyecto del observatorio. Tengo que detener a Mae y a los demás. El Malfreno...

En el otro extremo de la habitación, una figura oscura emergió de la nada. No podía ver bien a causa de las lágrimas, pero parecía como si estuviera cargando con algo. ¿Un saco grande, quizá?

—¿Quién...? —Pero Hanne no pudo reaccionar a tiempo.

Alguien le aferró las muñecas, tiró con brusquedad de sus brazos para situarlos detrás de su espalda. Cuando intentó forcejear, notó cómo una punta metálica se hincaba en su piel. Y cuando abrió la boca para llamar a gritos al capitán Oliver, le colocaron encima un trozo de tela, amortiguando su voz.

—Oli... —El grito de Nadine también quedó interrumpido cuando otra persona la amordazó.

¿Cuántos eran? ¿De dónde habían salido? Se suponía que Oliver estaba vigilando la puerta. Entonces, ¿cómo habían podido entrar en la terraza acristalada?

Mientras esas preguntas reverberaban por la mente de Hanne, un saco de arpillera se desplegó sobre su cabeza y todo se quedó a oscuras.

29. RUNE

Si el Consejo de la Corona se alegró de ver a Rune, fue solo porque no era Hanne.

No obstante, había excepciones: Dayle Larksong sonrió cuando entró en la sala, y sus hermanas se pusieron en pie de un salto, escaparon de sus institutrices y corrieron a abrazarlo.

—¡Rune! —Sanctuary le dio un achuchón.

—Has vuelto. —Unity tenía el rostro enterrado sobre sus costillas, así que sus palabras sonaron amortiguadas, pero él captó el mensaje.

Rune les devolvió el abrazo. Cohibido. ¿Cuándo fue la última vez que le mostraron esa clase de afecto? Hacía años. Habían mantenido una relación estrecha con la reina Grace, pero ahora... Ahora eran todos huérfanos.

Rune abrazó a sus hermanas con más ahínco.

—Os he echado de menos —dijo con voz ronca—. Siento haberme marchado.

Unity alzó la cabeza para mirarlo. No dijo nada, pero había un gesto claro de incertidumbre en sus ojos: grises, como los de su madre.

—Algunos decían que estabas muerto. —Sanctuary tiró de Rune para que se agachara y poder susurrarle algo al oído—: Querían que estuvieras muerto. La duquesa Wintersoft y el conde Flight. Hanne va a expulsarlos del consejo.

Por todos los númenes conocidos y anónimos. ¿Hanne había estado introduciendo cambios en el Consejo de la Corona? No era algo que Rune no hubiera propugnado antes, pero

Hanne estaba jugando con fuego. Rupert y Charity eran un hueso duro de roer cuando maquinaban en contra del otro. Cuando estaban en el mismo bando...

—Gracias. —Mientras sus institutrices corrían hacia ellas, Rune le dio un achuchón a cada una de sus hermanas—. Es útil saberlo.

Las vetustas institutrices volvieron a conducir a las princesas hacia el otro extremo de la sala, hasta unos pequeños escritorios que se encontraban allí.

—¿Qué es eso? —preguntó Rune.

—Hanne... —Sanctuary torció el gesto—. Es decir, la reina Johanne nos dijo que presenciáramos las reuniones del consejo. Dijo que deberíamos aprender, tanto si alguna de nosotras llega a gobernar como si no.

—Y tiene razón.

Puede que Hanne hubiera encontrado alguna utilidad política al insistir en que las princesas se sumaran a las reuniones del consejo, pero también respondía a una cuestión práctica. En ese momento, Sanctuary era la heredera, seguida de Unity.

—Majestad —dijo el gran general Emberwish—, me alegro de veros vivo y coleando. Admito que, tras la emboscada, me temía lo peor. Ahora que habéis regresado, traeré de vuelta a las tropas que os estaban buscando.

—Ya ha corrido la voz de vuestro regreso —dijo Swan Brightvale, la canciller del comercio—. He oído que varias familias nobles están planeando celebraciones en vuestro honor. Mis mercaderes de Brink se están preparando para trabajar toda la noche con la intención que esos festejos sean memorables, muchos de ellos públicos. Si os apetece asistir a alguno de ellos, por favor, hacédmelo saber.

Rune asintió con toda la gentileza que pudo reunir.

—Mi prioridad es el reino.

—Por supuesto —dijo la canciller Brightvale—. Obviamente. Pero es posible que veros resulte positivo para el reino.

—Lo pensaré.

Rune se sintió un poco incómodo. El consejo nunca le había mostrado demasiado apoyo —casi ninguno, de hecho—, así que tanta cortesía resultaba desasosegante.

El rey paseó la mirada por la estancia. Había más guardias de lo habitual —la mayoría apostados cerca de sus hermanas—, y todos los secretarios parecían cansados. Pero aparte de Hanne, que se estaba demorando más de la cuenta, solo faltaba una persona.

—¿Dónde está Charity? —preguntó.

—Creo que tenía que hacer un recado. —La galena mayor Asheater miró a Rune—. Y me gustaría veros a la mayor brevedad posible. Puede que seáis el rey de Caberwill, pero seguís siendo mi paciente, y quiero asegurarme de que estéis en buena forma.

—Por supuesto. Pero antes...

Rune se giró hacia la puerta cuando alguien llamó con suavidad. Aunque no sabía que Noctámbula tuviera previsto sumarse a esa reunión, no le sorprendió verla entrar en la cámara del consejo. Había percibido su cercanía como si fuera una oleada de calor.

Todos los demás se pusieron nerviosos, tiesos como palos de escoba. Algunos se levantaron de sus asientos, mientras que otros comprobaron que tenían sus armas a mano. Los guardias de las princesas se situaron delante de ellas. Noctámbula apretó los dientes, pero ese fue el único indicativo de que esa reacción le había importunado.

—Bienvenida, lady Noctámbula. —Rune sonrió y le ofreció un asiento a su lado—. Por favor, acompáñanos.

—Gracias. —Noctámbula se acercó a la silla, pero no se sentó, sino que señaló con la cabeza hacia Dayle Larksong—. El sumo sacerdote me informó de esta reunión. Me gustaría escuchar el testimonio del rey Rune sobre su estancia en la Malicia. Haced como si no estuviera aquí.

Rune reprimió una carcajada. Por mucho que la odiaran o la veneraran, nadie podría ignorar a Noctámbula.

Cuando por fin se sentó en la silla ofertada, la sala entera se quedó en silencio. Todos se quedaron mirándola. Al principio, Rune supuso que era porque nunca la habían visto sentada. Entonces se dio cuenta de lo que había hecho: le había ofrecido el asiento de la reina.

En circunstancias normales, la reina se sentaba enfrente del rey, pero alguien había desplazado el asiento, puesto que ese extremo de la habitación estaba copado por los secretarios, los guardias adicionales y las princesas. Rune no se había parado a pensar que podía estar pifiándola otra vez.

Si Hanne se presentaba, se pondría furiosa.

Era demasiado tarde para cambiar de idea, así que se obligó a situarse delante de los consejeros para exponer su relato acerca de cómo atravesó la esfera del portal, la batalla en el salón del trono y su cautiverio en el castillo óseo. Finalmente, describió su travesía a través de la Malicia antes de escapar por el Portal del Alma.

Y perder a Thoman.

Lo único que no les contó fueron los secretos de Noctámbula: la conexión entre ellos, la presencia de Daghath Mal en su mente y la pluma.

Noctámbula habló en voz baja, pero todo el mundo la oyó:

—Nunca había presenciado una amenaza tan grande para Salvación.

El sumo sacerdote Larksong puso los ojos como platos mientras aferraba el frasquito con obsidiana machacada que llevaba encima.

—Y ese rey rencor..., ¿pretende conquistar Salvación destruyendo el Malfreno?

—¿Puede hacer eso? —Stella ladeó la cabeza—. Sé que a veces parece debilitado, pero incluso cuando flaquea, siempre regresa a la normalidad.

—Eso es cierto —añadió Noir—. Y si el rey rencor ha estado presente durante cuatrocientos años, ¿por qué suponemos que no transcurrirán otros cuatrocientos antes de que actúe contra nosotros? No podemos vivir con miedo.

—Ya ha actuado contra vosotros. —Noctámbula se puso en pie, paseando la mirada por la sala del consejo—. Acordaos de la reina Grace. Alguien envió a ese rencor.

Los presentes se sobresaltaron. Sanctuary y Unity soltaron sendos gritos de desesperación. El ambiente en la cámara se tornó pesado a causa del miedo. Rune cerró los ojos y respiró hondo para sobrellevar ese recordatorio sobre la muerte de su madre.

Noctámbula suavizó el tono para dirigirse a las jóvenes princesas:

—Altezas, os ofrezco mis condolencias. —Luego miró a Rune—. Y a vos también.

Rune se obligó a asentir.

—Tienes razón. El rey rencor ya ha avanzado sobre Caberwill, puede que en más sentidos de los que conocemos, y con más ayuda de la que no tenemos constancia.

No había olvidado el saco de materiales para invocar rencores que Noctámbula encontró hacía semanas.

—Necesitamos caballeros del alba —dijo Noctámbula—. Guerreros que combatan rencores a mi lado.

—El ejército entero de Caberwill no será suficiente —dijo Tide—. Y según todos los informes, el ejército de Embria ya no existe. En cuanto a Ivasland…, tienen un ejército en activo, aunque pequeño, pero estarán ocupados intentando sofocar las revueltas en Athelney.

—Entonces hará falta algo más que soldados —repuso Noctámbula—. Tendrán que ser nobles y plebeyos por igual, todo aquel que esté en condiciones de luchar. Harán falta las máquinas de guerra de Ivasland, así como todos los herreros caberwilianos y todos los estrategas embrianos.

—¿Eso detendrá a un rey rencor? —Noir apoyó los codos sobre la mesa.

—No. Permitirá que el Malfreno se estabilice por medio de una purga de rencores —respondió Noctámbula—. Yo detendré al rey rencor. Por desgracia, el Desgarro permanecerá. Seguirá facilitando la entrada de rencores en este mundo hasta que la Fracción Oscura deje de estar alineada con el plano laico.

—Tiene que haber un modo de cerrar el Desgarro para siempre —dijo Lelia.

—El mal siempre ha existido en este mundo —repuso Noctámbula—. Antes incluso de la Escisión, ya estaba aquí.

—¿Por qué deberíamos confiar en ti? —inquirió Rupert—. Eres la responsable del Amanecer Rojo. Y desde que regresaste hemos perdido a ambos monarcas.

Noctámbula le lanzó una mirada fulminante.

—Cuesta creer que un canciller de la información sin sentido común resulte muy útil.

Rupert abrió la boca para replicar, pero Rune no le dio ocasión de hacerlo. Se levantó y señaló hacia la puerta.

—Rupert Flight, quedas expulsado.

Silencio. Miradas inquisitivas. Alguien se aclaró la garganta. Entonces Rupert preguntó:

—¿De esta reunión?

—Del consejo. —A Rune le latía con fuerza el corazón, pero se irguió y estabilizó su voz—. Se aproxima el final del mandato del consejo. Como sin duda habrás anticipado ya, voy a reemplazarte para la próxima investidura. Por mí, puedes marcharte ya.

El rostro del conde no reveló nada, pero al fin asintió y salió de la sala. Sus ayudantes (y espías) se fueron con él.

—Ha sido muy atrevido —murmuró Swan—. Tomará represalias.

Rune se giró hacia el gran general.

—Mantenga vigilados a Flight y a sus esbirros.

—Por supuesto, majestad. —Tide le hizo señas a uno de sus hombres, que salió rápidamente por la puerta.

—Bien. —Rune volvió a dirigirse al consejo, a lo que quedaba de él—. Vamos a colaborar con Noctámbula. Le daremos soldados para luchar, pero también vamos a necesitar artesanos de todo tipo. Te garantizaré todos los recursos que necesites. El consejo no votará esta cuestión: como rey que soy, voy a tomar una decisión unilateral.

Un silencio incómodo se asentó en la habitación. Rune comprendió que aquello suponía un riesgo. Cabía la posibilidad de que lo declarasen incapacitado, debido al tiempo que pasó en la Malicia. Dayle se puso en pie y dijo:

—Para que conste, majestad, yo habría votado por vos.

—Y yo. —Tide también se levantó.

Entonces, uno por uno, los demás consejeros se pusieron en pie y le hicieron una reverencia. Sus hermanas, los secretarios y todos los demás —sin contar a Noctámbula— se inclinaron en señal de respeto.

Rune sintió el corazón henchido, hasta el punto de no caberle en el pecho. Pero recobró el habla para darles las gracias por tener fe en él. Para impartir órdenes específicas a cada miembro. Y se las arregló también para organizar una cena con sus hermanas, asignarse una nueva guardia personal y solicitar un informe completo de todo lo sucedido en las últimas dos semanas.

Cuando terminó, se alejó de la mesa y encontró a Noctámbula esperando junto a la puerta, observándolo con una sonrisa levísima y casi indetectable.

—Dime qué vas a hacer ahora —le pidió mientras salían juntos de la cámara del consejo.

Rune suspiró. Tenía que ir a ver a Hanne. Le costaba creer que hubiera perdido esa oportunidad para reafirmarse como reina delante del consejo. Y también tenía que hallar un modo de enmendar la metedura de pata que cometió al cederle el asiento de la reina a Noctámbula, una pifia que ella no parecía haber advertido. En cualquier caso, resultaba embarazoso. Por muchas razones.

Pero antes...

—El arma.

Rune había prometido que haría todo cuanto estuviera en su mano para ayudarla y estaba decidido a cumplirlo.

30. NOCTÁMBULA

La sala de archivos se quedó en silencio cuando entraron Rune y Noctámbula. Lo habían limpiado todo después de su repentina marcha, y ella ya se había disculpado con Aura y los demás bibliotecarios. Sin embargo, aunque tenían constancia de que el rey había regresado a Caberwill, era obvio que no se esperaban verlo allí. Aun así, todos se pusieron en pie e inclinaron la cabeza, hasta que Rune dijo:

—Sentaos, por favor. No quiero interrumpiros. Solo quería comprobar qué avances habéis hecho. Noctámbula me ha contado que todos habéis trabajado con mucho ahínco.

Rune esbozó una sonrisa distendida, que Noctámbula sabía que era un gesto de cara a la galería. Pero sirvió para suavizar la tensión, permitiendo que los bibliotecarios se presentaran uno por uno. Poco después, estaban hablando de sus libros favoritos, incluido Rune.

Era un buen hombre. Un hombre afable. Gentil y vulnerable, pero capaz de plantar cara frente a la despiadada noche de la Fracción Oscura. Y el beso que le dio en el salón del trono... y el abrazo que le dio junto al Portal del Alma...

Noctámbula no fue concebida para querer a nadie.

Negó con la cabeza. No era el momento de examinar sus emociones. Para ella, ese momento no llegaría nunca. En lugar de eso, recogió una nueva pila de notas que habían preparado sus ayudantes.

En la tercera hoja había un bosquejo de una figura alada. Se parecía un poco a ella si la miraba de soslayo. Era una figura muy delgada, con las alas extendidas. El artista solo le había dibujado una pierna.

—Decidme quién ha dibujado esto —dijo, sosteniendo el papel en alto.

Los bibliotecarios se miraron entre sí. Rune ladeó la cabeza.

—Y decidme por qué —añadió Noctámbula.

Resultaba preocupante que alguno de sus ayudantes la dibujara... y que encima lo hiciera tan mal. Si iban a añadir sus... obras de arte a una pila de notas importantísimas, al menos podrían practicar antes.

—La vi en diferentes libros —dijo Aura—. Me pareció interesante. Se parece un poco a vos.

Noctámbula frunció el ceño.

—Entonces, no te lo has inventado tú.

—No. —Aura se inclinó hacia atrás en su asiento, roja como un tomate—. ¿Pensabais que...? Puedo hacer dibujos mucho mejores que ese. Mirad. —Aura sacó un volumen fino de un estante, uno que tenía el emblema de Noctámbula grabado con relieve en la portada, estampado con un sello cuidadosamente conservado—. Por eso lo copié. —Pasó varias páginas hasta que encontró la que quería.

La ilustración era más pequeña de lo que esperaba Noctámbula, apenas ocupaba la esquina inferior izquierda de la página. En cuanto al texto que la acompañaba, se limitaba a decir: «Un arma, diseñada para destruir».

Sus esperanzas se frustraron. Por un instante, Noctámbula había pensado que cualquier mención a un arma sería «el arma». Pero solo se refería a ella. El arma con forma de mujer. Ella siempre había tenido esa imagen de sí misma, cierto. Pero le afectó encontrar esa evidencia de que los mortales tampoco la veían como algo más que un cuchillo capaz de atravesar la oscuridad.

Rune estaba observando la copia que había hecho Aura con el ceño fruncido, pensativo.

—Aura —dijo—, ¿has estado alguna vez en la torre de Noctámbula?

—No.

—Dime qué estás pensando —le pidió Noctámbula.

—He visto esto antes. —Rune deslizó el índice sobre la ilustración—. Qué extraño.

—¿Ya lo has visto? —Aura se puso colorada—. Es decir, ¿lo habéis visto, majestad?

—Todo el mundo daba por hecho que esta eras tú. —Una luz se encendió en los ojos de Rune: un brillo de esperanza—. Pero ¿y si no es así?

Noctámbula retrocedió, indignada.

—Dime quién más crees que podría ser. ¿Qué más guerreros alados conoces?

Rune se rio.

—Acompáñame. Tengo que enseñarte una cosa.

*

—Qué oscuro está esto —comentó Aura mientras subían por la estrecha escalera en dirección a los aposentos de Noctámbula. La pobre muchacha parecía afligida—. Y qué sucio. ¿Es que nadie limpia aquí?

Noctámbula no tenía problemas para ver entre la penumbra, pero encendió una chispa de fuego numinoso, que prendió en la yema de uno de sus dedos. De inmediato, las telarañas y las capas de polvo resultaron aún más evidentes.

—No.

Aura profirió un quejido de incomodidad, como solo podría producirlo una persona que se enorgullece de tenerlo todo limpio como una patena.

En lo alto de las escaleras, Rune abrió la puerta de la habitación de Noctámbula y ella dejó que la chispa se desvaneciera. Él fue directo hacia el altar de invocación.

Aunque era una reliquia, creada por los propios númenes, no parecía tener nada de especial. A simple vista, no era más que un pedrusco que le llegaba por la cintura.

—Tu cuarto está ordenado —dijo Aura con orgullo, como si el mérito fuera de Noctámbula.

Noctámbula siguió a Rune hasta el altar, observando cómo deslizaba los dedos sobre la piedra.

—Dime en qué estás pensando.

—Mira esto. —Rune se hizo a un lado—. ¿Qué ves?

Todavía desconcertada, Noctámbula se agachó delante del altar para ver lo que le indicaba.

—Es el mismo dibujo del libro. —Sopeso lo que significaba eso—. No debe de ser fácil dibujar sobre una piedra, así que puedo disculpar el hecho de que no se parezca en nada a mí…

—Pero es que yo no creo que seas tú —le recordó Rune—. Dime, ¿recuerdas qué aspecto tenía antes? Al principio.

Rune le dirigió una leve sonrisa, como si se disculpara por pedirle que rebuscara en su memoria fracturada. Pero los guardeses habían ralentizado la erosión, así que tal vez quedara algo…

No.

Había desaparecido.

Noctámbula debía de haber visto ese altar un millar de veces, aunque lo normal no fuera almacenarlo en «su» dormitorio. Pese a que no le hubiera prestado demasiada atención —¿y por qué debería?—, incluso un simple vistazo debería haber quedado perfectamente preservado. Pero no había nada. No podía evocar ni un solo momento.

Excepto…

Había algo, un instante fugaz ocurrido hace mucho tiempo, cuando pasó de largo caminando. El contexto cayó en el olvido, pero el momento era claro: los muros del castillo estaban decorados con tapices nuevos y varios sirvientes habían estado llenando una bañera con cubos, pues aún no tenían agua corriente. Y allí, sobre una plataforma situada en una esquina, el altar de invocación se alzaba con orgullo dentro de un círculo de velas encendidas, con monedas, plumas de cuervo impolutas y ofrendas de todo tipo, desperdigadas a su alrededor. El dibujo que estaba grabado en la piedra… era idéntico al que había ahora.

El recuerdo se desvaneció, apartado de su mente con la misma rapidez con que se materializó. Noctámbula se tambaleó, con el aliento entrecortado.

—¿Lady Noctámbula? —preguntó Aura—. ¿Os encontráis bien?

Rune le tocó el hombro para estabilizarla.

—Lo siento —susurró—. No debería haberlo preguntado.

—No pasa nada. Estoy bien. —Tomó aliento. El recuerdo había desaparecido, pero tenía constancia de haberlo evocado. Recordó lo que estaba a punto de decir—: La marca estaba igual antes. No se ha desgastado con el tiempo.

Rune asintió.

—Eso es lo que yo pensaba.

Un gesto de aflicción quedó patente en sus ojos. Mantuvo la mano apoyada en el hombro de Noctámbula, aunque al parecer no se dio cuenta.

—¿Qué significa eso? —preguntó Aura.

—Significa que… —Rune se incorporó y se apartó del altar—, si no me equivoco, no solo has ayudado a salvar Caberwill, sino la totalidad de Salvación. —Se giró hacia Noctámbula—. Esas podrían ser tus alas. Y esa línea podría ser una de tus piernas.

—Pueden ser mis dos piernas unidas —repuso ella—. Fíjate en que las alas en realidad no tienen forma de tal, solo de arcos.

—Si eres tú, ¿dónde están tus brazos?

—Junto a las alas. Presionados sobre mis piernas. No lo sé. No soy una artista. —Frunció el ceño—. Dime qué crees tú que es.

Rune la miró y recuperó la sonrisa.

—Creo que es el arma. Quizá no sea una representación exacta, pero… ¿a ti no te parece una espada?

—¡Sí! —exclamó Aura—. ¡Lo veo!

Solo había una espada por la que Noctámbula hubiera sentido aprecio: Bienhallada, la defensora de almas, la misma que llevaba colgada a la espalda en ese momento.

—Ya tengo una espada. No me gustaría portar otra en su lugar.

Pero ella también podía verlo. Y no había tiempo que perder. El altar era una reliquia; necesitaba sentir su roce, su energía divina, para abrirse.

Noctámbula presionó la palma de la mano sobre el grabado y proyectó una descarga de poder numinoso.

Una luz se desplegó por la estancia: blanca, azulada y cegadora. Los mortales gritaron y se cubrieron los ojos, pero Noctámbula observó cómo la piedra se escindía verticalmente a lo largo del dibujo, revelando un pequeño estante. Mientras la luz se desvanecía, Aura preguntó:

—¿Está ahí dentro?

Rune se rio.

—¿Quién habría pensado que el arma más poderosa jamás creada por los númenes estaría aquí, en Caberwill?

Noctámbula no compartió el entusiasmo generalizado. Introdujo una mano en la oquedad y extrajo parte de una empuñadura. Solo eran el pomo y el mango, sin filo ni cruceta.

La luz se desvaneció del todo y el altar se cerró.

—¿Está...? —Rune se acercó un poco más—. ¿Está rota?

—Incompleta. Es probable que los demás fragmentos se encuentren en los altares de Ivasland y Embria.

—Oh. —La voz de Rune delató su decepción—. Y qué pequeña es. Es una daga, no una espada.

Noctámbula observó el fragmento de empuñadura que tenía en la mano. Rune tenía razón: le faltaba alcance. Tendría que acercarse mucho a Daghath Mal para utilizarla. Aun así, tenía la primera pieza. Sabía dónde debían estar las otras dos. Solo tenía que ir a recogerlas, recomponer la daga y liderar a esos ejércitos mortales hacia lo que prometía ser una batalla terrible y sangrienta.

En ese momento, detectó un chirrido ínfimo en la piedra.

—¡Sujetaos! —Noctámbula se guardó la empuñadura en un bolsillo interior mientras el mundo se zarandeaba.

El suelo se estremeció. Noctámbula agarró a Rune del hombro, manteniéndolo derecho mientras la torre se tambaleaba. Aura se agarró de su brazo. Noctámbula oyó cómo algo se agrietaba y se astillaba en las entrañas del castillo. Ya había experimentado otros terremotos, incluso algunos tan devastadores como para arrasar pueblos pequeños. Pero este... no cesaba. El estruendo, los temblores, los gritos...

—¿Cuánto puede durar esto? —gritó Aura—. El otro no fue tan largo.

Los minutos se hicieron eternos, como si estuvieran atrapados en una anomalía temporal. Sus temores cambiaron de rumbo: ya no se preguntaban cuándo finalizaría el terremoto, sino si alguna vez llegaría a terminar.

Entonces se oyó un chillido horrible. Disonante y estridente Abajo, en la ciudad, los gritos fueron en aumento hasta desembocar en un terror incontrolado. Noctámbula tuvo un presentimiento funesto.

Desenfundó a Bienhallada y se situó delante de sus acompañantes justo cuando dos bestias inmensas aterrizaban sobre la barandilla del balcón, con fuerza suficiente como para desprender pedazos de mampostería que cayeron sobre la ciudad.

Rencores alados.

31. RUNE

Los rencores eran inmensos, tanto como aquellos a los que se enfrentó en la Malicia, con pechos robustos y alas similares a las de los murciélagos. Las bestias se giraron para encararse con Noctámbula.

Un rugido terrible y polifónico reventó el cristal de la puerta del balcón.

Rune miró a Aura y le dijo:

—Corre. Da la voz de alarma. Reúne a todos los guardias y diles que se equipen con obsidiana.

No hizo falta que se lo repitiera. A pesar del zarandeo de la torre y del bramido del terremoto, Aura entró corriendo en la escalera mientras Rune desenfundaba su espada.

Noctámbula ya se había abalanzado sobre los rencores, blandiendo a Bienhallada mientras combatía.

—¡Haz que entren! —gritó Rune entre el estrépito y el caos.

Sin perder un instante, Noctámbula ejecutó un barrido con su espada e introdujo a los rencores en la estancia, impidiendo que se fueran volando para recuperarse o atacar a alguien más.

Rune lanzó una estocada, sus músculos se tensaron mientras el filo se clavaba en una porción de carne gris como la de un hongo. Después, cuando tiró de la espada para separarla de la criatura, retrocedió dando tumbos sobre el suelo inestable.

Todo se estaba moviendo: los rencores, la torre, el maldito mundo entero. Noctámbula también se movía, se convirtió en un borrón por el rabillo del ojo de Rune. Oleadas de poder numinoso titilaban a su alrededor, extendiéndose a lo largo de Bienhallada.

Rune bloqueó un zarpazo y, cuando Noctámbula desvió la atención de ese rencor, clavó la punta de su espada a través del ala de la criatura. La membrana se desgarró como una sábana, generando chorretones de sangre negra como el alquitrán.

Tuvo que hacer acopio de voluntad para no retroceder, para seguir atacando. Si Noctámbula luchaba, él también lo haría.

Un rencor se abalanzó sobre ella y le desgarró la armadura con sus garras. En el mismo momento, mientras Noctámbula estaba ocupada defendiéndose, el otro rencor se lanzó sobre Rune y lo dejó inmovilizado en el suelo. Manaba sangre de su ala herida, que goteaba sobre la piedra, al lado de Rune, y luego, cuando la criatura se movió, goteó sobre su mejilla.

Rune percibió el hedor acre de la quemadura un segundo antes de que experimentar un dolor agónico. El monstruo le golpeó el pecho. Se oyó un crujir de huesos: era una de sus costillas.

A pesar del dolor que sentía en el rostro y el pecho, clavó su espada en la garganta de la criatura. Fue un golpe certero con el que le desgarró una arteria. Manó un chorro de sangre viscosa de la herida, que se desperdigó por el suelo hasta que la presión remitió con su muerte.

Rune se apartó del monstruo, recordando que no debía enjugarse la sangre del rostro para no hacerse más quemaduras en la piel. En lugar de eso, se sumó a Noctámbula mientras combatía con el segundo rencor. Lanzó una estocada sobre el ala que le quedaba más cerca, distrayendo al monstruo mientras Noctámbula empuñaba a Bienhallada para descargarla sobre su cráneo. Una luz azulada y blanquecina emergió de la espada negra y se extendió a través del cuerpo de la bestia. Noctámbula giró sobre sí misma y desplegó sus alas, parapetándose junto con Rune cuando el rencor explotó. Los fragmentos de su cuerpo impactaron contra las paredes y el techo con golpetazos sonoros y viscosos.

Rune atravesó rápidamente la puerta rota y esquivó por los pelos el voluminoso equivalente a un bazo que tenían los rencores, que cayó desde el techo y se estampó en el suelo.

Le ardía el pecho, debido en parte a la costilla fracturada, pero sobre todo porque estaba empezando a albergar esperanza. Habían encontrado el arma. Al menos, una parte de ella. En cuanto Noctámbula tuviera el resto, sería capaz de destruir a Daghath Mal y Rune no tendría que vivir en un mundo donde ella no estuviera.

—Dime por qué me estás mirando así.

Antes de que Rune pudiera articular una respuesta, Noctámbula se pinchó el pulgar con la punta de su espada, después le embadurnó la mejilla con una gota carmesí, en el lugar donde le había quemado la sangre del rencor. De inmediato, la herida se enfrió y el dolor remitió, y cuando Rune se tocó la cara, encontró su piel intacta.

—¿Cómo has hecho eso?

—Mi sangre neutraliza la sangre de rencor. Somos opuestos. —Ladeó la cabeza—. Están subiendo guardias por las escaleras. Otros se están desplazando por el castillo. Y...

Rune también lo vio.

Estaba oscuro, pero a ras de suelo, la ciudad estaba iluminada con faroles y antorchas. Seguían resonando gritos por las calles, a pesar de que, en algún momento durante el combate, el terremoto había cesado. (Rune no podía determinar el instante exacto, pero no por ello se sentía menos aliviado. Ya resultaba bastante penoso combatir el mal cuando el suelo permanecía quieto.) Pero no fueron la oscuridad, ni los incendios, ni el fulgor lejano del Malfreno lo que llamó la atención de Noctámbula.

Siete figuras pálidas se arrojaron desde el cielo en dirección a Brink, profiriendo rugidos horribles cuando la primera de ellas impactó contra un edificio. La superficie de piedra reventó como un melón. La gente echó a correr, pero los escombros se precipitaban desde lo alto, al tiempo que se desplomaban unos fragmentos inmensos de roca.

A Rune se le encogió el corazón mientras pensaba en la gente atrapada ahí dentro. Era su pueblo, que seguramente habría estado preparando una celebración por su regreso.

—Noctámbula...

Ella desplegó las alas mientras se giraba hacia la ciudad.

—Yo pondré fin a esto.

Cuando iba a alzar el vuelo, Rune la agarró de la muñeca.

—Llévame contigo.

Noctámbula no hizo preguntas. Se limitó a rodearlo con un brazo, estrecharlo contra su cuerpo y elevarse hacia el cielo. Rune notó un estallido de dolor procedente de la costilla agrietada, que provocó que aparecieran unos puntitos negros en su visión, pero se obligó a respirar para soportarlo, mientras Noctámbula se lanzaba desde el balcón y ponía rumbo a la ciudad.

Aquel vuelo fue diferente al anterior, pegado al costado de Noctámbula. Mantuvieron una postura más o menos vertical mientras ella lo transportaba por encima del muro del castillo en dirección a la ciudad, donde siete rencores alados arrasaban con todo a través de las calles y edificios.

La gente inundaba las calles, cada cual corría en una dirección diferente. Algunos optaban por los senderos sinuosos que los conducirían montaña abajo, mientras que otros acudieron al castillo, de donde emergían guardias a lomos de sus caballos, armados con espadas, flechas y mazas.

—Tengo que dejarte en alguna parte —dijo Noctámbula—. Yo los combatiré en el aire.

Rune señaló hacia una casa donde acababa de aterrizar un rencor sobre el tejado en punta y estaba arrancando las tejas con sus garras. Cuando Noctámbula descendió hacia allí, Rune alzó la cabeza para echar un último vistazo al entorno. Divisó llamaradas que ardían entre la oscuridad, rencores que se llevaban a sus conciudadanos hacia el cielo y sangre... Sangre por todas partes.

En cuanto sus pies tocaron el tejado, Noctámbula volvió a elevarse por el cielo, batiendo sus alas con fuerza mientras perseguía a un rencor que se había llevado a alguien. Entonces desapareció entre la oscuridad, resultando visible tan solo en forma de relámpagos cuando la envolvía una oleada de su poder.

Rune se dejó caer a través del agujero en el tejado, aterrizó con un dolor punzante en el pecho y desenfundó su espada. El desván estaba a oscuras, pero un tenue fulgor relucía a través de otro agujero que había en la puerta, por la que había irrumpido el rencor.

Salió tras él, con la espada en alto mientras descendía por las escaleras, atento a las grietas y los tablones faltantes.

El pasillo situado por debajo estaba destrozado, con cortinas desgarradas y cristales rotos por todas partes. Rune siguió la senda destructiva del rencor por otro tramos de escaleras, y allí, en el salón principal, encontró a la bestia cerniéndose sobre el cuerpo destrozado de un hombre. Al fondo de la estancia, una mujer y tres niños huían despavoridos de la criatura. La madre estaba intentando sacarlos por la puerta más cercana, pero el rencor ya estaba empezando a bloquear el camino.

Rune no perdió un segundo. No se paró a pensar. Se lanzó hacia el frente, trazando un arco con su espada. Cortó el borde del ala más cercana y se agachó cuando el rencor se giró para contraatacar.

Uno de los niños gritó y el rencor se volvió a girar para abalanzarse sobre el pequeño.

—¡No! —Rune lanzó una estocada contra el costado de la bestia, después se apartó del chorretón de sangre. Mientras el rencor rugía, Rune gritó—: ¡Corred!

Resonaron pisadas por toda la habitación, pero el rencor ya estaba enzarzado en combate con Rune, que se deslizaba sobre el suelo con su espada, que relucía entre la penumbra. La escena se sumió en el caos, apestaba a sudor y sangre ácida.

El rencor se abalanzó sobre Rune, que se agachó y rodeó una gruesa viga de madera. La columna se astilló cuando la bestia chocó con ella; una lluvia de polvo y escombros cayó desde el segundo piso, densa y asfixiante. Rune parpadeó para poder ver entre la maraña de polvo y lágrimas, respirando a pesar del dolor en la costilla, y descargó su espada contra el flanco izquierdo del rencor.

La bestia profirió un rugido furioso y atacó de nuevo, pero en las distancias cortas, Rune era más rápido; el tamaño del rencor suponía una desventaja al igual que un peligro.

Durante largos minutos, Rune se agachó, bloqueó y contraatacó. Entonces, jadeando, con la vista nublada, clavó su espada en el vientre del rencor, luego retrocedió.

Se diría que los rencores no sentían el dolor como los mortales, pero incluso ellos necesitaban mantener su sangre y sus intestinos alojados en los espacios adecuados. Si a ello le sumamos las alas desgarradas y las demás heridas que le infligió Rune, esa bestia estaba contraatacando accionada por pura malicia y adrenalina.

Una peste a quemado inundó su nariz. El suelo estaba salpicado de sangre. Goteaba desde el acero de su espada, que se corroía un poco más con cada estocada. El arma no aguantaría mucho más; tenía que poner fin a ese combate.

Un rugido estremecedor sacudió la casa. Rune, que había estado recobrando el aliento detrás de la columna rota, notó en el pelo el roce del bramido caliente y apestoso del rencor, que le provocó un escozor en los cortes que tenía en el rostro. Gritando a su vez, se separó de la columna, empuñó su espada y atravesó con ella la boca y el cerebro del rencor.

La criatura apretó el acero con los dientes, como para impedir que el filo penetrara más, pero era demasiado tarde. El rencor trató de agarrar a Rune, pellizcándole la ropa con unas garras a las que apenas les quedaban fuerzas, pero acabó desplomado en el suelo sobre un charco formado por su propia sangre, junto al hombre al que había matado antes.

Con gesto adusto, Rune extrajo la espada del cuerpo del rencor. La punta se desprendió, justo donde la criatura había mordido el acero ya debilitado. Aun así, Rune utilizó los restos de la espada para cortarle la cabeza a la criatura, manteniendo sus joyas de obsidiana cerca de la carne correosa para ayudar a ablandarla.

Cuando el rencor quedó separado en dos pedazos, Rune enfundó lo que quedaba de su espada y buscó un rincón donde pudiera vomitar. Solo cuando vació su estómago se dio cuenta de que daba igual dónde devolviera. El suelo estaba hecho un asco. La casa entera.

Salió del edificio dando tumbos para localizar a los militares que recorrían las calles, recogiendo civiles para conducirlos hasta lugares seguros: casas nobles bien custodiadas, establos y otros espacios defendibles con espacio suficiente para albergar a cientos de personas.

—¿Rey Rune? —Una soldado echó a correr hacia él con una mueca de preocupación—. ¿Dónde está vuestra guardia?

Rune negó con la cabeza.

—No tengo ninguna. Antes me acompañaba Noctámbula. ¿Sabes dónde…?

La soldado señaló hacia arriba, donde Noctámbula volaba alrededor de un trío de rencores, con el cuerpo envuelto por completo en una luz numinosa. Una energía iluminaba su espada, surcando el aire en dirección a los rencores, manteniéndolos acorralados, por más que se afanaran por contraatacar.

Ya era imposible pararla. Estaba gloriosa, cargada de energía y determinación.

Hasta entonces había estado muy limitada, constreñida por ese vínculo con Daghath Mal. Pero ahora estaba desatada. Ahora, Rune estaba presenciando el verdadero esplendor de su poder, y quedó claro que había sido diseñada a conciencia para esa labor. Noctámbula lo era todo, era una diosa por derecho propio…, y Rune era un simple mortal que ni siquiera debería ser rey.

—Está matando a los últimos rencores que quedan en pie. —La voz de la soldado denotaba tanto asombro como el que sentía Rune, que asintió con la cabeza.

—¿Cómo te llamas? Estoy buscando nuevos miembros para mi guardia personal.

—Rose, señor. Rose Emberwish.

—¿Eres pariente del gran general?

—Es mi tío abuelo. No creo que me permitiera convertirme en guardia personal de la realeza. Es demasiado peligroso. Cuentan que todos vuestros guardias, sin excepción, han muerto.

—Es cierto —admitió Rune—. Si no quieres el puesto...

—¡Sí que lo quiero! —La soldado cerró la boca de golpe. Luego añadió—: Es decir, claro que lo quiero, majestad. ¡Aunque me gustaría ser la primera que sobrevive!

—A mí también me gustaría. Pero debes saber que es probable que se produzcan más muertes. Vamos a entrar en guerra contra esas bestias.

—Mi respuesta no ha cambiado, majestad. —La soldado sonrió ligeramente. Después se dio la vuelta cuando Noctámbula aterrizó por detrás de ellos, sacudiéndose restos de rencor de las alas y la espada—. Lady Noctámbula.

Noctámbula le dirigió un ademán con la cabeza a Rose.

—He visto cómo te esforzabas por llevar a todo el mundo a un lugar seguro. Has hecho un buen trabajo.

Rose hizo una ligera reverencia.

—Rune. —Noctámbula tocó el bolsillo donde había guardado la empuñadura que sacó del altar de invocación—. Creo que esto es lo que venían a buscar. Me parece que pueden percibirlo, como si fuera un faro.

—Entonces, ¿la piedra lo estaba escudando? —aventuró Rune.

Ella asintió.

—La llevaré a un lugar seguro, al que no puedan llegar los rencores. Luego iré a recuperar las demás piezas.

Rune asintió. Quiso añadir algo más, darle las gracias por defender su ciudad con tanta valentía, pedirle que le dejara acompañarla adondequiera que fuese, pero tenía un deber que cumplir allí. Así que se limitó a sostenerle la mirada durante unos instantes, anhelando todo aquello que nunca podrían compartir, y observó cómo se marchaba volando en dirección al norte.

Rune se giró hacia el castillo. Había mucho que hacer. Tenía que comprobar cómo estaban sus hermanas, reunirse con el consejo, asegurar que se distribuyeran suministros para todo el mundo... Y, por supuesto, tenía que ir a ver a Hanne.

32. HANNE

ra imposible discernir adónde se la llevaban.

Hanne había intentado llevar la cuenta de los pasos y los segundos. A pesar de la mordaza y del saco que le cubría la cabeza, trató de memorizar los giros que realizaron mientras sus captores la conducían junto con Nadine a través de espacios estrechos, pero lo cierto era que no conocía el Bastión del Honor demasiado bien. El castillo era antiguo, estaba repleto de pasadizos ocultos, que tuvieron que ser la vía por la que sus secuestradores se infiltraron en la terraza acristalada.

Para cuando las arrojaron al interior de un carruaje, su sentido de la orientación se había evaporado.

Entonces se produjo el terremoto y todo se sumió en el caos. Hubo gritos y empujones, varios hombres vocearon órdenes. Mencionaron algo sobre un ataque de rencores, sobre gente muriendo, sobre unos incendios. Se oyó el crujir de madera mientras se estrellaban rocas en las proximidades, levantando nubes de polvo y detritos que obstruyeron la nariz y la garganta de Hanne, a pesar del grueso tejido que le cubría la cabeza. El estrépito era ensordecedor, retumbaba por todas partes. Tuvo la impresión de que la montaña se disponía a devorarla.

Gracias a los númenes, el terremoto cesó, lo que le reportó a Hanne una especie de alivio histérico. Su secuestro volvía a ser un secuestro corriente.

Solo tenía que... averiguar qué hacer ahora.

Sabía que las estaban sacando de Brink.

«¿Ha sido cosa tuya? —le preguntó a la voz—. ¿Le has ordenado a esta gente que nos secuestrara?».

La voz permaneció callada. La había oído —Hanne estaba segura de eso—, pero la sensación de sentirse ignorada era palpable, como si se hubiera limitado a cruzarse de brazos y darle la espalda.

Aquello era una pesadilla. Incluso respirar requería mucho esfuerzo: Hanne inspiraba el aire que acababa de exhalar, con una dosis adicional de polvo procedente del terremoto. La mordaza solo servía para empeorar las cosas. Y aunque bajo el saco todo estaba oscuro, habría jurado ver unos filamentos grises que se desplegaban sobre su vista. Era posible que se desmayara por la falta de oxígeno. Se diría que el traqueteo de su corazón se había ralentizado. Se había vuelto trabajoso.

A su lado, en el asiento, Nadine estaba llorando. Sus resuellos y suspiros resultaban audibles a pesar de las mordazas y coberturas.

Hanne sintió una oleada de rabia. ¿Cómo se atrevían a hacer llorar a su prima?

«¿Ha sido cosa tuya?», volvió a preguntar.

No hubo respuesta.

Hanne tenía las manos inmovilizadas por detrás de la espalda y no podía hablar en voz alta. Aun así, presionó el hombro sobre el de Nadine y se afanó por proferir un ruido que venía a ser una versión aproximada de la frase: «¿Estás bien?».

—Mmm.

—¡Silencio! —bramó uno de los captores.

Como reina que era, Hanne no estaba acostumbrada a recibir órdenes. Pero sus captores parecían más que dispuestos a hacerle daño a Nadine para conseguir lo que querían, así que se limitó a morder la mordaza con más fuerza.

Esa voz misteriosa la había utilizado… y ahora quería deshacerse de ella.

Una oscuridad se desplegó en su mente. *No he sido yo. Esto es obra tuya. Solo tuya. ¿Qué enemigos has hecho?*».

Rupert. Charity. Algún otro miembro del Consejo de la Corona. Los rebeldes de Solcast. Ivasland… Aunque los ivaslandeños tenían preferencia por el asesinato.

«Yo no te haría esto. Para empezar, no me beneficia que te secuestren».

Pero podría serle de provecho. De alguna manera.

«En segundo lugar, te aprecio».

Eso era imposible. «Hiciste que un rencor me persiguiera hasta el interior del malsitio. Me coaccionaste para que trabajase en esa máquina. Enviaste un rencor para que asesinara a mi suegra». El rostro de Hanne quedó bañado en lágrimas y sudor; su aliento recargaba el aire acumulado en el interior del saco. «Tú empezaste todo esto, me engañaste para que me casara con mi enemigo. No eres capaz de apreciar a nadie».

Era consciente de que estaba haciendo muchas presunciones relacionadas con la voz. No había dicho qué era. Pero Hanne no podía quitarse de encima el temor de que sabía perfectamente quién había estado hablando con ella durante todos esos años.

«Solo quiero escapar de esta prisión. Ya sabes lo que se siente».

Una prisión.

El Malfreno.

Era él. Daghath Mal. El rey del inframundo.

Dentro de su cabeza.

La sangre se le agolpó en los oídos, eclipsando todos los demás sonidos, al tiempo que percibía un movimiento por debajo de su cuerpo. El carruaje se puso en marcha a través del túnel, con Hanne y Nadine dentro.

De vuelta en el castillo, en lo alto de la torre del observatorio, Mae y sus ayudantes estarían terminando los dispositivos de malicia, listos para cargarlos con malicia y detonarlos alrededor del Malfreno.

Y Hanne no podía hacer nada para impedirlo.

*

A Hanne le dolía la cabeza —alrededor de los ojos y los senos nasales, y también al fondo de la mandíbula, donde seguía mordiendo la mordaza—, pero al menos ya podía respirar por la nariz. Por desgracia, el interior del saco estaba cubierto de mocos y lágrimas.

—¿Mmm, mmm? —Las palabras de Nadine se perdieron por debajo de su propia mordaza.

—Mm —respondió Hanne, por decir algo.

Ojalá pudiera transmitirle a su prima confianza en que lograrían escapar. Ojalá pudiera disculparse con ella por haberla metido en esa situación.

Finalmente, el carruaje se detuvo y la puerta se abrió con un chirrido. Hanne no podía ver nada más allá del saco que le cubría la cabeza, pero notó el roce frío del aire en las manos y oyó el zumbido de unos bichos a lo lejos. Se había hecho de noche.

—En marcha.

En respuesta a la voz áspera de aquel hombre, Nadine se apartó de Hanne. Oyó el golpe seco que hicieron los pies de su prima al contactar con el suelo de tierra, el quejido que profirió cuando los secuestradores se la llevaron a empellones. Entonces le tocó el turno a Hanne; la sacaron a rastras del carruaje y fue entonces cuando percibió un olor.

En mitad del ambiente cargado del saco, el hedor a amoniaco de la malicia inundó su nariz. Se extendió directo hacia su cabeza, desplegándose a través de su cuerpo.

«No tengas miedo».

Los captores la empujaron hacia el frente, obligándola a caminar. Incapaz de ver nada, trastabilló, pero no permitieron que se cayera. Un captor agarró la parte trasera del saco y tiró de ella para enderezarla, ahogándola en el proceso.

Hanne gorgoteó hasta que se aflojó la presión sobre su tráquea.

Por un momento, se planteó detenerse allí mismo. Negarse a continuar.

Pero notó la presión de la punta de una espada sobre sus manos inmovilizadas, fría y afilada, así que siguió avanzando.

Le apoyaron unas manos en los hombros: tenía un hombre a cada lado, impidiendo que se desviara.

Sus captores la guiaron por aquí y por allá, conduciéndola en direcciones aparentemente azarosas. Pero Hanne percibió la atracción gravitatoria de la malicia. La reconoció. Las esferas de malicia irradiaban una sensación inquietante que provocó que se le revolviera el estómago.

La habían traído al malsitio, a los portales.

—¡Mm! —protestó Hanne, pero la mordaza sofocó sus palabras.

No podía luchar, no podía huir. Ni siquiera podría gritar antes de que sus enemigos la enviaran a algún lugar lejano: a una de las tierras oscuras, quizá, engullida por la malicia desde hacía eones. O a la propia Malicia, hasta ese salón del trono donde había visto el rostro de Daghath Mal.

Por delante, Nadine profirió un grito de sorpresa… que se cortó en seco.

Hanne intentó llamar a su prima, a pesar de la mordaza, pero antes de que sucediera algo más, alguien la empujó hacia el frente y todo se volvió frío.

Y blanco.

Una nada blanquecina penetró a través del tejido del saco, resplandeciendo sobre los ojos de Hanne. Ella resolló, pero nada llenó sus pulmones. Le ardía el pecho por la falta de aire. Sintió una presión en la cabeza hasta que pensó que se le iban a salir los ojos de las cuencas.

Se acabó.

Iba a morir. Aparecería en el fondo del océano o quizá en el borde de una nube. En el otro extremo del mundo o entre las garras del rey rencor. Podían haberla empujado al interior de cualquier portal. Podía desembocar en cualquier parte.

Cuando cayó por el otro lado, notó una oleada de calor y una ráfaga de aire entró en sus pulmones.

Un cuerno resonó dos veces y, cerca de allí, Nadine estaba gritando, sollozando.

Hanne intentó avanzar hacia ella, pero los grilletes se le hincaron en las muñecas y alguien la sujetó por los hombros.

Eso significaba que alguien más había cruzado el portal con ellas o que alguien las estaba esperando al otro lado para recogerlas.

Entonces, ¿puede que no estuvieran en el castillo de Daghath Mal?

Ya no percibía el olor a malicia, solo un olor acre a humo y una especie de hedor empalagoso, como a podredumbre. A muerte.

Hanne aguzó el oído todo lo posible. Más allá del sonido del llanto de su prima, del viento que soplaba entre los árboles y del zumbido lastimero de unos grillos, había otro sonido: a un murmullo sordo, rítmico como un cántico.

Voces.

Antes de que pudiera discernir lo que estaban diciendo, alguien le quitó de golpe el saco de la cabeza, arrancando varias hebras de cabello en el proceso.

Percibió una luz abrasadora, que provocó que volvieran a llorarle los ojos, pero alcanzó a ver el vórtice que señalaba el punto donde desembocaba el portal y una arboleda a su alrededor. El guardia, un tipo fornido vestido con ropa de calle, tiró de ella para incorporarla.

Cuando se dio la vuelta, Hanne divisó una ciudad repleta de antorchas encendidas y marañas de personas que avanzaban juntas como bancos de peces. Vio también una torre en ruinas iluminada por unas pequeñas hogueras.

Cuando el cántico se materializó en palabras —«¡Colgad a Johanne! ¡Colgad a Johanne!»—, Hanne reconoció al fin la ciudad sitiada de Solcast y el palacio en llamas de Solspiria.

Los captores no la habían enviado a las tierras oscuras, ni a la Malicia, ni a ninguna otra parte.

La habían llevado a casa.

33. Noctámbula

No fue un vuelo plácido.

Noctámbula voló hacia el norte tan deprisa como se lo permitieron sus alas, pero los rencores no dejaron de perseguirla. Algunos descendían sobre los pueblos y aldeas que había a ras de suelo, atormentándola con la destrucción que causaban. Pudo oler la sangre de los inocentes que calaba en la tierra. Y pudo oír los gritos de socorro de la gente cuando la veían pasar volando.

No podía soportar su sufrimiento: cuando tenía ocasión, descendía y mataba a un rencor tras otro antes de alzar el vuelo una vez más, mientras transportaba el primer tercio del arma hacia la isla de Ventisca.

Así que volaba, combatía y luego volvía a volar.

Al fin, Noctámbula llegó a los límites de Salvación. Las olas rompían contra los acantilados del norte de Caberwill, la espuma se extendía hasta la cumbre, donde se asentaban en silencio las aldeas de pescadores bajo el fulgor previo al alba.

Varios pescadores estaban descendiendo por las escaleras talladas en los acantilados, con redes vacías en los cinturones, varas apoyadas en al hombro y almuerzos sujetos con firmeza en la mano libre. Otros, los guardias marinos, los seguían; arpones, machetes y otras armas aguardaban en las barcas de pesca situadas más abajo.

Al menos, no todos habían olvidado los peligros que acechaban.

Entonces Noctámbula sobrevoló el agua, cruzando el estrecho canal que separaba Salvación y Ventisca.

Era una isla extraordinaria. Solo aquellos que recibían una invitación suya podían alcanzar sus costas, pues era un santuario numinoso y el único lugar donde podría esconder la empuñadura sin temor.

La torre se alzaba ante ella. Le afligió verla en ese estado. Solo habían transcurrido cuatrocientos años, pero el clima y la espuma marina se habían ensañado con ella, y como no había gente destinada para conservar su esplendor, su hogar se estaba desmoronando.

Noctámbula se posó en el balcón de su alcoba, situada en la planta superior. Era allí donde dormía durante varios siglos seguidos. No había cambiado desde la última vez que estuvo allí, aparte de la nieve que había entrado a través de la puerta del balcón, impulsada por el viento. No se había derretido, ya que la temperaturas siempre eran gélidas en Ventisca, así que estaba desperdigada sobre la cama, el suelo y los armarios como si fuera una capa de polvo blanco y centelleante.

Sus botas hicieron crujir la nieve mientras avanzaba por la habitación, oteando ese lugar donde pasaba tanto tiempo, pero sin fijarse en nada concreto.

Bajó por las escaleras a la biblioteca, donde muchos de los libros habían sido víctima del paso del tiempo. Otros, según comprobó mientras se adentraba en la estancia, habían sido destruidos.

Ni siquiera los libros que guardaba en su hogar se habían librado de las consecuencias del Amanecer Rojo.

Pero mientras seguía avanzando por la biblioteca, comprobó que no todos los volúmenes estaban destrozados. Algunos llevaban allí miles de años, protegidos por puertas de vidrio de plomo.

Al igual que el Portal del Alma y que la propia isla, solo ella tenía acceso a esas vitrinas. O alguien a quien ella le proporcionase una llave. Esos libros le habrían resultado útiles durante la búsqueda del arma con Aura. Pero hasta ahora no se había acordado de ellos.

Los mortales no los habían destruido…, pero sí los borraron de su memoria.

Noctámbula apretó los dientes y contempló fijamente los tomos supervivientes, memorizando las cubiertas, los lomos y los títulos.

«Puedes contarme todo lo que quieras recordar y yo lo recordaré por ti —le dijo Rune después de que combatieran a los rencores en el malsitio—. No lo olvidaré. Jamás olvidaré nada de lo que me cuentes, te lo juro».

Tal vez podría hablarle de esa biblioteca. De los libros que había allí. Rune aún conservaba la pluma: una llave. Eso le permitiría acceder a ese lugar.

Al fin, se acercó a una vitrina que albergaba en su interior la página iluminada de un manuscrito. Era hermosa, con ilustraciones decorativas alrededor de los bordes. Pero lo que llamó su atención fue un símbolo: la figura que todo el mundo había confundido con ella.

La daga estaba dibujada en el centro de la página, con el texto fluyendo a su alrededor como una corriente que se divide al pasar por una piedra. Sin embargo, Noctámbula no pudo leer lo que ponía.

Qué extraño. Nunca se había topado con algo que no pudiera leer, con un idioma que no supiera hablar.

A no ser que… hubiera olvidado cómo leerlo.

Se tocó la sien, pero como cabía esperar no pudo percibir los recuerdos desaparecidos ni el conocimiento extirpado. Simplemente no estaba allí.

Aun así, parecía que esa página estaba relacionada con el arma, así que colocó la empuñadura dentro del cajón situado debajo del cristal y luego lo cerró.

Una esquina del papel tituló, iluminada. Un brillo se extendió a lo largo de la página y, por un instante, un puñado de palabras se convirtieron en algo que fue capaz de leer. Atisbó las palabras «luz», «Primer Mundo» y «Escisión», pero luego desaparecieron. La página volvió a resultar ilegible una vez más.

Noctámbula esperó, abriendo y cerrando el cajón, por si acaso, pero las letras no volvieron a cambiar. Finalmente, como no tenía ningún motivo para permanecer allí —ninguno justificado, más allá de la plácida soledad—, volvió a subir por las escaleras y alzó el vuelo desde el balcón.

Su deber hacia la humanidad no podía esperar.

34. HANNE

La ciudad estaba en silencio.

Hanne había visto a menudo a Solcast sumida en un estado similar: el silencio reverencial de las multitudes cuando la familia Fortuin recorría las calles a bordo de sus carruajes, o la expectación máxima cuando llegó Rune con su séquito. Pero esto..., esto era diferente.

Esto era un silencio mortuorio, del que se producía al reprimir gritos. Esto era una concentración de miradas sobre ella, una figura pequeña que avanzaba hacia el palacio situado en la colina, destruido por el asedio. Su vestido rojo y brillante ondeaba alrededor de sus piernas, los jirones desgarrados de seda se enredaban y desenredaban de sus tobillos. Un guardia mantenía una espada apoyada sobre su rabadilla, obligándola a avanzar paso a paso.

Hanne deseaba poder girarse para mirar a Nadine, que la iba siguiendo, pero lo intentó en una ocasión y los guardias no lo aprobaron. Así que se concentró en su destino, el palacio, y no en los millares de personas que flanqueaban la calle.

Pero la gente no dejaba de llamarle la atención.

Un hombre escuálido sostenía a un niño sobre su cadera. Los dos tenían unas ojeras muy marcadas. La miraban fijamente con un odio atroz.

Una anciana trazó unas formas invisibles en el aire: quizá fueran los nombres de númenes de la justicia y la venganza, a los que estaría invocando en silencio para que la castigaran por todo lo que había hecho.

Y una joven que no sería mayor que ella escupió en la carretera, justo por donde iba a pisar.

Esa era la gente de Embria. Su pueblo.

Esa era la gente que quería verla muerta.

Por culpa de Daghath Mal.

«¿Por qué me echas la culpa a mí?». Su voz, tan reconocible, resonó al fondo de su mente.

Hanne miró hacia el este, hacia el Malfreno. Desde esa perspectiva solo podía ver la parte superior de la cúpula, una medialuna azulada y blanquecina que relucía sobre el cielo negro.

Seguía allí, se dijo. Aún había tiempo para detener el proyecto del observatorio si consiguiera echar mano de una paloma y un trozo de papel.

«Deberías estar pensando en cómo liberarte y destruir a los enemigos que te han hecho esto. Eso es lo que haría una verdadera hija de la tenacidad».

Puede que tuviera razón, pero allá donde mirase, veía indicios de hambre y odio, de pobreza y abandono. ¿Solcast habría tenido siempre ese aspecto? ¿O eran personas llegadas desde otros pueblos, que habían venido a sumarse a las revueltas?

¿Embria siempre había tenido ese aspecto?

Empezaron a dolerle los pies mientras continuaba avanzando por la calle, sintió como si las miradas furibundas de la gente la magullaran. Al fin, la funesta procesión llegó hasta una plataforma elevada, situada frente a las maltrechas puertas del palacio.

No, no era una simple plataforma. Era un cadalso. La horca estaba esperando.

—Sube —le ordenó el guardia.

Hanne subió por las escaleras, seguida de cerca por Nadine.

Ya había un hombre situado en lo alto, un tipo fornido con varios broches plateados en el cuello de la camisa. El más destacado era un círculo del que asomaban unos rayos.

—Soy Gerald Stephens, magistrado de Sol de Argento, y es un honor tener la oportunidad de presidir esta sesión. Al fin y al cabo, esta noche pasará a la historia. Esta noche, caerá la familia Fortuin.

Se oyeron vítores, un bramido gigantesco en comparación con el silencio anterior. El estrépito reverberó por el cuerpo de Hanne, provocándole una quemazón en los oídos. Quiso echar a correr, pero la multitud había cerrado el cerco, bloqueando cualquier vía de escape. Si estuviera sola, podría haber intentado sortear las espadas y las antorchas, pero Nadine no lo conseguiría.

—Como sabéis todos, la mina de Sol de Argento fue devastada en fechas recientes por una máquina terrible, diseñada, construida e instalada por Ivasland. Estábamos a punto de castigar al ivaslandeño que se hizo pasar por uno de nuestros honorables mineros, pero entonces dijo algo más impactante de lo que ninguno podríamos haber imaginado: una embriana había ayudado a concluir la máquina. Una embriana fue cómplice de esos actos inmorales e ilegales. Una cosa es ver cómo Ivasland infringe los Acuerdos de Ventisca. Era de esperar. Pero ¿un embriano? Eso es indigno de nuestro pueblo, ¿verdad?

—¡Sí! —gritó la multitud—. ¡Es indigno!

—¡Ivasland es inmoral!

—¡Defendamos los Acuerdos de Ventisca!

Los gritos se sucedieron durante varios minutos, hasta que por fin el magistrado alzó una mano y todo el mundo guardó silencio.

—Sí, sí —prosiguió—, esperamos ese comportamiento tan terrible por parte de Ivasland. Y puede que no nos escandalice descubrir que uno o dos embrianos hayan podido caer bajo la influencia de ese modo de pensar: aquellos que no sienten cariño por este reino, ni respeto por Tuluna. Así que imaginad la conmoción que supuso descubrir que Johanne Fortuin, nuestra princesa heredera, participó en esta traición a todo aquello en lo que creemos. ¡Y Noctámbula lo confirmó!

Se produjo una ronda de pitidos y abucheos. Alguien arrojó unas calzas sucias hacia la plataforma, pero se quedó corto.

—La princesa Johanne, que marchó a casarse con nuestro enemigo en aras de una alianza que Embria no necesitaba. La princesa Johanne, que se prestó con gusto a lucir la corona de Caberwill. Siempre ha antepuesto todo lo demás por encima de Embria.

Hanne intentó gritar a pesar de la mordaza, rebatir esas calumnias atroces contra su buen nombre, pero su voz quedó eclipsada por el estrépito furioso que irradiaba la plaza.

—¡La princesa Johanne ha traicionado a este reino! —gritó el magistrado—. ¡Sus actos han provocado la muerte de embrianos de bien, hombres y mujeres que solo intentaban conseguir una vida mejor para sus familias!

Otro bramido. Más calzas y prendas interiores volaron hacia ella.

—¡Los Fortuin nos han traicionado desde el principio! —gritó alguien—. ¡Nos han pisoteado durante generaciones!

—¡Los Fortuin son perjudiciales para Embria!

—¡Eso, eso! —bramó otro—. ¡Ahorcad a Johanne! ¡Ahorcad a la reina Kat!

Se reanudó el cántico de antes, pero más estridente, descargando su furia sobre Hanne.

El ruido era ensordecedor, todo el mundo pedía su muerte a gritos.

Una burbuja de pánico se originó en su pecho. Ya sabía de antes, por supuesto, lo que querían hacer con ella. Había leído el mensaje codificado que envió su madre, donde le pedía ayuda. Pero ahora que estaba allí, rodeada de gente que quería matarla, esa rebelión cobró de repente un cariz muy real.

Y, mientras contemplaba la soga, cada vez parecía más probable que alguien hiciera realidad las exigencias para que la ahorcaran.

La multitud se acalló cuando el magistrado Stephens volvió a tomar la palabra: dijo algo sobre los padres de Hanne, sobre generaciones de abusos que Embria no podía tolerar más. Al parecer, no bastaba con castigarla por el dispositivo de malicia; también querían hostigarla por lo que habían hecho sus padres y abuelos. Eso no era justo.

Pero en lugar de ahorcarla en ese momento, el guardia volvió a conducirla a punta de espada. Bajaron del cadalso y regresaron a la calle, a través de una muchedumbre afanada en lanzar insultos, piedras y frutas podridas.

Al cabo de un rato, dejaron atrás a la multitud y Hanne alzó la mirada para comprobar dónde se encontraban: en Solspiria, el gran palacio de Embria. Su hogar.

Lo había visto mientras caminaban por la avenida, con su torre destruida. Pero de cerca, en la linde del patio, los daños resultaron ser mucho peores de lo que esperaba.

Las dobles puertas de madera y metal habían sido arrancadas de sus goznes, golpeadas con un ariete hasta dejarlas reducidas a poco más que astillas. El vestíbulo, que antaño era majestuoso y estaba repleto de estatuas doradas, había sido saqueado a conciencia. Había cientos de personas sentadas o de pie junto a las paredes, apiñadas en su mayoría cerca de las enormes chimeneas, donde habían instalado cazuelas y teteras sobre las llamas. Estaban ocupando ilegalmente su hogar.

A medida que avanzaron, la devastación de Solspiria no hizo sino tornarse más evidente: suelos de mármol agrietados, tapices desgarrados y quemados, habitaciones despojadas por completo de cualquier objeto útil y valioso. Hanne solo se había ausentado durante unas semanas, pero mientras caminaba por ese edificio en ruinas, tuvo la impresión de que su ausencia se había alargado durante mucho más tiempo. Años. Siglos.

Se obligó a avanzar de un modo constante y uniforme, pese a que cada paso la acercaba un poco más al lugar donde iban a encerrarla.

La mazmorra. Estaba segura.

Hanne había pasado más tiempo allí del que estaría dispuesta a admitir. No como prisionera, por supuesto, sino como princesa que interrogaba a sus enemigos. Allí había aprendido a ser implacable, a detectar mentiras en los gestos. Allí había aprendido a contar mentiras. Promesas como esta: «Sí, por supuesto que recibirás clemencia si me dices la verdad», eran descartadas con rapidez. La mazmorra también era el lugar donde aprendió a hacerle daño a la gente, a ignorar sus gritos de dolor, a prolongar la tortura hasta que no pudieran soportarlo más.

Aquello también le reportó una lección: comprendió que la gente era capaz de soportar más de lo que creían.

Ahora la estaban trasladando allí para aprender una nueva lección.

«Ya me han golpeado y torturado, me han dejado abandonada y muerta de hambre, me han dejado atrapada en un malsitio, abandonada a mi suerte. No podrán hacerme nada nuevo».

Al menos, intentó convencerse de ello.

Pero, en el fondo, sabía que habría sido mejor que se hubieran limitado a ahorcarla. Por lo menos, todo habría terminado rápido.

Paso a paso, arrastrando los pies, descendió por las resbaladizas escaleras de piedra, cuyo trazado en espiral se adentraba cada vez más en la tierra. El aire se volvió más frío y húmedo a cada paso. Las puertas de todas las celdas eran de madera, pero los ventanucos tenían barrotes y había unas trampillas más pequeñas por las que se podía introducir comida y cubos para los desperdicios. Casi todas esas puertas tenían rostros pegados a las aberturas. A Nadine se le entrecortó el aliento al verlos. Hanne tardó un poco más en comprender por qué muchos de ellos le resultaban familiares.

Los conocía.

Esos rostros pertenecían a la nobleza embriana. El señor y la señora de Runnisburg. La señora de Felin. Y los dos nobles de Río Sombrío.

Estaban macilentos, tenían el rostro pálido y chupado, la piel cubierta de sarpullidos. Todos parecían hambrientos.

Hanne mantuvo la cabeza alta mientras pasaba de largo junto a sus súbditos, después continuó adentrándose en la mazmorra. Siguieron avanzando más y más, hasta que por fin llegaron al fondo. Allí el ambiente era gélido y el suelo estaba resbaladizo a causa del agua acumulada sobre la superficie irregular de piedra.

Caminaron hasta la última celda y solo entonces uno de los guardias sacó una anilla repleta de llaves y abrió la puerta.

—Entra. —Otro guardia la empujó hacia el frente.

Hanne refunfuñó y alzó ligeramente sus manos esposadas, aunque el movimiento le hizo daño en los hombros. Afortunadamente, el metal soltó un chasquido y la presión desapareció de sus muñecas. A continuación, le quitaron los grilletes a Nadine y las empujaron a las dos al interior de la celda. La puerta se cerró de golpe tras ellas, seguido por el eco de unas pisadas que se alejaban.

Rápidamente, Hanne se quitó la mordaza y la arrojó al suelo.

La celda tenía la forma de una porción de tarta, con un pequeño bocado extraído del centro, donde un conducto de ventilación se extendía desde el suelo hasta el techo de la mazmorra. Se suponía que debían introducir aire caliente por ese conducto para evitar que los prisioneros se congelaran, pero el poco calor que pudiera arribar se disipaba en las celdas superiores, mucho antes de que llegara a los niveles más bajos.

—¿Esta es la mazmorra? —preguntó Nadine en voz baja—. Es peor de lo que pensaba.

Accionó una palanca que hizo rotar una luz química. Sin embargo, se encontraba al otro lado de una hilera de barrotes, lo que impedía que Hanne pudiera romper el cristal para utilizarlo como arma.

—Bueno, es una mazmorra. No está pensada para ser un sitio agradable.

Hanne alzó los dedos para tocar la esquirla de obsidiana que llevaba al cuello, pero se la habían quitado antes, junto con todos los demás abalorios. Y a Nadine, también. Secuestradas, encerradas en una prisión y desvalijadas por una turba furiosa de asesinos que creían que estaban más cualificados para gobernar el reino.

—Las celdas superiores están un poco mejor. A veces hay agua corriente.

—¿Eso no es un grifo? —Nadine señaló hacia un caño que había en el conducto de ventilación—. ¿Y un desagüe? —Señaló hacia la pequeña rejilla situada a los pies.

—Técnicamente, sí. Pero solo se permite una cierta cantidad de agua para los prisioneros. A no ser que nuestros captores sean considerados, la mayoría del agua se agotará antes de llegar hasta nosotras.

Huelga decir que sus captores no iban a ser considerados con ellas.

—En estas celdas inferiores era donde encerrábamos a los peores prisioneros. A los traidores. A los violadores. A los asesinos.

—Pero...

Pero Nadine no encajaba en ninguna de esas descripciones. Resultaba obvio, al menos para Hanne, que su prima solo estaba allí porque tuvo la mala suerte de estar hablando con ella en el momento en el que se produjo el secuestro.

Y para los que se la llevaron, Hanne era una traidora. Desde su punto de vista, había traicionado a Embria. Era la responsable de la muerte de todos aquellos que murieron en Sol de Argento. Y del ejército entero, tal vez, aunque no fue ella la que sacrificó al ganado y lo cocinó.

—Estás aquí por mi culpa —dijo en voz baja—. Lo siento.

Detestaba admitir tal cosa, pero había hecho un profundo examen de conciencia durante las últimas horas. A esas alturas, podía admitir que, hasta cierto punto, aquello era culpa suya.

Pero sobre todo era culpa de Daghath Mal.

Hanne era una niña cuando él accedió a su mente, estaba sola y asustada, no entendía bien lo que le acababa de ocurrir. Necesitaba a alguien y él apareció allí: reconfortante, protector, le concedió todo lo que ella no sabía que necesitaba.

Pero ahora todo se había convertido en una incógnita. Su vida entera. Sus planes.

Su paz.

Hanne deseaba con todas sus fuerzas traer la paz a Salvación, unificar los tres reinos bajo su espada. Y su bandera.

Pero todo había sido una farsa.

«No fue una farsa —murmuró el rey rencor—. *Nunca te he mentido».*

«Eres el maestro de las mentiras, el príncipe del engaño».

«Te prometí que serías reina, ¿verdad? Antes de lo que te esperabas. Te prometí que serías mi reina, y eso también es verdad».

Hanne tuvo que admitir que así era. Ella era su reina títere, la monarca que destruiría el mundo en su nombre.

«Y sin más reinos aparte del mío, ¿cómo podría haber guerra? Puede que no fuera la clase de paz que anhelabas…, pero habrías estado a salvo. Yo te habría protegido del resto del mundo».

Nadie más le había hecho nunca esa promesa, ni siquiera Nadine. Pero ahora que sabía quién era, Hanne nunca podría volver atrás.

«Puede que cambies de idea —dijo Daghath Mal—. *Y cuando lo hagas, te recibiré con los brazos abiertos».*

Hanne negó con la cabeza, obligándose a regresar al presente para comprobar si Nadine había reaccionado ante su disculpa. No lo había hecho.

—Una reina jamás debería disculparse ante sus súbditos.

Hanne se puso tensa. Esa voz sonaba como la de su madre.

Entonces Nadine alzó la cabeza y la miró con los ojos desorbitados. Hanne sintió un nudo en el pecho mientras se aproximaba al conducto central.

A través de una pequeña rejilla, atisbó otra estancia en penumbra en el otro extremo del conducto. Y aunque solo se veía una silueta, iluminada desde atrás por un pequeño surtido de tubos luminosos, no le costó reconocer los ojos azules y severos de su madre, un reflejo idéntico de los suyos.

—Esto es culpa tuya —dijo la reina Katarina—. Te dije que enviaras ayuda.

Hanne se puso tensa, pero se obligó a mantener una expresión neutral.

—Tú perdiste el reino a causa de una revuelta de campesinos. Me parece que las dos tenemos cierta responsabilidad.

—El ejército fue devorado. —La voz de Katarina adoptó un tono amenazante—. Te lo repito: es culpa tuya.

—De eso nada.

Katarina alzó la cabeza con orgullo y le dio la espalda.

—Has supuesto nuestra ruina.

Era de esperar que la reina Kat fuera incapaz de admitir su responsabilidad. Hanne suspiró e intentó ver algo por detrás de la cabeza de su madre.

—Padre, ¿estás ahí tú también?

—Hola, querida. —La voz del rey Markus Fortuin resonó entre la penumbra.

Había dos celdas más en ese piso. Hanne intentó asomarse a ellas, pero no pudo discernir si estaban ocupadas.

—¿Hay alguien más aquí abajo?

—En este piso, no —respondió su madre—, ni tampoco en el que tenemos encima. Creo que los padres de Nadine se encuentran en alguno de los pisos superiores. Los he oído hablar varias veces. Esos cobardes intentaron rendirse. Ante un puñado de campesinos…

De modo que cualquier conversación que quisiera mantener con sus padres podía llegar a oídos de otros. Era un truco que ella misma había utilizado con los prisioneros. A los compañeros les asignaban celdas en el mismo piso y los obligaban a hablar a través de los conductos; no siempre sabían que Hanne, o alguno de sus espías, estaban a la escucha.

El magistrado Stephens podría estar haciendo lo mismo en ese momento.

Hanne se retiró hacia el lecho más cercano y se sentó sobre la dura piedra. Había unas pocas mantas si es que esos tejidos andrajosos eran dignos de tal nombre, y una almohada rellena de paja.

Hanne miró a su prima, que estaba en el otro extremo de la celda y se había sentado con gesto taciturno sobre su propia cama.

—¿Qué hacemos? —preguntó Nadine en voz baja—. ¿Cuánto tiempo crees que nos dejarán aquí encerradas?

Hanne recogió sus mantas y su almohada y cruzó la celda para sentarse a su lado. Resolutiva, dobló un par de mantas para confeccionar una especie de cojín en el que sentarse, después echó las demás mantas por encima de los hombros de ambas para que pudieran compartir su calor corporal.

Nadine apoyó la cabeza sobre su hombro y suspiró. Poco a poco, dejó de tiritar.

—Aún no sé qué hacer —admitió Hanne—. Necesito pensar. Tengo que averiguar…

«Deberías preguntárselo —susurró Daghath Mal—. Deberías preguntarles qué te hicieron».

Lo malo de pensar era que siempre había alguien escuchando.

—¿Antes hablabas en serio? —La voz de Nadine era poco más que un susurro—. Lo que dijiste de Tuluna, cuando estábamos en el Bastión del Honor. O…

—Sí. —Hanne cerró los ojos e inspiró hondo. Después desplegó una manta sobre sus cabezas para amortiguar su voz—. Es la verdad.

«Cuidado».

—Creía sinceramente que se trataba de Tuluna la Tenaz. Esa voz que me guiaba. Que me ayudaba. Que me hizo más fuerte. Creía que era su elegida.

Bajo la manta, Hanne no pudo ver la expresión de Nadine, solo notó cómo se le entrecortaba el aliento.

Después se obligó a pronunciar estas palabras:

—Pero no es Tuluna. Me equivocaba. Es Daghath Mal. El rey rencor. Y aunque pensaba que estaba haciendo lo correcto, creo que estaba en el bando equivocado. Creo que soy la villana de esta historia.

35. RUNE

A la mañana siguiente, quedó patente que Hanne no se encontraba en el Bastión del Honor.

—¿Dónde estará?

Rune se encontraba en el salón de la reina, un espacio que antes pertenecía a su madre, y contempló todos los cambios que se habían producido desde su defunción. Ahora las cortinas eran rojas con ribetes dorados; había un tablero de gambito de mora instalado en la mesa redonda próxima a la pared, con esas piezas tan lujosas guardadas en sus cajitas; y un tapiz con el emblema de los Fortuin colgado en la pared del fondo, junto a la puerta del balcón.

Pero Hanne no estaba.

Había tres damas de compañía situadas en fila. Rune conocía sus nombres —Cecelia, Lea y Maris—, pero no tenía claro cuál era cada una. También estaban presentes lady Sabine —una de las consejeras más antiguas de Hanne, que parecía pasarse la vida tejiendo— y el capitán Oliver.

Pero Hanne, no. Ni Nadine.

—¿Y bien? —Rune se cruzó de brazos. Por detrás de él, Rose, que ahora vestía con el uniforme de la guardia personal del rey, se desplazó por la habitación, mirando detrás de los espejos y asomándose a los armarios, como si la reina pudiera estar escondida.

—No estamos seguros. —El capitán Oliver cambió de postura, incómodo—. Su majestad y lady Nadine se fueron a la terraza acristalada para conversar...

—¿Eso pasó después de que la reina saliera anoche de mis aposentos?

El capitán Oliver asintió.

—Su majestad y lady Nadine estaban hablando animadamente. No escuché su conversación, por supuesto, pero pude oír sus voces a través de la puerta. Luego, al cabo de un rato, todo se quedó en silencio. Llamé a la puerta para comprobar cómo estaban, pero no es inusual que su majestad ignore esas interrupciones. —Lo dijo de un modo que indicaba que él había sido el causante de esas interrupciones en el pasado—. No entré hasta que se produjo el terremoto. Y la estancia estaba vacía. No me explico cómo pudo salir de allí sin que yo me diera cuenta.

Rune cerró los ojos. Detestaba decírselo a unos embrianos, por más que ahora vivieran allí, pero...

—La terraza acristalada tiene un pasadizo secreto.

Las tres doncellas se miraron entre sí.

—Un pasadizo secreto —dijo (posiblemente) Cecelia. Se giró hacia lady Sabine—. ¿Vos sabíais algo al respecto?

Rune se preguntó durante una fracción de segundo por qué una embriana entrada en años habría de conocer la existencia de un pasadizo secreto, pero ningún oriundo de Embria era lo que parecía. Era de esperar que Hanne se hubiera traído a su propia espía.

—Si hubiera sabido que estaba ahí ese pasadizo, ¿crees que habría permitido que entrase en esa habitación? —Lady Sabine miró a Rune—. ¿Adónde conduce el pasadizo?

—Se ramifica en varias direcciones. Una de ellas conduce al túnel que atraviesa la montaña. Hacia el sur. Fuera de la ciudad. —Rune tensó la mandíbula—. Capitán, haré que mis hombres registren la red de pasadizos al completo. Si Hanne sigue en la ciudad, la encontraremos.

—¿Y si ya no está en la ciudad? —preguntó lady Sabine.

—Seguiremos su pista en cualquier dirección que haya tomado.

O, posiblemente, en cualquier dirección en la que se la hubieran llevado. A Rune le extrañaba mucho que Hanne se hubiera marchado por voluntad propia en un momento así, cuando él acababa de regresar. A no ser que estuviera pasando algo más, algo que la mantuviera alejada de Brink sin dejar constancia a nadie, ni siquiera a sus doncellas, sus guardias o su maestra de espías.

Lo cual parecía muy improbable, a no ser que toda esa gente le estuviera mintiendo.

En fin. Eran embrianos. Su existencia se basaba en capas superpuestas de engaños. Así que era posible que le estuvieran ocultando la verdad.

Rune tendría que emplear sus propios espías para averiguar qué sabían.

—Me gustaría unirme a vuestros hombres en el registro de los pasadizos —dijo el capitán Oliver.

De ninguna manera.

—Mi gente conoce bien los pasadizos. Le aseguro que, si hay algún rastro de la reina Johanne, la encontrarán.

Dicho eso, se dio la vuelta y salió de los aposentos de la reina. Rose lo siguió al paso.

—Si lo deseáis, puedo reclutar gente para registrar los pasadizos. Y para custodiar la entrada de la terraza acristalada, ahora que, eh, otros conocen su existencia.

—Sí, gracias. —A Rune le dolía la cabeza. Necesitaba un espía propio, pero el día anterior despidió a Rupert sin buscarle un reemplazo—. ¿Todavía tengo un secretario? ¿Y un ayudante de cámara? ¿Tengo asignado a alguien para que me ayude? ¿O se supone que debo organizar todas estas cosas yo solo?

—Lo averiguaré, señor.

Su siguiente parada fue el despacho del rey. Había estado allí muchas veces en calidad de príncipe —y príncipe heredero—, pero nunca como rey. Y como se trataba del lugar donde su padre fue asesinado apenas unas semanas antes, no tenía muchas ganar de ir allí ahora. Sin embargo, un monarca tiene ciertas responsabilidades. No podía aparcarlas a causa de sus emociones.

Los guardias se pusieron en posición de firmes cuando Rune se aproximó.

—Majestad. —El más cercano le dirigió una reverencia breve y respetuosa.

Rune respondió con un ademán de cabeza y abrió la aparatosa puerta de madera.

Habían limpiado la sangre del suelo y las paredes tiempo atrás, pero, aun así, detectó nada más entrar unas hendiduras en el escritorio que antes no estaban allí, unas muescas diminutas en los paneles de madera de las paredes. Según todos los testimonios, situado allí, junto al umbral, se encontraba en el lugar donde había muerto alguien. Un guardia. Y más allá, a la derecha del escritorio, se encontraba el lugar donde encontraron al rey Opus Highcrown III en mitad de la noche, abatido en su propio despacho por un asesino ivaslandeño.

Rune volvió a experimentar una ira ardiente, el mismo sentimiento incontrolable que lo instó a cabalgar rumbo al sur con el ejército, cuando no había pasado siquiera un día desde su coronación. Si hubiera podido, habría borrado Ivasland del mapa.

—¿Señor? —La voz de Rose denotaba incertidumbre.

La ira remitió. Rune tomó aliento y entró, pasó por el sitio donde había muerto su padre y tomó asiento frente al escritorio del rey. La estancia cobraba un aspecto distinto desde ese ángulo. Parecía más pequeña, como si la perspectiva más impresionante estuviera reservada para aquellos que se sentaban en el lado de los invitados.

—Encajáis bien aquí —dijo Rose desde el umbral.

Rune tocó el tablero del escritorio, con el ceño fruncido, estirando los dedos sobre la madera rojiza y pulida.

—Por favor, manda llamar a Aura… —De pronto se dio cuenta de que no conocía su apellido—, para que venga desde la biblioteca.

—Enseguida. —Rose dejó que la puerta se cerrase al salir. Su voz sonó amortiguada mientras se dirigía a los guardias apostados al otro lado—. No abandonéis vuestro puesto. No dejéis entrar a nadie sin preguntárselo primero a su majestad. Volveré pronto.

Entonces sus pisadas se alejaron por el pasillo y Rune se quedó a solas.

Cerró los ojos, deslizando las manos sobre la lisa superficie del escritorio, sintiendo la solidez de la silla en la que estaba sentado.

No, no encajaba allí. El escritorio. La silla. Con nada de todo aquello. Ese espacio pertenecía a su padre.

Inspiró hondo.

Ahora le pertenecía a él. No tenía por qué gustarle. No tenía por qué sentirse preparado. Pero sí tenía que asimilarlo.

—Ahora este es mi despacho —susurró—. Mi escritorio. Mi silla.

Abrió los ojos y, con la mandíbula en tensión por sentirse como un intruso, empezó a abrir cajones y a rebuscar en ellos. Utensilios de escritura. Papel. El fragmento de un poema redactado con la pulcra caligrafía de Unity, fechado tres años atrás.

Un diario.

Un lazo azul señalaba que ya habían consumido más o menos tres cuartas partes del volumen. No había candado alguno en la cubierta de piel, pero Rune no fue capaz de abrirlo. Aún no. No mientras el dolor por la muerte de su padre fuera tan reciente.

Se levantó de su asiento, movido por el impulso de regresar a la terraza acristalada donde murió su madre. Y luego, tal vez, para atormentarse un poco más, se trasladaría al pasillo donde falleció su hermano. ¿Por qué no? A esas alturas, ya estaba sufriendo. ¿Por qué no hurgar en la herida un poco más?

Por suerte, alguien llamó a la puerta.

—Adelante.

Cuando la puerta se abrió, apareció Aura al otro lado.

—Pasa.

Rune intentó serenar los latidos desbocados de su corazón. No debería haber pensado tanto en sus padres. Y mucho menos en su hermano. Tendría que haberse limitado a sentarse para ponerse manos a la obra.

Aura cerró la puerta a su paso, pero no se movió del sitio, como si ella también supiera con exactitud lo que había ocurrido en esa estancia. Bueno, antes era una criada.

Rune se preguntó si le habrían encargado limpiar el estropicio.

—Quería preguntarte qué tal te va —dijo Rune—. Tras la batalla de ayer, quería comprobar cómo estabas.

—Vos sois el rey —dijo Aura—. Estáis muy ocupado. Y tenéis lo que necesitabais, ¿verdad? El fragmento del arma.

—Lo tiene ella. Ha ido a buscar las demás piezas.

—Eso es bueno.

—Me alegro de ver que no estás malherida —añadió Rune.

—No he venido por eso a hablar con vos —dijo Aura—. Es decir, he venido porque me habéis convocado, pero también porque le dije a Noctámbula que me convertiría en sus oídos.

Rune frunció el ceño. No parecía propio de Noctámbula pedirle a alguien que espiara.

—No sé si debería contaros esto —prosiguió Aura—, en vista de que la reina es vuestra esposa. Pero sé que ha desaparecido. Y sé que necesitáis traerla de vuelta.

A Rune se le entrecortó el aliento.

—¿Cómo sabes que ha desaparecido?

Aura ladeó la cabeza.

—Ya he dicho que estaba aguzando el oído, majestad.

Rune le hizo señas para que continuara.

—Varias amigas mías trabajan como criadas en los aposentos de la reina. Así fue como me enteré de que la reina Johanne había desaparecido. Y también de que Prudence Shadowhand y Victoria Stareyes son las candidatas de la reina para el próximo mandato del consejo. Pero las dos trabajarán para ella, no para vos.

—¿Eso fue lo que te dijeron tus amigas?

—Lady Shadowhand estuvo ayer en los aposentos de la reina, bien entrada la noche. Mi amiga cree que lady Sabine y otras doncellas le estaban pidiendo que averiguase lo que pudiera sobre el paradero de la reina.

Antes de admitir ante Rune que Hanne había desaparecido. Y si Prudence Shadowhand no había acudido directamente a él para informarle de que su esposa había desaparecido, solo podía deberse a que Sabine le había pedido que no lo hiciera. Que esperase.

Pero ¿por qué?

—Están ocultando algo. —Rune se sentó y le hizo señas a Aura para que hiciera lo propio—. Tengo que averiguar qué es.

Aura se sentó en el asiento que solía ocupar Rune cuando acudía allí para recibir una reprimenda por parte de su padre.

—Puedo ayudar. Por favor.

Rune no estaba en disposición de rechazar ninguna ayuda.

Pero espiar a una reina, o siquiera a su séquito, podría causarle problemas graves a alguien como Aura.

—¿Estás segura? —preguntó—. ¿Te has pensado bien lo que implica elegir bando en una situación como esta?

—Noctámbula os eligió a vos. —Aura se inclinó hacia delante con gesto solemne—. Os tiene aprecio. Y si ella lo tiene, yo también.

—Agradezco tu ayuda —dijo Rune—. Y la acepto. Por supuesto.

—No os decepcionaré.

—Gracias.

Ojalá hubiera una forma de transmitir lo mucho que significaba que alguien lo considerase digno de arriesgar su vida por él, pero sería algo impropio de un rey, así que se conformó con esbozar una sonrisa leve e incómoda.

En cuanto acordaron las horas de reunión y las personas en las que podían confiar para transmitir información, Rune le deseó un buen día y Aura se marchó.

Pero Rune no estuvo solo mucho tiempo. Rose había estado esperando fuera y había una fila de nobles, cancilleres y otras figuras importantes que necesitaban verlo.

Era hora de ejercer como rey.

36. HANNE

Era imposible mantener la noción del tiempo ahí abajo, pero ya habían recibido dos pequeñas raciones de pan duro y queso mohoso, así que Hanne calculó que había transcurrido por lo menos un día entero. Quizá dos. Sentía un agujero en el estómago y tenía la garganta reseca. Sus pensamientos se estaban convirtiendo en pelusas que se iban flotando cuando intentaba atraparlos.

Pero, por más tiempo que hubiera transcurrido, Nadine no había vuelto a dirigirle la palabra.

Tras la confesión de Hanne, su prima se levantó y se encaminó hacia el otro extremo de la celda. No era una gran distancia, pero sí tanta como pudo conseguir. Y allí permaneció sentada durante horas, levantándose solo para tomar su ración de la comida o para utilizar el cubo.

A Hanne ya le había resultado bastante duro admitir la verdad ante sí misma —que lo que rondaba por su mente no era Tuluna—, pero decirle esas palabras a Nadine... había sido extenuante.

Tragó saliva para aflojar el nudo que tenía alojado en la garganta. Durante mucho tiempo, había creído que esa voz de su cabeza pertenecía a una amiga, a una mentora. Y por culpa de esa fe, el monstruo que se había hecho pasar por Tuluna la Tenaz conocía sus miedos más profundos, sus secretos mejor guardados, sus deseos más recónditos.

«Lo habría sabido, aunque no me hubieras contado nada —dijo la voz—. Puedo ver lo mismo que tú. Puedo sentir lo mismo que tú. Y puedo saber lo que sabes tú».

Hanne sintió un escalofrío.

«*La celda está oscura* —murmuró—. *Es preciso encender las luces, pero no tienes fuerzas ni para levantar la mano. Esperas que lo haga Nadine*».

Hanne alargó el brazo hacia la luz más cercana y giró el cristal varias veces para volver a mezclar las sustancias químicas. El fulgor se expandió por la celda y, dentro de su cabeza, Daghath Mal soltó una risita irónica.

«*También hace frío. Hace rato que perdiste la sensibilidad en los dedos de los pies, así que no dejas de menearlos…, pero te duele*».

—Basta —susurró Hanne—. No tienes que demostrar nada.

«*Y a ti te preocupa que, si Nadine ha dejado de quererte, ya nadie te querrá nunca. Temes no ser la clase de persona a la que nadie salvo ella podría amar, que es el motivo por el que no te importó casarte con Rune y por el que nunca te has entregado a Mae, por más que te gustaría hacerlo. Temes ser alguien a quien nadie podría querer. Y ahora que Nadine no te habla…*».

—¡Basta! —La voz de Hanne raspó su garganta seca mientras se ponía en pie con brusquedad. Le entró un mareo que le nubló la vista durante un instante. Pero luego la recuperó y comprobó que su prima al fin había alzado la mirada de sus manos entrelazadas.

—¿Basta de qué? —preguntó Nadine en voz baja—. ¿Basta de pensar en lo que me has contado? ¿Basta de preocuparse por ti?

Hanne fue incapaz de articular palabra.

—No puedo olvidar sin más lo que me has contado —prosiguió Nadine—. O que hayas tardado tanto tiempo en decírmelo.

Hanne abrió la boca para responder, pero las palabras se negaron a salir.

Nadine miró hacia el conducto de ventilación y, tras inspirar hondo, atravesó la celda para regresar al extremo que ocupaba su prima.

—Has dicho que sucedió cuando regresaste de… aquello. Pero ¿qué ocurrió durante tu ausencia?

Hanne cerró los ojos, obligándose a relajar la tensión de sus hombros ahora que Nadine estaba cerca.

—No recuerdo todos los detalles de aquella… excursión —se mordió el labio—, pero conservo algunos fogonazos. Son dolorosos. Aterradores. Creo que hubo momentos en los que estuve al borde de la muerte.

Nadine flexionó varios músculos de la mandíbula, pero sabía cuándo hablar y cuándo dejarle espacio a su prima para que articulara lo que necesitaba decir.

—Sé que cuando volví tenía un aspecto diferente —prosiguió Hanne—. Era más guapa. —Miró a Nadine por el rabillo del ojo, pero no obtuvo confirmación. Su prima nunca había comentado nada al respecto; era demasiado amable y considerada—. Y me comportaba de un modo distinto. Las dos lo sabemos. Pero, durante todo este tiempo, no he podido recordar qué ocurrió realmente allí. Creo… creo que no quería recordarlo. Pero ahora me gustaría haber sido más valiente. Ojalá les hubiera preguntado a mis padres qué me hicieron.

Y ahora tenía una oportunidad.

Hanne se acercó rápidamente al conducto de ventilación.

—¿Qué hicisteis?

En el otro extremo, no hubo respuesta. Hanne siguió insistiendo a través del conducto:

—¿Qué me hicisteis? Hace años. Cuando era pequeña. Cuando me sacasteis de casa.

—No lo habrías soportado. —La voz que sonó desde el otro extremo pertenecía a su padre. El rey Markus Fortuin se acercó al conducto y Hanne pudo ver al fin su silueta sombría a través de la rejilla—. De pequeña eras muy sensible. Muy dulce. Lo heredaste de la familia de mi madre, la vertiente de los Holt, y por más que lo intentamos, no pudimos inculcarte el carácter de un Fortuin.

Hanne miró de reojo a Nadine, que se había acercado unos pasos al conducto. Su expresión se perdió entre las sombras.

Pero Hanne sabía qué estaba pensando. Los recuerdos de su infancia eran borrosos, en el mejor de los casos, como si procedieran de otra vida. No fue hasta después de que se la llevaran cuando sus recuerdos se volvieron más nítidos, más reales.

Hanne también había visto retratos suyos de cuando era pequeña, los cuales permanecieron escondidos mientras ella crecía hasta convertirse en una jovencita. El rostro que aparecía en esos cuadros no era el mismo que veía ahora en el espejo, y no solo porque se hubiera hecho mayor. No, la niña previa a su marcha era alta para su edad, desgarbada, con una mata de pelo castaño que pendía en mechones flácidos alrededor de su rostro. Esbozaba una sonrisa incómoda y cohibida, que mostraba una hilera de dientes torcidos.

No es que fuera una niña fea, pero esta Hanne, la del presente, no podía mirar esos retratos sin esbozar una mueca de aversión. Prefería el aspecto que tenía ahora, con el pelo rubio y rizado, un rostro con forma de corazón y unos dientes blancos y bien alineados. Ya no era alta, sino menuda, pero eso no la importunaba; su corta estatura provocaba que la gente la subestimara.

«Yo hice eso».

Era cierto, también, que de pequeña fue una niña tímida, incapaz de hacerse valer, con una voz endeble y susurrante, que se escondía cuando debería haber acompañado a su madre en el salón del trono. Nunca le decía a nadie lo que tenía que hacer, jamás les daba órdenes a los sirvientes, nunca pedía nada.

Esa pasividad era impropia de una princesa heredera, le decía a menudo Katarina. Tenía que hacerse más fuerte o, de lo contrario, no sobreviviría en la corte embriana.

«Yo te salvé —dijo Daghath Mal—. *Te hice más fuerte»*.

—Cuéntamelo, padre —susurró Hanne—. Cuéntame lo que hicisteis.

Markus tuvo la deferencia de torcer el gesto, de parecer avergonzado por sus actos.

—Había una leyenda sobre un lugar de poder al que la gente acudía para curar enfermedades o recibir bendiciones. Pensamos que tal vez podríamos ayudarte, concederte una oportunidad para apuntalar tu futuro como reina.

—Ya basta, Markus. —Katarina apareció en el otro extremo del conducto—. Lo que hicimos, lo hicimos por ella. Si ya no sabe apreciarlo, entonces nunca será la reina que queríamos que fuera. Siempre será esa chiquilla pusilánime, la que se sobresaltaba cada vez que entraba un pájaro volando por la ventana, la que no entendía que algunos de nosotros hemos nacido para gobernar y otros para servir.

Pero la oscuridad se desplegó en el fondo de la mente de Hanne, un recuerdo reprimido que emergió hasta la primera línea de sus pensamientos.

«*Presta atención* —dijo Daghath Mal—. *Yo te mostraré lo que ellos quieren ocultarte*».

Una capa de hielo cubría los lazos amarillos. Una campanas tintineaban en las proximidades, su sonido era una advertencia funesta.

Los padre de Hanne la habían llevado hasta allí, tomándola cada uno de una mano, mientras se alejaban de los guardias que se habían quedado junto a la carretera. Hanne hizo una pausa para contemplar una roca alta, gris y picada, con un lateral cubierto de rasguños. Se diría que representaban a una persona…, una persona con alas.

Sus padres la impulsaron hacia el frente, hacia una piedra más grande: un altar.

—¿Qué lugar es este?

Tenía edad para ser precavida, pero no experiencia suficiente como para entender que aquello no era un rito de paso normal, que la mayoría de los padres no llevaban a sus hijos al bosque en pleno invierno para… lo que quiera que fuera eso. Tal vez fuera algo reservado para la realeza. Había muchas cosas de ese tipo.

Conocía la existencia de los lazos amarillos, por supuesto, y las campanas. Sabía que indicaban peligro. Pero confiaba en sus padres.

—Esto te ayudará a ser fuerte —dijo Katarina—. Inteligente.

A esas alturas, Hanne sabía que no era ninguna de esas cosas —ni fuerte, ni inteligente—, pero también que iba a necesitar esos atributos si quería ser reina algún día.

Aquella vez también iba vestida de rojo. Con un vestido de lana de primera calidad, teñida con cicuta y cerezas. A pesar del frío que reinaba en el ambiente, se sentía calentita bajo las capas de su vestido, con esas mangas largas y gruesas, y con la capucha extendida sobre las orejas.

Agarrada todavía a las manos de sus padres, Hanne se aproximó al altar con un nerviosismo creciente. Un olor peculiar flotaba en el ambiente, como un hedor a leche agria mezclado con el de una bacinilla llena. Hanne arrugó la nariz, pero la peste no hizo sino intensificarse. El altar era mucho más grande de lo que parecía desde lejos. ¿Habría crecido? Ahora parecía casi el doble de alto que ella.

—¿Qué es eso? —Hanne no pudo evitar contemplar las líneas talladas en la piedra, como si fuera un texto, pero no estaba redactado en ningún idioma del que ella tuviera constancia. (En esa época existía un único idioma, pero había leyendas sobre otros idiomas pretéritos, de cuando la gente llegó desde continentes caídos en desgracia.)—. ¿Qué pone aquí?

—No lo sé —respondió Markus—. Seguramente, nada.

—Vas a tener que trepar. —Katarina vestía con tonos dorados, como una estrella deslumbrante sobre el telón de fondo de la nieve y los árboles oscuros. Llevaba fragmentos de obsidiana negros y pesados colgando del cuello, las muñecas y los dedos—. Hasta lo más alto.

—¿Y si no puedo? —A Hanne le temblaba la voz a causa del frío y el miedo. No llevaba encima ni un solo ápice de obsidiana.

—En ese caso, no serás digna de convertirte en reina.

A Hanne se le cortó el aliento.

—¿Tú también tuviste que hacer esto? —Esas palabras formaron unas nubecillas blancas en el aire estancado.

—No. Yo nací fuerte e inteligente. Nací con la tenacidad de Tuluna. Pero tú, palomita mía…, tendrás que adquirir esa tenacidad de otra forma.

Hanne se enfadó al oír esa mención a una paloma. Ella no era un pájaro. No era una mensajera. Pero tampoco era apta para ser reina, eso estaba claro, y hasta entonces… Bueno, quizá no fuera mucho mejor que una paloma.

—Está bien. Y cuando llegue arriba, ¿qué tengo que hacer?

Sus padres se miraron. Entonces su madre respondió:

—Lo sabrás. Resultará evidente.

Su padre, que siempre había sido más cariñoso, se agachó para darle un beso en la frente.

—Cuando termines, estaremos aquí esperándote.

Hanne seguía sin entender qué era lo que tenía que terminar, pero no quería decepcionar a su madre, que esperaba mucho de ella, ni a su padre, que siempre parecía preocupado por ella. Necesitaba demostrar que podía llevarlo a cabo, fuera lo que fuese. Así que trazó un circuito alrededor del altar hasta que encontró un asidero y entonces comenzó a trepar.

De inmediato, resbaló y se cayó, sus dedos enguantados se deslizaron sobre la nieve y el hielo que se habían acumulado allí. Lo intentó de nuevo, esta vez asegurándose de limpiar la nieve e hincar las yemas de los dedos en el hielo, tanteando antes de impulsarse. Ya no volvió a caerse.

Al fin, pasó los brazos y el pecho por encima del borde de la piedra, después pasó la pierna izquierda por encima y, por último, rodó sobre la superficie. Resolló en busca de aliento; inspiró durante unos minutos un aire frío que le irritó la garganta, esperando a que su corazón dejara de latir tan fuerte.

—Ya estoy arriba —anunció.

No hubo respuesta.

—¿Madre? —Hanne se asomó desde el borde de la piedra, tratando de localizar a sus padres—. ¿Padre?

Estaba oscuro, pero debería haber podido verlos sobre la nieve brillante.

Se habían ido. La habían dejado allí.

Ni siquiera habían esperado para confirmar que llegara hasta arriba.

Y el suelo parecía más lejano de lo que debería. Hanne sintió una oleada de vértigo y se alejó del borde, mirando a su alrededor para determinar qué debía hacer, ahora que estaba en lo alto de la piedra.

Su madre le había dicho que resultaría evidente.

Hanne tenía los dedos entumecidos a causa del frío y la subida, pero sacudió un poco de nieve de la piedra y miró en derredor. Encontró más muestras de esa escritura extraña, visible sobre todo porque el hielo había llenado las hendiduras y despedía un fulgor oscuro bajo la luz de las estrellas.

Pero eso era todo. No había nada evidente. No había ninguna tarea obvia, ninguna instrucción que pudiera leer.

—¿Madre? —Hanne volvió a asomarse por el borde. Aunque resultara imposible, se diría que el suelo estaba aún más lejos que antes—. ¿Padre? ¿Estáis ahí?

No. Hanne sabía que no estaban. La habían abandonado.

¿La habrían dejado allí para que se muriera?

Hanne sabía que no debía hacerlo, porque se metería en problemas, pero fue entonces cuando empezó a llorar. Las lágrimas se acumularon y se congelaron en las comisuras de sus ojos, le escocieron cuando parpadeó para ver algo a través de la escarcha. Unas lágrimas nuevas corrieron por sus mejillas. Hacía tanto frío que le dolía la cara.

¿Por qué la habían dejado allí? ¿Por ser demasiado débil? ¿Por no ser lo bastante inteligente? Ni lo bastante lista, ni aguerrida, ni nada de nada. Hanne era insuficiente en todo.

Se le escapó un sollozo. No podía bajar, pero tampoco podía quedarse ahí arriba. Aunque las estrellas brillaban hasta hacía unos instantes, ahora unas nubes plateadas se extendieron a toda velocidad por el cielo, escupiendo nieve.

Percibió un olor a pis de gato, que atravesó el entumecimiento de su nariz congelada. Y de nuevo, tan insólito como antes, la piedra se hizo más alta: ya llegaba hasta las copas de los árboles.

—Socorro. —Hanne estaba tiritando, se recolocó la capucha—. ¿Hay alguien?

Tenía mucho frío. Dentro de sus manoplas, sus dedos parecían témpanos de hielo. Se metió las manos bajo las axilas, enjugándose el rostro con la manga cada pocos minutos. Seguro que sus padres volverían a por ella. La necesitaban, ¿verdad?

Estaba tan absorta por el llanto y el pánico que al principio no reparó en unas luces, en el fulgor verdoso que emergía de los grabados en la piedra. Pero, poco a poco, la luz se intensificó, centelleando a su alrededor. Y era una luz cálida.

La nieve y el hielo se derritieron bajo su cuerpo. El agua le empapó el vestido, volviéndolo más pesado, lastrándola, pero daba igual. Estaba calentita. Ya no iba a morir congelada. Iba a sobrevivir.

Oyó un sonoro crujido procedente de más abajo. ¿Habría sido la piedra?

Con el corazón acelerado, Hanne achicó los ojos para poder ver entre esas luces brillantes. De repente, se dio cuenta de que los grabados no representaban palabras en una lengua muerta. Formaban dientes. Dos hileras de dientes afilados que se estaban separando, abriendo, ensanchando…

Hanne cayó.

Descendió hacia el interior de la piedra. Hacia la oscuridad. Sola.

El recuerdo se interrumpió en ese punto. Hanne se tambaleó hacia atrás, con el corazón acelerado.

—¿Hanne? —Nadine la sujetó—. ¿Qué ha pasado? ¿Estás bien? Te has… desvanecido un momento.

¿Un momento? Para Hanne, habían sido horas. Cada segundo atroz del tiempo que pasó en ese altar estaba grabado en su mente, endurecido hasta formar una costra. También había más cosas que Daghath Mal no le había mostrado por completo, pero Hanne ya había visto bastante. Ahora recordaba lo suficiente, por sí misma.

Las garras que se clavaron en su rostro.

El calentamiento, fractura y remodelación de sus huesos.

La infusión de luz verde en sus venas.

Hubo muchos gritos, sollozos, súplicas por una compasión que nunca recibió. Fue un suplicio, un milenio de torturas, pero Hanne no necesitaba volver a experimentar todo eso. Esos momentos, no. Fueron terribles y violentos, y nunca habían estado tan cerca de su mente consciente. Pero Daghath Mal sabía que lo peor había sido el principio. Lo peor fueron sus padres llevándola de la mano, las mentiras que le contaron, el abandono.

Era cierto: sus padres la abandonaron en un lugar extraño donde nada tenía sentido, donde la realidad cambiaba a capricho.

—Me llevasteis a un malsitio. —Hanne presionó los dedos sobre la rejilla—. Me dejasteis allí, indefensa, para que me moldearan con brutalidad hasta convertirme en la hija que siempre quisisteis.

—No… —dijo Markus.

—Sí, lo hicisteis. Lo recuerdo. Pero no sabíais qué iba a pasar conmigo. Podría haber muerto. Debería haber muerto.

—Sabíamos que lo soportarías —dijo Katarina— si eras digna.

—¡Era una niña!

—Eras una Fortuin. No temimos por ti en ningún momento.

Hanne mantuvo la compostura, pero fue solo gracias a años de entrenamiento. No podía mostrar debilidad ni emociones.

—Pues deberíais haberos preocupado. Deberíais haberos preguntado qué estabais haciendo al infringir los Acuerdos de Ventisca, al utilizar el poder de un malsitio de esa manera. ¡Y tenéis la osadía de odiar a Ivasland por su máquina!

»Pero lo peor fue que le ofrecisteis al rey rencor una ventana hacia nuestro mundo. Un asidero. Un arma.

—¿Qué quieres decir? —preguntó Markus—. ¿Cómo...?

—Cuando me dejasteis en el malsitio, creía que estaba sola. Pero no era así. Resultó que la piedra donde os dispusisteis a sacrificarme no era un altar, sino una senda hacia la oscuridad. Me engulló por completo. Me habría matado, pero le dije a la oscuridad que yo era una princesa, que algún día sería reina y que tenía que sobrevivir a esa experiencia.

Se oyó el goteo de un hilillo de agua en las proximidades, pero nada más.

—Le dije que mis padres me habían enviado allí, que necesitaba hacerme más fuerte para ser una reina como vosotros queríais, y la oscuridad me preguntó si yo también quería eso. Yo era una niña, así que lo que más quería en el mundo era complaceros. Dije que sí, que haría cualquier cosa para conseguir vuestro cariño.

»Así que la oscuridad me convirtió en la princesa heredera perfecta, en la que siempre deseasteis, y durante un tiempo pensé que había funcionado. Pero no fue así. Nunca me quisisteis; sencillamente, os provocaba menos aversión.

—Eso no es cierto —replicó Markus—. Yo siempre te he querido.

Hanne se rio, transmitiéndoles su incredulidad, su desagrado.

—No. La única persona que me ha querido, antes y después, es Nadine. Pero vosotros, madre, padre, jamás os molestasteis en preguntar qué me había pasado. Cuando me encontrasteis en la nieve una semana después, completamente cambiada, aceptasteis la nueva versión de mí, sin indagar en aquello a lo que había sobrevivido. Nunca os preguntasteis si, cuando me abrieron en canal y me remodelaron, introdujeron algo más en mí. Un nexo. Una conexión. Un vínculo con la criatura que me dio forma.

—El rey rencor —murmuró Nadine.

—Sí. —Hanne se apartó del conducto de ventilación y de sus padres, que la observaban desde el otro lado. No quería saber nada más de ellos. Estaba harta de las exigencias imposibles de su madre, de la complicidad pasiva de su padre. Si por ella fuera, podían morirse en esa celda oscura—. El rey del inframundo vio una oportunidad para efectuar un cambio en este mundo. Utilizó mi voz, mis manos. Y ahora, la incursión final vendrá a por nosotros, y todo porque mis padres querían tener una hija más perfecta.

»Así es como se acaba el mundo —susurró Hanne mientras la luz se atenuaba—. Por medio de una sucesión de actos mezquinos y egoístas.

37. Noctámbula

Noctámbula se dijo que tenía que ir a comprobar qué tal estaba Rune, para asegurarse de que estuviera ileso tras el ataque de los rencores, pero la verdad era que simplemente quería verlo.

Era muy tarde, o muy temprano, dependiendo del punto de vista. Rune seguramente estaría durmiendo. Así debería ser. De todos modos, Noctámbula se posó en el balcón de su alcoba, escuchando el frufrú de las sábanas y las mantas, al compás de los giros y movimientos que él realizaba en la cama.

Entonces, un susurro, tanto en su mente como en el castillo: «¿Cómo hago esto?».

Rune tenía la pluma.

«No sé cómo puede creer alguien que está listo para gobernar».

Noctámbula se acercó a la puerta del balcón, pero se detuvo antes de alcanzarla.

«Ojalá estuvieras aquí conmigo».

Notó una punzada de anhelo en el pecho; decidió dejar de negar sus impulsos. Entró al salón a oscuras y esperó mientras, en la otra habitación, el aliento de Rune se entrecortaba y se le aceleraba el pulso. Se levantó de la cama y agarró un arma, moviéndose con sigilo.

Sin embargo, cuando apareció por el umbral y vio el contorno de la silueta de Noctámbula frente a la ventana, la tensión desapareció de sus hombros y dejó su espada en un estante.

—Justo estaba pensando en ti.

Tenía el pelo alborotado y apenas iba vestido con una camisola larga y unos pantalones holgados. Entre la penumbra, todo su ser resultaba perfecto. Cálido. Hospitalario.

Algún día, tal vez dentro de no mucho, Noctámbula se olvidaría de él. Rune en combate. Rune besándola. Y Rune de esa guisa, afable y con la guardia baja, mirándola igual que siempre: como si le costara creer que fuera real.

Una llamarada de añoranza prendió en el interior de Noctámbula, seguida rápidamente por un sentimiento de culpa. Rune había hecho un juramento. Ella lo había presenciado (en su mayor parte). Por el bien de Salvación, y por su propio sentido del honor, Rune tenía que proteger ese juramento... y al heredero que había sido prometido.

Aquello nunca le había molestado, que sus almas gemelas se casaran con otras personas por amor o por intereses políticos. Esta vez tampoco debería.

Pero le molestaba.

Detestaba no poder tener a Rune, y detestaba todavía más saber que algún día perdería el recuerdo de él, extirpado como ocurrió con los de sus anteriores almas gemelas. No quedaría nada, ni siquiera ese anhelo desesperado.

Se le escapó un suspiro trémulo.

—¿Noctámbula? —Rune se acercó—. ¿Medella?

—Tenía que verte. —Le costó mucho articular esas palabras.

—¿Ha ocurrido algo? —Dio otro paso hacia ella.

—Yo... —Noctámbula negó con la cabeza y se giró de nuevo hacia la puerta—. No debería haber venido. Perdóname.

—No, espera. —Rune cruzó la estancia con unas pocas zancadas. Cuando Noctámbula llegó hasta la puerta, la agarró de la mano. Un leve chispazo se transmitió entre ellos, como una descarga eléctrica—. No te vayas. Dime qué ocurre.

Con la otra mano le tocó el espinazo, justo por debajo de su espada enfundada. Un escalofrío se extendió por su piel a toda velocidad; se le erizaron las plumas cuando la sensación del roce de esa palma en la espalda se extendió en oleadas hasta las puntas de sus alas.

Otro recuerdo. Otro momento que le sería arrebatado cuando menos se lo esperase.

Otra sensación que ni siquiera sabría que debería echar en falta.

—Tengo que ir a Ivasland —susurró con voz ronca—. Mi deber...

—Lo sé. Pero siéntate un momento. Aquí.

La guio hasta un pequeño diván, cubierto de cojines de color azul marino con el emblema de los Highcrown bordado con hilo plateado.

Lentamente, Noctámbula se desabrochó la vaina y depositó a Bienhallada sobre una mesita auxiliar. Después se sentó donde le había indicado Rune, ajustando cuidadosamente sus alas mientras él se dirigía al aparador para servir dos vasos de agua. Cuando regresó, le entregó uno. Ella se lo bebió de un trago.

—¿Más?

Rune le ofreció el segundo vaso. Se lo bebió también. Luego le trajo la jarra entera, que ella no tardó en vaciar. Rune dejó los vasos y la jarra a un lado, después se sentó a su lado y se giró hacia ella.

—Se nota que estás disgustada. Dime por qué.

¿Por dónde debería empezar? El mundo se estaba desmoronando y ella era la encargada de salvarlo..., pero ella también se estaba desmoronando y no había nada que pudiera salvarla. El cielo nocturno de su memoria se estaba oscureciendo.

Le pesaban los ojos, los sentía muy llenos. Parpadeó para despejarse la vista, pero se mantuvo difuminada.

¿Le estaría fallando también la vista?

Unos dedos callosos le acariciaron el rostro.

—Estás llorando.

Noctámbula parpadeó de nuevo, pero no sirvió de mucho.

—He bebido demasiada agua. Estoy rebosando.

—Medella..., no es así como funciona. ¿Es que nunca habías llorado?

Se le escapó un sollozo sonoro y entrecortado.

—No lo recuerdo. No puedo...

Un dique se rompió en su interior. La inmensidad de su pérdida se expandió, arrollando todos los demás pensamientos, todas las demás sensaciones. Era un dolor por todas esas vidas que ya no podía recordar, por todo lo que iba a perder.

Incluso ese momento compartido con Rune —con sus brazos alrededor de los hombros, con el rostro presionado sobre su cabello, con el corazón retumbando junto a su mejilla— le sería arrebatado, desintegrado por la incisión que le provocaron hace cuatrocientos años.

Nada permanecía.

—No quiero olvidar. —Cerró los ojos con fuerza, como si pudiera atrapar las lágrimas en su interior, pero su rostro estaba bañado en ellas. Eran lágrimas calientes. Le palpitaba la cabeza a causa de la presión—. Hay una biblioteca en mi torre. En Ventisca. La mayor parte está destruida, pero... —lanzó un suspiro entrecortado— queda suficiente como para haber podido llevar a Aura para echar un vistazo. Y a los demás. Y a ti. Pero me olvidé de ella. De mi propio hogar.

Rune la estrechó con más fuerza.

—Hay que detener la incursión. Mi memoria es el problema menos importante, pero nos está causando tantos...

—No digas eso. —Rune deslizó las manos hacia sus hombros mientras se inclinaba hacia atrás para mirarla a los ojos—. Esos recuerdos son importantes. Y tú también.

—Yo soy el arma —masculló—. La guerrera. No puedo estar rota.

—También eres una mujer. —Rune le hincó las yemas de los dedos en la parte superior de los brazos—. Y eres algo más que tu capacidad para combatir rencores.

—Me crearon para...

—Eso no significa que no seas una persona. Intentas ocultar tus emociones, pero son auténticas. Tienes derecho a sentirlas. —Rune le soltó los hombros y le acunó el rostro entre las manos;

tenía las palmas frías en comparación con su piel ruborizada—. Crees que no lo entiendo, pero durante toda mi vida me han dicho lo mismo que a ti: no sientas demasiado. Sé fuerte. Recio. Estate preparado para luchar. Mis padres no querían que llorase la pérdida de mi hermano…, y tampoco me concedieron tiempo para llorarlos a ellos cuando me los arrebataron. Tenía que estar presente para el reino. Así que lo entiendo, al menos un poco.

—No es lo mismo.

—Ya lo sé —coincidió Rune—. Pero eso no cambia el hecho de que eres una persona con sentimientos.

Otro sollozo la estremeció, abrumada por una avalancha de lágrimas calientes. Rune la abrazó mientras ella se rendía ante ese torrente de tristeza. ¿Cómo podría seguir delante de ese modo?

Noctámbula presionó el rostro sobre su hombro, resollando, tratando de reprimir la tristeza. Pero todo lo que había mantenido encerrado en su interior se estaba escabullendo y la estaba arrastrando consigo. Era la marea del desaliento.

—No pasa nada —le murmuró Rune al oído—. Estoy a tu lado.

Así era. La abrazó con fuerza, sujetándola hasta que remitieron los temblores. Su rostro se enfrió. Ya no le pesaban tanto los ojos. Rune no aflojó su abrazo hasta que sus respiraciones se acompasaron.

—Gracias —susurró, apoyada en su camisa, que estaba empapada a causa del océano que había derramado.

Con suavidad, Rune le deslizó los dedos por el pelo y por la nuca. Fue una sensación agradable. Reconfortante.

—¿Ya te sientes mejor?

—Sí. Y no. Mis problemas siguen ahí. Pero ya no me siento tan desgraciada.

—Es lo que tiene llorar. —Rune soltó una risita.

Noctámbula permaneció mucho rato sin moverse, hasta que recuperó parte de su compostura.

—Aún tengo miedo de no estar a la altura —admitió en voz baja—. Salvación depende de mí. Y por mucho que quiera poner fin a esta batalla interminable..., no quiero que sea de esta forma.

—A lo mejor los guardeses podrían ayudarte.

Los númenes. Noctámbula experimentó otra maraña de emociones, pero ya no le quedaban fuerzas para abordarla.

—Los guardeses ya ralentizaron la amnesia. Tal vez, con más tiempo, podrían hallar un modo de frenarla por completo, pero...

—No te sobra el tiempo —suspiró Rune.

—Pondré fin a esta incursión. Regresaré a Ventisca. Dormir allí preserva mi mente, además de mi cuerpo. —Cerró los ojos—. Hasta entonces, seguiré generando recuerdos nuevos a cada instante. —Como ahora. El recuerdo de sentirse abrazada. Protegida. Querida—. Y me aferraré a cada uno de esos preciados recuerdos mientras pueda.

Notó una sensación cálida en la coronilla: Rune le había dado un beso.

—Conseguiremos el arma —dijo Rune—. Pronto. Te ayudaré en todo lo que pueda. Y cuando el puñal esté completado, cuando los ejércitos de Salvación se hayan reunido contigo junto al Portal del Alma, cuando hayas destruido al rey rencor, entonces regresarás a Ventisca. Y los mejores eruditos, sacerdotes y alquimistas de Salvación diseñarán un modo de sellar la incisión que hay en tu mente. No perderás nada más.

Noctámbula asintió ligeramente. Pudo visualizar su futuro: despertarse en Ventisca dentro de cientos de años, atenazada por el dolor del desconsuelo causado por la separación. Al saber que Rune estaría muerto.

Pero lo primero que recordaría sería este momento.

Cuando él prometió ayudarla.

Y ella lo creyó.

38. RUNE

—Viene alguien —susurró Noctámbula.

Rune se quedó quieto, deteniendo su mano a medio camino de su cabello alborotado por el viento.

—¿Cuánto tardará en llegar?

Noctámbula se giró, apoyando el rostro en el hombro de Rune una vez más.

—Dos minutos.

—Si aún faltan dos minutos para que llegue, ¿cómo sabes que viene hacia aquí?

—Es Aura —repuso ella, encogiéndose de hombros—. Huele muchísimo a café.

De modo que la criada convertida en bibliotecaria y después en espía llevaba toda la noche despierta. Una visita tan temprana solo podía significar que había descubierto algo... y que era urgente.

—Supongo que debería vestirme antes de que llegue.

Noctámbula no se movió.

—O podemos quedarnos muy callados y esperar que se vaya.

A Rune le gustaba bastante ese plan: los dos juntos, compartiendo un par de horas antes de que ella tuviera que partir hacia Ivasland.

Cuando Noctámbula llegó un rato antes, Rune pensó que estaba soñando. Pero parecía hecha polvo. Angustiada. Durante todo ese tiempo, se había mostrado muy estoica con la pérdida de sus recuerdos. Ojalá hubiera hablado de ello antes. Ojalá él le hubiera preguntado.

Debería haberlo hecho.

—No. —Noctámbula se incorporó lentamente. Parecía resignada—. Ninguno de los dos somos capaces de ignorar nuestras obligaciones.

«Ojalá pudiera», pensó Rune. Y no solo esa, sino todas. Al menos, durante un rato.

Se levantó, aquejando el dolor en la costilla. Y en la pierna. Y todas las demás magulladuras que aún no habían terminado de curarse.

—Tienes razón. Debería escuchar el informe de Aura.

Noctámbula se detuvo cuando iba a agarrar su espada.

—Aura se ha convertido en tu espía.

—Se ofreció voluntaria.

—En relación con...

—Hanne. Nadine. Han desaparecido. Es posible que las hayan raptado. Pero, conociendo a Hanne, también es posible que se haya ido a alguna parte con su prima sin informar a nadie.

Si Rune no acabara de presenciar el llanto de Noctámbula, seguramente habría pasado por alto el gesto de tristeza que esbozó al oír mencionar el nombre de Hanne. Solo duró un instante y Rune no supo discernir qué significaba.

—Iré a vestirme —dijo—. ¿Te encargas tú de la puerta?

Noctámbula endureció su expresión.

—Lo haré.

Rune se metió rápidamente en el dormitorio, se puso un uniforme negro y gris y se peinó con las manos. Cuando volvió a salir, Noctámbula acababa de hacer pasar a Aura al salón.

—Majestad. —Aura le dirigió una breve reverencia—. Siento presentarme a estas horas.

—No pasa nada. ¿Qué has descubierto? ¿Ha aparecido Hanne?

—Por desgracia, no —respondió ella—. Sin embargo, mis amigas me han informado de que las doncellas de la reina hablan del observatorio sin parar. Lady Lea ha acudido allí tres veces desde la desaparición de la reina Johanne. Todas están muy preocupadas sobre su paradero, pero decididas a finalizar el «proyecto del observatorio», según sus palabras.

Rune se quedó inmóvil. ¿El observatorio? ¿Un proyecto?

—Hace décadas que nadie utiliza el observatorio. —Recogió su espada del estante donde la dejó antes—. ¿Qué has averiguado sobre ese proyecto?

—Nada en firme, pero mis amigas creen que la reina está espiando a la gente de Brink, para mantener vigilados a sus enemigos.

Desde luego, eso parecía muy propio de ella.

—Hagamos una visita al observatorio. Descubriremos la verdad.

Rune salió por la puerta. Noctámbula, Aura y Rose, que estaba montando guardia en el pasillo, salieron tras él. A esas horas de la mañana, los pasillos estaban casi vacíos.

—Espero que tus camaradas y tú estéis siendo precavidas —le dijo Noctámbula a Aura—. Reunir información sobre una reina siempre es una tarea peligrosa, sin importar quién sea esa reina, ni las simpatías o antipatías que despierte.

—Tenemos cuidado. Todas entienden que se trata de un asunto delicado. Ninguna de mis amigas mantiene vínculos con lord Flight ni con lady Shadowhand.

—¿Qué me dices de lady Sabine? —preguntó Rune—. Es la maestra de espías de Hanne.

Aura negó con la cabeza.

—Es embriana y es obvio que trabaja para su majestad.

Finalmente, llegaron a la torre del observatorio.

—Yo iré primero. —Noctámbula sacó su espada y empezó a subir por las escaleras.

Rune agarró una esfera luminosa y la siguió. El trecho central de las escaleras estaba cubierto de rasguños, el polvo había sido dispersado por gente que había subido y bajado. Daba crédito a la idea de que Hanne y sus doncellas habían estado pasando una cantidad de tiempo ingente allí.

—Huele a malicia —anunció Noctámbula.

Ahora que lo mencionaba, Rune también notó un regusto en el fondo de la garganta, a amoniaco y descomposición, una mezcla maligna de empalago y muerte. Le provocó quemazón en la nariz y la garganta, y por un momento tuvo que apoyarse en la pared y respirar para que remitiera la mancha rojiza que se extendió por los bordes de su campo de visión.

—¿Majestad? —preguntó Rose por detrás de él.

Rune parpadeó, despejándose la vista, y reanudó la marcha.

—Estoy bien, Rose.

—Sí, señor.

Rune apretó los dientes, manteniendo la mirada fija en el frente.

En lo alto de las escaleras, entraron en fila a una habitación grande con unos ventanales que se extendían desde el suelo hasta el techo. Mesas, cajas y otros artículos de mobiliario copaban el espacio. Rune le hizo señas a Rose para que revisara las demás habitaciones. Ella se adelantó, con su puñal en ristre.

—No oigo a nadie —murmuró Noctámbula—. Unos cuantos bichos corriendo por las paredes, pero nada más.

Alguien, suponiendo que sobrevivieran a la incursión, tendría que solucionar ese problema de bichos que Noctámbula no dejaba de señalar.

Rose salió de la habitación inferior para informar:

—Una cama sin hacer, pilas de ropa sucia y una zona de aseo. Alguien estuvo viviendo aquí, pero no por mucho tiempo. Unas pocas semanas, a lo sumo.

—La reina Johanne le contó al Consejo de la Corona que estaba embarazada, pero puede que... —Aura miró a Rune con gesto culpable—. No debería haber sugerido eso.

Lo que quería decir era que Hanne podría haber escondido allí a otro hombre. Alguien que se pareciera bastante a Rune. Y ahora que había vuelto, las doncellas de Hanne sacaron al desconocido de la torre antes de que alguien lo descubriera.

—Es cierto que Hanne no fue muy honesta con el consejo en lo relativo a su condición —dijo Rune, pensativo—, pero lo que ha pasado aquí no ha tenido nada que ver con eso. La peste a malicia es abrumadora. Esto es otra cosa.

Noctámbula alzó la mirada, esos ojos oscuros se asomaron directamente a su alma.

—La reina Johanne mintió al consejo. Y a mí.

¿Hanne también le mintió a ella sobre su embarazo? Tal vez pensó que eso la induciría a rescatar a Rune de la Malicia.

En fin, ya le exigiría respuestas cuando la encontrara. Y estaba claro que ese lugar era una pista sobre su paradero.

—Antes de desaparecer, me preguntó qué opinaba sobre la malicia, si pensaba que podía utilizarse para hacer el bien. Seguro que estaba haciendo una referencia velada a este proyecto.

—¿Creéis que la reina Johanne y lady Nadine se fueron del Bastión del Honor para culminarlo? —preguntó Aura.

—Puede que las secuestraran debido a ello —repuso Rose—. Y debemos considerar la posibilidad de que los secuestradores de su majestad hayan tomado el control del proyecto. Me gustaría emprender un registro completo del castillo, el templo y la ciudad, por si acaso lo han trasladado a una ubicación diferente.

—Utiliza gatos y sabuesos —dijo Noctámbula—. Son sensibles al hedor de la malicia.

Rune asintió brevemente para concederle permiso.

—Haz que vigilen también los aposentos de la reina. Con secuestro o sin él, es posible que el equipo de Hanne concluyera el proyecto del observatorio. Vigila también a lady Shadowhand y lady Stareyes. Son leales a Hanne.

—Por supuesto —dijo Rose—. Me ocuparé de todo.

Agotado ya de la jornada, y eso que ni siquiera había amanecido, Rune se aproximó a la ventana más cercana y contempló su reino. Desde allí había una vista panorámica de Caberwill y a lo lejos se divisaba el Malfreno, que relucía sobre el cielo nocturno.

Atisbó un movimiento en el cristal que le hizo cambiar el foco de atención desde la vista exterior a un reflejo oscuro. Noctámbula se había situado detrás de él, con las alas desplegadas de par en par. Desde ese ángulo, parecía como si Rune también tuviera alas, negras e inmensas. Se quedó quieto, fascinado por esa imagen hasta que Noctámbula se movió.

—Debo partir a Ivasland de inmediato.

Para encontrar la segunda pieza del arma. Cierto. Para prevenir cualquier devastación adicional que Hanne hubiera provocado.

Mientras Noctámbula se dirigía hacia la escalera central, más pequeña, que conducía al tejado, Rune les hizo señas a Aura y a Rose para que esperasen. Después siguió a Noctámbula hasta el tejado.

Hacía frío ahí arriba, el viento soplaba con fuerza a su alrededor, pero Rune apenas reparó en ello mientras contemplaba la porción de cielo que se extendía en lo alto. Se irguió, con la cabeza inclinada hacia atrás, admirando el firmamento nocturno, donde la galaxia se había convertido en una espiral luminosa, en un vórtice giratorio. Había contemplado el cielo de Salvación un millar de veces, por supuesto, desde que era pequeño, pero tras ese rojo infinito de la Malicia, ¿cómo podía volver a subestimar una vista como aquella?

—Es hermoso. Lo sé. —Noctámbula se situó a su lado con las alas extendidas para amortiguar el viento—. Yo también me fijo siempre. Cada vez.

—¿Ha cambiado mucho?

Rune había visto mapas estelares con mil años de antigüedad. Faltaban estrellas importantes o aparecían representadas en posiciones diferentes. También incluían estrellas que ya no estaban en el cielo.

—Es diferente a como era antes. El cielo está en movimiento, igual que nosotros.

Se quedó mirando a Rune, siluetada por la luz de las estrellas y contorneada con destellos plateados. El viento cambió de dirección. Se le erizaron las plumas y un mechón de cabello oscuro se desplegó sobre su rostro.

—Quería darte las gracias —susurró—. Por lo de antes.

—Si alguien me pregunta, le diré que estabas rebosando por un exceso de agua.

Noctámbula sonrió ligeramente.

—Te necesitaba. Estuviste a mi lado. Me siento agradecida. —Se alejó—. Usa la pluma si necesitas hablar conmigo.

¿Usar la pluma? Pero antes de que Rune pudiera preguntar, Noctámbula estaba elevándose por el cielo, una silueta oscura sobre la brillante espiral que había en lo alto.

Entonces, mientras el frío comenzaba a penetrar a través de su ropa, Rune se agachó y se sacó la pluma de la bota. Relució bajo la luz de las estrellas, con destellos irisados ocultos en su negrura.

«Te oí», le dijo Noctámbula junto al Portal del Alma.

Y justo antes de que ella entrase en el salón, Rune había dicho que ojalá estuviera a su lado.

Soltó una risita nerviosa, incapaz de recordar si había dicho algo embarazoso mientras sostenía la pluma.

—Me parece que vas a desear que no supiera que puedes oírme por medio de esto.

Se acercó la parte plana de la pluma a los labios, sonrió, y luego la volvió a guardar en su bota.

Cuando volvió a girarse hacia las escaleras, su sonrisa desapareció. Era hora de abordar a esas doncellas para averiguar qué sabían sobre el proyecto del observatorio... y sobre las maquinaciones de Hanne.

*

—¿Está seguro de que esto es buena idea, majestad? —preguntó Rose.

Rune y Rose se encontraban junto a los aposentos de la reina, esperando a que alguien acudiera a abrir la puerta.

—Dudar de mi instinto no servirá de nada —repuso Rune.

Además, ya habían llamado.

Se oyeron pasos al otro lado, unas órdenes murmuradas que Rune no consiguió descifrar, hasta que, finalmente, una de las doncellas de Hanne abrió la puerta. Era una muchacha menuda y morena, que puso cara de sorpresa.

—¡Majestad! ¡Pero si apenas ha amanecido! —Cerró la boca de golpe. Daba igual a qué hora llamara el rey a tu puerta.

—Buenos días, lady… —Rune se la jugó para ver si acertaba cuál de ellas era— Cecelia.

La muchacha le dirigió una reverencia, después se hizo a un lado para dejarle pasar.

—¿Tenemos noticias de Hanne?

Rune le hizo señas a Rose para que se quedara en el pasillo antes de seguir a lady Cecelia hasta el salón, donde Lea y Maris le hicieron una reverencia desde ambos lados de un tablero de gambito de mora. Lady Sabine hizo amago de levantarse de su asiento situado junto a la ventana, como si le costara; a todas luces, una pantomima. Aun así, Rune le hizo señas para que permaneciera sentada, y así lo hizo la mujer, que retomó su labor de ganchillo.

Era obvio que estuvieron conversando entre ellas antes de su llegada y que se habían apresurado a disimularlo ahora que estaba allí.

—No me andaré con rodeos —dijo Rune—. Aún no he descubierto la ubicación de la reina Johanne, pero creo que vosotras ya sabéis dónde está. Por vuestro bien, y por el suyo, quiero que me lo contéis todo inmediatamente.

Lea soltó un resuello, pero nadie más dijo una palabra.

Rune se mantuvo firme, esbozando un gesto de fastidio mientras las observaba por turnos.

Cecelia cambió de postura, delatando sus nervios. Y en el otro extremo de la estancia, lady Sabine, al parecer, había terminado de hacer algún cálculo personal. Abandonó sus tejidos y se acercó a Rune.

—Creemos que Rupert Flight y Charity Wintersoft están detrás de la desaparición de su majestad.

Eso no era del todo inesperado, pero secuestrar a una reina suponía una afrenta muy grave. ¿De verdad se arriesgarían a hacer algo así? El proyecto del observatorio debía de suponer una amenaza directa para ellos.

—Continúa —dijo Rune.

Ladine Sabine achicó los ojos.

—Como sabéis, los exconsejeros intentaron un derrocamiento legal durante vuestra ausencia. La reina Johanne lo frenó. Sin embargo, la duquesa Wintersoft y el conde Flight son bastante… —sonrió, enseñando los dientes— persistentes. Creo que vieron otra oportunidad para hacerle daño a Hanne.

—¿Secuestrándola? ¿Qué pueden ganar al llevársela, ahora que he regresado?

El plan de colocar a una princesa en el trono solo resultó factible durante su ausencia. A no ser que, tal vez, planearan asesinarlo.

—Es probable que el complot estuviera en marcha mucho antes de vuestro regreso, señor —dijo lady Sabine—. Al fin y al cabo, se la llevaron pocas horas después de vuestra llegada al Bastión del Honor.

Rune asintió lentamente. Eso hacía que un complot para asesinarlo fuera menos probable, pero no imposible. Teniendo en cuenta que su regreso había interrumpido el derrocamiento y que enseguida los expulsó del Consejo de la Corona… Era preciso mantener vigilados a esos dos.

—¿Y dónde está Hanne? —Rune se apoyó las manos detrás de la espalda, obligándose a mantener una pose erguida. No resultaba tan intimidante como su padre, pero era alto y robusto, así que decidió utilizarlo en su provecho.

—En Embria. Pero no sé en qué lugar exacto. Mis… —Lady Sabine frunció los labios brevemente— mis contactos se han quedado mudos.

Rune sintió un escalofrío.

—Todos los campesinos de Embria se han rebelado contra Hanne —añadió Lea—. Y contra toda la familia Fortuin.

Rune se había puesto al día con las actas del consejo, que enumeraban todos esos problemas: Sol de Argento (algo que ya conocía de antes), un turba enfurecida que marchó sobre Solcast, algo sobre unas cabezas de ganado.

—Estaban pidiendo su cabeza —dijo Maris—. Los campesinos llevan semanas intentando asesinar a Hanne. Y ahora tendrán su oportunidad.

Una de las doncellas profirió un gemido lastimero.

La posibilidad de que Hanne estuviera muerta le causó a Rune un impacto mayor de lo que esperaba. No la amaba. Ni siquiera se fiaba de ella. Pero no podía evitar preocuparse por su consorte.

—Los rebeldes no le mostrarán ninguna compasión —confirmó Sabine con un tono adusto—. Los embrianos no hacen así las cosas. No, majestad, la destruirán. La ley de la jungla no es justa ni nada que se le parezca.

—La necesito con vida.

No solo por interés propio, sino por el de toda Salvación. Si Embria había tomado decisiones parecidas a las de Caberwill, entonces solo unas pocas personas conocerían la ubicación del altar de invocación: Hanne o sus padres, y ella, a pesar de sus muchos defectos, tenía algo parecido a una conciencia.

Al parecer, sus sospechas iniciales eran infundadas: aquello no tenía nada que ver con el proyecto del observatorio. Ese problema quedaba relegado para otro momento. Porque si Hanne no estaba muerta aún, pronto lo estaría.

Rune se dio la vuelta y salió de la habitación.

—¿Majestad? —preguntó Lea.

Rune se detuvo, con una mano apoyada en la puerta.

—Quedáis confinadas en vuestros aposentos. Os traerán aquí las comidas. Habrá guardias apostados fuera.

—¿Qué pasa con Hanne? —preguntó Lea.

Rune apretó los dientes.

—La traeré de vuelta.

*

Al cabo de una hora, Rune había redactado una nota para los rebeldes embrianos y la envió por medio de una paloma. Echo, su secretaria, se había ido corriendo al aviario a buscarla, y mientras esperaba a que regresara, Rune se inclinó sobre su escritorio (el de su padre) y apoyó la frente sobre la fría superficie de madera.

—Tengo soldados listos para arrestar a Flight y a Wintersoft cuando deis la orden, señor. —Rose se encontraba en el umbral, atenta para avisarlo si se aproximaba alguien.

—Bien. En cuanto tengamos pruebas suficientes, quiero que los encierren en la mazmorra. —Suspiró—. Pensar que puedan ser tan osados como para secuestrar a una reina. Y para aliarse con rebeldes embrianos.

—¿Creéis que atenderán a razones? Los embrianos, quiero decir.

—Es posible. —Su voz quedó amortiguada por la superficie de la mesa. Giró la cabeza—. Pero ¿cuáles son esas razones? Han abusado de ellos durante mucho tiempo y ahora descubren que sus gobernantes no solo infringieron los Acuerdos de Ventisca, sino que mataron indirectamente a su propia gente de una de las formas más terribles que se puedan imaginar. Súmale a eso las demás atrocidades, la desigualdad...

Rose frunció el ceño.

—Entonces, ¿creéis que esto no va a funcionar?

—Creo que primero debo probar con la vía diplomática. Les he recordado la alianza, la incursión. Les he implorado que piensen en Salvación. Les he rogado que me devuelvan a mi reina y que dirijan su lucha hacia el Portal del Alma. Si supiéramos quién lidera la rebelión, quizá podríamos anticipar su reacción hasta cierto punto. Pero los informes son contradictorios.

Rune volvió a enderezarse. La perspectiva de éxito parecía muy desalentadora. Embria, sumida en una guerra civil incipiente, no era la opción más fiable para enviar guerreros a la Malicia. En cuanto a Ivasland, si la limitada información era correcta, había cesado toda su productividad; los trabajadores estaban en huelga, mientras los eruditos redactaban montañas de diatribas contra la corona, y el ejército —lo que quedaba de él— se había fracturado en diversas facciones.

Rune suspiró y miró de reojo hacia la pluma, que estaba apoyada en el borde del escritorio, oscura y reluciente. Acarició las barbas, teniendo cuidado con el borde afilado.

—Espero que tú estés teniendo más suerte que yo.

39. Noctámbula

Ivasland no era como Noctámbula lo recordaba.

Para empezar, había estrellas en todas las ventanas, confeccionadas con varitas luminosas. Además, los campos y los pueblos estaban desiertos, la universidad estaba vacía y las calles de Athelney estaban abarrotadas de gente que entonaba unos cánticos frente a la residencia real.

—¡Ivasland necesita respuestas! —exclamaban al unísono.

—¡Medicina sí, malicia no! —gritaba otro grupo.

Algunos llevaban pancartas, pero la mayoría portaban varas de luz que estaban amarradas entre sí con forma de estrella, igual que las ventanas. Las luces despedían un brillo ominoso desde lo alto, incluso durante el día.

—¡No más máquinas de malicia!

Qué cambio tan agradable. No todo el mundo estaba dispuesto a destruir el mundo por sus guerras.

Pero mientras pensaba eso, Noctámbula divisó a un grupo más pequeño de contramanifestantes, que entonaban cánticos como «¡Viva el ingenio de Ivasland!» y exigían la victoria sobre sus enemigos a cualquier precio.

—¿A quién benefician los Acuerdos de Ventisca? —exclamó una joven.

—¡A ellos!

—¿A quién oprimen los Acuerdos de Ventisca? —preguntó.

—¡A nosotros!

Las protestas se extendían por todas las calles de Athelney, concentradas sobre el hogar de los monarcas. Los guardias que normalmente organizaban a la gente en grupos antes de visitar a los reyes estaban ausentes. O bien se habían unido a los movimientos, o bien los habrían arrollado las inmensas multitudes. Parecía que todos los habitantes de Ivasland estaban allí; el clamor de su furia era increíble, incluso desde las alturas.

No había tiempo para esperar a que los manifestantes se dispersaran por su cuenta, así que Noctámbula descendió, cayendo en picado desde el cielo sin florituras hasta aterrizar en el patio situado frente a la residencia real. De inmediato, la gente comenzó a desperdigarse.

—¡Huid!

—¡Es Noctámbula!

—¡Ha venido a castigarnos por infringir los Acuerdos de Ventisca!

Noctámbula se sacudió el polvo de las alas y las plegó sobre su espalda, mientras observaba a la gente que huía. Todavía le afectaba verlos correr así, sin molestarse en disimular su terror. Pero se irguió y avanzó hacia la residencia real. Y cuando la gente se dio cuenta de que no estaba allí para matarlos indiscriminadamente, la observaron con fascinación.

—¡Ha venido a por la reina! —exclamó alguien y la idea se extendió entre la multitud—. Nosotros no rompimos los Acuerdos de Ventisca. Fue la reina Abagail.

—¿Deberíamos detenerla?

—¿Y proteger a la reina? No. Ella tomó esa decisión.

Noctámbula llegó a las dobles puertas, cerradas a cal y canto desde el otro lado. Agarró los picaportes, arrancó las puertas de sus goznes, entre los chirridos del metal y el crujir de la madera, y las arrojó hacia otro lado. El crujido de las puertas al impactar contra el suelo provocó nuevos gritos y alaridos, y cuando entró al edificio, nadie salió tras ella. La gente se agolpó junto a las puertas destrozadas, observando.

Aunque era más de mediodía y la luz del sol se proyectaba sobre la ciudad a través del filtro de las nubes, el interior de la residencia estaba oscuro. Los ojos de Noctámbula se acostumbraron enseguida a la penumbra, así que no tuvo problemas para divisar a la reina de Ivasland emergiendo de una puerta.

La reina Abagail Athelney tenía una constitución más pequeña que Noctámbula e iba ataviada con una túnica azul y pantalones, con un pequeño broche dorado a la altura del pecho. No obstante, lucía una pose erguida y orgullosa, y llevaba el pelo meticulosamente cepillado y trenzado. Unas sombras bajo sus ojos delataban varias noches en vela.

—Lady Noctámbula. —Aunque la reina Abagail adoptó una voz firme, no dejó de asomarse por detrás de ella, hacia la muchedumbre que observaba la escena desde la entrada—. Eres muy generosa al separarte del lado de los Highcrown para venir a visitarme.

—Vos habéis estado ocupada con vuestra máquina de malicia. Y yo he estado ocupada limpiando vuestro estropicio.

La reina tensó la mandíbula.

—Entonces, ¿has venido a matarme?

Se oyeron unos gritos ahogados procedentes de la entrada.

—No —repuso Noctámbula—. Solicito acceso a vuestro altar de invocación.

—No sé para qué lo necesitas. Ya estás aquí.

—Eso no os concierne. Pero, por el bien de Salvación y de vuestro pueblo, conducidme hasta él ahora mismo.

—Mi pueblo. —La reina Abagail frunció los labios mientras les daba la espalda a la puerta y a sus súbditos que estaban congregados allí. Se quedó contemplando los tronos vacíos.

Noctámbula achicó los ojos. No había guardias, ni secretarios, ni nadie más. El resto del edificio estaba en silencio. No se oían los pasos de las criadas. Ni el trajín de los escribas con sus documentos. Ni siquiera un sacerdote.

Allí solo estaba la reina.

Ni rastro del rey.

Noctámbula suavizó el tono:

—Necesito el altar. Llevadme hasta él y os dejaré que sigáis con vuestros asuntos.

La reina Abagail echó un vistazo por encima de su hombro.

—Protégeme y te llevaré hasta el altar.

—No soy vuestra guardaespaldas —replicó Noctámbula—. Debéis responder ante vuestro pueblo como hacen todos los monarcas, tarde o temprano.

—Todo lo que hice fue por el bien de Ivasland. —A la reina le temblaba la voz—. Caberwill y Embria nos han tenido sometidos bajo su yugo durante décadas. No tenemos agua. Mi gente se muere de hambre. Y pensé que... —Abagail lanzó un suspiro largo y trémulo—. Pensé que, si nuestros enemigos descubrían nuestro verdadero poderío, podríamos librarnos de ellos.

—Infringisteis los Acuerdos de Ventisca.

—Lo hice por mi gente —insistió la reina—. Todo fue por ellos.

—¡Mandó ejecutar a los malicistas! —gritó alguien desde la puerta—. Todo el mundo lo sabe.

Se alzaron varias voces para mostrarse de acuerdo, pero nadie cruzó el umbral. Tal vez seguían esperando para comprobar si Noctámbula remataba la labor por ellos. Ella suspiró y devolvió su atención sobre la reina.

—He venido a buscar el altar, no a haceros daño. En cuanto a vuestro pueblo, tenéis que demostrar que aún sois digna de la corona. No puedo hacer eso por vos. Aunque... —Noctámbula se giró hacia la entrada— os aconsejo que no le hagáis daño a la reina. La violencia no hace más que alimentar la malicia. Y la incursión ya está en marcha.

—Debemos ser mejores que ella —dijo una joven—. Puede que la reina esté dispuesta a ayudar a que la malicia se asiente en Ivasland, pero yo no.

—Y yo tampoco —coincidió un hombre.

—Tiene muchas cosas por las que responder —añadió alguien más—. Sus actos no pueden quedar impunes.

—Un juicio —sugirió la primera mujer—. Y una votación para determinar si permanece en su puesto o si alguien más se queda el trono.

La reina Abagail se puso lívida.

—Lo que le hicisteis a Baldric…

—¡Fue lo que se merecía! —gritó alguien desde el fondo. Sostuvieron en alto una de esas estrellas—. Ordenó al ejército que nos atacara.

Noctámbula alzó una mano mientras alternaba la mirada entre la reina y sus súbditos enfurecidos.

—No he venido aquí en calidad de mediadora. Resolved este asunto más tarde. —Endureció el tono, alzando la voz para que todos la oyeran—. El Malfreno se está debilitando a causa de la presión que recibe desde el interior. Debo poner fin a esta incursión cuanto antes. Ayudadme. O, si no, dejad de entorpecerme.

Desde la entrada, varias personas miraron hacia el Malfreno, que relucía sobre el cielo vespertino.

—A mí me parece robusto —dijo un hombre.

—El Malfreno lleva en pie cientos de años —añadió alguien más—. Y seguirá resistiendo.

Noctámbula apretó los dientes.

—Reina Abagail, llevadme al alt…

Pero antes de que pudiera hacer su solicitud final, un leve zumbido se extendió por los huesos de Noctámbula; una oleada de malestar le revolvió el estómago.

El cielo se oscureció por completo.

Noctámbula se dirigió hacia la puerta. Los manifestantes retrocedieron. Poco a poco, bajaron sus estrellas de luz química y miraron hacia arriba.

—¿Qué está pasando? —preguntó alguien—. Me encuentro mal.

A Noctámbula se le entrecortó el aliento cuando llegó al exterior para ver mejor, para otear el cielo en busca del sol. Pero un ocaso antinatural se adueñó del terreno, provocando que los bichos se pusieran a cantar y que los murciélagos salieran en desbandada.

—Algo no va bien. —La reina Abagail, que al parecer había olvidado el temor a ser asesinada, se acercó a la puerta para situarse a su lado—. Aún es por la tarde.

—Es la incursión —susurró Noctámbula—. Llevadme hasta el altar antes de que sea demasiado tarde.

Pero ya era tarde. Por detrás de los manifestantes que habían bajado sus luces, por detrás de los edificios maltrechos, más allá de las arboledas dispersas y las apacibles colinas, un fulgor verdoso y siniestro se desplegó por el cielo.

La luz se proyectó sobre el centro de Salvación, impactando contra el Malfreno con una fuerza explosiva capaz de pulverizar una montaña.

Segundos después, una terrible cacofonía —metal al retorcerse, como el chillido de una estrella, como una fisura en el terreno— se extendió por la ciudad. La gente se cubrió la cabeza, tratando de protegerse los oídos, pero el ruido era ensordecedor. Se encogieron sobre sí mismos, pidiendo ayuda a gritos mientras un temblor se extendía por el terreno, zarandeando edificios y derribando a la gente. La multitud chilló, mientras la reina Abagail se aferraba al marco de la puerta, con los nudillos blanqueados sobre la madera oscura.

Noctámbula se mantuvo firme, con un equilibrio mejor que el de la mayoría, y contempló la luz verde que consumía al Malfreno con un terror creciente. Sabía lo que era esa luz. La había visto muchas veces, había batallado contra ella en cada despertar.

Era malicia. Recubría el Malfreno como si fuera aceite.

—¿Qué es eso? —La reina Abagail se llevó las manos al pecho—. ¿Qué está pasando?

No hizo falta que Noctámbula respondiera. La reina solo lo preguntaba porque eso era lo que hacían los mortales cuando algo resultaba demasiado horrible como para ser cierto.

Lenta y agónicamente, la luz verde se disipó, dejando a su paso nada más que oscuridad.

El mundo se quedó en silencio, conteniendo el aliento. Los pájaros dejaron de cantar, los insectos se callaron. Una noche antinatural se desplegó sobre Salvación. Hasta las varitas de luz se apagaron. Athelney se quedó muda y a oscuras.

—¿Dónde está? —susurró alguien.

—¿El qué?

Era difícil discernir qué era lo que faltaba.

—El Malfreno. —La voz de Noctámbula reverberó por el patio—. Ha caído.

40. HANNE

Una carcajada siniestra reverberó por el fondo de su mente. «¿Qué pasa? —Hanne insufló un tono ácido a sus pensamientos, como si pudiera desintegrarlo con ellos—. ¿Por qué estás tan contento?».

Al otro lado de la celda, Nadine se quedó quieta mientras encendía las luces.

—¿Has notado eso? Parece... electricidad estática. —Se frotó los brazos—. Algo ha cambiado.

Tenía razón. El ambiente estaba cargado. Hanne notó un regusto amargo en la lengua. Se levantó, los jirones sucios de su vestido de seda se arrastraron por el suelo.

—¿Qué crees que...?

Una imagen se proyectó en su mente.

Hanne se encontraba en los parapetos de un castillo imponente, unos huesos crujían bajo sus pies. A su alrededor, el aire era rojo, denso y sanguinolento. Unas nubes se deslizaban por el cielo y, allí donde se separaban, atisbó una rojez se extendía hasta el infinito. No tenía final.

Parecía la Fracción Oscura. Pero a lo lejos había unas torres. Torres de confección humana.

Estaban difuminadas desde ese ángulo, pero Hanne llevaba toda la vida viendo esas torres de vigilancia. Las había examinado con más detenimiento durante las últimas semanas, cuando recibió órdenes para enviar los dispositivos de malicia allí y destruir el Malfreno.

Sabía que debería sentir pánico, pero sus corazones —¿en plural?— latían a un ritmo constante en su pecho, y su respiración permaneció inalterada. Por su parte, su boca se desplegó hasta formar una sonrisa amplia, más ancha de lo que debería haber sido posible.

Solo cuando una garra pasó por delante de su campo visual, Hanne se dio cuenta de que no estaba viendo a través de sus propios ojos. Carne blanca como un hueso, garras amarillentas y el atisbo de unas inmensas alas de murciélago en la periferia de su visión: estaba viendo a través de los ojos de Daghath Mal.

¿Cómo?

Pero lo más importante era lo que estaba mirando: estaba proyectando la mirada a través de la Malicia, hacia los confines donde debería alzarse una barrera blanca y azulada. Ahora no había nada, solo un cielo rojo que ejercía presión hacia el exterior. Dentro de poco, Daghath Mal podría llegar hasta allí. Podría abandonar su prisión.

Pronto.

La visión se disipó.

Hanne volvió en sí, le palpitaba la cabeza.

—El proyecto del observatorio. Ha funcionado.

—¿Qué? —Nadine le tocó el brazo.

—El Malfreno ha caído.

Nadine palideció, abrió la boca, horrorizada.

—No. ¿Cuánto tiempo hemos pasado aquí? El equinoccio…

—Es ahora. Hoy. —Hanne se tambaleó mientras se le nublaba la vista—. Pero se suponía que debía haber ejércitos posicionados. Se suponía que íbamos a matar rencores. Se suponía que el Malfreno iba a restaurarse.

Pero no estaba pasando nada de eso. Nada estaba saliendo según el plan.

«*Primero la noche* —susurró Daghath Mal—. *Y luego, cuando la esencia de mi mundo se introduzca a la fuerza en el tuyo, seré libre*».

Hanne sintió náuseas mientras se dejaba caer sobre el banco y hundía el rostro entre sus manos.

—Lo siento —dijo con voz ronca—. Lo siento mucho.

Había condenado el mundo.

«Gracias, mi hermosa reina. No podría haberlo hecho sin ti».

41. Noctámbula

Mientras los manifestantes seguían debatiendo si el Malfreno iba a regresar o no, Noctámbula agarró del brazo a la reina Abagail y la condujo a rastras hacia la sala de audiencias.

—Necesito el altar de invocación —le espetó—. Y lo necesito ya.

La reina se zafó de ella.

—¿Cómo te atreves a tocarme? —Estaba temblando, tenía los ojos desorbitados a causa del miedo—. ¿Qué le has hecho al Malfreno?

—Yo no he hecho nada. Estaba aquí con vos. Ha sido la malicia.

—¿Cuándo se restaurará? —preguntó la reina con un hilo de voz—. Antes, cuando titilaba, solo se desactivaba un instante.

Noctámbula volvió a mirar a través de la puerta destrozada. El cielo seguía oscurecido. El Malfreno no había regresado. Tampoco el sol.

—No lo sé.

Los guardeses solían restaurar la barrera lo más rápido posible. Seguramente estarían en sus torres en ese momento.

—El altar de invocación. Vuestro reino depende de ello.

La reina Abagail estaba muy nerviosa, pero la amenaza sobre su reino caló en ella.

—Está bien. Por aquí.

Noctámbula se adentró con la reina en la residencia real, subieron por un tramo de escaleras y llegaron hasta una habitación grande situada al fondo del edificio. Había cajas distribuidas junto a las paredes y muebles voluminosos tapados con sábanas. Todo estaba cubierto de polvo.

Era otra sala de almacenamiento.

Pero el altar estaba allí, su silueta resultaba obvia bajo una sábana gris. Cuando Noctámbula avanzó a través de aquel revoltijo de objetos —con las alas recogidas para no destruir nada a su paso—, detectó manchas en el polvo, huellas e incluso los residuos resecos que marcaban el lugar donde había estornudado alguien. Alguien había levantado la sábana para contemplar el altar, luego volvió a dejarla caer sobre el polvo.

—Ibais a invocarme. —Noctámbula giró la cabeza hacia la puerta para mirar a la reina, que esbozó un gesto de incertidumbre.

—No. —La reina modificó su postura—. Baldric lo mencionó en una ocasión. Opinaba que debíamos invocarte para destruir los malsitios, pero yo lo persuadí para probar primero a mi manera.

—Con las máquinas.

La reina Abagail asintió.

—Le recordé lo ocurrido durante el Amanecer Rojo y el castigo por invocarte cuando no hubiera una incursión. Baldric pensaba que los malsitios habrían sido garantía suficiente para justificar tu llegada. Pero ninguno de los dos podíamos ignorar el Amanecer Rojo. No podíamos correr el riesgo.

Noctámbula retiró la sábana del altar, revelando la misma piedra picada que en Caberwill, con la misma figura en el frente.

No lo abrió aún. En vez de eso, oteó la estancia en busca de salidas, pero aparte de la puerta por la que entraron, solo había una pequeña ventana. No era lo bastante grande como para que pudiera atravesarla, a no ser que quisiera llevarse la pared entera por delante.

—El rey Rune enviará a su ejército al Portal del Alma. —Noctámbula se irguió y le lanzó una mirada penetrante a la joven reina—. Con el Malfreno caído, los rencores se desperdigarán por el territorio. Tendréis que estar listos para luchar. Para defender a vuestro pueblo. Llevadlos a cualquier ubicación segura de la que dispongáis.

La reina Abagail negó con la cabeza.

—No hay ninguna…

—Ivasland siempre ha podido proteger a su gente de las incursiones. No seáis la primera que fracasa en el intento.

Un gesto desafiante endureció el rostro de la reina.

—Nada me gustaría más que proteger a…

—Entonces, hacedlo. Al sur de Athelney encontraréis una serie de cavernas. Es una red inmensa que antaño estaba repleta de reservas de comida, agua y armas. Las paredes, los suelos y el techo contienen trocitos diminutos de obsidiana.

La reina soltó un resuello.

—¿Ivasland se encuentra asentado sobre un filón de obsidiana?

—Sí. Ese lugar es vuestro mayor secreto, pero vuestros ancestros nunca lo explotaron, ni siquiera durante los tiempos más difíciles, puesto que se trata del lugar más seguro al que pueden acudir los ivaslandeños durante una incursión. La obsidiana del suelo no os inmunizará contra los rencores en caso de un ataque directo, pero evitará que la malicia os afecte como lo hará en cualquier otra parte.

Un lapso de silencio. Y después:

—Está bien. Enviaré a la gente allí. Y el rey Rune…, ¿va a acudir al Portal del Alma?

Noctámbula asintió.

—Tendré que recuperar el control de mi ejército.

—Necesitaremos a todo aquel que esté en condiciones de luchar —dijo Noctámbula—. Sin el Malfreno para blindar Salvación, esta batalla no será como ninguna otra.

—¿Crees que seguirá caído mucho tiempo?

—Es posible.

—Es difícil pensar en combatir al lado de caberwilianos y embrianos —dijo la reina Abagail—. ¿Cómo puedo pedirles a mis súbditos que hagan eso? Ya están muy enfadados…

—No puedo deciros cómo ser una reina que se gane el cariño de su pueblo. Tendréis que descubrirlo por vuestra cuenta.

—Pero algo tendrás que saber. Has visto a muchos gobernantes.

Noctámbula sintió una presión en el pecho; se obligó a responder a pesar de todo.

—Hace siglos, los tres reinos aparcaron sus diferencias para adiestrar caballeros del alba, para enviarlos juntos a la batalla. Cuando una incursión era inminente, solo había una guerra que importara. Eso es lo que vos y vuestra gente debéis recordar. —Noctámbula volvió a girarse hacia el altar—. Deberíais marcharos. Esto no va a ser agradable.

La reina Abagail frunció el ceño, pero se fue. Noctámbula le concedió unos minutos, aguzando el oído mientras la reina se plantaba ante los manifestantes que había en el exterior para anunciarles que estaba colaborando con Noctámbula por el bien de toda Salvación —y de Ivasland en particular— y les pedía que mantuvieran la calma y recogieran sus pertenencias.

Cuando se oyeron las esperadas réplicas, cuando Abagail Athelney pidió que hubiera orden, Noctámbula apoyó las manos en el altar de invocación. Proyectó una descarga de energía y, al igual que la otra vez, el altar se abrió para revelar una porción de oscuridad. Noctámbula introdujo una mano y buscó a tientas hasta que sus dedos se cerraron sobre una pieza curvada de metal forjado. La cruceta.

Se la guardó en el bolsillo, después salió rápidamente de la habitación, impulsándose con las alas mientras volaba a través de la puerta.

Los rencores estaban cerca. Pudo percibir las disrupciones que causaron en el aire, percibió el hedor nauseabundo de su malicia.

Noctámbula dobló una esquina a toda velocidad, sus alas dejaron mella en la madera. Al fondo del pasillo había una puerta entreabierta. Fue rauda hacia ella, la abrió del todo y empuñó su espada.

Soltó una estocada, sin apenas pararse a pensar en lo que estaba haciendo, y Bienhallada dejó un tajo sobre la carne grisácea de un rencor.

La bestia chilló y trató de asestarle un zarpazo a Noctámbula. Ella giró sobre sí misma, desplegando sus alas. El rencor sangró por los cortes que le produjo con las plumas. Después se desplomó.

Otro monstruo acechaba entre las sombras, con los ojos entornados y los dientes goteando sangre. Se abalanzó sobre ella, con las garras en alto y las fauces abiertas de par en par.

Un destello luminoso atravesó la estancia mientras Noctámbula trazaba un amplio arco con Bienhallada. El filo rebanó el pescuezo de la bestia. Una sangre negruzca se desplegó por el suelo, siseando en los lugares donde corroyó la alfombra.

—¿Qué andas buscando? —exclamó otro rencor—. ¿Qué estás haciendo?

Noctámbula también mató a ese.

Pero el trío no había acudido solo. Cuando se abrió camino hasta el exterior, abriendo de par en par la puerta del balcón, divisó a tres rencores alados más. Bajaron en picado desde el cielo, chillando mientras se abalanzaban sobre los ivaslandeños.

Resonaron gritos por todo el patio. Luego se oyó un estrépito metálico cuando la gente empleó las armas que tenían reservadas para la reina Abagail contra los rencores.

Noctámbula salió en tromba de la residencia real y atravesó con su espada al primer rencor que vio. Antes de que pudiera contraatacar, le insufló una descarga de poder numinoso. Luego pasó al siguiente.

Y al siguiente.

Y al siguiente.

El suelo quedó cubierto de sangre —humana y de los rencores— cuando Noctámbula terminó de matar a todas las bestias. Había gente sollozando, mientras otros retiraban los cadáveres.

—Este no será el último ataque —anunció, propagando su voz por esa noche artificial—. Vendrán más.

—¿Qué hacemos? —preguntó un hombre al que le estaban vendando el brazo—. ¿Cuándo se reactivará el Malfreno?

—Ojalá pudiera responderte. —Noctámbula alzó la mirada hacia la oscuridad siniestra que se extendía por el norte. Había pasado casi una hora desde que cayó el Malfreno; ¿qué podría estar demorando a los guardeses?—. Comprendo que estáis en mitad de una revuelta. Sin embargo, es preciso contar con un liderazgo en este momento. La reina Abagail ha accedido a ayudarme a poner fin a esta incursión. Si queréis luchar por vuestro hogar y vuestro futuro, os animo a que os suméis a ella.

La reina Abagail dio un paso al frente.

—He escuchado vuestras protestas. Y se harán cambios. Pero primero, debemos luchar. —Se giró hacia Noctámbula—. Aquellos que estén dispuestos se reunirán contigo junto al Portal del Alma. Nuestras máquinas, nuestras tácticas, nuestros guerreros: todos se pondrán a tu servicio, lady Noctámbula.

—Bien.

Con gesto sombrío, Noctámbula limpió la sangre de rencor que cubría su espada y la envainó. Después se elevó por los aires, impulsándose con las alas a través de la oscuridad mientras volaba en dirección a Ventisca para esconder la cruceta.

Y aunque miró de reojo hacia el centro de Salvación más de una vez, el Malfreno permaneció a oscuras.

42. RUNE

Rune no podía creer que todo estuviera tan oscuro. La mañana llegó y se marchó, pero el sol no llegó a salir. El Malfreno había desaparecido. Estaba caído. Destruido. Nadie hablaba de otra cosa. Ya tenía una pila de informes sobre su escritorio. Cancilleres, nobles y generales llevaban toda la mañana entrando y saliendo de su despacho, preguntando qué debían hacer, solicitando suministros y rescates, y transmitiéndole las últimas noticias llegadas por medio de las palomas que abarrotaban el aviario.

Pasaba lo mismo en todas partes. La gente estaba aterrorizada. Los malsitios habían emergido del suelo como si fueran ampollas. Otros habían explotado en el cielo, formando acumulaciones de gas verde oscuro o cambiando la fauna silvestre. Un informe describía un cruce entre un halcón y una avispa. Otro decía que se había formado un dragón a partir de árboles, osos y fuego. En el norte, había lagos ardiendo. Y otras misivas afirmaban que el bosque de Sendahonda había desaparecido en su totalidad, eliminado por completo del mapa de Caberwill.

Había un millar de afirmaciones sin verificar, pero todas le parecieron plausibles. Había recorrido la Malicia. Había visto lo que podía ocurrir allí.

Y ahora iba a suceder aquí. En su hogar.

Se apartó del escritorio y de las montañas de papeles. Era por la tarde, pero la ventana estaba oscura. Se asomó a pesar de todo, esperando divisar el borde del Malfreno, que debería resultar visible desde allí.

No estaba.

Rune percibió su ausencia, le pareció detectar la imagen residual del lugar donde acostumbraba a estar. Y cuando centró la vista, pudo ver cómo se desplegaba la rojez de la Malicia.

—¿Señor? —La puerta del despacho se abrió y entró Rose—. Ha llegado otro grupo de refugiados a Brink. Vienen de la Quebrada.

—Dadles todo lo que nos podamos permitir.

Maldita sea. ¿Cómo pudieron sus padres y abuelos dejar el reino tan desprovisto para un ataque de esta magnitud? Tuvieron la realidad delante de las narices durante años, pero la ignoraron.

Ahora la responsabilidad recaía sobre él. Rune suspiró.

—Rose, envía a alguien para que vaya a buscar a mis hermanas.

Mientras Rose salía al pasillo para hacerle señas a unos de los guardias que estaban patrullando, Rune sacó una hoja de papel de su escritorio, mojó su pluma en tinta y empezó a escribir. Cuando terminó, Sanctuary y Unity ya estaban esperando en el umbral, las dos con cara de incertidumbre.

—Pasad —dijo—. Sentaos.

Rune limpió la pluma y tapó el tintero. Las dos muchachas se sentaron con la espalda rígida y las manos entrelazadas sobre el regazo.

—¿Nos hemos metido en algún lío? —preguntó Sanctuary.

—No. —Rune deslizó el papel sobre la mesa hacia ellas—. No estáis en ningún lío, pero quería comentar con vosotras algo importante.

Las dos aguardaron.

—No sé qué pasará en el futuro. No sé por qué ha caído el Malfreno ni cuándo regresará.

Eso era una mentira piadosa —Rune estaba casi seguro de que el proyecto del observatorio de Hanne había tenido algo que ver—, aunque no quería asustar a sus hermanas más de lo necesario.

—Pero, pase lo que pase, el reino siempre va a necesitar que alguien ocupe el trono, que alguien guíe a la gente. Ninguno de nosotros estábamos destinados a ser los monarcas gobernantes. Ni vosotras, ni yo. Pero ahora nos encontramos en una posición en la que tenemos que cuidar los unos de los otros. Puede que hoy me corresponda a mí el trono, pero Hanne tenía razón cuando dijo que era preciso formaros: instruiros en leyes y gobernanza, por si acaso os corresponde algún día servir al pueblo de Caberwill, como me pasó a mí.

—Yo no quiero ser reina por encima de Unity —dijo Sanctuary—. Me da igual que yo sea la mayor de las dos. Creo que ella lo haría mejor.

Unity negó con la cabeza.

—La gente escucha a Sanctuary. A mí no me hace caso nadie.

—Las dos tenéis razón —dijo Rune—. Y por eso, si me ocurriera algo…

Unity abrió mucho los ojos, que se llenaron de lágrimas.

—Si me ocurriera algo —repitió Rune—, las dos seréis reinas. Reinas hermanas.

Las princesas se miraron.

—¿Qué significa eso? —preguntó Sanctuary.

—La gente te escucha, Sanctuary. Tienes una forma de hablar que inspira autoridad. Eres imponente. Y eres alta, como nuestro padre, y cada día creces más. La gente reacciona bien ante una estatura como la tuya.

—No paran de confeccionarle vestidos nuevos —comentó Unity.

Rune reprimió una sonrisa.

—Y tú, Unity, eres inteligente y considerada, y siempre te has preocupado mucho por discernir lo que es justo o injusto. Esa empatía te resultará útil como reina. Juntas, formaríais un equipo poderoso. Creo que podríais gobernar bien el reino si os entregaseis a fondo. Pero siempre lo haréis como hermanas, como iguales. —Rune dio unos golpecitos sobre el documento que acababa de redactar—. Eso es lo que se resume aquí. Es un acuerdo entre nosotros tres, donde se explica que, si una de vosotras es coronada como reina, la otra también. Y que reinaréis sin necesidad de un regente.

—¿No crees que necesitaríamos uno? —Unity frunció el ceño—. La duquesa Charity siempre dice que cualquiera de las dos sería una buena reina, pero que necesitaríamos a alguien que nos guiara.

—Para eso contaríais con el Consejo de la Corona —repuso Rune—. Os bastará con escuchar cómo argumentan sus opiniones para ayudaros a tomar decisiones con criterio.

Las hermanas volvieron a mirarse, comunicándose de un modo invisible.

—Es posible que no suceda nunca —dijo Rune—. Al fin y al cabo, no tengo intención de morirme.

Unity observó el documento y se puso a leerlo.

—Y cuando Hanne regrese, tendrás tu propio heredero.

Rune torció el gesto, pero no replicó.

—Así que esto es solo por si acaso —dijo Unity—, para que el reino no se quede nunca sin un líder.

—Así es.

De momento, resultaba más fácil expresarlo así. Su futuro con Hanne era incierto, complicado por la alianza, por la cuestión de si a esas alturas resultaba necesaria... Pero esa carga le correspondía a Rune, no a ellas, así que miró a sus hermanas y les preguntó:

—¿Vais a firmarlo?

—¿Tenemos otra opción? —preguntó Sanctuary.

Rune asintió.

—Si no firmamos —dijo Unity—, y si a Rune le pasara algo, una de nosotras será reina a pesar de todo. Probablemente tú irías primero, a no ser que abdicaras, en cuyo caso me correspondería reinar a mí sola.

Sanctuary tragó saliva.

—Y no tendríamos ningún documento oficial donde se diga que no necesitamos un regente.

Unity asintió.

—Este documento hace que tengamos que llevar a cabo una labor que no queremos, pero también nos protege.

—En ese caso, lo firmaré —dijo Sanctuary—. Si tú también firmas.

—Firmaré. —Unity tomó la pluma, pero hizo una pausa antes de acercar la otra mano al tintero—. Deberíamos tener testigos. De lo contrario, es posible que la gente no nos crea si alguna vez necesitamos recurrir a esto.

Rune se acercó a la puerta y la abrió por un resquicio.

—Rose, ¿hay algún consejero ahí fuera? ¿Algún noble?

—Echo tiene un mensaje que acaba de llegar al aviario. El sumo sacerdote y la galena mayor también están por aquí, así como la canciller de educación.

—Haz que vengan todos.

Al cabo de unos minutos, se reunieron todos en su despacho. Rune, Sanctuary y Unity firmaron el acuerdo, y a continuación lo hicieron los testigos.

—Bien —dijo Rune, dirigiéndose a los recién llegados—. Sé que todos habéis venido aquí por un motivo que no era este. ¿Qué necesitáis?

—Yo he venido a ofrecer la obsidiana del templo para luchar contra la Malicia —dijo Dayle—. La de todos los artefactos y armas antiguos. Lanzas, colgantes, brazales… Cualquier cosa que sirva para hacer retroceder a la oscuridad.

Rune asintió con gesto serio.

—Te lo agradezco. Ahora mismo, toda ayuda es poca.

Luego le tocó el turno a Stella:

—Necesito aprobación para asignar estudiantes de medicina como asistentes de los galenos en el Portal del Alma.

—Concedido. —Rune firmó el documento que había traído la galena—. ¿Y Lelia?

—Comida para los orfanatos. Pase lo que pase, esté donde esté ahora el ejército, muchos niños perderán pronto a sus padres.

—Por supuesto. Gracias por pensar en ellos.

Los consejeros se marcharon y Rune se giró hacia Echo.

—Rose ha dicho que traías un mensaje desde el aviario.

Echo recogió un trocito de papel enroscado de su escritorio y se lo ofreció a Rune.

La marca que había en la parte exterior indicaba que era un mensaje urgente que solo debía leer el rey. Rune rompió el sello, cogió una lupa y examinó el texto. Sintió un nudo en el estómago.

—Gracias, Echo.

Con una reverencia, la secretaria salió de la habitación.

—¿Qué pone? —preguntó Unity—. ¿Puedo verlo?

En fin, cabía la posibilidad de que fuera la corregente algún día. Así que Rune le entregó la lupa y el papel.

—¿Lo envía un espía? —Sanctuary se inclinó para examinar el mensaje junto con su hermana—. ¿Uno de nuestros espías?

Rune asintió.

La reina Johanne está en poder de los rebeldes. Juicio.
Culpable. Ejecución pendiente.

—¿Van a ejecutarla? —Sanctuary frunció el ceño mientras observaba la nota—. ¿Sus propios súbditos?

—Así es. —Rune regresó junto a la ventana oscura. Había varias luces desperdigadas por la ciudad, procedentes de velas y esferas por igual. Volvió a consultar el reloj; el sol debería estar descendiendo hacia el horizonte en ese momento, bañando la ciudad entera con una luz dorada.

Maldita sea esa oscuridad. Y maldita sea Hanne por dejarse secuestrar, cuando era la única que podría saber dónde se ocultaba el último altar de invocación.

Rune necesitaba una solución. ¿Qué habría hecho su padre en esa situación?

Habría recurrido al ejército.

Pero Rune necesitaba desplegarlo en el Portal del Alma.

Se dio la vuelta y se encaminó hacia la puerta.

—Rose, reúne a mi guardia. Vamos a ir a Embria.

Unity se levantó de su asiento con brusquedad.

—¿Y si no regresas?

Rune señaló con la cabeza hacia el acuerdo que seguía apoyado sobre la mesa, donde la tinta apenas se había secado.

—Entonces gobernaréis en mi lugar. Pero volveré.

Sus hermanas no le pidieron que se lo prometiera. Sabían que no podía hacerlo.

*

Rune no había visto el sitio de los portales desde que se asentó. Sus últimos recuerdos de ese lugar eran confusos, caóticos, en los que sus soldados quedaban atrapados dentro de esferas de malicia gigantescas que los transportaron lejos de allí. Recordó la vorágine mientras oteaba a través de la oscuridad y veía a Noctámbula combatiendo contra un ejército de rencores.

Ahora había lazos amarillos recién puestos y unas campanitas que tintineaban con suavidad, mecidas por el viento. El hedor a amoniaco de la malicia era intenso, pero olía igual en todas partes desde que colapsó el Malfreno.

Rune desmontó. Rose y los otros tres guardias lo siguieron, guiando a sus caballos hacia el puesto de vigilancia.

Un soldado —un teniente, a juzgar por la insignia que llevaba en la casaca— salió con una vara de luz en la mano.

—Decid vuestro nombre y qué os trae por aquí.

—Rose Emberwish. Vengo por orden del rey. —Rose sacó los documentos que les había mostrado a otros soldados en diversos puestos de control por el camino. Ninguno de ellos se había fijado en Rune, que iba ataviado con el mismo uniforme que los guardias reales—. Es una misión encubierta, teniente... —se fijó en su casaca—, Crosswind.

El teniente examinó las credenciales, con la firma de Rune al final, y asintió.

—Está bien. ¿Adónde queréis ir? Puedo ayudaros a encontrar el portal apropiado.

—A Solspiria —respondió Rose—. Lo más cerca posible del palacio.

—Es un destino bastante frecuentado. —Crosswind le devolvió los documentos y les hizo señas para que lo siguieran—. Sujetad bien a los caballos si pensáis llevarlos con vosotros. A la mayoría no les gusta cruzar la línea amarilla y menos aún atravesar uno de los portales. He visto unos cuantos corceles encabritados últimamente.

Rune se situó en el medio de la fila de guardias mientras accedían al malsitio. Avanzaron entre las esferas ambulantes, y él aprovechó para otear el destino al que conducía cada una. Un bosque. Una habitación. Un paisaje nevado. Todos estaban a oscuras, excepto las ubicaciones iluminadas por antorchas, velas o esferas. Un momento: al fondo del malsitio había un portal más radiante, como la luz del sol.

—¿Qué significa que Solspiria es un destino frecuentado? —preguntó Rose, atrayendo de nuevo la atención de Rune—. ¿Alguien más ha ido allí recientemente?

—No puedo dar nombres. —El teniente miró de reojo a Rose—. No debería haber dicho nada.

Aquello fue confirmación suficiente. No mucha gente podía acceder sin restricciones al sitio de los portales. La reina. El consejo. Los exconsejeros a los que no les hubieran revocado el acceso.

Continuaron avanzando en zigzag alrededor de los portales, hasta que por fin el teniente Crosswind se detuvo delante de uno que mostraba un prado a oscuras.

—Ese destino está custodiado —dijo—. Rebeldes embrianos patrullan la brecha a todas horas. —Se fijó en sus caballos, sus alforjas y sus uniformes oscuros—. Daos prisa. Hacen sonar un cuerno una vez cada hora y dos veces cuando alguien atraviesa el portal.

—¿Cómo sabes eso? —Rose mantuvo una mano apoyada sobre el flanco de su caballo, dándole palmaditas de vez en cuando, mientras se asomaba al portal—. No se oye nada de lo que ocurre al otro lado.

—Y menos mal. No quiero ni imaginar el ruido conjunto de todos esos lugares. —Crosswind negó con la cabeza—. Nuestros exploradores iniciales enviaron informes y advertencias. Íbamos a remitir una lista completa de ubicaciones para la corona, pero...

El teniente miró de reojo hacia el lugar donde debería estar el Malfreno.

—Gracias, teniente. —Rose les hizo señas a Rune y a los demás—. Subid a los caballos.

Rune se encaramó a su montura, después alargó el brazo para acariciarle el cuello oscuro y sudoroso mientras el pobre animal giraba de un lado a otro, en un intento desesperado por eludir los portales ambulantes. Ninguno se encontraba a una distancia peligrosa, pero la peste a malicia era intensa, se adentraba en su nariz y senos nasales, para luego descender hasta el fondo de su garganta.

—En marcha. —Rose azuzó a su caballo y, aunque al principio se negó a entrar en el portal, le hincó los talones, chasqueó la lengua y se pusieron en marcha.

Al siguiente caballo tampoco le hizo ninguna gracia que le pidieran aventurarse hacia el interior de una burbuja de malicia, pero Rose y su montura resultaban visibles por el otro lado, así que el otro corcel pasó y el siguiente también.

Cuando Rune se estaba preparando para entrar, el teniente Crosswind lo miró y preguntó:

—¿Vos no sois...?

Rune espoleó a su montura y accedieron al interior de la esfera oscura.

Al igual que la otra vez que atravesó un portal de malicia, el entorno se volvió frío y blanco. Rune existía y no existía al mismo tiempo, y se sintió como si todas las piezas diminutas que conformaban su ser se estuvieran desperdigando por toda Salvación, del mismo modo que la distancia se comprimía y se expandía bajo su cuerpo.

Rune emergió a través de la brecha luminosa, con un cosquilleo en la piel y el hedor de la malicia copando su cabeza. Se le destaponaron los oídos.

En cuanto el último guardia cruzó el portal, sonó un cuerno cerca de allí. Una vez. Dos.

Y una tercera vez.

Debía de ser la señal para anunciar la llegada de visitantes indeseados.

—¡Vamos! —Rune espoleó de nuevo a su caballo y puso rumbo hacia la ciudad iluminada. Su séquito se puso en marcha, saliendo tras él.

Se oyó cómo se tensaban unos arcos, órdenes lanzadas a gritos, pero Rune y sus guardias iban vestidos de negro de los pies a la cabeza, sus caballos eran oscuros y habían escondido las varas de luz en sus bolsillos y alforjas.

Solo los delató el sonido de los cascos de los caballos, pero se limitaron a seguir cabalgando sin detenerse. Al fin llegaron al muro que rodeaba la ciudad.

Allí desmontaron todos los guardias menos uno, que tomó a los caballos y se los llevó fuera de la ciudad, mientras Rune, Rose y los otros dos se cubrían con unas capas grises para camuflarse junto a la pared de piedra.

En circunstancias normales, el muro habría estado celosamente vigilado, con guardias oteando entre la oscuridad. Pero los rebeldes no esperaban la llegada de invasores, así que Rune y sus guardias se deslizaron a lo largo de la muralla exterior y, cuando llegaron a las puertas de la ciudad —que estaban abiertas y repletas de gente que entraba y salía—, se limitaron a mezclarse con la multitud.

Con esos uniformes negros y capas grises resaltaban entre los atuendos coloridos de los embrianos, pero a pesar de las esferas luminosas y las varas de luz, las avenidas estaban a oscuras. Heladas. Rune se estremeció, a pesar de las capas de lana que le proporcionaban el uniforme y la capa. Sin el calor del sol, el aire era mucho más frío de lo que debería.

Y solo iban por el primer día completo sin el Malfreno.

Avanzaron raudos entre la multitud, ahora Rune iba en cabeza. Solo habían transcurrido unos meses desde que viajó por primera vez allí, pero la ciudad había cambiado por completo. Donde antes se alzaban estatuas de la familia Fortuin, ahora había pilas de escombros. Pero no habían derribado todos los muros; algunos estaban pintarrajeados, descascarillados o vandalizados de formas más creativas.

Mientras se aproximaban al palacio, que se alzaba imponente sobre una colina, pasaron junto a las mansiones donde vivían los nobles embrianos. Varias de ellas estaban rodeadas por pequeños ejércitos que custodiaban a los residentes que se encontraban dentro, pero la mayoría tenían ventanas rotas y mensajes garabateados en los muros exteriores: «Al infierno con la nobleza», «La casa del rencor» y cosas peores.

Finalmente, llegaron al complejo de Solspiria. El palacio no se parecía en nada a lo que era antes, con sus impolutas torres centelleando bajo la luz. No, ahora había muros enteros derribados; la fachada se estaba desmoronando, se diría que a causa de unos martillazos; y la puerta exterior se había desplomado a manos de un ariete.

Había media docena de hombres armados en lo alto de las escaleras que conducían a los terrenos del palacio.

—¿Qué opináis, señor? —preguntó Rose mientras el grupo se desplazaba hacia un lateral de la carretera, sumiéndose entre las sombras.

Rune frunció el ceño mientras se calaba la capucha. No le pareció ver ninguna vía de acceso para rodear a los guardias rebeldes, y no estaba lo bastante familiarizado con Solspiria como para conocer pasadizos secretos para entrar y salir del edificio. Tendría que anunciar su presencia y confiar en que le concedieran audiencia con su líder.

—Al menos, es improbable que ordenen matarme —murmuró Rune.

—En cuanto al resto... —repuso Rose.

Pero cuando Rune se puso en marcha, resonaron varios gritos a través de la ciudad.

—Maldita sea —murmuró Rose—. ¿Qué pasa ahora?

Pero Rune ya lo había deducido. Mientras la gente interrumpía su quehaceres y alzaba la mirada hacia el cielo oscuro, sintió un tirón en su alma, percibió el calor y la armonía que había entre ellos y notó el regusto de su nombre en la lengua.

«Medella».

Con el estrépito de unas alas negras como pozos de brea, Noctámbula aterrizó justo delante de la puerta de acceso.

Tenía el pelo enmarañado, la armadura desgarrada otra vez. Pero cuando se irguió y alzó la cabeza, seguía siendo la persona más hermosa del mundo.

Sin necesidad de buscar, Noctámbula giró la cabeza hacia un lado, cruzó una mirada con él y sonrió. Fue un gesto fugaz. Pero para Rune fue como el impacto de un relámpago.

Noctámbula se giró hacia los guardias, que habían desenfundado sus armas.

—Noctámbula —dijo uno de ellos—. ¿Qué estás haciendo aquí?

Su voz reverberó a través de la ciudad oscura, firme e imperativa:

—He venido a poner fin a la incursión. Quiero hablar inmediatamente con el gobernante en funciones. Y mi caballero del alba, el rey de Caberwill, me acompañará.

43. NOCTÁMBULA

La puerta de acceso a Solspiria se abrió, el gran palacio de Embria quedó revelado en todo su ruinoso esplendor. En décadas anteriores, debió de ofrecer una imagen tan hermosa como intimidante, pero ahora, durante la revuelta y la incursión, parecía un lugar desolado, con las paredes manchadas de hollín, patíbulos erigidos en los jardines y restos de sangre sobre los muros de mármol.

Cuando Rune se situó al lado de Noctámbula, ella sintió cómo se estremecía al ver esa escena. Sus guardias también parecían afectados.

—Decidme quién está al mando —ordenó Noctámbula a los embrianos.

—El magistrado Stephens, lady Noctámbula. —Aquel hombre tenía blancos los nudillos de la mano con la que sujetaba una espada; no era un soldado, sino un granjero ataviado como tal.

—Llevadnos ante él —ordenó Rune.

Los rebeldes embrianos se apresuraron a guiar a Noctámbula, Rune y sus guardias por el amplio camino de acceso, a través de los diferentes patios, en dirección a la fachada destrozada del edificio principal. Una de las vetustas puertas de roble estaba abierta; la otra había sido arrancada de sus goznes y sus pedazos estaban desperdigados sobre el vestíbulo.

—Podrías haber entrado volando en el palacio. —Rune lo dijo bajito para que solo ella pudiera oírlo.

Noctámbula lo miró de soslayo.

—A no ser que hayas estado ocultando unas alas durante todo este tiempo, tú no podrías haberlo hecho.

Un gesto de sorpresa cruzó el rostro de Rune. Después una sonrisa. Y un ademán afirmativo.

—Gracias. —Se rozaron con los brazos mientras accedían al palacio, pasando por encima de los restos de la puerta—. El Malfreno ha caído.

—Lo sé. —Noctámbula había sobrevolado la Malicia de camino hasta allí, oteando los lugares donde las dos realidades forcejeaban entre sí. Allí el aire era turbulento, cálido y maloliente, con fragmentos de cielo rojo que se expandían cada vez más dentro de esa larga noche de Salvación—. La expansión de ese mundo a través de este llevará tiempo. La esencia de la Fracción Oscura no se mezcla de manera uniforme con el plano laico. Pero cada segundo que pasa sin el Malfreno acerca un poco más a Salvación hasta una noche eterna.

—¿Cuánto tiempo suelen tardar los guardeses en volver a activarlo?

Noctámbula frunció los labios.

—Nunca tanto como ahora.

—¿Estarán en apuros? ¿Podemos ayudarlos?

—Tal vez. Pero mi objetivo prioritario es conseguir el último fragmento del arma. Los guardeses están al corriente de esto. Si necesitan mi ayuda…, estaré allí pronto. —Tragó saliva para aflojar el nudo que le produjo la incertidumbre—. Pero no vendría mal un ejército para proteger sus torres. No estoy muy segura de la capacidad de los guardeses para defenderse por sí solos.

—Ya he enviado tropas.

Una sensación cálida embargó el corazón de Noctámbula. Rune había jurado que la ayudaría —y ella lo creyó—, pero saber que la ayuda estaba en marcha le supuso un gran alivio.

Le habría gustado insistir para que le diera más información, pero entonces giraron hacia un salón inmenso donde el magistrado Stephens estaba sentado ante un escritorio ornamentado, cubierto por pilas de papeles y otros cachivaches. En una esquina había un trozo enorme de obsidiana: era un fragmento de la Aureola Negra.

—Magistrado —dijo uno de los rebeldes—, han venido Noctámbula y el rey Rune Highcrown.

El magistrado parecía más avejentado que la última vez que lo vio en Sol de Argento, desgastado por su campaña contra la realeza embriana. Lentamente, se levantó de la silla, pero no hizo ninguna reverencia.

—¿En qué puedo ayudaros?

Noctámbula se giró hacia Rune y le hizo un ademán para que hablara él. Si Rune estaba allí, en lugar de estar en el Bastión del Honor o con su ejército, significaba que algo iba mal. Algo más. Rune se irguió antes de tomar la palabra.

—La reina Johanne. Sé que la ha secuestrado. Y conozco su plan para ejecutarla. No puedo permitir que eso suceda.

De modo que él también había acudido allí por el altar de invocación.

—Entiendo. —El magistrado suspiró con fuerza—. Queréis interferir en esta revolución. Y os habéis traído a Noctámbula para intimidarme. Pero la familia Fortuin ha perpetrado miles de crímenes contra el pueblo embriano. Ahora deben responder ante nosotros.

—Yo no soy el brazo armado del rey Rune —dijo Noctámbula—. No me entrometo en los asuntos políticos de los mortales. Pero necesito hablar con la reina Johanne.

—¿Acaso no interferiste al anunciar su implicación con el dispositivo de malicia? —El magistrado Stephens negó con la cabeza—. Supongo que no importa. El ataque contra Sol de Argento solo fue la última atrocidad perpetrada por la familia Fortuin. Hemos pasado siglos bajo su opresivo mandato y no vamos a soportarlo ni un minuto más.

Rune estaba asintiendo.

—Estáis llevando a cabo una revolución. Lo entiendo. Y, en circunstancias normales, no intentaría deteneros. Pero ahora mismo solo hay una lucha importante, solo hay una batalla que debemos vencer, solo hay un tirano al que debemos derrocar: el rey rencor ha hecho caer el Malfreno.

El magistrado se puso pálido.

—¿Qué es un rey rencor?

—Una criatura imposible de matar —susurró Noctámbula.

—Fue invocado antes del Amanecer Rojo. —Rune frunció los labios—. Y sin el Malfreno para contenerlo, Salvación quedará a su merced si no actuamos. Vuestra rebelión no importa, porque cualquier superviviente quedará bajo su yugo. Cambiaríais un tirano por otro.

El magistrado miró a Noctámbula. Al ver que ella asentía con la cabeza, dijo:

—Yo no invoqué al rey rencor. Esta no es mi lucha.

—No lo invocó nadie que siga vivo hoy en día —recalcó Rune—. Pero sí es su lucha. Es la lucha de todos. No es justo, pero si pretende gobernar Embria, si cree que lo hará mejor que sus predecesores, tendrá que empezar abordando la mayor amenaza para su pueblo.

»Sé lo que piensa de mí —continuó Rune—. Soy un rey extranjero y da por hecho que quiero adueñarme de Embria. Pero estoy aquí para decirle que esto no es una invasión llevada a cabo por otro reino. La Fracción Oscura se está extendiendo por Salvación. Si cree que lo que ocurrió en esa mina fue horrible, espere y verá. Puede empeorar. Y lo hará. Si no lo detenemos.

—Entiendo —dijo el magistrado Stephens—. Pero el Malfreno regresará. Y la oscuridad será replegada... —Se giró hacia Noctámbula—. ¿Verdad? Siempre ha sido así antes. ¿No?

—Solo porque los líderes del momento hicieron lo que tenían que hacer —repuso ella.

Rune asintió.

—Después del Amanecer Rojo, nuestros ancestros se negaron a reconocer la amenaza de las incursiones, legándoles el problema a sus descendientes. Esa herencia siniestra ha recaído ahora sobre nosotros, pero yo no pienso ignorar la llamada para luchar por Salvación. Otra vez, no. —Soltó un largo suspiro—.

Durante toda mi vida, he sentido resquemor hacia las generaciones que me precedieron, hacia aquellos que vieron la necesidad de actuar, pero no lo hicieron; aquellos que escucharon gritos pidiendo ayuda, pero no hicieron nada. Me dije a mí mismo que sería mejor que mis predecesores, que rompería el ciclo que ellos iniciaron. Y así, cuando Noctámbula tenga lo que ha venido a buscar, marcharé hacia la Malicia.

El magistrado asintió lentamente.

—Tal vez Embria pueda aportar algún servicio a Salvación. Pero ¿qué tiene eso que ver con Johanne Fortuin? No creo que ella sea necesaria en esta lucha.

—Todos somos necesarios —insistió Noctámbula—. Ella posee información de suma importancia para el asalto contra el rey rencor. No podemos arriesgarnos a que ese conocimiento se pierda.

—Entiendo.

El magistrado se quedó pensando. Sopesando.

Rune insistió de nuevo:

—Solo necesitamos hablar con la reina Johanne una vez. Pero le pediría que reconsidere la ejecución. Nuestra violencia alimenta a la malicia. Ya decidirá su destino más tarde.

El magistrado Stephens contempló su escritorio atestado: los documentos, las plumas, el enorme fragmento de obsidiana. Finalmente, asintió.

—Os concederé una audiencia con mi prisionera. En cuanto a la suspensión de la ejecución…, lo pensaré. —Miró entonces a Rune—. Yo también aspiro a ser mejor que aquellos que me precedieron.

Mientras Rune y el magistrado comentaban los detalles más urgentes, Noctámbula aguzó sus sentidos para oír qué estaba pasando a través del palacio. Varias personas hablaban de la caída del Malfreno, mientras que otros hacían correr la voz de la llegada de Rune y Noctámbula. ¿Se sumarían a la lucha en el Portal del Alma? Otros tantos transmitieron avisos sobre nuevos malsitios: anomalías temporales, cementerios derretidos y quimeras que acechaban por las afueras de la ciudad.

—Os llevaré con ella.

El magistrado Stephens rodeó el escritorio, le estrechó la mano a Rune y luego los guio a través de la puerta. Docenas de personas se desplazaban por los pasillos, apartándose del camino de Noctámbula y Rune, que iban seguidos por sus guardias.

—Eres un rey valiente —murmuró Noctámbula—. Al venir aquí. Al pedir todo esto. Me alegro de tenerte a mi lado.

—Me niego a fallarte otra vez. —Rune la miró fijamente a los ojos—. Tú eres la espada de los númenes y yo soy la tuya.

Otra oleada de calor. Unos latidos atronadores.

Entonces descendieron a la mazmorra, donde cada paso reverberaba. Las paredes estaban cubiertas de moho y humedad, el aire dejaba un regusto amargo y desagradable en la base de la lengua.

—¿Hay que bajar mucho? —preguntó Rune.

—La familia Fortuin está al fondo del todo —respondió el magistrado Stephens—. Y también está Nadine Holt.

—Son unos tiranos —dijo un hombre que los había seguido en la bajada, uno de los guardias del magistrado—. El único sitio para ellos es la prisión que construyeron.

Rune habló en voz baja para que solo lo oyera Noctámbula:

—Espero que Caberwill nunca llegue a odiarme tanto.

Con sus alas protegiéndolos de la vista de los demás, Noctámbula le dio una palmadita en la mano.

—Es imposible que acabaras así.

Enseguida, Rune entrelazó sus dedos y le estrechó la mano.

«Es increíble —pensó Noctámbula—. Que un simple roce pueda significar tanto».

Pero se apresuró a soltarlo. La relación que mantenía con Rune no era de ese tipo.

El ambiente se tornó más frío y húmedo cuando llegaron a otro rellano y a una serie de puertas. Había gente asomada a los ventanucos con barrotes.

—¡Sacadnos de aquí! —exclamó uno—. ¡Puedo pagaros!

—No vamos a sacar a nadie —anunció el magistrado—. Tenéis suerte de estar vivos.

Finalmente, llegaron al fondo de la mazmorra. Allí los esperaban cuatro puertas. La primera estaba vacía. En la segunda había un hombre y una mujer.

—¡Liberadnos! —La reina Katarina tenía el mismo aspecto que tendría la reina Johanne dentro de veinte años: severa e imponente, con un aspecto regio incluso en cautiverio. He aquí una persona que no había dudado nunca de la autoridad que le concedía su linaje—. Liberadnos y discutiremos vuestros términos.

El magistrado y sus hombres pasaron de largo.

—Príncipe Rune. —La reina Katarina cambió el tono y adoptó uno más conciliador—. Rey Rune. Seguro que vos no podéis ignorar esto.

Pero él negó con la cabeza.

—Disculpadme, pero seguro que recordáis que nuestra alianza prohíbe que Caberwill interfiera en los asuntos internos de Embria. Vuestro encarcelamiento no se debe a una invasión ivaslandeña, así que...

—Los tratados pueden reinterpretarse —insistió la reina Katarina.

—Es posible. Pero debo tratar con la persona que está al mando. Y parece que esa no sois vos.

—Os arrepentiréis de esto —masculló la reina—. Si creéis que lo que Ivasland les hizo a vuestros padres y hermano fue horrible, esperad a ver lo que les haré a vuestras hermanas pequeñas. Mis sirvientes que están en vuestro castillo...

Los tres guardias de Rune dieron un paso al frente, pero el rey se quedó quieto. En voz baja, añadió:

—No olvidaré esta amenaza.

Su tono irradiaba furia; tenía los puños apretados. Pero si pensaba añadir algo más, se contuvo. En vez de eso, le dio la espalda a la reina encarcelada.

—En marcha.

Noctámbula se acercó a él.

—No puede llegar hasta tus hermanas —susurró—. Desde aquí, no.

—En cualquier caso, haré que dupliquen su vigilancia. —Rune la miró con un gesto pétreo—. No puedo perder a nadie más. No lo permitiré.

—Lo entiendo. —Noctámbula se detuvo cuando llegaron a la última celda, donde unos ojos azules emergieron de entre las sombras.

—Hola, Hanne —dijo Rune.

Noctámbula dio un paso al frente.

—Reina Johanne, decidme dónde está vuestro altar de invocación. Por favor.

La joven frunció el ceño.

—No sé a qué te refieres.

—Si no nos decís lo que quiere saber —dijo el magistrado Stephen—, no hay nada más que hacer aquí. La única razón por la que hemos venido ha sido porque Noctámbula pidió expresamente veros.

Hizo amago de darse la vuelta, haciendo señas a sus hombres para volver a subir por las escaleras.

—¡Espera! —La reina Johanne se desplazó por detrás de la puerta—. ¿Qué altar? Es que no sé a qué te refieres. Hace frío y tengo hambre. ¡Y mi prima y yo hemos sido secuestradas! ¡Encarceladas! Dame un momento para pensar.

Noctámbula se cruzó de brazos.

—El Malfreno ha caído, seguramente a causa de tus actos. No tengo un momento que perder. Dime dónde se encuentra el altar.

La mazmorra se quedó en silencio, salvo por el goteo del agua, el arrastrar de unos pies, el resuello de una respiración.

—Quiero ayudar —dijo al fin la reina Johanne—. Pero no puedo. Porque no sé qué es eso.

44. HANNE

—¿Cómo que no sabes lo que es? —Rune se acercó a la puerta, frunciendo el ceño—. ¡Es el altar que se utiliza para invocar a Noctámbula! Los tres reinos tienen uno.

—Nosotros no. —Hanne miró por la ventana, rogándole que viera la verdad en sus ojos. Por detrás de él, el magistrado tenía cara de querer tirar la llave de su celda al mar. Necesitaba salir de esa mazmorra fría y húmeda. Y hallar un modo de extirpar a Daghath Mal de su mente—. Por favor, pregúntame algo más. Déjame ayudar de otra manera.

—No hay nada más —repuso Rune—. Lo siento, Hanne. Si no sabes dónde está, tenemos que irnos. El Portal del Alma...

Un atisbo de curiosidad prendió dentro de Hanne, pero no era cosa suya. Sino de él. Del rey rencor.

—No. —Hanne tragó saliva para aflojar el nudo que tenía en la garganta—. No me cuentes nada de lo que estás haciendo.

Una carcajada siniestra resonó en el fondo de su mente. *«Ten cuidado con los riesgos que corres. Si Noctámbula descubre mi presencia, no durarás ni una hora. Ese magistrado será el menor de tus problemas».* Hanne se estremeció.

—Mi objetivo siempre ha sido la paz. Por favor, te prometo que todo lo hice al servicio de Salvación.

Rune soltó un largo suspiro.

—Eso ya no importa, Hanne. Necesitamos el altar. Embria tenía uno. Antes. Si no sabes dónde está...

—Tiene que ser eso. —Hanne se aferró a los barrotes, pegándose a la ventana mientras un recuerdo antiguo y medio enterrado se desbloqueaba en su mente—. Mis ancestros. Cuando era pequeña, mi institutriz me contó que la primera familia real Fortuin intentó destruir el altar tras el Amanecer Rojo.

—Los mortales no pueden destruir mis altares —replicó Noctámbula con un bufido.

—¿No? Pues lo escondieron. —Hanne no se molestó en disimular la urgencia que había en su voz. Si no salía de allí, los rebeldes la matarían... Y a Nadine, también. Puede que ella se lo mereciera, pero su prima no—. Pero nunca transmitieron la información sobre su ubicación exacta. Ni siquiera sé qué aspecto tiene.

Rune gruñó con frustración.

—Es una piedra grande, me llega más o menos por la cintura. —Sostuvo una mano en alto para mostrárselo—. Tiene una marca en un lateral, que parece...

—¿Una figura alada? —Hanne miró a Noctámbula—. ¿Tú?

—Es obvio que viste el altar del Bastión del Honor —dijo Noctámbula—. El embriano es idéntico.

Hanne sintió un escalofrío. La oscuridad. El altar. La luz verde.

La piedra junto a la que había pasado de camino hasta allí.

—No —murmuró—. No, es imposible. —Pero no lo era. Sus ancestros debieron deshacerse del altar después del Amanecer Rojo, para que nadie pudiera utilizarlo. Hanne añadió en voz baja—: Creo que lo he visto. Hace mucho tiempo. Pero no os gustará saber dónde está.

—Dímelo. —Noctámbula no dejó lugar a discusiones.

Hanne le sostuvo la mirada.

—Yo te llevaré allí.

—Eso ni se contempla. —El magistrado dio un paso al frente—. Ella no saldrá de aquí. Es mi prisionera.

Pero Hanne se concentró en Noctámbula. Era la que ejercía el verdadero poder allí; los hombres obedecerían a su adalid.

—Lo he visto. Puedo mostrarte dónde está.

Allí le hicieron algo. Algo siniestro. Algo que ni ella pidió ni llegó a comprender.

Pero estaba empezando a entenderlo.

—Está mintiendo —dijo el magistrado Stephens—. Diría cualquier cosa con tal de escapar a la justicia.

—Está diciendo la verdad. —Nadine se pegó a la puerta, al lado de su prima—. Por favor, escuchad. Esto no es una treta. Si Hanne dice que puede ayudar, lo hará.

—Deja que te lleve allí —insistió Hanne—. Y a Nadine. Ella también tiene que venir.

Nadine le rodeó los hombros con un brazo y se los estrechó.

—Seguiremos siendo prisioneras. Quedaremos bajo la custodia de Noctámbula. Nadie negará que está capacitada de sobra para retenernos.

Rune miró a Noctámbula con una ceja enarcada.

«Mira cómo le pide permiso...».

Hanne tenía problemas más acuciantes.

Cuando miró de reojo hacia el conducto instalado entre las celdas, pudo atisbar la mirada fulminante que le lanzaba su madre. Hanne había oído lo que la reina Kat le dijo a Rune un rato antes, la amenaza que lanzó contra sus hermanas, la brutalidad patente en su voz. Quería poder a toda costa. Sin importar a quién tuviera que hacerle daño. Ni siquiera los niños recibían clemencia.

Ni siquiera su propia hija.

Hanne se giró de nuevo hacia la puerta y añadió:

—No necesitamos conocer tus planes, lady Noctámbula. No interferiremos, más allá de guiarte hasta el malsitio donde escondieron tu altar.

—¿Y qué pasará después? —El magistrado Stephens se cruzó de brazos—. Embria merece justicia.

—Tenéis a mis padres. Yo soy su hija. Soy lo que ellos hicieron de mí.

Y lo que Daghath Mal había hecho de ella.

—Concededme esta oportunidad para enmendarme —susurró Hanne—. Por favor. Haré cuanto esté en mi mano para ayudar a Noctámbula por el bien de Salvación. Si sobrevivo, regresaré a Embria. Volveré a ser tu prisionera.

—Hanne, no. —Nadine le estrechó el brazo—. No puedes acceder a eso.

—Lo he propuesto yo —repuso Hanne—. Y el magistrado no se equivoca al afirmar que es preciso proteger al mundo de mí.

Nadine se mordió el labio, pero, al cabo de un rato, asintió.

—Yo estaré a tu lado.

Hanne quiso decirle que no debería recibir el mismo castigo, que era una buena persona y merecía ser libre, pero entonces intervino Noctámbula:

—La colaboración de la reina Johanne será beneficiosa. Sin ella, es posible que ninguno de vosotros sobreviva. Así que parece que no tenéis nada que perder.

Una esperanza prendió en el corazón de Hanne. Tenía a Noctámbula de su parte. Solo faltaba que los demás acataran sus instrucciones.

«Imagino que te mataría si descubriera mi presencia».

Hanne apretó los dientes.

«No podría dejarte con vida. Veo todo lo que ves tú. Sé todo lo que sabes. Menudo riesgo».

Daba igual lo que Daghath Mal dijera ahora. Hanne había convencido a Noctámbula para que se la llevara. No solo fuera de esa celda y lejos de los rebeldes furiosos que querían verla muerta, sino que además era para conducirla al único lugar donde podría revertir lo que le habían hecho.

—Está bien. —El magistrado estaba pálido mientras se dirigía a Noctámbula—. Llévatela. Y si todavía existe el mundo cuando esto acabe, la quiero de vuelta.

—El mundo seguirá existiendo —repuso Noctámbula en voz baja—. Eso nunca ha estado en cuestión. El riesgo es que el mundo se convierta en un lugar donde no podáis sobrevivir.

*

Al cabo de una hora, salieron del palacio y cabalgaron en dirección este tan rápido como lo permitieron sus caballos. Noctámbula avanzaba rauda en cabeza. La noche infinita se extendía en todas direcciones, interrumpida tan solo por las luces químicas que se balanceaban dentro de la comitiva, durante su veloz marcha por la carretera.

Hanne no se esperaba ver tanta oscuridad, pero mientras se asomaba por la ventana de su carruaje prisión, comprendió que esa solo era la primera oleada. Pronto, esa rojez palpitante que había en el centro de Salvación, al no estar ya contenida por el Malfreno, se extendería por todo el mapa.

Entonces llegaría Daghath Mal y se asentaría la verdadera oscuridad.

Milenios atrás, después de la Escisión, Salvación se convirtió en el último bastión de la humanidad contra la Fracción Oscura. Si Salvación caía, no tendrían ningún otro sitio a donde ir.

Ojalá los caballos pudieran cabalgar más deprisa. Ojalá que Hanne tuviera alas para poder volar hasta el malsitio y arrancar esa pesadilla de su mente.

«¿Sabes lo que tienes que hacer?».

Ya lo averiguaría.

«¿Qué te hace pensar que es posible?».

Si pudo llevarse a cabo, podría revertirse.

«¿Te sentarás en el altar y confiarás en que me vaya?».

Se sentaría en el altar y lo obligaría a marcharse.

«No tienes ni idea de la tristeza que me producen esos pensamientos».

—¿Crees que Sabine habrá recibido tu mensaje? —Nadine se puso a juguetear con la manga de su vestido, nerviosa—. ¿Cuánto tarda una paloma en llegar a Brink?

—¿Puede una paloma sobrevivir al trayecto hasta Brink? Esa es la pregunta que deberíamos formular.

Hanne bajó la mirada hacia sus manos manchadas de tinta. Estaba temblando cuando Rune le dio la pluma, le costó muchísimo componer el microcódigo que sus damas pudieran descifrar. Luego, como Rune insistió en leer la nota, tuvo que volver a redactarla con una caligrafía convencional.

El mensaje era breve, les daba instrucciones a Sabine y las demás damas para que cooperasen con el gran general, para que localizasen a Mae y a los demás participantes en el proyecto del observatorio, y para que les ordenasen encontrar un modo de reparar el Malfreno. Desplazar la malicia. Hacer algo para mitigar los daños. Porque toda esa operación había sido un terrible error.

Rune también había escrito varias notas, incluida una dirigida al gran general, otra para la reina Abagail de Ivasland y otra más para el Consejo de la Corona. Después mantuvo una conversación con el magistrado Stephens y varios rebeldes de alto rango. Hanne no pudo oír lo que dijo, pero lo vio desde lejos y se dio cuenta de una cosa: Rune se estaba convirtiendo en un líder capaz de mover multitudes. Estaban empezando a quererlo como nunca la habían querido a ella.

Pero Hanne… había traicionado a todos sus seres queridos. Se había pasado la vida como una marioneta, sin saber quién accionaba sus hilos. No era especial. No era la elegida. Solo era… un peón.

«Eso no es cierto. Siempre me he preocupado por ti».

Dentro del carruaje, Hanne se giró para mirar por la ventana. Ya casi habían llegado al desvío.

—¡Rune! —exclamó.

Poco después, Rune se situó con su caballo al lado del carruaje, sosteniendo en alto una esfera luminosa.

—¿Ya te encuentras mejor?

Hanne contempló los envoltorios de comida vacíos, las cantimploras con agua y la pila de mantas.

—Sí. —Luego añadió, a raíz de la mirada que le lanzó Nadine—: Gracias.

Rune asintió.

—Noctámbula percibió la presencia de un malsitio. Se ha adelantado para purificarlo antes de que pasemos de lar...

—¡No! —Hanne se apoyó rápidamente sobre las rodillas—. Ese es el lugar al que tenemos que ir.

Rune arqueó las cejas.

—Bien. Entonces podrá llegar hasta el altar y...

—Necesito ir allí. —Hanne se quitó la manta que le cubría los hombros y trató de abrir la puerta. Estaba cerrada por fuera—. Rune, tengo que ir allí.

—¿Por qué?

—Porque... —No podía decirlo—. Por favor. Llévame allí, por favor. No dejes que lo destruya aún.

Rune negó con la cabeza.

—Lo siento, Hanne. Nuestra prioridad es llegar hasta el altar. Ya nos has ralentizado al negarte a revelar su ubicación exacta. Y lo entiendo. Querías salir de esa mazmorra. Pero no puedes demorarnos más.

Rune no la estaba escuchando. No lo entendía.

Así que Hanne recurrió a la única solución que se le ocurrió: alargó un brazo a través de los barrotes, le birló el llavero del cinturón y lo acercó a la puerta lo más rápido posible.

La cerradura estaba en el exterior, así que tenía que elegir una llave, intentar encajarla y pasar a la siguiente. No fue un proceso rápido. Y antes de que hubiera podido probar tres llaves, Rune ordenó que se detuvieran y se bajó de su caballo para tratar de arrebatárselas.

—Suéltalas. —Comenzó a separarle los dedos—. No quiero hacerte daño.

Hanne apretó los dientes y se afanó por probar la siguiente llave, sin soltar el llavero.

«Nunca te perdonará por esto».

Mientras Hanne forcejeaba con las llaves, Nadine se acercó a la ventana y agarró a Rune por la casaca, desequilibrándolo el tiempo suficiente para que su prima pudiera meter la cuarta llave en la cerradura. Encajó.

—¡Detente, Hanne! —Rune se lanzó de nuevo a por ella.

—Rómpeme los dedos si quieres —gruñó ella, que se afanó por girar la llave mientras los demás hombres, los guardias que le habían asignado, se apresuraban hacia el carruaje—. Pero no puedo parar.

El pestillo soltó un chasquido. Nadine volvió a agarrar a Rune. Hanne abrió la puerta justo cuando llegaban los guardias. Salió a toda prisa, lanzando codazos mientras saltaba al suelo y se escabullía entre los hombres que intentaban reducirla.

Pero la oscuridad estaba de su parte: con tantos cuerpos bloqueando la iluminación química, los guardias no pudieron verla para volver a capturarla. Hanne se escabulló antes de que se dieran cuenta. Después se encaramó al caballo de Rune y lo azuzó para que corriera cuando aún ni siquiera se había subido del todo.

—¡Hanne, espera!

Rune y los guardias trataron de interceptarla, pero no reaccionaron a tiempo. Hanne se fue cabalgando a toda velocidad, girando la cabeza el tiempo justo para descubrir que Nadine seguía dentro del carruaje. Su prima asintió con la cabeza.

Hanne galopó a toda velocidad, al amparo de la gélida noche.

Pero esa noche no era natural; no había luz ambiental procedente de la luna ni las estrellas, solo había una oscuridad absoluta. Mientras se alejaba del fulgor de la caravana, el caballo se asustó y giró para regresar hacia un lugar seguro.

A la desesperada, Hanne buscó en la alforja de Rune hasta que topó con una vara metálica. Tras una sacudida rápida, se proyectó un haz de luz, y el caballo, aunque no estaba tranquilo del todo, reanudó la marcha en la dirección que ella quería tomar.

Oyó voces y cascos de caballos a su espalda; la luz facilitaría que la siguieran, sin duda, pero daba igual que al final la alcanzaran: lo importante era llegar primero al malsitio.

—Vamos —le susurró al caballo—. Corre.

Los cascos del corcel retumbaban sobre el suelo. A Hanne le escocían los ojos a causa del viento. Las ramas de los árboles le golpeaban los brazos y las piernas.

—¡Más rápido! —Se inclinó a fondo sobre su montura. Los jirones de seda roja de su vestido aleteaban a su paso.

Atravesaron árboles, rodearon arbustos, sortearon rocas: de esta guisa, Hanne recorrió el sendero por el que la llevaron sus padres cuando era pequeña. El hedor a malicia plagaba el ambiente, tan intenso como para que se le saltaran las lágrimas.

La oscuridad dificultaba la orientación y, además, hacía mucho tiempo que no pasaba por allí. ¿Y si estaba avanzando en dirección contraria?

Pero no tardó en escuchar unas campanitas. Divisó unos lazos amarillos que relucieron en el borde del haz luminoso de la vara. Y oyó un terrible gruñido polifónico: espeluznante y demasiado familiar.

Rencores.

Hanne aferró la barra de luz y urgió a su caballo robado a que corriera más rápido. Ya faltaba muy poco. Pero el corcel resollaba con fuerza, a causa del pánico. Tenía el cuello y los flancos cubiertos por un sudor frío, mientras Hanne se afanaba por mantener el control. Pero el animal, que no estaba dispuesto a seguir corriendo hacia ese depredador invasivo, comenzó a girar para alejarla del peligro.

—¡No! —Hanne tiró de las riendas.

«No nos separes».

Su mente quedó plagada de estática. Se quedó un poco aturdida, aflojando la mano con la que sujetaba la luz. El caballo relinchó y se encabritó, y Hanne cayó al suelo.

«¡Tenías que ser mía!».

Se golpeó la cabeza y el hombro, el dolor fue como un cuchillo al rojo vivo. Entonces se le quedó un tobillo enganchado al estribo y el caballo se puso en marcha, arrastrándola.

Hanne gritó al sentir el impacto de las rocas, las plantas, y un dolor punzante en la pierna. Se oyó un chasquido. Se le nubló la vista. La sangre se le agolpó en los oídos.

Entonces todo se detuvo.

Volvía a estar en el castillo óseo. Una luz rubicunda palpitaba a su alrededor. Y Daghath Mal alzó la mirada hacia el Desgarro, que había multiplicado por cinco su tamaño original. Sacos larvarios de rencores supuraban desde diversos puntos, cayendo al suelo con golpetazos viscosos y desagradables.

«¿Por qué te empeñas tanto en abandonarme ahora?».

Un muro se dilató, revelando el mundo rojo que había al otro lado. Daghath Mal voló hasta el tejado de una torre, batiendo sus enormes alas entre la densidad del aire. Después contempló sus terribles dominios, compuestos de rocas dentadas, arbustos esqueléticos y extraños cúmulos de aire centelleantes.

«Podrías haber gobernado Salvación entera a mi lado. Juntos, habríamos podido establecer una paz definitiva entre los tres reinos».

La panorámica que se extendía ante ella era una pesadilla, con ríos de sangre fangosos y rocas de las que asomaban unos ojos desorbitados y angustiados. Árboles con dientes se abalanzaron sobre un animalillo sin pelo, pero antes de que la criatura fuera engullida, giró hacia ellos sus ojos desorbitados e inyectados en sangre y aumentó de tamaño, expandiendo tanto sus fauces que devoró la arboleda entera de una tacada. Entonces volvió a hacerse pequeño, con un reguero de savia corriendo por su rostro.

Esa no era la paz que Hanne había intentado construir.

«Es una paz diferente a la que imaginabas. Los reinos se disolverán. Pero la guerra eterna terminará. Solo continuará la lucha por la supervivencia, y eso me sustentará. El caos. La codicia».

Más abajo, varios rencores emergieron del castillo, avanzando hacia las dos torres inmensas que se alzaban a ambos lados del Portal del Alma.

«Me has decepcionado, mi pequeña reina. Pero puede que solo se trate de un berrinche. Eres muy joven. No me extraña que estés enfadada. Pero podemos hacer las paces. Los dos podemos conseguir lo que queremos. Dime, ¿qué te parecería ser la reina que socorrió a Salvación? La reina que contuvo a la bestia. La reina que trajo la paz».

Hanne sintió un escalofrío. Eso era justo lo que quería.

«*Oh, cómo te adorarían* —susurró en su mente—. *Venerarían tu nombre, reverenciarían cada palabra que dijeras. Serías algo más que su reina: serías su salvadora*».

Hanne podía imaginárselo, los agradecimientos efusivos cuando le besaran las manos, los monumentos erigidos con su efigie, las celebraciones anuales para conmemorar su victoria sobre la oscuridad. Pudo verse ataviada con las mejores prendas de seda y lana, teñidas con colores brillantes, y, por supuesto, portando la corona de obsidiana, con las puntas erguidas hacia el cielo, mientras todos los que la rodeaban inclinaban la cabeza hacia el suelo.

Casi pudo oír sus gritos de gratitud, los cánticos en su honor y el asombro con el que la gente susurraría: «¡Es la reina de obsidiana!», cuando su carruaje recorriera los pueblos y aldeas, cosechando vítores a su paso.

Sí, pudo imaginarse un mundo en el que ella fuera la mesías de Salvación, una reina adorada sin excepción gracias a un acto de valentía: poner fin a esa oscuridad.

Con esa imagen reconfortante en la mente, comprobó que podía hablar. Pensar, más bien. «Pero ¿por qué? ¿Por qué te beneficiaría esa paz, mi paz?

«*Porque seguiría consiguiendo lo que me corresponde. Más tarde*».

Un escalofrío le recorrió el espinazo.

Las palabras de Daghath Mal resonaban con suavidad. Igual que antes, cuando Hanne creía que era Tuluna. «*El mundo se postraría primero ante ti, la hermosa reina que hizo retroceder a la oscuridad. Y luego, al cabo de setenta años, la anciana reina de Salvación morirá plácidamente mientras duerme. El mundo llorará la mayor pérdida de esa generación*».

A Hanne no le gustó pensar en eso, aunque una muerte plácida durante el sueño no sonaba mal. «Cuando me muera, mi hija se convertirá en reina. Y después mi nieta».

«*No.* —El rey rencor desplegó las alas a su alrededor—. *La reina buena contuvo a la oscuridad hasta su último aliento, pero cuando muera, el Malfreno caerá. Tu paz se convertirá en la mía. Yo seré el rey conquistador».*

Pero…

«Tú estarás muerta. No tendrás que presenciar mi paz. Solo la tuya. —Daghath Mal paseó la mirada sobre el páramo rojizo—. *Creo que mi paz resultará mucho más dulce después de varias décadas copadas por la tuya».*

Setenta años de su paz.

«Sé que no entiendes por qué te hago esta oferta, por qué estoy dispuesto a demorar mi reinado para permitir el tuyo. Sé que no ves en qué me beneficia. Pero escucha esto: te aprecio».

«Eres un rencor. No aprecias a nadie».

«Eso no es cierto. —Sus palabras eran vehementes, como si se sintiera dolido—. *Desde el momento en que nos conocimos, siempre me ha importado tu felicidad. Querías ser fuerte, hermosa e inteligente, y ahora eres todas esas cosas y muchas más. Después quisiste poder, influencia y miedo, y también lo conseguiste. Por último, querías ser la reina de todo Salvación, y aquí me tienes, ofreciéndotelo. Tómalo. Di que sí».*

Qué fácil sería aceptar. Podría tener la vida que siempre había querido.

Pero ¿después qué?

Si ella no estaría presente para ver el sufrimiento, ni para experimentar nada de eso en sus propias carnes, ¿qué más le daba?

Pero la paz de Hanne no podría ser real con la amenaza de Daghath Mal cerniéndose sobre el futuro. Sería una paz falsa, una mentira.

«Soy una mentirosa», se recordó Hanne.

Pero ella no se mentía a sí misma. Si quería ser reina, una de verdad, no podría sacrificar a las generaciones futuras a cambio de su propia felicidad.

Era difícil pensar en ellos, en esa gente que ni siquiera existía aún, como personas que pudieran querer y necesitar algo de ella, y que Hanne tuviera alguna obligación de proporcionárselo. Pero ¿acaso no era eso lo que siempre mencionaba Rune?

¿Que sus padres, abuelos y bisabuelos habían postergado el problema de las incursiones, sin emprender las acciones necesarias para proteger a sus descendientes?

Si Hanne quería ser mejor que ellos, si quería resarcirse, solo había una respuesta posible.

«No».

«*Por favor, elegida mía.* —Sus palabras estaban cargadas de angustia—. *Hanne*».

«He dicho que no».

«*Lamento oír eso, de verdad*».

Un haz de luz se escindió a su alrededor cuando el rey rencor la envió de vuelta a ese bosque oscuro, donde el caballo seguía corriendo y Hanne se había caído al suelo. Ya no la estaba arrastrando, pero sentía un dolor atroz en la cabeza y en el hombro. El dolor del tobillo resultaba casi insoportable. Y mientras comprobaba que aún tenía la vara de luz en la mano y que podía desplazar el haz, una criatura alada descendió en picado hacia ella, con una silueta voluble y titilante.

Ese rencor era más alto que los demás que había visto, con un cariz anaranjado en su carne pálida y gris. De las fosas nasales goteaba un fluido viscoso y parduzco. Lentamente, sus labios se replegaron para formar una sonrisa atroz.

—La princesa títere. —Oír su voz fue como recibir un desgarro en los oídos—. Ya no estás bajo su protección.

Hanne trató de alejarse, pero fue demasiado lenta y la criatura se abalanzó sobre ella. Trató de asestarle un zarpazo en el pecho, pero no la alcanzó.

En vez de eso, la espada negra de Noctámbula le perforó un ojo; una luz blanca y azulada se encendió dentro de su cabeza.

A medida que se intensificaba el fulgor, Noctámbula empujó a la bestia. Alrededor de los bordes de sus alas desplegadas, Hanne alcanzó a ver cómo el rencor explotaba dentro de un estallido de luz. Entrañas, bilis y sangre negra como la brea salieron desperdigadas por el bosque, impactando contra los árboles y arbustos con sonidos viscosos y sibilantes.

Una luz numinosa rodeó a Noctámbula, centelleando alrededor de su cuerpo, sus alas e incluso su espada, mientras limpiaba de la hoja los restos de las vísceras del rencor. Sus movimientos eran gráciles, con una naturalidad que ningún mortal podría alcanzar. Esa era la adalid de los tres reinos.

—Noctámbula. —Hanne tenía la voz ronca, su tono era desesperado.

Noctámbula se giró. Su rostro estaba sumido entre las sombras, pero su pose denotaba peligro.

—Reina Johanne. Decidme qué estáis haciendo aquí.

Hanne intentó mirar en derredor, para comprobar a qué distancia se encontraba del malsitio. Pero la verdad era que daba igual cuánto se hubiera acercado. No podría llegar allí por su cuenta. No con esas heridas. No con los rencores acechándola. Así que se tragó el orgullo y masculló unas palabras a pesar del dolor que la embargaba:

—Necesito tu ayuda. El altar. Por favor.

Noctámbula no se movió.

Parecía que solo la verdad sería capaz de convencerla. Hanne había dañado demasiado el mundo como para que alguien confiara en ella. Para que la ayudaran sin hacer preguntas.

Cerró los ojos. Si Noctámbula la mataba por esto... Bueno, al menos quedaría libre.

—Es Daghath Mal. Es una voz dentro de mi cabeza. Y aquí fue donde empezó todo.

Un resuello. Un aleteo. Y el sonido sibilante de Bienhallada al surcar el aire: eso fue todo lo que escuchó Hanne antes de que la envolviera la oscuridad.

45. Noctámbula

Bienhallada cercenó limpiamente el cuello del rencor. Se derramó una sangre negra y gomosa, que impactó contra el suelo con un siseo. Y entonces la criatura cayó, su cuerpo nauseabundo se desplomó sobre las rocas. Murió tan deprisa como apareció.

A lo lejos, el sonido de unas voces reverberó entre la oscuridad: Rune, sus guardias y aquellos a los que enviaron para vigilar a la reina Johanne.

Una reina que, según su propia confesión, proporcionaba ojos y oídos a Daghath Mal. Y manos, al parecer. Los dispositivos de malicia, la destrucción del Malfreno: el rey rencor la había guiado en todo momento.

Entonces, ¿qué había cambiado? ¿Por qué ahora quería librarse de él?

¿O era otra de las artimañas de Daghath Mal?

Noctámbula seguía contemplando a la reina cuando Rune y su equipo llegaron, con las armas desenfundadas mientras se distribuían alrededor del malsitio, manteniéndose en el lado seguro de la línea amarilla. Las espadas centelleaban con docenas de luces químicas.

—Los rencores se han ido —dijo Noctámbula—. Por ahora.

Aún no había abierto el altar, ni tampoco había destruido el malsitio. Se había concentrado en matar a los catorce rencores que habían estado esperando para emboscarla.

Noctámbula los había despachado bastante rápido, aunque la cifra parecía elevada para tratarse de un malsitio olvidado en mitad del bosque. Pero ahora que sabía que Daghath Mal estaba al corriente de que acudiría allí —de hecho, fue la reina Johanne la que le dijo que se desplazara —, la cifra cobraba más sentido.

Los esbirros de Daghath Mal la habían estado esperando.

Se oyó el chirrido de la puerta de un carruaje. Unas pisadas resonaron sobre el terreno. Poco después, lady Nadine atravesó el brillo lustroso de la membrana y se agachó al lado de la reina.

—¡Hanne! —Tocó el rostro y las manos de su prima—. ¿Qué ha pasado? ¿Qué has hecho? —Giró la cabeza para mirar a Noctámbula, con gesto acusador—. ¿Le has hecho daño?

Noctámbula enfundó su espada.

—Ni la he tocado.

Unas botas hicieron crujir la hierba quebradiza con una cadencia familiar. Rune se detuvo al lado de Noctámbula, rozándola con el codo.

—¿Qué ha ocurrido? —Se arrodilló al lado de la reina Johanne y le tocó el cuello—. Está viva. Pero hay mucha sangre.

Era cierto. La sangre manaba de varias heridas.

—Perdió el control de su caballo y se vio arrastrada un buen trecho hasta que pude cortar el estribo. —Noctámbula se agachó y apartó el cabello dorado de la reina—. Necesita atención médica. Primero las heridas de la cabeza. Y el tobillo.

Rune oteó el entorno y, cuando divisó al hombre al que buscaba, llamó al galeno.

—¡Deprisa!

—¿Por qué no la ayudaste? —Lady Nadine se encaró con Noctámbula, enseñando los dientes—. Estabas ahí quieta como un pasmarote. ¿Ibas a dejarla morir?

—Sabía que llegaríais pronto. —Noctámbula se incorporó—. Y estaba intentando determinar si nos condujo a propósito hasta una emboscada.

—¿Qué? —Rune alternó la mirada entre ambas—. ¿Cómo podría haber hecho eso?

Lady Nadine se puso pálida.

—No lo hizo. Hanne solo quería ayudar. Y mirad eso, ¿acaso no es lo que queríais? —Señaló hacia el altar de invocación, que estaba cubierto de fango—. Hanne estaba diciendo la verdad.

Noctámbula achicó los ojos, sopesando la urgencia y el intento de distracción.

—Tú conoces su secreto.

La joven dama palideció aún más si es que eso era posible.

—Yo…

En ese momento llegó el galeno. Se puso manos a la obra de inmediato, identificando las heridas de la reina y sacando vendas y ungüentos de su morral.

—Vamos a tener que llevarla de vuelta al carruaje para que pueda…

—No podemos sacarla de aquí —repuso lady Nadine—. Aún no. No hasta que…

Miró hacia el altar, una piedra enorme con la parte superior plana y emblemas de los rencores grabados sobre la superficie.

—Necesita atención inmediata, mi señora. Y este lugar… —Abarcó el malsitio con un gesto— no está limpio.

—Frena la hemorragia —dijo Noctámbula—. Después vuelve a atravesar la línea amarilla.

Rune estaba visiblemente confuso, pero cuando el galeno lo consultó con él, asintió para darle su confirmación. Con el ceño fruncido, el médico concluyó su labor y se marchó.

Noctámbula se agachó y bajó la voz:

—La reina está poseída por Daghath Mal.

—¿Qué? —Rune no se lo podía creer.

—Creo que ha estado cumpliendo sus órdenes —añadió Noctámbula.

—¡Ella no lo sabía! —Lady Nadine se inclinó hacia delante, susurrando con vehemencia—. Creía que estaba oyendo a Tuluna la Tenaz. ¡No fue hasta después del proyecto del observatorio cuando se dio cuenta de que era otra cosa!

Noctámbula miró de soslayo a Rune, cuya expresión revelaba que él también estaba evocando la subida a la torre del observatorio, la peste a malicia y las incógnitas sobre lo que la reina Johanne había estado haciendo allí.

—Háblame de ese proyecto —dijo Noctámbula.

—Dispositivos de malicia. —Lady Nadine estaba compungida—. Uno por cada torre de vigilancia alrededor del Malfreno. Para derribar la barrera.

—¿Qué? —Rune se quedó pálido—. ¿Por qué?

Noctámbula se puso furiosa. La explosión que había presenciado, los filamentos de malicia que se deslizaban a través del Malfreno… Todo había sido obra de la reina Johanne.

—Se suponía que debía reactivarse enseguida —sollozó lady Nadine—. Fortalecido. Y se suponía que íbamos a tener ejércitos apostados por todas partes para repeler a cualquier rencor que se escabullera por él. —Había empezado a llorar, las lágrimas corrían por sus mejillas—. Hanne creía que era la única solución. Creía que Tuluna quería que hiciera eso.

—Hanne hizo caer el Malfreno porque el rey rencor le dijo que lo hiciera. —Rune negó con la cabeza—. Pero estuvo atrapada en ese malsitio. En el bosque de Sendahonda. Y la enviaron a Ivasland…

—Para trabajar en dispositivos de malicia. —Lady Nadine se enjugó el rostro, pero las lágrimas no dejaban de brotar—. Para reunirse con la gente que ayudaría a destruir el Malfreno. El rey rencor la utilizó en todo momento. Pero en cuanto Hanne se dio cuenta, quiso parar. Tenía intención de avisar a Mae y a los demás para que interrumpieran el proyecto. Pero era demasiado tarde. Nos secuestraron.

Los músculos de la mandíbula de Rune se tensaron.

—¿Quién iba a pensar que…?

—Tuluna le dijo que lo hiciera. —Lady Nadine estrechó las manos de la reina Johanne y miró a Noctámbula—. Por favor. Ella creía que este era el único lugar donde podría romper esa conexión. Se estableció aquí. Debería poder revertirse aquí. Por eso insistió tanto en venir. Pensaba que, si tú te enterabas, la…

La mataría. Debido al Amanecer Rojo. La reputación de Noctámbula estaría mancillada para siempre por ese acto innombrable, por su propia conexión indeseada con Daghath Mal.

Si fue capaz de influir en ella, ¿cómo no iba a poder hacerlo con una humana vulnerable?

Un detalle revelador. Uno que Noctámbula no podía ignorar.

—Llevadla hasta el altar —dijo mientras se incorporaba—. Haré lo posible para liberarla.

—Gracias —masculló lady Nadine—. Gracias.

—No prometo nada. Nunca he hecho esto.

Noctámbula se giró hacia Rune, que tomó con suavidad a la reina Johanne entre sus brazos. Aún seguía inconsciente, pero la hemorragia había cesado.

Con cuidado, la llevó hasta el altar y la depositó en lo alto de su superficie tallada, dejando que lady Nadine recolocara el pelo y el vestido andrajoso de su prima antes de soltarla del todo. Entonces los dos retrocedieron.

—¿Y ahora? —preguntó lady Nadine.

—Regresa con tu gente. Decide qué quieres contarles sobre lo ocurrido. —Antes de que lady Nadine pudiera protestar, Noctámbula añadió—: Estoy convencida de que el rey rencor no querrá que lo separemos de ella. Parece que este malsitio es un conducto para él. Así que te aconsejo que te pongas a cubierto.

Lady Nadine acunó el rostro de la reina Johanne entre sus manos, después retrocedió más allá de la línea amarilla.

Noctámbula se giró hacia Rune. Tenía el rostro fruncido con un gesto de desconcierto. Y de frustración.

—Dime qué estás pensando —le pidió.

—¿Todo el mundo tiene un monstruo en su interior? —Soltó una carcajada breve y sombría—. ¿Soy el único que no lo tiene?

—Tal vez. —Sus alas los ocultaban de la vista del resto del grupo, así que Noctámbula estiró los dedos y le acarició los nudillos—. Debe de ser duro pararse a pensar en todos esos momentos privados que él presenció por medio de terceros.

—No estaba pensando en eso. Bueno, ahora sí. —Rune miró de reojo a su esposa—. No, estaba... estaba pensando que debería haberlo advertido. Soy tu alma gemela y su... ya sabes. Pero las dos estabais sufriendo y no me di cuenta. Lo siento.

—No puedes pretender darte cuenta de algo que te han ocultado intencionadamente. —Noctámbula titubeó—. No conozco los motivos de la reina Johanne para ocultarlo, pero yo no quería que ni tú ni nadie me consideraseis débil. Vulnerable. Tú ya sabías lo de mi memoria. No podía confesar algo más que aún no entendía.

Junto al carruaje, lady Nadine estaba hablando con los demás:

—La reina Johanne ha enfermado. Pero sabía que Noctámbula podría curarla con magia numinosa. Por eso está aquí.

—Sin presiones —murmuró Rune—. ¿Debería irme?

—Quédate. Eres la única persona que conozco que ha sido capaz de cortar una conexión con Daghath Mal.

—Eso se debió a lo que soy para ti. No sé cómo desvincular a Hanne.

—No tienes que hacerlo tú. Simplemente... —lo miró a los ojos— quédate a mi lado. Hasta que terminemos.

Rune inspiró una bocanada trémula. Le rozó las yemas de los dedos. Y asintió.

—Lo haré.

Entonces, apretando la mandíbula, Noctámbula zarandeó sus alas y se giró hacia el altar. Cerró los ojos. Cuando los abrió, su visión cambió. Del mismo modo que podía ver la barrera lustrosa de los malsitios, ahora veía un halo oscuro rodeando a la reina Johanne. Un filamento espinoso emergía de ella, en dirección a la Malicia.

—¿Qué vas a hacer?

Noctámbula empuñó su espada.

—Espera...

Una luz numinosa centelleó a lo largo de la hoja negra de la espada cuando descargó el golpe, cercenando la línea. Johanne gritó mientras el filamento se replegaba. Abrió los ojos. Pero Noctámbula no había terminado aún.

—Sujétala —ordenó.

Rune agarró a la reina Johanne por los hombros y se inclinó, inmovilizándola, mientras Noctámbula acercaba a Bienhallada al corazón de la reina, donde seguía asomando el muñón del filamento, que se afanaba por volver a crecer y reconectar con el otro extremo. Pero la energía palpitó a través de la espada y se adentró en la joven monarca, produciendo una lluvia de chispas que desintegraron ese halo sombrío.

La reina se convulsionó encima del altar, mirando hacia arriba con los ojos desorbitados y un gesto de terror. Abrió la boca, aunque no volvió a gritar.

—Tranquila —decía Rune una y otra vez—. Te está ayudando.

Noctámbula insufló más luz en la reina Johanne hasta que, al fin, las últimas hebras de oscuridad se desintegraron. Entonces bajó la espada y retrocedió, permitiendo que Rune asistiera a su reina.

—Llévala a un lugar seguro. Yo remataré la labor.

Cuando Rune levantó a la reina Johanne del altar y la llevó al otro lado de la línea amarilla, Noctámbula, la espada de los númenes, el martillo de los dioses, hizo aquello para lo que había sido creada: clavó a fondo la hoja de Bienhallada en la base del altar, inundando la piedra cubierta de emblemas con una energía divina hasta que los haces de luz sagrada se dispersaron en todas direcciones, surcando la oscuridad. Hizo pedazos el malsitio, destruyendo la membrana con una luz afilada como una cuchilla. También purificó el terreno, cauterizando esa infección tan profunda, asegurando que no volviera a crecer nunca.

Cuando terminó, Salvación seguía sumida en una noche antinatural, pero ese malsitio había desaparecido. Se diría que incluso los mortales lo habían percibido. Aunque las campanas tintineaban y los lazos amarillos permanecían, el ambiente había cambiado. El hedor de la malicia había desaparecido, dejando solo los olores que impulsaba el viento.

Noctámbula enfundó su espada y se situó delante del altar de invocación. Era el último. Albergaba la pieza final del arma.

Rune se acercó a su lado.

—Deberías irte antes de que lo abra. —Noctámbula rozó sus brazos—. Vendrán rencores.

Rune asintió.

—Seguramente ya estarán de camino.

Noctámbula contempló el altar semienterrado. La figura del frente, la daga, aún resultaba visible, incluso después de llevar varios siglos expuesta a los elementos.

—Deberías enviar a alguien aquí. Para que se lleve el altar.

—Pertenece a Embria.

—Ponlo en un lugar seguro, donde alguien lo usará en el futuro. —Noctámbula cambió el punto de apoyo para separarse de Rune. Necesitaba acostumbrarse a esto, a estar sin él. Rune nunca sería suyo—. Ve. Yo recuperaré el arma y acabaré con Daghath Mal. Tienes mi pluma si necesitas comunicarte conmigo.

Rune la observó con un gesto de incertidumbre en los ojos.

—Reúnete conmigo en el Portal del Alma antes de enfrentarte a Daghath Mal. Tendré listo tu ejército.

Cuando Rune se marchó, Noctámbula abrió el altar, sacó el último fragmento del arma y empuñó su espada.

*

Mientras Noctámbula se aproximaba a la isla de Ventisca, la luz del sol le calentó la piel. Qué alivio alejarse volando de la oscuridad, dejarla tan atrás que apenas podía ver esa parte del cielo.

Aunque nadie más podía escapar.

Ese pensamiento la afligió. Toda esa gente a la que debía proteger estaba atrapada en esa noche implacable, consciente de que, aunque consiguieran alejarse de ese cielo negro durante unos días, al final los alcanzaría. No había ningún lugar seguro para ellos.

Con esos pensamientos funestos, Noctámbula rodeó la torre de Ventisca, aterrizó en el balcón y entró en su casa.

Cuando pasó junto a la cama, que seguía deteriorándose bajo los efectos del paso del tiempo, pensó que algún día se echaría a dormir allí otra vez y, cuando despertara, volvería a encontrarse con un mundo distinto.

«No pienses en eso ahora», se dijo. No podía permitirse el lujo de preocuparse por algo que no fuera el presente.

Decidida, bajó a la biblioteca.

La vitrina de cristal con la página iluminada del manuscrito seguía allí. Igual que antes, fue incapaz de leer lo que ponía. Las letras se parecían a aquellas con las que estaba familiarizada, pero estaban distribuidas en un orden extraño, como si alguien estuviera practicando caligrafía a partir de un manual.

Pero la figura que había en el medio, el bosquejo del arma...

Noctámbula abrió el cajón situado bajo la vitrina. Allí, sobre un cojín de terciopelo, aguardaban las dos primeras piezas: la empuñadura y la cruceta. Entonces sacó la hoja del puñal. Era más negra que la noche, con dos filos y una punta de aspecto lacerante. El material era liso, pero no brillaba ni reflejaba la luz, como hacía la obsidiana. Era completamente mate, incluso más que el ónice, como si absorbiera cada chispa de luz que lo rozaba.

Con cuidado, Noctámbula depositó el filo sobre el terciopelo, entre la empuñadura y la cruceta. Sintió un escalofrío al ver las tres piezas juntas.

Esa arma, comprendió, era un último recurso. Ese era el motivo por el que habían dividido la daga en tres pedazos, guardados a buen recaudo dentro de las únicas reliquias que era improbable que perdieran los humanos. Y esa era la razón por la que la información sobre su existencia estaba bloqueada en las profundidades de su mente, para que ni siquiera ella pudiera acceder al arma sin ayuda de los númenes, bajo las circunstancias más adversas.

Matar a un rey rencor suponía convertirse en uno.

A una bestia como esa era preciso destruirla por completo, desintegrar cada pedazo de su ser, hasta los mismísimos átomos que la compusieran. Y el proceso no podía limitarse a su cuerpo. Su alma —o cualquier sucedáneo siniestro y corrompido que poseyera ahora— debía ser la siguiente.

La torre estaba sumida en un silencio sepulcral, tan inmóvil como si el resto del mundo ya no existiera. Aun así, mientras Noctámbula recogía la empuñadura y la cruceta, tuvo la sensación de que alguien la observaba.

Oteó la biblioteca, sospechando que encontraría a alguien acechando entre las sombras, pero allí no había nadie más. Solo estaba ella. Y el arma, por supuesto.

La empuñadura y la cruceta se ensamblaron con un sonido atronador, y una luz oscura centelleó alrededor de los dos fragmentos. Ya sellados, era imposible discernir dónde estaba la línea divisoria.

El eco de su unión resonó a través de la torre, reverberando a través del armazón del mundo. Solo cuando se disipó, Noctámbula recogió el filo, con cuidado para no cortarse. Tomó aliento, con los pies separados y las alas extendidas, y acercó la espiga del filo a la abertura.

Chas. La espiga se deslizó a fondo hacia el interior de la empuñadura. El estallido que se produjo a continuación zarandeó la torre, provocando que Noctámbula dejara caer el puñal sobre el cojín de terciopelo mientras se tambaleaba hacia atrás. El sonido reverberó, los temblores se extendieron en todas direcciones. En las alturas, a través de capas de piedra y cielo, hasta las estrellas se estremecieron cuando el arma quedó completada.

Silencio, de nuevo.

Noctámbula quedó embargada por un pavor intenso mientras se estabilizaba, sacudió las alas y luego las volvió a plegar. Inspiró hondo. Y luego soltó el aire.

Era el momento de ver el puñal, esa arma tan terrible como para que sus creadores esperasen que nunca llegara a utilizarse, una reliquia con un poder tan devastador que ni siquiera ella —la inmortal Noctámbula, la encargada de proteger a la humanidad— debía conocer su existencia.

Se aproximó a la vitrina y abrió el cajón que había debajo. Al principio, no vio nada más que aquella funda de terciopelo, sin rastro del arma. Pero cuando se fijó mejor, detectó una ligera hendidura sobre el cojín, una suave presión que señalaba el lugar donde estaba apoyada la daga.

El puñal era tan negro que no reflejaba la luz por ninguna parte. En vez de eso, se diría que absorbía la luz del entorno. Cuanto más lo miraba, mayor era la atracción que ejercía sobre ella. Verlo resultaba desasosegante, como si estuviera mirando a la nada: a la ausencia de luz, la sustancia primordial de la oscuridad. Y no podía dejar de mirarlo.

Noctámbula cerró el cajón de golpe.

Parpadeó y concentró la mirada sobre las estanterías, las baldosas de mármol, la propia vitrina. Tenía el aliento entrecortado y las manos..., las manos le temblaban.

—Benditos númenes —susurró con el corazón acelerado—. Menudo horror habéis forjado.

Por un momento, deseó no haber conocido la existencia de esa cosa, que sus creadores no hubieran concebido un arma tan funesta. Ojalá no tuviera que recurrir a algo así...

Primero, buscaría algo para contenerla. Necesitaba algo más que una vaina; necesitaba también una forma de cubrir la empuñadura, ya que no podía soportar mirar ninguna parte del arma más tiempo del necesario.

El cajón superior —donde había estado guardando los fragmentos— solo contenía el arma y el cojín de terciopelo, pero había otro cajón por debajo, uno que no tenía tirador.

Noctámbula presionó el frontal. El cajón se abrió para revelar un hueco estrecho y poco profundo que contenía un envase forrado con obsidiana, del tamaño apropiado para acomodar la longitud del filo y la anchura de la cruceta. Noctámbula lo colocó encima de la vitrina, tratando de reunir la templanza necesaria para volver a mirar el arma —para tocarla de nuevo, ahora que estaba completa—, y fue entonces cuando se fijó en la página del manuscrito. Algo había cambiado.

La escritura parecía la misma que antes. La imagen del puñal seguía presente. No, lo único que había cambiado era su capacidad para leerla.

DEVORALUZ

Noctámbula se quedó mirando el nombre del puñal durante un buen rato, dejando que su sonoridad se deslizara a través de su mente, hasta que se desprendió de su lengua y susurró: «Devoraluz», en dirección a la biblioteca vacía.

La vitrina se estremeció bajo sus manos.

Noctámbula siguió leyendo, su corazón se llenó de pavor mientras desplazaba la mirada por el papel.

No encontró grandes sorpresas. Era en gran medida lo que había deducido con Aura, Rune y los demás: Devoraluz estaba reservada para las emergencias más catastróficas, cuando se habían agotado todas las demás opciones. El puñal acabaría con toda clase de criatura con el que fuera utilizado, incluidos reyes rencor y otras monstruosidades procedentes de la Fracción Oscura, así como bestias de cualquier otro plano.

Antaño existía un único mundo, el Primer Mundo. Era caótico, ingobernable, pero completo. Más tarde, la Escisión lo hizo pedazos.

Devoraluz es un fragmento diminuto e ignoto de ese evento. Puede existir temporalmente dentro de otros planos y ha sido utilizado para forjar el arma más funesta que se conoce.

Este puñal absorbe materia. Se desconoce lo que se extiende al otro lado del horizonte oscuro de su filo, qué destino aguarda a las víctimas de Devoraluz. La teoría mayoritaria establece que se esparcen dentro de esa oscuridad absoluta para siempre, tan fragmentadas como el Primer Mundo. Este, se acepta, es el único destino posible, acabar deformado y proyectado hacia la nada...

Así. Así era como destruía: desintegrando a sus víctimas, reduciéndolas a sus componentes más básicos y diminutos, para luego enviarlas a un cúmulo espacial donde quedaban a la deriva por toda la eternidad.

La muerte parecía una opción más piadosa.

Pero Noctámbula cerró los ojos y pensó en lo que Daghath Mal le había hecho a ese mundo, en el caos que había producido, en la destrucción que había propagado. Recordó cómo irrumpió en su mente —y en la de la reina Johanne—, utilizándolas para influir en el mundo. Y pensó, de un modo más acuciante, en lo que sería capaz de hacer en el futuro.

Las incontables muertes que infligiría. El terror de la malicia extendiéndose por el mundo. Si fuera necesario, no dudaría en utilizar ese puñal contra él.

Con la mandíbula en tensión, Noctámbula volvió a inclinarse sobre la página para terminar de leer.

A continuación, había unas instrucciones: cómo transportar a Devoraluz (con el envase de obsidiana que ya había encontrado), cómo mirarla (no directamente si fuera posible), y cómo desarmarla y almacenarla una vez concluida su labor.

Y luego venían las advertencias.

Frases y frases dedicadas a advertir que no era juicioso utilizar la daga demasiado tiempo, ni asomarse con detenimiento a su oscuridad, y, por último, imperativamente, que no se debía permitir que el filo tocara cualquier cosa que el portador no quisiera destruir. Un rasguño bastaba para que Devoraluz se diera un festín.

Pero fue la advertencia final lo que más estremeció a Noctámbula, que profirió un resuello que resonó por la silenciosa biblioteca.

Releyó el pasaje final para asegurarse de que lo había entendido correctamente. Pero el mensaje era claro.

No era de extrañar que le hubieran ocultado esa arma, que la información solo se desbloqueara durante una época de necesidad imperiosa. Con toda certeza, Devoraluz destruiría a Daghath

Mal. Lo expulsaría, liberando a este mundo de su influencia, salvando incontables vidas de la pesadilla que estaba desplegando por todo el territorio.

Pero tenía un coste. Un precio que tuvieron que descubrir por las malas, una tragedia para los númenes que dedicaron sus horas finales a moldear ese cúmulo espacial para convertirlo en un arma.

Aquel que empuñaba el arma no era inmune a sus efectos. El puñal se cobraría la vida de su víctima… y también la de su portador.

Si Noctámbula utilizaba a Devoraluz para destruir a Daghath Mal, ella también sería destruida.

46. Hanne

Hanne se despertó con el ruido de unas catapultas. El chirrido de las sogas al rozar con la madera, los gritos de los operarios, el chunc producido por la distensión de la cuerda. Entonces, poco a poco, identificó unas voces, suaves y femeninas. Familiares.

—Pensaba que ya debería estar aquí. —Era una de sus doncellas. Maris.

—Así es. —La voz de Nadine resonó desde algún lugar cercano—. No sé dónde se habrá metido.

—¿Cuánto tiempo podremos aguantar sin ella? —preguntó Cecelia.

—No mucho más. Las carpas médicas están saturadas. Cuando cumplí mi turno esta mañana, estaba… —Lea soltó un largo suspiro—. Nunca había visto tanto sufrimiento.

—Las rutas de suministro también se están resintiendo —susurró Maris—. Hace falta mucha gente para protegerlas frente a los ataques de los rencores…

Se quedaron en silencio durante un rato.

—¿Os reconcome que hayamos contribuido a esto? —preguntó Maris.

Al cabo de un rato, todas respondieron en voz baja:

—Sí.

—Espero que llegue pronto. —Lea tenía la voz tomada—. La necesitamos.

Noctámbula. Estaban hablando de ella. Pero estaba en el malsitio, buscando el altar. ¿Lo habría encontrado ya? Y…

Un recuerdo irrumpió en la mente de Hanne: la huida del carruaje, el robo del caballo de Rune, la súplica a Noctámbula para que la ayudara.

Debió de hacer algún ruido, porque las doncellas se quedaron calladas y Hanne pudo sentir que la estaban mirando.

—¿Hanne? —Nadine le apoyó una mano fría en la frente, luego en las mejillas—. Le ha bajado la fiebre —informó a las demás.

Con un leve gemido, Hanne se obligó a abrir los ojos, pero la luz resultaba demasiado molesta y brillante. Achicó los ojos y apartó la mirada de las esferas luminosas.

Se produjo un revuelo generalizado: sirvieron agua en un vaso, mulleron sus almohadones y varias esferas desaparecieron en el interior de unas cestas. Al cabo de unos instantes de confusión. Hanne se dio cuenta de que estaba dentro de una pequeña tienda de campaña. Nadine, Sabine y todas sus doncellas estaban allí.

Y también Mae.

La malicista se encontraba en el otro extremo de la carpa, frente a una mesita cubierta de papeles, lápices y fragmentos de una especie de máquina. Miró de reojo a Hanne y sonrió ligeramente.

—Me alegro de que estés viva.

Rápidamente, Hanne se frotó los ojos para terminar de espabilarse y se peinó con los dedos.

—Toma, bebe esto. —Nadine le acercó un vaso a los labios. Hanne probó un sorbo. Notó el frío descenso del agua por su garganta hasta desembocar en su estómago. Cuando terminó, su prima dejó el vaso a un lado—. Has pasado mucho tiempo inconsciente. ¿Recuerdas lo que pasó? ¿Estás... sola?

Hanne trató de evocar lo sucedido después de que Noctámbula se cerniera sobre ella, empuñando esa espada oscura, pero no encontró nada.

Hasta que parpadeó.

Se materializó un recuerdo: el altar, Rune y la luz del Malfreno crepitando hacia el interior de su cuerpo.

El pasmo que le produjo se disipó rápido, pero un sentimiento profundo de inquietud se desplegó por todo su ser. Faltaba... algo. El silencio reinaba dentro de su cabeza, ya solo quedaba el eco de sus propios pensamientos en el lugar que había ocupado Daghath Mal durante casi una década.

Durante un instante horrible, Hanne experimentó una soledad profunda e insondable.

Sabía que no debería sentirse así: Daghath Mal había sido un parásito, un invasor, un espía. Pero, durante años, había permanecido a su lado, guiándola, haciendo que se sintiera especial.

Pero ella no era especial.

—¿Hanne? —susurró Nadine mientras se sentaba a su lado—. ¿Ha funcionado? ¿Lo que hizo Noctámbula?

Vacilante, Hanne meneó la cabeza con un gesto que aspiraba a ser afirmativo. Le dolían todos los músculos del cuerpo, pero el agarrotamiento solo era el resultado de dormir en un catre duro. Debería sentirse mucho más dolorida. Había sangrado, ¿no? Y se le quedó el tobillo enganchado en un estribo... Sin embargo, donde antes sentía un dolor atroz e insoportable, ahora solo quedaba una molestia leve.

Nadine le ofreció otro trago de agua. Hanne aceptó. Y, al fin, se aclaró la garganta lo suficiente como para poder hablar:

—Ha funcionado.

Nadine se relajó visiblemente.

—Gracias a todos los númenes conocidos y anónimos.

Hanne no quería volver a pensar en los númenes durante una temporada, que seguramente sería muy larga.

—¿Dónde estamos? ¿Cuándo habéis llegado?

Hanne ordenó que fueran a buscarlas, pero...

—Estamos en el Portal del Alma, la puerta de entrada hacia la Malicia. —Nadine se deslizó una mano por el pelo—. Obviamente, ya no es el único acceso, puesto que el Malfreno sigue caído. Pero es el mejor lugar para desplegar a un ejército.

—Tres ejércitos —la corrigió Sabine, sin alzar la mirada de su labor de ganchillo—. Además de sus propios hombres, Rune ha convencido a los rebeldes de Solcast para que luchen a su lado. Y la reina Abagail también está aquí.

Al otro lado de la carpa, Mae se estremeció.

—Ella sabe que estoy aquí, pero el rey Rune aceptó mi solicitud de asilo. Al menos, temporalmente.

Pero el Malfreno seguía desactivado. Hanne se obligó a reflexionar. Luego podría actuar.

—Así que los ejércitos han entrado en acción. ¿Qué progresos se han llevado a cabo?

Maris agachó la mirada.

—No muchos. Los ivaslandeños trajeron unas máquinas enormes que disparan fragmentos de obsidiana hacia el interior del Portal del Alma, pero nadie ha podido llegar allí aún. Aunque Rune dice que debemos alcanzar las torres.

—¿Por qué?

—Por algo relacionado con el Malfreno. Pero están infestadas de rencores y otras... —Maris arrugó la nariz— cosas. Ayer vi cómo supuraba sangre por una de las paredes. Entonces emergió un enjambre enorme de moscas y...

—Ya es suficiente. —Sabine dejó a un lado sus tejidos—. Su majestad necesita descansar.

—Ya he descansado. Estoy lista para hacer algo. —Hanne se levantó del camastro, se tambaleó y volvió a sentarse. El mareo remitió—. ¿Dónde está Rune? Debería hablar con él.

—Está en el frente —respondió Nadine.

Ya. Porque a los monarcas caberwilianos les encantaba arriesgar la vida liderando personalmente a sus ejércitos, pese a que tenían generales sobradamente cualificados para hacer eso.

—Enviaré un mensajero para hacerle saber que estáis despierta. Y que queréis verlo. —Lea salió de la tienda de campaña.

Hanne volvió a levantarse, esta vez con la ayuda de su prima, y se acercó cojeando a la mesa donde trabajaba Mae.

—¿Qué es todo esto?

—Estoy intentando averiguar cómo crear un nuevo Malfreno. —Mae alzó la cabeza y cruzó una mirada fugaz con Hanne—.

Vuestra nota decía que debíamos colaborar con el rey Rune y el gran general, y lo que quieren es un Malfreno.

Hanne inspeccionó los planos, pero no entendió qué clase de máquina estaba diseñando.

—¿Es posible?

—Eso creo. —Mae pasó las páginas llenas de bocetos—. Sabemos que los malsitios tienen sus propias barreras, llamadas membranas, debido a la atracción gravitatoria que ejerce sobre sí misma la malicia. Pero aquí hay una cantidad ilimitada que emerge del Desgarro, así que no se contiene de la misma manera. No hace más que empujar y empujar. Sin embargo, mi hipótesis es que un campo de malicia supercondensado actuaría como membrana. No es la opción ideal, porque seguiría estando compuesto de malicia, pero podría aguantar durante un tiempo. —Suspiró—. He conseguido que funcione una versión a pequeña escala, pero necesitamos algo inmenso.

—Y pensar que algo así sea posible... —Hanne negó con la cabeza. Se diría que no había nada imposible, ni siquiera para la gente que no escuchaba voces siniestras en su cabeza.

—Temí por ti cuando te secuestraron —dijo Mae, bajando la voz.

—¿De veras?

Bueno, era lógico que se preocupara. Todos los malicistas del proyecto del observatorio habían corrido el peligro de quedar expuestos. Y seguían corriendo ese riesgo. Por culpa de Hanne.

Bueno, primero por culpa de Abagail. Pero luego por culpa de Hanne.

—Por supuesto. Somos amigas. —Mae bajó la mirada hacia sus labios—. ¿Verdad?

Hanne sonrió ligeramente, sorprendida por esa respuesta.

—Por supuesto —repitió.

—Majestad. —Lea se acercó a un baúl enorme—. Si vais a ver al rey, tenéis que vestiros.

De repente, Hanne se dio cuenta de que su prenda de más abrigo era una bata y que el ambiente era muy frío. Pero lo que sus doncellas sacaron del baúl tampoco era precisamente un atuendo invernal.

—¿Eso es una armadura?

—El rey Rune no va a abandonar el frente.

Lea sostuvo en alto un jubón de cuero oscuro. Al menos tenía un buen talle y resaltaría su figura. (Lo cual no era el objetivo de una armadura, claro.) También tenía una filigrana bordada con hilo dorado que se extendía por el pecho y las mangas.

Hanne tardó un rato en asimilar lo último que había dicho Lea.

—¿No abandonará el frente ni siquiera por mí? Pero si soy la reina.

Todas las doncellas miraron a Nadine, que se irguió para asumir la responsabilidad de transmitirle las malas noticias.

—Técnicamente…, Embria se encuentra bajo un nuevo liderazgo. La nobleza ha jurado lealtad al magistrado Stephens. Los que se negaron están en las mazmorras.

Hanne se enfureció al oír eso.

—El magistrado cuenta con el apoyo popular —prosiguió su prima—. Así como con el reconocimiento del rey Rune y la reina Abagail.

A Hanne se le nubló la vista y se tambaleó brevemente, presa de un nuevo mareo.

—¿Rune ha reconocido a Stephens como regente de Embria?

Todas las doncellas asintieron con gesto sombrío.

—Necesitaba al ejército rebelde —dijo Sabine—. Dado que el vuestro ya no estaba disponible.

—Entiendo. —Pero, si Stephens era el regente, ¿qué significaba eso para ella?—. Sigo siendo la reina de Caberwill, ¿verdad?

Se produjo otra pausa incómoda. Esta vez fue Sabine la que respondió:

—Técnicamente, sí, pero… la alianza estipula que el rey se despose con una heredera de Embria, y como vuestros padres perdieron el reino…

Nadine asintió.

—Así que, técnicamente…

Hanne estaba empezando a odiar esa palabra.

—Ahora eres la consorte del rey Rune, sin ningún poder efectivo. —Nadine se mordió el labio—. Ni siquiera está claro si aún seguís casados.

—¿Qué? —Pues claro que seguían casados. Eso no podía deshacerse sin más, solo porque alguien hubiera usurpado su reino. ¿Verdad?—. ¿Cómo es posible que mi estado civil esté en entredicho? Fue consumado.

—Creo que existe una cláusula relativa a un acuerdo mutuo para permanecer casados, en caso de que la alianza se ponga en cuestión. Cualquiera de las dos partes puede anular el matrimonio si no se cumplen las condiciones del tratado.

Aquello le resultaba vagamente familiar, pero no había indagado demasiado en esa parte. Teniendo en cuenta que, al fin y al cabo, su intención era que el matrimonio durase poco.

Nadine se encogió de hombros con impotencia.

—No se ha debatido nada al respecto, teniendo en cuenta que estabas inconsciente y que Rune tiene otras cosas entre manos.

—Como esperar en el frente a que llegue Noctámbula —murmuró Lea.

Eso parecía propio de él.

—Tendré que asegurarme de que entienda que seguimos casados. —Sin él, Hanne caería sin remedio en las garras del magistrado Stephens, que volvería a encerrarla en la mazmorra con sus padres. Entonces asimiló las implicaciones de lo último que había dicho Lea—. Un momento, ¿dónde está Noctámbula?

—Nadie lo sabe —dijo Maris—. Pero está muriendo gente sin ella.

Afuera se oyó el chirrido y el golpetazo de otra catapulta. Un hombre gritó.

*

Cuando Hanne estuvo presentable y lista para recordarle a Rune todos los motivos por los que se había casado con ella, el capitán Oliver la escoltó a través de las líneas de apoyo logístico: cientos de herreros, cocineros, médicos y mensajeros que colaboraban entre sí para mantener activa la ofensiva de la humanidad.

En un campo, docenas de jóvenes estaban practicando con garrotes, martillos y lanzas. Estaban demasiado lejos como para que Hanne pudiera ver sus rostros con claridad, pero era obvio que estaban aterrorizados. Se trataba de granjeros y zapateros a los que habían entregado las armas más rudimentarias —las únicas que serían capaces de empuñar— para combatir a los depredadores más feroces de todo Salvación.

Esas personas iban a morir.

Mientras avanzaban por una carretera que antes era blanca, y que discurría a través de las montañas hacia un par de torres inmensas, Hanne se obligó a mirar arriba, hacia el lugar donde debería estar el Malfreno.

El cielo era un muro de color rojo. Como si fuera una herida supurante, un gas rojizo se extendió sobre las montañas, descendiendo por las pendientes, y se estrelló contra el mundo corriente con una violencia atroz. El espacio donde las dos realidades topaban estaba repleto de relámpagos, remolinos y zonas centelleantes que no concordaban con lo que estaba ocurriendo a su alrededor.

Parecía detenerse a cierta distancia de las dos torres y la verja levadiza de hierro, pero había evidencias de su expansión por todas partes: carros de suministros flotaban en anomalías gravitacionales, barricadas con pinchos aplastadas sobre la tierra roja y trozos metálicos inidentificables incrustados en el suelo.

Ñiiiic. Tunc. Una catapulta disparó un proyectil negro y reluciente hacia el Portal del Alma. Pequeños fragmentos de obsidiana cubrían el sendero que discurría a través de la verja levadiza.

—¿Dónde está el frente? —preguntó Hanne en voz baja.

—Más allá de la mezcla. —El capitán Oliver señaló hacia el revoltijo formado por las realidades en colisión—. Cuando entremos, acordaos de respirar con normalidad.

Conforme se aproximaron a la mezcla, como la llamaba el capitán, desmontaron y enviaron a los caballos de vuelta con un mozo de cuadra.

—No les gusta atravesarlo —explicó Oliver.

No era de extrañar. Nadie en su sano juicio querría entrar en la Malicia, que encima se estaba expandiendo.

Aun así, Hanne atravesó el portal, estremeciéndose por el fuerte hedor a amoniaco y descomposición. La peste de la Fracción Oscura anegó su ser, pegándose a sus pulmones y cubriéndole las pestañas. Se obligó a respirar, mientras cambiaba la presión y se le taponaban los oídos, y hubo un momento en el que sintió que se caía, hasta que emergió tambaleándose por el otro lado de la mezcla.

—Con el tiempo, uno se acostumbra —dijo el capitán Oliver, que le ofreció un brazo.

Hanne aceptó el gesto, estabilizándose, después oteó la zona hasta que divisó una amplia carpa cuyo acceso permanecía abierto con unos postes metálicos. Rune se encontraba junto a la entrada, hablando con unos militares. Estaban representados todos los reinos: multitud de uniformes grises y negros de Caberwill, lino sin florituras para Ivasland y colores variopintos para el ejército rebelde de Embria, que no contaba con un uniforme en condiciones.

Todos los soldados portaban obsidiana. El terreno que rodeaba la carpa también estaba cubierto por fragmentos de cristal negro, la mayoría de ellos incrustados en la tierra roja, de tal manera que nadie pudiera clavárselos al pisar por encima.

Rune miró hacia la abertura, como si hubiera estado esperando la llegada de Hanne, y cuando sus miradas se cruzaron, se excusó ante los demás.

Hanne se separó del capitán Oliver y se reunió con Rune a mitad de camino. Él la miró de arriba abajo, con un gesto de preocupación en los ojos.

—Ya te has despertado.

Hanne asintió.

—¿Y él…?

—Se ha ido —confirmó Hanne—. Ya no está.

Rune asintió, aflojando la tensión que atenazaba sus hombros.

—En cuanto se enteró de tu aparatosa huida del carruaje, Stephens quería que te enviara de regreso a Solspiria.

Hanne se asomó por encima del hombro de Rune, a tiempo de ver cómo el magistrado Stephens la observaba desde el interior de la carpa, con un gesto claro de suspicacia. Aquel hombre llevaba puesto su colgante con el fragmento de la corona de obsidiana.

«Maldito sea». Esa obsidiana era suya.

Tendría que recuperarla. Más tarde. De momento, volvió a centrar su atención en Rune.

—Sus hombres me habrían matado al primer descuido.

—Lo sé. —Rune frunció los labios—. Por eso me negué.

Hanne no sabía por qué la sorprendía siempre esa repetida confirmación de que Rune era una persona decente. De haber estado invertidos sus papeles, ella le habría sonsacado por la fuerza la ubicación del altar y luego lo habría abandonado en la mazmorra, alegando que se lo merecía por ser un pusilánime.

Pero Rune tenía su propia fortaleza, ¿verdad? Era diferente a la suya, se parecía más a la de Nadine. Pero mientras que su prima solo era fiel a Hanne, Rune lo era con toda la humanidad. Sin importar el precio.

Hanne se fijó en el Portal del Alma. Desde ese lado de la mezcla podía ver con más claridad las inmensas torres; no se trataba de los dedos torcidos de las torres de vigilancia que llevaba viendo toda su vida, sino monumentos imponentes que emergían de la ladera de la montaña. Se alzaban hacia el cielo rojo y parecían no tener fin.

Al pie de las torres, la verja levadiza que antaño bloqueaba el túnel había sido arrancada y retorcida. El sendero estaba descompuesto y alterado, piedras enteras habían desaparecido o flotaban en el aire.

—¿Dónde están los rencores? —preguntó Hanne.

—En las torres. Al otro lado del túnel. Atacando los límites de nuestro campamento y entorpeciendo las líneas de suministro sin descanso. —Rune hizo una pausa cuando salió volando otra descarga de obsidiana machacada, que al impactar liberó una nube de polvo negro y centelleante—. Los estamos conteniendo.

—Hasta que llegue Noctámbula.

Rune miró de soslayo hacia la entrada del túnel, un gesto de aflicción atravesó su rostro.

—Así es.

—Hay gente que piensa que no va a venir.

La mayoría, de hecho.

—Vendrá.

—No suele retrasarse tanto, ¿verdad? —Hanne no tenía muy claro cuánto tiempo había pasado desde que entró corriendo en el malsitio, pero como poco habrían transcurrido varios días—. ¿Y adónde se ha ido? Pensaba que quería el altar.

Rune titubeó. Luego respondió en voz baja:

—Noctámbula estaba buscando un arma. Algo capaz de destruirlo.

Se refería a Daghath Mal.

—Y eso implicaba al altar. —Hanne volvió a mirar hacia el túnel, imaginando que podía ver a Daghath Mal al otro lado. De nuevo, la embargó esa soledad indeseada. Odiaba al rey rencor. De verdad que sí. Pero era difícil desprenderse de aquello que creyó tener—. Entonces, ¿por qué Noctámbula no está aquí, utilizándola? ¿A qué viene esa demora, cuando hay vidas en juego?

—No lo sé. Pero vendrá.

Lo dijo con tanta convicción que Hanne no pudo evitar creerlo... y tampoco pudo ignorar el anhelo latente en su voz.

—Rune, deberíamos hablar de nuestra alianza. De nuestro matrimonio.

Era absurdo que Rune suspirase por Noctámbula, ¿verdad? ¿Acaso no regresaría a su torre después de cumplir su misión? (Si es que había un después. Y si finalmente Noctámbula se molestaba en hacer acto de presencia.)

Era evidente, por la forma que tenía de ladear la cabeza, por su ceño fruncido y por la mueca que esbozaba con los labios, que Rune también había pensado en ello. Y sabía, desde luego, que lo único que tenía que hacer era dar una orden para que su matrimonio quedara anulado. Podría librarse de Hanne, la persona a la que no amaba, la persona que había provocado la peor incursión de todos los tiempos.

Rune había estado sopesando sus opciones y era obvio que aún no había tomado una decisión.

—Deberíamos hablarlo —dijo al cabo de un rato—. Pero antes tenemos que luchar.

Mientras decía eso, una sombra se proyectó por encima de Hanne. Alzó la cabeza, achicando los ojos para protegerlos frente a esa intensa luz rojiza. Y entonces vio unas alas negras desplegadas sobre el cielo ardiente.

Noctámbula había llegado.

47. RUNE

Rune sintió un millar de emociones cuando Noctámbula aterrizó a su lado, replegó las alas y se apartó un mechón de cabello del rostro.

Se le iluminó el corazón al contemplar su gracilidad mortífera, al sentir el calor que la proximidad con ella prendió en su interior.

En ese condenado mundo no había otra persona a la que tuviera más ganas de ver.

—Has llegado. —No se molestó en disimular su sonrisa. Ella asintió brevemente con la cabeza.

—Cuando salí de Ventisca, decidí purificar algunos de los malsitios más peligrosos.

—¿En serio? —Rune señaló hacia el campamento, las torres oscuras y la Malicia en expansión—. ¿Esto no es más urgente? Además, he reunido un ejército para ti. Sé lo mucho que te gustan.

Una sonrisa fugaz cruzó los labios de Noctámbula.

—Por supuesto. Gracias. —Su expresión se ensombreció—. Uno de esos malsitios extraía las vísceras de la gente. Otro los encerraba en un telar.

—¿En un telar? —Hanne (Rune casi se había olvidado de su presencia) frunció el ceño—. Eso no tiene sentido. ¿Cómo se puede encerrar a alguien en un telar?

Noctámbula se giró para mirarla.

—El malsitio se formó en un distrito textil.

—Ah.

Rune no conocía muy bien el funcionamiento de los telares, pero tenía entendido que esas máquinas tensaban muchísimo los hilos y luego los comprimían de golpe.

No quiso seguir pensando en lo que implicaba eso.

Noctámbula volvió a mirar a Rune y dijo:

—Me dirigiré a tus huestes, luego me enfrentaré al rey rencor. Creo que todavía se encuentra en su castillo.

—No puede salir de la Malicia —dijo Hanne—. Está atrapado dentro de esta maraña roja.

Pero a la velocidad a la que se expandía, Daghath Mal tendría acceso a todo el continente en cuestión de meses. Tenían que frenar esa incursión mientras aún fuera posible.

—Entretanto —prosiguió Noctámbula—, tus hombres deberían centrarse en las torres. Creo que Daghath Mal convocará a algunos de sus rencores para protegerlo, lo cual debería concederte una oportunidad para expulsarlos de las torres. Cuando lo consigas, el Malfreno debería reactivarse. No sabría decir qué pasará con esta zona... —hizo un gesto para referirse a toda la rojez que se había extendido fuera de sus límites originales—, pero puede que los miembros más inteligentes de vuestro equipo encuentren un modo de volver a encerrar en su jaula esta sustancia surgida de la Fracción Oscura.

Hanne frunció los labios.

—Me aseguraré de ello.

Noctámbula se quedó mirándola fijamente durante un rato, escrutándola, hasta que al fin parpadeó, asintió con la cabeza y le dirigió a Hanne una sonrisa endeble y forzada.

—Me alegro de ver que ya te has librado de su influencia. No se me ocurrió fijarme antes en eso. No creía que fuera posible establecer una conexión así.

—Supongo que debería darte las gracias —dijo Hanne.

—No es necesario.

—Está bien.

Rune carraspeó.

—Pero claro que me siento agradecida —añadió Hanne—. No tenía ningún plan establecido. Solamente… tenía esperanza. —Alzó el mentón—. ¿Y tú? ¿Conseguiste lo que necesitabas?

—He tenido éxito.

Rune señaló hacia un envoltorio de cuero negro que llevaba prendido del cinturón.

—¿Es eso? ¿Puedo verlo?

Noctámbula se puso tensa mientras deslizaba una mano sobre el envase, como si quisiera ocultarlo.

—No. Nadie debería ver esto.

Rune reprimió un escalofrío. Si esa arma hacía sentir incómoda a Noctámbula, tenía que ser devastadora.

—De acuerdo.

—Ahora —añadió Noctámbula—, me dirigiré a las huestes.

Sin esperar a que ninguno de los dos respondiera, volvió a despegar y planeó sobre el risco mientras los soldados se congregaban a su alrededor. El ruido de las máquinas de guerra cesó, el bramido de las voces se acalló, incluso se diría que remitió el viento.

—Sabe cómo llamar la atención —murmuró Hanne.

—Casi se diría que la admiras. —Rune la miró de soslayo—. ¿No la odias?

Hanne se encogió brevemente de hombros.

—Admiro a todos mis rivales. De lo contrario, no serían dignos de tal nombre.

Hanne había cambiado. Se la veía menos convencida. Más humana. Pero seguía pareciéndose mucho a la princesa con la que se casó. Rune aparcó a un lado el problema de su matrimonio. No quería pensar en lo que le pasaría a ella si anulase el acuerdo…, ni en lo que sería de él si no lo hacía.

Llegados a ese punto, la multitud había terminado de congregarse y, en lo alto, Noctámbula comenzó a hablar:

—Bienvenidos, caballeros del alba. Al igual que mis guerreros de antaño, habéis sido convocados para cumplir la más difícil de las misiones. Sois los defensores de Salvación.

»Ya sabéis que las probabilidades de triunfo son escasas. No hace falta que os diga lo que está en juego. —Paseó la mirada sobre la multitud; cuando sus ojos se toparon con los de Rune, él se estremeció con el recuerdo de todos sus seres queridos—. Pero os diré una cosa: vuestras hazañas quedarán escritas en la Historia. Aquellos que caigan no serán olvidados.

La gente no dijo nada, no era momento de lanzar vítores, pero muchos se acercaron el puño al corazón, asintiendo.

—En nuestra primera ofensiva, vuestra prioridad serán las torres, ya que son el sustento del Malfreno. Cuando se alce la barrera, atravesad el portal. Masacrad a tantos rencores como podáis. Y cuando hayáis terminado, regresad a las torres. Allí encontraréis ayuda.

Hizo una pausa para contemplar a las huestes. Antes tenía la costumbre de conocer el nombre de todos sus caballeros del alba, según le contó a Rune en una ocasión. La mayoría de esos nombres y rostros habían desaparecido ya, pero Rune estaba seguro de que se estaría esforzando por grabar al menos esos rostros en su memoria.

Por detrás de Noctámbula, el mundo rojo bullía, oscuro y mortífero. A lo lejos, una mancha gris se extendió por el cielo —un rencor alado— que luego desapareció por detrás del pico de una montaña.

Noctámbula no dejó de mirar al ejército, pero una oleada de poder titiló alrededor de sus puños.

—Sé que parece inútil. La Malicia siempre estará aquí. Pero recordad una cosa: hay batallas que solo se libran por el placer de resistir. De perdurar. De sobrevivir.

Entonces voló a través de la mezcla y salió por el otro lado. Los militares y el personal de apoyo desplegados allí también necesitaban verla. Para que su presencia les infundiera ánimos.

—Ya era hora de que viniera. —La reina Abagail se acercó a Rune—. ¿Por qué ha tardado tanto?

—Estaba purificando malsitios.

—¿Por qué? —El magistrado Stephens también se aproximó a ellos—. Su tardanza nos ha costado vidas.

—Lo sé. Pero ya está aquí. Y tenemos que prepararnos para cumplir nuestra parte.

—Las torres. —Stephens se giró hacia las inmensas estructuras, pensativo—. Si vamos a asaltarlas hoy, prepararé a los cazadores y los mineros.

—Creo que la mayoría de los incendiarios de obsidiana están listos. Me aseguraré de que se distribuyan entre las diferentes tropas. —La reina Abagail miró a Hanne, que había permanecido al lado de Rune—. ¿Y qué pasa con el… proyecto en el que está trabajando vuestra amiga?

Ah. Mae. La malicista de Ivasland.

Rune se había puesto al día sobre ese aspecto de la vida de Hanne: el secuestro de una operaria extranjera, el observatorio, la destrucción planificada del Malfreno. Mae era otra complicación, otro dilema para el futuro, pero por ahora estaba colaborando con él, desarrollando una membrana temporal. Por más que le enfureciera el papel que jugó en Monte Menudo, Sol de Argento y la crisis del Malfreno, Rune no estaba en disposición de rechazar su ayuda. Si alguien tenía el conocimiento necesario para arreglar esto, era Mae. Así que Rune respondió por Hanne:

—Me han dicho que ha habido progresos significativos. Pero ahora que Noctámbula está aquí, deberíamos centrarnos en nuestros planes originales y no en las contingencias.

—Mae lo terminará —aseguró Hanne—. Y luego hallará un modo de devolver toda esta malicia al lugar al que pertenece. —Señaló hacia el Portal del Alma.

—Mi gente lo hará primero. —Abagail alzó el mentón con orgullo.

—Cualquier intento por desplazar la malicia será de agradecer —medió Rune—. Esto no es una competición. Venga, repasemos el mapa una vez más.

El mapa era un dibujo rudimentario de la Malicia que hizo Rune cuando llegaron, basándose en sus deambulares, así como en todo lo que le contó Thoman sobre esa zona. El comité de guerra ya lo había examinado antes, pero mientras la tardanza de Noctámbula se alargaba, tuvieron que centrarse en problemas más inmediatos, como repeler los ataques de los rencores y asegurar una rotación que permitiera a todo el mundo salir de la Malicia antes de que empezaran a corromperse. Rune era el único que tenía la pluma y no podía utilizarla con todo el mundo.

—Está bien. —Stephens señaló a Hanne—. Pero insisto en que ella no forme parte de nuestras conversaciones.

—Escúchame bien... —replicó Hanne, pero Rune la interrumpió:

—Estoy de acuerdo con él. —Le hizo señas al capitán Oliver para que viniera a ocuparse de la reina—. En aras de la paz.

Hanne apretó los dientes, pero al cabo de un rato asintió y se encaminó hacia el borde del risco, escrutando el Portal del Alma como si pudiera divisar a Daghath Mal desde allí. El capitán Oliver salió tras ella.

—De acuerdo —dijo Rune—, vamos a...

Se oyó el batir de unas alas. Noctámbula aterrizó a su lado, aclarándose la garganta.

—Pronto me enfrentaré al rey rencor —dijo—. Pero antes me gustaría hablar contigo. Si puedes concederme un momento.

Rune le concedería el resto de su vida si fuera preciso.

—Por supuesto.

Poco después se excusó ante Abagail y Stephens, luego desalojó su tienda de campaña y cerró la solapa para que pudieran estar a solas en ese espacio abarrotado. Solo un puñado de luces químicas permanecían encendidas, proyectando un fulgor frío sobre Noctámbula, que suavizaba los contornos angulosos de su rostro. Unas sombras oscuras flanqueaban sus ojos mientras lo observaba.

—Ha sido un buen discurso. —Rune le sirvió un vaso de agua—. Has levantado mucho el ánimo de las tropas.

—Es posible. —Noctámbula se bebió el agua de un trago.

—¿Necesitas comentarme algo?

No es que Rune se quejara. Quería pasar todo el tiempo del mundo con ella. Pero Noctámbula había consumido unos días muy valiosos purificando malsitios que podrían haber esperado a que terminaran allí. Algo iba mal.

Noctámbula titubeó antes de responder:

—Solo quería verte antes de irme.

Rune sintió una oleada de calidez en el pecho.

—Me alegro.

—Y quería hacerte una petición. —Se le quebró un poco la voz—. Puedes decir que no.

Por un momento, pareció nerviosa. Era una expresión tan inusual en ella que a Rune le costó identificarla. Agarró el vaso y lo dejó a un lado.

—No pienso volver a negarte nada. Por si te ayuda saberlo.

Estaban tan cerca que Rune pudo sentir el calor que irradiaba su cuerpo, escuchar el frufrú de sus alas, detectar un destello de incertidumbre en sus ojos.

Pero Noctámbula asintió y susurró con suavidad:

—Me gustaría que me besaras otra vez.

Rune se fijó primero en sus labios. No pudo evitarlo. Durante semanas estuvo pensando en ese beso, detestándose a sí mismo. Eso no era lo que significaba ser su alma gemela. Y durante semanas evocó esos escasos segundos, la expresión de sus ojos cuando se apartó, la forma que tuvo de darle las gracias.

Rune comprendió que eso jamás volvería a suceder.

Pero ahí estaba ella. Pidiéndoselo. Bueno, haciendo una petición.

Noctámbula tragó saliva y miró para otro lado.

—Perdóname. No tendría que haber…

Rune le sujetó el rostro entre sus manos. Se acercó un paso. Y la besó.

Un resuello escapó de los labios de ella, pero tardó en devolverle el beso.

Rune gimió con un alivio profundo, dejando que sus dedos se deslizaran por su cabello, descendieran por su nuca y atravesaran su clavícula. Noctámbula tenía la piel cálida, tersa, perfecta. Siguió acariciando sus hombros, sus brazos, sus muñecas; memorizó el contorno de su cuerpo, el relieve de sus músculos. Y cuando le acarició el reverso de las manos, comprobó que tenía los dedos desplegados de par en par. Retrocedió.

—¿Esto es…?

Noctámbula tenía los ojos muy abiertos. Oscuros. Repletos de urgencia.

—No sé qué hacer con mis manos.

Una risita escapó de los labios de Rune mientras le recolocaba un mechón por detrás de la oreja y la besaba.

—Lo que quieras. —Otro beso, esta vez más apasionado—. Dime lo que quieres.

—Quiero… —Noctámbula cerró los ojos y tragó saliva—. Di mi nombre. Quiero oír cómo pronuncias mi nombre.

Rune la atrajo hacia sí, acariciando el contorno de su oreja con los labios.

—Medella.

Noctámbula se estremeció entre sus brazos.

—Otra vez.

—Medella.

Rune le besó el cuello. Después sintió una presión intensa en las costillas: ella le estaba hincando los dedos. Entonces, con tanto mimo que Rune no quiso que parase, Noctámbula lo imitó: primero le sostuvo el rostro y lo besó, después le deslizó los dedos por el pelo y el cuello, por los hombros y los brazos. A su paso dejó un reguero de chispas, que emitían destellos blancos y azulados allí donde lo tocaba.

—Lo siento. —Noctámbula levantó las manos, contemplando el halo que las envolvía—. Espero no haberte hecho daño.

Rune soltó una carcajada ronca y, segundos después, estaban besándose otra vez; ella le pellizcó los labios con los dientes, él le apoyó las manos en las caderas, y sus cuerpos se estrecharon con más fuerza. Fue una sensación tan agradable, tan satisfactoria, que Rune no podía parar.

Lentamente, sin embargo, Noctámbula se apartó, dejando caer las manos junto a sus costados, con las alas desplegadas, sin dejar de mirar a Rune.

—Tengo que irme ya. —Lo dijo muy bajito, tenía la voz un poco ronca—. Pero no quiero.

Rune tampoco quería que se marchara. Quería olvidarse de ese maldito mundo y limitarse a estar con ella. Para siempre.

—Tienes que dejarme marchar —susurró Noctámbula.

Rune se dio cuenta de que aún tenía la mano aferrada a su cadera. A regañadientes, la soltó.

—Después de esto, quiero volver a besarte. Cada día. Durante el resto de mi vida.

—Rune…

—Lo sé, pero sígueme la corriente. Finge que es posible. Si es que tú también lo deseas.

Noctámbula inspiró una bocanada trémula, mirándolos con sus ojos oscuros y desorbitados.

—Lo deseo.

Rune sintió un estallido de alegría, tan radiante e intenso que le dio vueltas la cabeza. Durante todo ese tiempo, había pensado que ella no sentía lo mismo por él, que era imposible que así fuera. Pero lo sentía.

Pero después de aquello, en lugar de lo que ambos deseaban, Noctámbula regresaría a Ventisca, donde dormiría durante siglos con lo que quedara de sus recuerdos.

Ojalá Rune no hubiera desperdiciado tanto tiempo. Al diablo con la alianza: tendría que haber obedecido lo que le dictaba el corazón.

—Debo irme.

—Lo sé. —Rune la besó una vez más antes de que se fuera—. Te quiero —susurró, rozando sus labios—. Siempre te he querido.

Cuando se separaron, los ojos de Noctámbula relucieron. Una lágrima se deslizó por su mejilla, trazando la misma senda que Rune recorrió antes con los dedos. Lo miró fijamente, durante un buen rato, y luego se acercó a la entrada de la carpa, donde la luz se filtraba a través de la abertura. Abrió la solapa, giró la cabeza hacia atrás y dijo:

—Fui creada para esto.

Entonces, envuelta en el murmullo de sus alas, se marchó.

Durante varios minutos, Rune permaneció inmóvil, reviviendo cada roce, cada caricia, cada beso perfecto. Tenía que hallar un modo de ayudarla, un apósito para sus recuerdos. Quizá los guardeses podrían aportar algo si los rescataba de las garras de los rencores. En el futuro, el alma gemela de Noctámbula —el alma de Rune reencarnada— la encontraría. Y tal vez entonces podría ser feliz.

No sería con él a su lado —al menos, no como Rune habría deseado—, aunque para ella…

Se agachó para tocar la pluma, pero la entrada de la tienda se abrió de golpe y entró Hanne con una expresión incrédula.

—¿Qué acaba de pasar?

Rune sintió una oleada aplastante de culpabilidad mientras se afanaba por darle una explicación:

—No lamento que haya pasado, pero sí no haber sido más considerado contigo…

—Noctámbula estaba llorando. —Hanne arqueó las cejas—. ¿Qué has hecho?

—A veces bebe demasiada agua…

Hanne se puso a negar con la cabeza.

—Estaba desconsolada. Así pues, si ha ocurrido algo entre vosotros…

—Nos hemos besado.

Hanne se quedó mirando a Rune como si fuera el necio más grande del mundo.

—Noctámbula no te ha besado por una ocurrencia de última hora. Es evidente que llevaba mucho tiempo queriendo hacerlo.

—¿En serio?

Era una noticia maravillosa. Pero, una vez más, se acordó de todo el tiempo perdido.

—Se estaba despidiendo.

Todas las emociones que bullían dentro de Rune se desplomaron.

—¿Qué quieres decir?

Hanne lanzó un largo suspiro.

—No me puedo creer que tenga que explicarte esto. Te lo diré en pocas palabras: Noctámbula ha decidido actuar conforme a sus sentimientos porque sabe que no va a volver. Esa arma que ha conseguido... o bien no va a funcionar o funcionará tan bien que la destruirá a ella también.

—¿La ley de la conquista?

Matar a un rey rencor implicaba convertirse en uno de ellos. ¿Destruir a uno de ellos podía ocasionar una consecuencia similar? ¿O era cosa del arma? Noctámbula le dijo que no debía verla.

Rune tendría que haberle hecho muchas más preguntas.

—Sinceramente —prosiguió Hanne—, ¿crees que Noctámbula habría retrasado tanto su entrada en combate si creyera que iba a volver? Purificó esos malsitios antes de venir aquí. ¿Por qué? Porque no quería endosarnos esa responsabilidad cuando ella no estuviera. También pronunció ese discurso acerca de cómo proceder cuando el Malfreno esté restaurado y se haya podido contener la peor parte de la Malicia. ¿Por qué habría tenido que decir todo eso de antemano si tuviera planeado volver?

Rune se quedó paralizado. Por eso el arma llevaba oculta tanto tiempo. Por eso era un último recurso.

Ya sabía que sus planes de futuro solo eran una farsa. Pero ¿regresar a Ventisca? ¿Buscar un modo de salvaguardar sus recuerdos? Se suponía que eso iba a pasar.

Noctámbula se había despedido y él no se había dado cuenta.

Se sintió entumecimiento. Cuando respondió, su voz sonó hueca:

—Tengo que detenerla.

—¿Qué vas a hacer? —preguntó Hanne—. ¿Vas a echar a correr tras ella? Aunque pudieras alcanzarla, ¿cómo vas a impedir que la espada de los númenes combata a los rencores? El mundo cuenta con ella.

—No lo sé. Pero tiene que haber otra manera.

Noctámbula... Medella... ya había perdido muchas cosas por ser quien era. No debería tener que perder también su esencia.

En cuanto a Rune..., había perdido a la mayor parte de su familia, de sus amigos... Y no estaba dispuesto a perderla a ella. No de esa manera.

Hanne lo estaba observando, con una expresión a medio camino entre la compasión y el miedo.

—Puede que haya una manera. Pero no te va a gustar.

—Explícate.

—Antes de que Noctámbula lo extirpase, Daghath Mal me hizo una oferta. Me dijo que podría gobernar como reina durante setenta años, hasta mi muerte. Y que él esperaría hasta entonces para reanudar su conquista.

Esas palabras reverberaron por la mente de Rune. Solo podía pensar en Noctámbula, que volaba hacia su muerte... No, hacia su destrucción. ¿Cuánto tiempo tardaría? ¿Rune lo notaría? Era posible, dado que su alma formaba parte de la suya.

—No veo cómo puede ayudarnos eso.

—Aceptaré su oferta —dijo Hanne—. Volveré a ser su marioneta. Y eso os concederá a Noctámbula y a ti setenta años más para encontrar otra forma de detenerlo.

Pero había que pensar en los recuerdos de Noctámbula. Ella necesitaba ir a Ventisca.

—¿Y qué ganaría él? —Rune negó con la cabeza, esforzándose para pensar con claridad—. Ya le has dicho que no, supongo. Entonces, ¿por qué crees que su oferta seguirá en pie, después de haberla rechazado?

A Hanne le tembló la mandíbula.

—Porque me ama.

—Eso es imposible. —Rune había visto en persona al rey rencor. Daghath Mal era incapaz de amar—. Es más probable que quiera matarte antes que permitirte ser reina.

—Es el único plan que tengo. —Hanne se mordió el labio

Se aglutinó una oscuridad por detrás de sus ojos, un terror frío ante la idea de exponerse a Daghath Mal. Pero estaba decidida. Como siempre.

—Dime —le espetó—, ¿quieres evitar que Noctámbula se sacrifique?

Rune no tuvo que pensárselo para darle una respuesta:

—Sí.

48. HANNE

No perdieron tiempo. En cuestión de minutos, Hanne, Rune y sus guardias estaban corriendo a través del Portal del Alma, adentrándose en la Malicia, en busca de Daghath Mal.

Armados con espadas, lanzas con punta de obsidiana y cualquier cosa que pudieran cargar a lomos de un caballo, el grupo marchó a través del túnel. Rune no le había contado a nadie lo que estaba haciendo y Hanne no tenía costumbre de transmitir más información de la indispensable. Pero, aun así, había enumerado los argumentos y los había justificado ante personas imaginarias (que, curiosamente, tenían el rostro de Abagail y Stephen):

Necesitaban a Noctámbula. En el futuro, no solo ahora.

Hanne sería una buena reina. Había aprendido mucho de Rune, de los errores que cometieron sus padres y del hecho de que Embria e Ivasland hubieran sufrido rebeliones populares. Además, contaría con Nadine. Su prima nunca le dejaría perpetrar nada demasiado atroz. Otra vez.

Y si Daghath Mal la rechazaba…, bueno, también tenía un plan para eso.

El estrépito de las pezuñas de los caballos resonó sobre la tierra roja. Bajo la tenue luz, Hanne divisó barriles de acuayesca, preparados para explotar y despejar el túnel para el paso del ejército. Pero allí no había rencores. Al menos, ninguno vivo.

Pasaron junto a un cadáver tras otro. El terreno estaba cubierto de rencores destrozados. Y cuando accedieron a la Malicia propiamente dicha, la devastación sobre los rencores se hizo evidente.

El suelo estaba manchado de sangre negra, acumulada en charcos que siseaban allí donde los alcanzaba la luz rojiza. Despojos de rencor se escurrían de las rocas, de los arbustos y de una extraña torre de piedra. La zona entera apestaba a azufre y ozono.

—Benditos númenes —murmuró una de las guardias de Rune. La que se llamaba Rose—. ¿Cuántos calculáis que habrá?

—Docenas. —Rune endureció el tono—. Noctámbula ha matado a docenas de ellos.

—Apenas se marchó hace un cuarto de hora. —Eso lo dijo un guardia diferente.

—Tenemos que darnos prisa.

Rune no dijo nada, pero las implicaciones eran claras: Noctámbula solo se había molestado en matar a todos esos rencores porque no podría hacerlo luego.

Hanne azuzó a su caballo, pendiente abajo, a través de la elevada espesura. El aire rojo era sofocante, ejercía una presión excesiva sobre su piel. Pero mientras cabalgaban, dejó eso a un lado. Pronto se las vería con Daghath Mal. Lo miraría directamente, no como una imagen en su mente ni a través de un portal. Llegado el momento, ocuparía el mismo espacio que él.

Y le diría que sí.

Que se convertiría en su reina.

Que obtendría todo lo que quería a costa de su propia alma.

Pero si, tal y como planteó Rune, Daghath Mal ya no quería hacer el trato, entonces Hanne recurriría a la última opción disponible, la única acción que podría emprender para compensar todo el daño que había causado.

La ley de la conquista.

49. Noctámbula

Despedirse había resultado más duro de lo que esperaba; cada paso dado fuera de esa tienda de campaña había sido una tortura; cada aleteo hacia el interior de la Malicia le arrancó el corazón del pecho. En la recta final, apenas había sido capaz de mirar a Rune, por miedo a que descubriera la verdad en sus ojos.

No iba a volver.

No había un futuro posible para ellos. No había nada que emprender.

Solo quedaba su lucha. Devoraluz. Y después… nada.

Se preguntó si dolería.

«No pienses en eso —se dijo—. Cumple con tu labor y ya está».

No podía imaginarse que no doliera.

Lentamente, Noctámbula avanzó con sigilo a través del páramo rojo e inhóspito de la Malicia, a pie y no volando, buscando a los rencores que acechaban en bosques esqueléticos y ríos sanguinolentos. Algunos iban equipados con armas rudimentarias, pero la mayoría luchaban con uñas y dientes, y morían bajo su espada.

Ya había matado a cuatrocientos cincuenta y siete. Decapitados. Quemados. Destripados.

Una sangre viscosa se escurría por el filo de Bienhallada. La sacudió para limpiarla; el suelo comenzó a sisear allí donde cayeron las gotas. Sobre su cuerpo, su armadura vibraba, regenerándose a la altura de la pierna, en el lugar donde un rencor le asestó un zarpazo. Otro fragmento quedó marcado y arañado cuando se cayó sobre unas rocas afiladas, pero ese también se reparó solo, fortaleciéndose en previsión de la siguiente batalla.

La batalla final.

No podía demorarlo más. Después de matar a tantos rencores como pudo en el páramo, era hora de acabar con Daghath Mal.

Una maleza espinosa crujió bajo sus botas mientras avanzaba con paso firme hasta un risco. Desde allí obtuvo una panorámica del castillo óseo. No estaba igual que antes. Era más alto, con nuevas trampas instaladas para activarse al paso de algún incauto: suelos falsos, columnas de fuego y cordeles que activaban docenas de pinchos. Chorreaba fango de las estrechas ventanas instaladas en las torres cuadradas, llenando un foso de aguas mansas. Por un instante, aparecieron unos ojos putrefactos sobre la superficie, pero la criatura desapareció.

¿Qué había sido eso?

Noctámbula flexionó los dedos alrededor de Bienhallada, dejando que la energía numinosa se extendiera a través del borde afilado. Después, tomando un poderoso impulso con sus alas, saltó desde el risco y voló hacia el foso.

La bestia se abalanzó sobre ella. Era enorme, con forma de insecto, ojos protuberantes, el torso segmentado y dientes tan largos como el antebrazo de Noctámbula. Dejó a su paso un reguero de fango mientras le lanzaba una dentellada.

Noctámbula lo esquivó, blandiendo su espada para desgarrar la carne amarillenta y viscosa de la criatura. Brotó un fluido marrón y el monstruo aulló y se hundió bajo la superficie. Para esconderse de ella. Para escapar.

Pero Noctámbula fue más rápida. Perforó el segmento central de la criatura, arrojándola hacia tierra firme, donde contaría con una ventaja mayor.

El monstruo rodó sobre sí mismo, chillando y profiriendo chasquidos, al tiempo que dos pares de patas adicionales emergían de los segmentos frontal y trasero. La criatura se escindió entre una maraña de sangre, tendones y chasquidos viscosos.

Ahora eran dos criaturas.

Con el regusto ácido de la bilis en la garganta, Noctámbula descargó una estocada sobre el rostro de uno de los monstruos, cegándolo. El otro rugió y la atacó con unas garras alargadas, pero fue demasiado lento. Noctámbula desplegó sus alas y lo hirió con sus plumas.

Un líquido parduzco se derramó sobre la tierra roja.

La bestia cayó de costado, alzando sus garras cuando Noctámbula se aproximó. Pero ya no podía hacer nada. Ella le clavó su espada, proyectó una descarga de energía purificadora y arrojó su cuerpo hacia la maleza, que cubriría la mayor parte de sus despojos.

Sin embargo, el primer monstruo volvía a estar en pie, olisqueando el ambiente con sus amplias fosas nasales. Avanzó renqueando hacia ella, abriendo sus fauces. El veneno relucía en las puntas de dos colmillos.

Pero la criatura era lenta, torpe y estaba malherida. Noctámbula la mató rápidamente, clavándole la espada a fondo en el cerebro. Poco a poco, el monstruo se desinfló, dejando tan solo un saco arrugado de carne y veneno.

—Impresionante. —Daghath Mal se encontraba en el lado del foso que presidía el castillo—. ¿Sabes lo que era eso?

Noctámbula no respondió.

—Casi todo lo que hay aquí es originario de este plano, alterado por el poder de mi hogar. Eso, sin embargo... —Señaló con una garra hacia los restos de esos bichos descomunales—, era algo que trajeron mis soldados. Una ofrenda para mí, ahora que el camino es lo bastante amplio como para permitir el paso de tales cosas.

En ese momento, Noctámbula se alegró doblemente de haberlo matado.

—No he venido a conversar contigo —replicó.

—Ya sé que no. —Daghath Mal suspiró, como si se sintiera ofendido—. Has venido a enviarme de vuelta a la Fracción Oscura.

—Así es —repuso ella—. Este no es tu mundo.

Noctámbula reprimió el impulso de tocar el envoltorio de Devoraluz. No estaba lista para utilizarla. Aún no.

—Será mi mundo. Pronto conquistaré este continente. Las aguas colindantes. Los territorios que hay al otro lado. —El rey rencor ladeó la cabeza, fingiéndose pensativo—. Mi princesa cree que las demás tierras están sumidas en la oscuridad. Puede que sea cierto. Pero también acabarán en mi poder. Con el tiempo.

Daghath Mal era muy paciente.

Pero Noctámbula también.

—Y ya que menciono a mi princesa… —dijo Daghath Mal, adoptando un tono más sombrío—. Me la arrebataste. La pusiste en mi contra. —Un gruñido emergió de la garganta del rey rencor—. Ella era mía.

—Nunca ha sido tuya. —Noctámbula sobrevoló el foso. Todavía empuñaba su espada, que seguía goteando, pero no atacó. No hasta que purificase el castillo. No hasta que pudiera acabar con Daghath Mal por medio de Devoraluz—. La atrapaste. La engañaste. Te aprovechaste de ella. Querías corromperla, como también aspirabas a corromperme a mí.

—No. —La voz grave de Daghath Mal retumbó a través de la Malicia—. No es lo mismo.

Noctámbula avanzó hacia él.

—La utilicé. Sí. Tal y como un padre utiliza a sus hijos para moldear el futuro.

—Tú no eres su padre.

—Ella era mía —repitió Daghath Mal—. Los mortales que la engendraron la abandonaron en todos los sentidos. Pero yo no. Y tú me la arrebataste. Me la extirpaste. ¿Sabes cuánto me dolió?

—Ella me pidió que lo hiciera. —Las palabras de Noctámbula eran como una aguja introducida deliberadamente en una herida abierta—. Me suplicó que la liberase. Te rechazó.

Un gesto furibundo cruzó el rostro de la bestia. Un gruñido ronco emergió de él, como un trueno lejano.

—Ya no la necesitabas. —Un paso adelante. Dos. Noctámbula hincó más a fondo sus palabras—. Ella ya había llevado a cabo tus órdenes, derribando los barrotes de esta prisión. Conseguiste lo que querías. Así que ya puedes poner fin a esta pantomima, a esta pequeña farsa que has orquestado. Como si pudieras amar a alguien que no seas tú mismo.

—¡No tienes ni idea! —Enardecido, el rey rencor alzó las alas y apretó los puños.

A su alrededor, el mundo empezó a estremecerse: una oleada de fango oscuro salpicó desde el foso, abrasando el suelo allí donde impactó; el muro del castillo se agrietó, revelando un interior oscuro repleto con cientos, quizá miles, de rencores.

Había algo más en el centro de esa inmensa estancia: el Desgarro.

Era enorme, tumefacto, y rezumaba con sacos larvarios de rencores recién llegados. Sin el Malfreno, la riada de rencores sumiría Salvación en la oscuridad. Ningún ejército mortal podría repeler a tantos.

Mientras Daghath Mal siguiera allí para invocarlos.

Noctámbula percibió el roce frío de Devoraluz, incluso a través del envoltorio de obsidiana y de su armadura.

«Aún no —pensó—. Purifica el castillo. Y luego…».

No terminó ese pensamiento. Con gesto adusto, levantó su espada y se lanzó hacia el interior del castillo iluminado de rojo.

Los rencores se abalanzaron sobre ella, con las garras por delante, abriendo sus fauces de par en par mientras la rodeaban.

Pero ella estaba preparada: desplegó sus alas, rebanando su carne pálida; lanzó estocadas entre la penumbra carmesí, desgarrando piel, músculos y tendones, incluso huesos. Las bestias chillaron, afanándose por atacar, incluso mientras sus órganos internos se derramaban desde sus vientres macilentos.

Vinieron más a por ella. El hedor a amoniaco, podredumbre y sangre acre era insoportable, pero Noctámbula no desfalleció en ningún momento. Mató a sus enemigos, uno detrás de otro. Sus gritos no hicieron sino fortalecerla.

«Purifica el castillo». Con cientos de rencores corriendo hacia ella, tratando de alcanzarla, de aferrarla, parecía una tarea imposible. Pero ella era Noctámbula, la espada de los númenes, la adalid de los tres reinos. Y estaba en la plenitud de su poder.

Bienhallada trazaba arcos a su alrededor, cercenando a sus enemigos. Los rencores caían ante ella como despojos, los cuerpos se apilaban hacia las alturas.

Sonó un crujido entre la refriega: al fondo de la cámara, una pared se agrietó. Se formó un boquete entre los huesos y la argamasa, hasta que una porción de muro se desplomó sobre el suelo, aplastando a los rencores que había debajo.

Noctámbula enseñó los dientes con una sonrisa indómita. Hincó a Bienhallada en el cráneo de un rencor. Una luz radiante de color blanco y azul se proyectó a su alrededor, un halo de energía sagrada. Volaron chispas que alcanzaron a otras bestias, provocándoles quemaduras profundas.

Pero otro ruido sordo emergió del suelo.

Noctámbula alzó el vuelo justo cuando se abría una grieta en el suelo: la cavidad oscura de una fisura. Docenas de cadáveres se precipitaron hacia la negrura; si impactaron con el fondo, en caso de que lo hubiera, Noctámbula no pudo discernirlo.

Batió con fuerza sus alas para impulsarse más alto.

Los rencores se encaramaron por las paredes para alcanzarla, gritando obscenidades, alargando sus garras hacia ella. Noctámbula los abatió a todos, después zarandeó a Bienhallada para desprender de su hoja los restos de bilis y entrañas.

Había perdido la cuenta de cuántos había matado: muchos rencores vivos y muertos habían caído por la fisura o quedado aplastados por el desmoronamiento del castillo. Algunos habían volado incluso a través del Desgarro, contorsionando sus extremidades mientras desaparecían.

Unas garras se cerraron alrededor de su tobillo y tiraron de ella hacia abajo. Noctámbula bufó, siguió batiendo sus alas mientras giraba el cuerpo para cercenar el brazo de la criatura. El rencor, y su extremidad, desaparecieron por el agujero.

Noctámbula se alejó volando de la fisura y descendió hacia el suelo. Bienhallada centelleó, la obsidiana relucía entre la oscuridad. La energía fluía a través de sus alas y manos, a lo largo de su espada, crepitando a su alrededor. Varios chorros de sangre oscurecieron el aire, esas finas gotitas le provocaban quemazón en los pulmones cada vez que tomaba aliento.

Otra oleada de rencores se abalanzó sobre ella, pero esta vez eran menos y tuvieron que pisar a sus hermanos inertes para alcanzarla. Cuando los mató, las criaturas restantes huyeron a través del Desgarro o hacia otra parte del castillo.

Los dejó marchar.

Era hora de enfrentarse a Daghath Mal. Era hora de utilizar a Devoraluz.

Cadáveres, fragmentos de hueso y el Desgarro: esos elementos dominaban la estancia. No había ni rastro del rey rencor.

—¡Daghath Mal! —gritó. El Desgarro engulló su voz—. ¡Sal y enfréntate a mí!

En ese momento, una porción del muro empezó a cerrarse. El rey rencor se estaba alejando, seguramente suponiendo que la próxima tarea de Noctámbula era enviarlo de vuelta a la Fracción Oscura. En cuyo caso no querría estar demasiado cerca del Desgarro.

Ojalá bastara con eso.

Pero no, la única solución —la única oportunidad para la humanidad si ella iba a seguir perdiendo recuerdos de esa manera— consistía en asegurarse de que Daghath Mal dejara de existir.

Noctámbula alzó el vuelo y pasó a través de la abertura, justo antes de que desapareciera. Al otro lado había un pasillo vacío y bañado por una luz rojiza. Aun así, pudo percibir su presencia en las proximidades: una mácula de corrupción más profunda en ese paraje inundado de malicia.

Siguió su pista por el pasillo, con sigilo. Luego, cuando el murmullo de las paredes se convirtió en un bramido, apretó el paso para echar a correr, pero era demasiado tarde. Las paredes de hueso se redistribuyeron hasta que las puntas fracturadas de fémures y húmeros apuntaron hacia dentro: directamente hacia ella.

Y con un chirrido ensordecedor, las paredes empezaron a acercarse.

Un fragmento de hueso le atravesó el ala izquierda, produciéndole un dolor punzante en todo el cuerpo.

Noctámbula retrocedió, pero ahora estaba muy cerca del otro extremo, donde la esperaban más huesos afilados.

Rápido. Demasiado rápido. El pasillo se estaba clausurando, recargando el aire hasta que resultaba difícil respirar, mientras los restos de los caballeros del alba del pasado se desplazaban para ensartarla.

Apretando los dientes, Noctámbula se puso de costado, alzó a Bienhallada y la hizo girar, cortando las puntas de los huesos para dejarlos romos. Entonces, antes de que se quedara sin espacio para maniobrar, acumuló poder numinoso en un puño y golpeó el muro para abrir un agujero. Se produjo un estallido de argamasa y astillas de hueso.

El salón del trono.

Ensanchó el agujero y se metió por él, manteniendo las alas pegadas al cuerpo.

—Menuda falta de respeto.

La voz del rey rencor reverberó a través de la cámara mientras Noctámbula se ponía en pie y oteaba el entorno. Tronos, luces rubicundas y cúmulos de oscuridad. Al fondo, relucía la grieta del malsitio de los portales. Noctámbula no había destruido ese lugar, aunque probablemente debería haberlo hecho. Allí no había ningún rencor más —al menos, aún no—, así que estaba a solas con Daghath Mal.

Noctámbula flexionó la mano. Tenía los nudillos enrojecidos con restos de sangre. También le dolía un ala, pero podría utilizarla para vuelos cortos.

—¿Sabes lo que pienso? —Daghath Mal la observó con esos ojos horribles que tomaban nota de cada punto débil, de cada vulnerabilidad—. Creo que disfrutas con la lucha. Puedes decirte que lo único que quieres es que termine, pero fuiste creada para esto. Y se nota.

—En ese caso, deberías echarte a temblar al verme.

Daghath Mal sonrió de oreja a oreja.

—Son tus amigos mortales los que deberían temerte. Mira este castillo. ¿Cuántos caballeros del alba murieron aquí? Cientos de miles. Aun así, no dejas de traer nuevos ejércitos hasta mis puertas, sacrificándolos por tu lucha. En estos momentos, cerca de tu Portal del Alma, mis sirvientes están atacando a tu resistencia mortal. Ahora que han llegado todos los efectivos, no hay más razones para esperar.

Noctámbula intentó no pensar en los miles de hombres y mujeres con los que había hablado unas horas antes, en sus rostros acongojados, en la valentía que mostraron a raíz de su presencia. ¿Cuántos habrían muerto ya?

Tenía que poner fin a esto, tenía que acabar con él.

Lanzó una estocada con Bienhallada, el fuego numinoso relució a lo largo de su hoja. Pero la figura de Daghath Mal se difuminó.

Y luego...

Un dolor atroz. El ala herida se comprimió. Oyó el chasquido de unos huesos y se le rompieron varias plumas.

Noctámbula pegó un grito y siguió lanzando estocadas, desplegando el ala buena, mientras su espada silbaba a través del aire rojo y nebuloso. Pero el dolor agónico se desplegó por su cuerpo, nublándole la vista. Apenas atisbó un borrón, que eran las garras de Daghath Mal aferradas a su ala; manaba sangre de sus palmas desgarradas por las plumas.

—¿Qué estabas haciendo en los altares de invocación? —El rey rencor apretó con fuerza y retorció. Se oyeron nuevos chasquidos y crujidos, acompañados de un intenso dolor—. ¿Por qué mis rencores se vieron atraídos hacia allí?

Con un chillido, Noctámbula se zafó de él, pero el ala ya estaba dañada. Cada movimiento era un suplicio. Cada giro. Cada inspiración. El dolor era insoportable. La consumía.

El suelo estaba cubierto de plumas rotas, manchadas de sangre.

—Algo habrás estado haciendo —insistió Daghath Mal, que volvió a cernirse sobre ella—. ¿Hay otros Noctámbulos? ¿Estabas pidiendo ayuda?

Ella apretó la mandíbula. Con un movimiento tortuoso, se impulsó hacia delante y le clavó la espada a fondo en el vientre.

Un relámpago cruzó la estancia, atravesando el cuerpo del rey rencor, destrozando el trono. El trueno y el eco reverberaron por la cabeza de Noctámbula, distrayéndola por un instante del dolor incapacitante del ala.

Noctámbula extrajo la espada.

En el abdomen del monstruo había un agujero ardiente, que humeaba a medida que se extendía la quemadura. Esa herida debería haber resultado letal, pero el rey rencor se limitó a fruncir el rostro con furia mientras la atacaba, dejando a su paso un reguero de ceniza y sebo.

Noctámbula levantó a Bienhallada para bloquear el golpe, escindiendo dos de sus garras. Brotó un chorro de sangre ácida, del que se apartó tambaleándose.

Alguien le asestó un zarpazo en el ala herida: otro rencor. Se dio la vuelta y lo mató, pero había otro detrás. Y otro.

Media docena de monstruos emergió de un pasillo oscuro. Noctámbula los abatió blandiendo su espada, flexionando el ala buena. Ráfagas de relámpagos numinosos restallaron por la estancia. Los muros óseos se desplomaron, levantando nubes de polvo y ceniza que se elevaron hacia el cielo rojo. Sangre y entrañas corroían su armadura; notó cómo el tejido vibraba sobre su piel, intentando regenerarse. Aun así, el dolor agónico en el ala izquierda amenazaba con hacerle desfallecer.

Era el momento. Si no actuaba ya, no tendría otra oportunidad. Los rencores seguirían irrumpiendo a través del Desgarro, mientras Daghath Mal siguiera allí para atraerlos.

Solo había una forma de parar todo eso. Una única esperanza para la humanidad.

En cuanto lo asimiló, experimentó una oleada de tristeza por esa vida que nunca podría tener. Ella era una criatura diseñada para la batalla, un arma que no debía aspirar a nada más.

Haría lo que era necesario. Por Salvación. Por su alma gemela.

Volvió a girarse hacia Daghath Mal, al tiempo que introducía una mano en la envoltura negra que llevaba prendida de la cintura. La empuñadura de la daga estaba fría, pero el arma vibró en su mano, ávida.

—¿Qué es eso? —Daghath Mal se rio, escupiendo nubes de efluvios verdes y amarillos por el aire. Malicia. Estaba respirando malicia pura.

Noctámbula se abalanzó sobre él, con Bienhallada en la mano derecha y Devoraluz en la izquierda. El instinto bélico vibró a través de su cuerpo mientras lanzaba una estocada, falló, se agachó para esquivar la embestida de un ala y acabó saliendo propulsada de espaldas, cuando el rey rencor la golpeó con su otra ala.

Se golpeó la cabeza. Vio manchitas oscuras mientras se ponía en pie, pero contraatacó. Solo tenía que hacerle un tajo...

Devoraluz no estaba en su mano.

Había conservado a Bienhallada, pero no había ni rastro del puñal.

«No». Un arma como esa no podía caer en manos de Daghath Mal. Si la utilizara con alguien que no fuera ella, si la utilizara con Rune...

El rey rencor se desplazó rápidamente hacia una pila de huesos.

—¿Qué es esta cosita? Resulta tentadora...

Devoraluz estaba apoyada encima de los huesos, como si fuera un vacío formado sobre esa superficie blanquecina, amarillenta y quebradiza. Casi con mimo, Daghath Mal se agachó para recoger la daga.

Noctámbula se lanzó en plancha a por el puñal, ignorando el dolor y el miedo mientras recorría los últimos metros. Se raspó el pecho en el suelo. Alargó los brazos. Flexionó los dedos alrededor de la empuñadura. Y giró el cuerpo, apoyándose sobre el ala rota. Un dolor punzante le recorrió el cuerpo, pero toda su atención estaba concentrada en empuñar a Devoraluz.

La punta de la hoja arañó la piel de alabastro de Daghath Mal.

El monstruo retrocedió con brusquedad, con un gesto de pasmo en el rostro. Pero no parecía preocupado. Aún no.

Mareada, resollando, Noctámbula se puso en pie a duras penas. En su mano, Devoraluz vibraba, provocando un zumbido audible que le produjo un pitido en los oídos.

—Mi objetivo… —intentó recobrar el aliento— se ha cumplido.

—¿Qué? —Daghath Mal se giró para ver el corte, un tajo limpio y negro sobre su piel. Se lo rascó, como si le picara.

—¡No! —Una voz humana.

La voz de Rune.

Noctámbula se alejó del rey rencor para ver más allá de los muros destrozados del castillo. Rune, acompañado por la reina Johanne y un pequeño contingente de guardias, estaba cabalgando hacia ella.

—¿Qué has hecho? —La reina Johanne saltó al suelo desde su caballo y echó a correr—. ¡Si hubieras esperado dos minutos más! ¡Tenía un plan!

—¿Ha… Hanne? —Daghath Mal se giró con un extraño gesto de esperanza en el rostro—. Has venido.

Alzó un brazo hacia la joven reina, como si ella fuera a salvarlo, pero era demasiado tarde.

Al principio parecieron pelusas. Motas de polvo. Luego, empezando por su brazo extendido, un fino reguero de partículas se fue volando hacia Devoraluz. El rey rencor gritó, pero no duró mucho; su pecho se desintegró, seguido de su rostro y su garganta. Cada vez se disolvieron más pedazos de él en forma de espiral, sumiéndose en una oscuridad tan absoluta que ninguna luz podía penetrarla.

Finalmente, desapareció.

Noctámbula experimentó una satisfacción agridulce. Lo había conseguido. Lo había derrotado.

Había librado a Salvación de Daghath Mal. El resto… tendrían que hacerlo por su cuenta.

—¡Espera! —Rune corrió hacia ella, sus botas retumbaron sobre el suelo óseo—. ¡Por favor, Noctámbula!

Ella avanzó tambaleándose hacia él, pero su cuerpo estaba inestable, había perdido su solidez.

—¡Tenía un plan! —la reina Johanne se giró hacia ella—. ¡Iba a ganar tiempo! Setenta años…

—Habría dado igual. —La voz de Noctámbula también se había tornado hueca—. Esta era la única manera. Sin cabos sueltos. Sin…

Le fallaron las piernas. Su rodillas impactaron contra el suelo. Nunca había experimentado un dolor tan atroz, que le atenazaba el cuerpo entero. Se estaba descomponiendo.

50. RUNE

Había llegado demasiado tarde.

Lo supo desde el momento en que arribaron al castillo en ruinas, mientras el suelo se estremecía y se desgarraba el cielo.

Aun así, tuvo esperanza. No podía perderla.

Así que corrió como nunca lo había hecho.

La llamó a gritos.

Le suplicó que lo escuchara, que esperase.

Pero no llegó a tiempo.

En la mano, Noctámbula aferraba una esquirla de oscuridad, un agujero en el mundo, un cúmulo de inexistencia.

El arma.

—Rune. —Noctámbula aferró con fuerza la empuñadura, sus nudillos tensaban el tejido de sus guantes. Torció el gesto con una mueca de dolor cuando llegó hasta ella.

—¡No! —Rune se lanzó hacia ella, dejando atrás todo lo demás. El corazón le retumbaba con fuerza en los oídos. La sangre se agolpaba en su cabeza. Sus botas impactaban contra el suelo, demasiado pesadas, demasiado lentas.

Cinco pasos de distancia.

Cuatro.

Tres.

El puñal se escurrió de la mano de Noctámbula.

Dos.

Tenía los ojos desorbitados. Estaba asustada.

Uno.

Lanzó un grito agónico que atravesó el clamor que bullía en la mente de Rune.

Se arrojó sobre ella, como si hubiera alguna oportunidad de detener lo que ya estaba en marcha.

Sus alas, esas alas hermosas y letales, centellearon, desintegrándose ante los ojos de Rune.

—¡No! —Rozó con los dedos las plumas restantes, pero también estaban desapareciendo. Rune sintió una oleada de pánico, terror, la espantosa familiaridad de perder a otro ser querido—. Por favor, no.

Noctámbula lo miró a los ojos. Y aunque articuló unas palabras con los labios, no profirió sonido alguno.

A Rune se le nubló la vista. Las lágrimas difuminaron la escena.

—Por favor, no te vayas. —Le tocó el rostro, el pelo, el pecho—. Te necesito.

Pero mientras la luz la abandonaba, proyectándose hacia el puñal negro, la verdad resultó evidente: Rune nunca había sido capaz de salvar a nadie. Ni a su hermano del asesino, ni a Hanne del malsitio, ni a John y los demás guardias del rey rencor, ni a Thoman —el más insólito de sus amigos— de la crueldad del tiempo. Ni siquiera estuvo presente cuando sus padres murieron.

Su incapacidad para salvar a Noctámbula —la persona a la que habría jurado servir toda su vida si ella lo aceptara— no debería haber resultado ninguna sorpresa.

No obstante, Rune habría dado cualquier cosa con tal de ayudarla. Cualquiera. Lo habría dado todo.

El mundo entero.

Su propia vida.

El dolor aumentó, ensanchándose, intensificándose, y algo caliente y dorado emergió de su interior.

Sintió un dolor atroz, como si lo estuvieran desgarrando, como si Rune también estuviera cayendo con ella hacia el interior de la daga. Poco a poco —todo parecía discurrir a cámara lenta—, Rune cubrió la distancia que lo separaba de Noctámbula. Se golpeó la sien con su hombro. Le rodeó la cintura con un brazo.

Entonces todo desapareció.

*

Una descarga inmensa de energía pasó de largo junto a él.

En el exterior, a través de una ventana (¿de dónde había salido esa ventana?), una ráfaga de color azul y blanco surcó el cielo rojinegro. Un clamor, unos vítores, un grito colectivo: todo aquello sonó al mismo tiempo. Las armas de asedio dispararon, la acuayesca prendió, y luego, tan bajito que apenas alcanzó a oírlo, resonó un zumbido grave que vibró en sus huesos y se asentó en su pecho.

Rune cerró los ojos.

Los abrió.

La ventana seguía allí. Y al otro lado crepitaba un muro de energía.

Pero un vacío inmenso se extendía dentro de él, así que volvió a cerrar los ojos e intentó no pensar en esa fractura indecible en su alma.

*

—El Malfreno ha regresado.

Hanne estaba sentada a su lado, mirando por la ventana. Tenía unas ojeras muy marcadas, un indicio de su agotamiento, pero, en conjunto, parecía estar de una pieza.

Rune sintió una punzada de dolor. Noctámbula. Desintegrada. Absorbida por el puñal.

—Sin Daghath Mal, el ejército de rencores se fracturó. —Hanne empleó un tono adusto, pero firme—. Algunos de ellos se derritieron hasta formar charcos. Otros volvieron a entrar volando por el Desgarro. En cuanto al resto, nuestros ejércitos consiguieron abatirlos. Recuperamos estas torres, obviamente, y te trajimos rápidamente aquí junto con los demás heridos. Poco después, el Malfreno se reactivó.

—Lo percibí. —Rune volvió a girarse hacia la ventana para contemplar la luz. Le dolía el cuello. Le dolía todo—. ¿Cuánto tiempo ha pasado?

—Solo un par de días. —Hanne cambió de postura—. Pero volvemos a tener días.

Rune asintió.

—Estás en una habitación privada, al menos por ahora. La mayoría de los heridos están siendo atendidos en otros pisos, pero aún siguen produciéndose muchos combates. Algunos rencores quedaron atrapados fuera del Malfreno, así que tenemos que ser cuidadosos con ellos. Y hay un montón de malsitios nuevos. Los primeros informes calculan que hay hasta diez veces más de los que teníamos antes. Supongo que podría haber más, pero...

Pero Noctámbula dedicó varios días a destruir los más peligrosos antes de adentrarse en la Malicia.

Rune se aferró el pecho a la altura del corazón, pero no consiguió mitigar el dolor.

—Athelney ha desaparecido —dijo Hanne—. La universidad. La plaza. Incluso la residencia real. Ya no...

—Ya no existen —murmuró Rune.

¿De verdad habían conseguido algo? Parecía que el mundo estaba mucho peor que antes.

«Hay batallas que solo se libran por el placer de resistir. De perdurar. De sobrevivir».

Hanne asintió con la cabeza.

—He estado pensando en lo que hice. Y en lo que no pude hacer antes, cuando intentamos llegar hasta ella...

Rune inspiró una bocanada trémula, evocando la sensación de ver cómo sus alas se desintegraban bajo sus manos, las últimas palabras mudas que le dirigió. Se le partió todavía más el corazón. A esas alturas, se había fracturado muchas veces. ¿Cuánto más podría soportar?

—Voy a anular nuestro matrimonio, Rune —dijo Hanne—. Ninguno de los dos quiere estar casado con el otro. Y, a nivel político, soy perjudicial para ti. Embria está en manos del magistrado Stephens, y allí todo el mundo quiere verme muerta. Supongo que en Ivasland también. Si quieres mantener una relación productiva con cualquiera de esos reinos, tenerme a tu lado solo servirá para dificultar las cosas.

Rune solo pudo asentir. No le faltaba razón.

—¿No vas a desafiar al magistrado Stephens para recuperar la corona?

Hanne frunció los labios.

—Si lo hiciera, sería después de que descubra de primera mano lo difícil que resulta gobernar un reino entero. Las decisiones que es preciso tomar. Los compromisos. Las líneas que hay que cruzar. —Hanne asintió para sus adentros—. La gente también se desilusionará con él, sin importar qué clase de gobierno decida instaurar.

—No es un mal hombre.

—Pero tampoco es bueno.

Rune no tenía claro si seguía estando en disposición de juzgar esas cosas.

—Entonces, ahora que no estamos casados, ¿qué vas a hacer? Antes de reclamar tu reino para luego conquistar Ivasland y probablemente el mío también.

Hanne soltó una risotada.

—No quiero luchar contigo. Ni con Abagail, aunque espero que se caiga en una zanja y se parta las piernas.

Teniendo en cuenta lo que la reina de Ivasland le había hecho a su familia, el sentimiento era mutuo. Pero Rune no pensaba decirlo en voz alta y propiciar una guerra.

—Mi deseo más inmediato es redactar algún tratado que nos proteja a mí, a mis doncellas y a los malicistas. Todos ellos cumplían mis órdenes. —Se pasó la lengua por los labios—. Nunca podremos enmendarlo. El perjuicio que causamos, el dolor que provocamos… No podemos repararlo. Pero sí hay daños que podemos intentar revertir. Habrá que purificar los malsitios de alguna manera, y ahora que… —Hanne tensó la mandíbula y negó con la cabeza—. Mi equipo es el más experimentado en lo relativo a trasladar malicia. Aceptaré toda la vigilancia que consideres oportuna.

—Lo puedo intentar.

Pero no enseguida. En ese momento, lo único en lo que podía concentrarse Rune era en respirar a pesar de la losa que tenía dentro del pecho.

—Gracias. —Hanne hizo amago de levantarse, pero cambió de idea y se inclinó hacia él—. Todo el mundo estaba esperando para hablar contigo. Si necesitas volver a quedarte dormido, a causa de tus heridas, hazlo rápido.

Por el rabillo del ojo, Rune divisó al gran general Emberwish, al magistrado Stephens y a la reina Abagail, que merodeaban junto al umbral de la puerta. Le pareció ver una multitud congregada por detrás de ellos, formada por otros generales y miembros del ejército que acudían para transmitir sus informes.

Aunque no quería ver a nadie, era obvio que había trabajo que hacer. Los tres reinos necesitaban un liderazgo, y todos los líderes estaban allí. Juntos. Sin luchar entre ellos. Por primera vez.

Pero luego, cuando cayera la noche y solo pudiera ver el Malfreno a través de la ventana, volvería a pensar en ella. Lloraría su pérdida. Añoraría esos momentos que nunca pudieron compartir.

Comenzó a incorporarse, pero antes de que pudiera enderezarse del todo, la habitación se quedó a oscuras y la puerta se cerró. Una figura fantasmal emergió desde el otro extremo.

Era el Conocido, uno de los guardeses.

Parecía exhausto, algo que Rune no sabía que fuera posible. ¿Qué suplicios habría padecido durante el asalto a las torres? ¿Los rencores podían hacerle daño a… un ser como aquel?

—Rune. —Su voz se había suavizado, aunque conservaba una energía latente—. Me alegro de que te hayas despertado.

—Ya estaba despierto —admitió—. Lo que pasa es que no quería hablar con nadie.

—¿Cómo dices? —Hanne se cruzó de brazos—. Yo estaba sentada junto a tu lecho.

—Y lograste mantener a los demás a raya. Gracias.

Rune se obligó a sonreír, pero no sirvió para engañar a nadie. Hanne se giró hacia el Conocido.

—¿Y tú quién eres? ¿Qué eres?

—Es un aliado —dijo Rune—. Es amigo de Noctam…

Lo embargó una oleada de tristeza que se extendió por todo su ser. Durante unos instantes, no pudo ver ni oír nada. El mundo pegó un vuelco.

Ella había desaparecido.

Estaba atrapada dentro de esa arma siniestra con Daghath Mal.

Para siempre.

Cuando la sensación remitió y Rune recobró el aliento, añadió:

—Es amigo suyo.

Luego se concentró en contener el torrente de lágrimas hasta que se marcharan todos.

El Conocido se sentó a su lado y permaneció un rato callado. Después dijo:

—Comprendo tu dolor. Has sufrido muchas pérdidas.

Una parte distante de Rune sopesó el hecho de que el Conocido y el Anónimo también habían perdido a Noctámbula. Habían sido sus compañeros durante miles de años. Aquello suponía un revés devastador para ellos, para su misión y para el futuro del Malfreno. Y cuando recuperase sus facultades mentales, cuando pudiera hacer algo más aparte de superar el duelo, debería redactar leyes, establecer protecciones, hacer algo para asegurar que esa incursión fuera la última.

Pero ya habría tiempo para pensar en ello.

Rune miró al Conocido y dijo:

—Supongo que habrás venido por un motivo. ¿En qué puedo ayudarte?

El Conocido ladeó la cabeza.

—Deberías venir conmigo.

Le pesaba demasiado el cuerpo como para poder moverse. Aun así, no le pareció buena idea rechazar su petición, porque fuera lo que fuese, se trataba de un ser muy poderoso. Además, era mejor que vérselas con sus generales y los demás líderes. Ya llegaría el momento de hacer eso, pero por ahora...

—De acuerdo.

Se levantó a duras penas. Lentamente, siguió al Conocido hasta una segunda puerta, cuya presencia no había advertido hasta entonces.

—Y tú. —El Conocido giró la cabeza para mirar a Hanne—. Espera aquí. Vendré a buscarte.

51. HANNE

Por más que Rune le hubiera asegurado que esa persona fantasmal estaba de su parte, el Conocido había bloqueado la puerta principal, y la segunda, la que acababa de materializarse de la nada, había desaparecido.

Así que se sentó sobre la cama deshecha e hizo balance de su vida entera.

Las cosas iban a cambiar a partir de ahora. Y mucho. Hanne no era una princesa ni una reina. Ya no era nadie. Prácticamente una pordiosera. Tal vez una prisionera.

Pero no se arrepentía de haber liberado a Rune. Lo hizo por el bien de Salvación. Y si había algo en lo que siguiera creyendo de verdad, era en que los tres reinos necesitaban paz. Pero eso no podría hacerse realidad mientras permaneciera a su lado.

No resultaba agradable pensar que al mundo le iría mejor sin ella. Hanne nunca se había considerado prescindible, pero había ayudado a Daghath Mal (sin querer) a someter a Salvación. Debería estar ahí fuera enmendándolo, pero ¿quién le confiaría esa labor?

Al menos, no estaría sola.

Nadine estaba a su lado. Como siempre. Sus doncellas habían prometido quedarse con ella durante una temporada, ya que sus familias también habían sido encarceladas durante la rebelión, pero tarde o temprano tendrían que tomar una decisión acerca de regresar a Embria. Y Sabine también, aunque nadie la había visto desde hacía varios días…

Y luego estaba Mae. Cuando la miraba, notaba unas cosquillas en la barriga. Y a juzgar por cómo se mordía el labio y se ruborizaba cada vez que Hanne entraba en la habitación, puede que ella sintiera lo mismo.

Pero, al igual que Hanne, Mae tenía muchas cosas que expiar. Ella también había perseguido sus ambiciones hasta las últimas consecuencias, bajo la influencia de alguien más poderoso.

Resultaba extraño pensar en Daghath Mal a esas alturas. Hanne lo había visto. En persona. Y el rey rencor trató de alcanzarla en esos instantes finales, antes de descomponerse en un millón de pedazos diminutos que se arremolinaron hacia el interior de ese horrible puñal negro. Durante un instante, un lapso muy fugaz, Hanne sintió lástima por él. Ella le había dado esperanzas al final.

No sabía cómo sentirse al respecto.

De momento, bastaba con saber que había desaparecido. De su mente. Del mundo. Eso era una victoria.

La segunda puerta apareció otra vez y el fantasma emergió de ella. Sin Rune. Hanne se puso en pie.

—¿Qué has hecho con él?

—Eso no es asunto tuyo.

—Claro que lo es. Cuento con él para gobernar...

—Rune está bien. —La puerta desapareció por detrás del espectro—. Tú eres la persona de la que quiero hablar.

—Antes de nada, ¿quién eres tú? Dime la verdad.

—Soy uno de los dos guardeses. Noctámbula me llamaba el Conocido y mi compañero es el Anónimo.

—¿Ese es tu nombre?

El Conocido ladeó la cabeza.

—No.

—Entonces, ¿cómo te llamas?

—Anota eso en la lista de cosas que no te incumben.

Hanne fulminó al guardés con la mirada. No le gustaba el rumbo que estaba tomando esa conversación.

—¿Qué quieres?

—Cierra los ojos. Dime lo que ves.

Obviamente, Hanne no iba a ver nada más que el reverso de sus párpados, pero estaba dispuesta a hacer cualquier cosa con tal de finalizar esa conversación cuanto antes.

Cerró los ojos y comprobó que una chispa pálida y azul había prendido en su interior. Una energía crepitante. Intensa. Letal.

Se le cortó el aliento y abrió los ojos.

—¿Qué es eso?

—Ah. Lo que yo pensaba. —El Conocido suavizó el tono—. Experimentaste el poder de Noctámbula. En grandes cantidades.

Como si estuviera evocando un sueño, Hanne recordó vagamente estar tendida en ese altar, con la espada de Noctámbula presionada sobre el corazón. Ese poder numinoso la había inundado, eliminando todo rastro del rey rencor.

—Noctámbula me ayudó —dijo al cabo de un rato—. No tenía motivos para hacerlo. Pero lo hizo a pesar de todo.

—Absorbiste una cantidad ingente de energía.

Hanne se quedó paralizada.

—¿Esa energía me matará?

No era de extrañar que Noctámbula le hubiera dejado ese extraño residuo mágico. Seguramente sería peligroso. Y ahora…

El Conocido negó con la cabeza.

—No te hará daño. Pero representa una oportunidad.

—¿Qué quieres decir?

—La decisión es tuya. Puedes ignorarla y se disipará. —El Conocido se giró hacia la ventana y hacia el Malfreno que se alzaba al otro lado—. O puedes utilizarla.

—¿Cómo?

—En defensa de Salvación, por supuesto. —El Conocido ondeó un brazo—. Como bien has dicho antes, hay malsitios nuevos por todas partes. Rencores. Gente en peligro. Y tú, Johanne Fortuin, albergas los últimos atisbos del poder de Noctámbula.

Un escalofrío le recorrió el espinazo.

—¿Los últimos?

—Que yo sepa, sí.

Afuera, el Malfreno crepitó.

—Y quieres que lo aproveche.

El guardés ladeó la cabeza.

—Te estoy informando de que existe esa opción. Solo tú puedes decidir qué hacer con ello.

—Pero crees que debería utilizarlo. De lo contrario, no habrías dicho nada. —Hanne se pasó una mano por el pelo—. No lo entiendo. ¿Cómo lo utilizaría? Me… ¿Me convertiría en Noctámbula? ¿Me invocarían cada vez que hubiera una incursión? ¿Me pasaría la eternidad matando rencores?

Según lo decía, le pareció un disparate.

El Conocido suspiró.

—No puedo predecir el futuro, Johanne. Si dejas que ese poder se disipe, el mundo seguirá su curso. Es posible que tus amigos consigan trasladar malsitios enteros hacia el interior de la Malicia. O puede que no.

Pero el poder que centelleaba dentro de Hanne podría destruir esos malsitios.

Si hubiera tenido ese poder antes, cuando estuvo atrapada en la anomalía temporal, lo habría utilizado sin dudarlo. Habría creído que era la guerrera sagrada de Tuluna, la espada afilada de los númenes de la ambición y la tenacidad.

Pero ahora…, ya había influido en el mundo. Y lo había empeorado.

—La decisión es tuya —repitió el Conocido—. La chispa ya se está debilitando, así que, si planeas utilizarla, sube a lo más alto de esta torre antes de que hayan transcurrido tres días.

¿A lo más alto de esa torre? La cúspide desaparecía entre las nubes. Hanne se pasaría tres días subiendo un escalón tras otro, solo para acabar muriendo de sed cuando no llevara recorrida ni la mitad del camino.

Pero si lo intentaba (y si de alguna manera llegaba hasta arriba), tendría poder. Un poder de verdad. Tendría la capacidad de hacer retroceder la oscuridad, algo de lo que siempre se había considerado capaz.

Aunque no sabía qué pasaría con Nadine. Ni con Mae. Ni con los demás. Pero tal vez podría hablar con ellos antes. Nadine le ayudaría a tomar la mejor decisión.

—Te dejo que lo pienses —dijo el Conocido.

Poco a poco, el ambiente volvió a suavizarse. El guardés comenzó a desvanecerse.

—¡Espera! —Hanne avanzó hacia él—. ¿Qué has hecho con Rune? ¿Volverá? —Él también podría ayudarla a decidir. Era una de las personas más buenas que conocía. Y ese poder había pertenecido a su persona favorita—. ¿Dónde está?

El guardés sonrió.

—Ya lo verás.

52. MEDELLA

brió los ojos y descubrió muchas cosas al mismo tiempo. Lo primero y más inmediato: estaba viva.

Lo último que recordaba era haber utilizado a Devoraluz. El puñal de la noche. El tajo sanguinolento. La desintegración del rey rencor. Su derrota; la victoria.

Y entonces apareció Rune, corriendo hacia ella, con el rostro contraído de espanto mientras ella también comenzaba a introducirse en el puñal...

Pero seguía viva.

Sin saber por qué.

Todo estaba en silencio. Confuso. Borroso. Sus sentidos, siempre tan agudizados, se habían convertido en una sombra de lo que eran antes: difuminaban las líneas y las luces, atenuaban los sonidos, mitigaban los olores.

Resollando, tomó impulso para incorporarse... y se excedió. Su peso había mermado. Su equilibrio se había fracturado.

Y al mismo tiempo que reparaba en la ausencia de varios fragmentos de su ser, advirtió la presencia de otra persona. No estaba sola. Y no se había dado cuenta. No había oído ni olido a nadie. No había percibido nada.

Se le aceleró el corazón mientras giraba el cuerpo, preparada para luchar. Pero era Rune, que se estaba levantando de su asiento. Dio un paso hacia ella, titubeando.

—Todo va bien.

Su voz era suave, reconfortante. Pero ¿cómo podría estar tranquila? No la estaban atacando, pero estaba rota.

—Mis alas han desaparecido. Mis alas...

Rune frunció el ceño. Apenas duró un instante. Luego suavizó el gesto. Pero bastó para confirmar que ya se había dado cuenta —cómo no hacerlo—, y que había estado buscando el mejor modo de decírselo a ella.

—Lo sé. —Se le trabó la voz mientras la miraba—. Lo siento. Ojalá... —Inspiró una bocanada trémula. Tragó saliva—. Debe de ser horrible. Como perder una extremidad. Bueno, claro que es una pérdida... —Meneó la cabeza y se encogió—. ¿Puedo traerte algo? ¿Agua?

Ella no se había movido. No estaba segura de que pudiera hacerlo. Le ocurría algo extraño, se sentía pesada y ligera al mismo tiempo. Nada tenía sentido, incluido el hecho de que estuviera viva.

—Necesito respuestas.

—Sí, por supuesto. —Rune se fijó en el trecho vacío de colchón que se extendía junto a ella—. ¿Puedo sentarme a tu lado?

Con cuidado, se deslizó hacia un lado para dejarle sitio. La cama cedió bajo su peso cuando se sentó.

—El Conocido intentó explicármelo. Debo admitir que no entendí nada. Solo sentí un gran alivio al saber que estabas viva.

—Cuéntamelo —susurró ella.

—Me contó que una parte de ti cayó dentro de Devoraluz. —Rune miró por encima de su hombro, hacia el lugar donde deberían estar sus alas—. Esa parte de ti que daba forma a Noctámbula. El fuego. El vuelo. La inmortalidad.

Una punzada de pavor se desplegó por sus entrañas. Moriría algún día. Como una mortal.

—En cuanto a la incisión en tus recuerdos —prosiguió en voz baja—, también ha desaparecido. Lo que recuerdes ahora es lo que recordarás siempre. A no ser que olvides de forma natural, como le pasa al resto de la gente.

Ella se apoyó unos dedos en la sien, como si pudiera alcanzar su mente desde allí. No parecía que hubiera cambiado nada, aunque quizá eso fuera una buena señal. Volvió a apoyar la mano sobre su regazo.

—No entiendo por qué el arma no me absorbió.

—Lo intentó. —Rune cerró los ojos, un recuerdo doloroso se reflejó en sus facciones. Tensó los músculos de la mandíbula, como un eco del horror que experimentó mientras corría hacia ella, demasiado tarde como para detenerla—. Estuvo a punto.

—No quería que vieras eso.

—Lo sé. —Rune sonrió con aflicción—. Pero soy tu alma gemela. Tenía que ir a buscarte.

Y ella no podía reprochárselo.

—Siempre lucharé por ti. —Estaba tan emocionado que se le quebró la voz—. Habría hecho cualquier cosa con tal de salvarte. Cualquier cosa. Me habría intercambiado por ti. Habría arrastrado al rey rencor hasta la Fracción Oscura con mis propias manos. Quería impedir que utilizaras el arma.

—Habrías puesto en peligro al mundo entero. Por mí.

—Sí. —Le cubrió las manos con un gesto cariñoso y protector—. Por ti, sí.

—Pero ya no soy la de antes. —Flexionó los hombros, pero los músculos que controlaban sus alas habían desaparecido.

—Sí que lo eres. —Rune le estrechó la mano—. Has pasado por una experiencia traumática. La vida nunca volverá a ser igual. Pero sigues siendo tú.

Ella entreabrió los labios, pero no tenía claro lo que quería decir. No podía rebatir la percepción que él tenía de ella, pero…

—Fui creada con un propósito: matar rencores. No sé qué hacer sin eso.

—Lo que tú quieras. —Rune acercó su mano a los labios y le besó los nudillos con la suavidad de una mariposa al posarse—. Estás aquí. Estás viva. Lo demás ya se irá viendo.

Aquello marcaba un final para su lucha interminable, pero no como ella esperaba. Nunca se había plantado que la lucha pudiera… seguir adelante sin ella. Que su papel en esa lucha terminaría, pero la guerra contra la Fracción Oscura continuaría.

—Le pregunté al Conocido por qué el puñal no te absorbió por completo —prosiguió Rune—. Cuando le describí lo que pasó, dijo que fue porque somos almas gemelas, así que una parte de mi alma llenó lo que te arrebató. O que en su lugar absorbió una parte de mí. El Conocido tampoco estaba seguro.

—Entiendo —dijo ella, que se apoyó la mano libre en el pecho.

—¿De veras? —Rune soltó una risita, que quizá denotara nerviosismo—. Porque yo no entiendo cómo pudo moverse algo que es insustancial.

—Me estabas tocando, inmerso en el flujo. Y, durante semanas, canalizaste mi poder a través de la pluma… —Se abstuvo de dar más explicaciones. Rune no las necesitaba. Bastaba con decir una cosa—: Me salvaste la vida.

Rune sonrió, cansado.

—Es posible que te crearan para combatir rencores. Pero a mí me crearon para ti.

—Para conectarme con la humanidad.

Para eso sirvieron los demás. ¿Verdad?

—No —susurró Rune—. Es algo más que eso. —Bajó la mirada hacia sus labios—. Fui creado para ti. Para entregarme a ti. Desde el principio. Soy tuyo.

Suyo.

Su invocador. Su caballero del alba. Su alma gemela.

Una calidez se desplegó por su pecho. Puede que esa breve existencia mortal no estuviera tan mal, siempre que pudiera compartirla con él, pero…

—El tratado. Ya estás comprometido.

La calidez se disipó. Rune no era suyo.

Pero él negó con la cabeza.

—No estoy comprometido. Ya no. —Se inclinó hacia ella, hablando atropelladamente—: Si quieres puedo contarte los detalles aburridos de esa cláusula concreta del tratado, pero la respuesta más corta es que ha sido anulado y que voy a colaborar con Stephens y Abagail para redactar un tratado nuevo, uno que unirá a los tres reinos bajo el estandarte de la paz, no de la guerra. Así que el tratado que enfrentaba a Caberwill y Embria contra

Ivasland ya no está vigente. Ivasland tendrá que responder por haber roto los Acuerdos de Ventisca, pero no podemos ignorar las circunstancias que los impulsaron a tomar esas decisiones. Va a requerir mucho trabajo, pero…

Ella lo besó. No es que no le importara lo que estaba diciendo; le importaba, sí, pero en segundo plano. Dejó de prestar atención en cuanto se dio cuenta de que podía besarlo sin sentirse culpable y sin que ello supusiera una amenaza para sus vidas.

Con una risita de incredulidad, Rune le devolvió el beso. Apoyó sus manos cálidas sobre su rostro, sus brazos, sus caderas. Ella sintió una oleada de calor mientras estrechaban sus cuerpos.

Qué extraño era desear a alguien y sentirse deseada a su vez. Amada. No por lo que hacía, sino por ser quien era, con alas o sin ellas.

Se quedó inmóvil.

Rune, también. Tenía la voz ronca, pero su tono era afable:

—Dime lo que quieres. Cuando quieras. Y cumpliré todo lo que me pidas, a tu ritmo. —Le acarició la mejilla con cariño y suavidad—. Ven a casa conmigo. A Caberwill. Puedes quedarte la torre si quieres. Los aposentos de la reina. Los míos. El castillo entero.

—No necesito un castillo. Pero iré contigo al Bastión del Honor.

Se obligó a sonreír. No había tenido tiempo para pensar adónde iría después de aquello. Seguramente, el Conocido no querría que se quedara allí, en el Portal del Alma. Y la isla de Ventisca ahora quedaba fuera de su alcance. Su hogar, el verdadero, acabaría transformándose en una leyenda. Pero puede que, con el tiempo, el Bastión del Honor se convirtiera en su nuevo hogar.

—Hay una cosa.

—La que sea.

—Prevenir sobre las incursiones. Sobre la malicia y los rencores. Comprobar de qué manera Caberwill puede hacerlo mejor. —Se aventuró a sonreír—. Puede que ya no sea todo lo que era antes, pero quizá pueda continuar con mi misión de otra manera.

Rune asintió.

—El mundo necesita eso. El mundo te necesita, Medella.

Medella.

Durante mucho tiempo, había sido el único parapeto entre la humanidad y la oscuridad implacable. Como Noctámbula.

Ahora se enfrentaría a esa noche infinita de otra forma. Como Medella. Y no estaría sola.

ℰPÍLOGO

Así es el mundo: un continente llamado Salvación y una paz tan frágil que un simple aliento podría hacerla pedazos. Pero la gente se está esforzando, decidida a asegurar que las generaciones futuras nunca se acerquen tanto al colapso.

No es fácil. Nunca lo será.

Pero en Ivasland, una joven reina trabaja sin descanso para reconstruir un reino en ruinas... y recuperar la confianza que perdió. Escucha a su pueblo, presta atención a las estrellas instaladas en las ventanas, y ha replegado a los espías y asesinos que antaño enviaba contra sus enemigos. Tiene mucho que aprender, pero eso nunca la ha amilanado.

En Embria, un nuevo regente establece un modo diferente de gobierno, uno que controla la gente común, centrado en alimentar a los hambrientos y asegurar que todo el mundo esté a salvo de aquellos que amasan demasiado poder. Es una ambición de otro tipo, una que la mayoría ha acogido con los brazos abiertos.

Y en Caberwill, el rey se preocupa por el futuro de Salvación, reinstaurando el certamen de los caballeros del alba, organizando la contención de malsitios y promulgando otras leyes pragmáticas que protegerán a las generaciones venideras. Hace todo lo que consideró que sus padres deberían haber hecho —y más—, fiel a todos los habitantes de ese mundo, no solo los de su reino.

No hay nada seguro en Salvación. Nada excepto una cosa: el portal que conduce a la Fracción Oscura permanece. Hasta que se cierre ese pasadizo, se mantendrá la amenaza de otra incursión. Y la próxima vez no podrán contar con nadie más que ellos mismos.

A no ser que...

*

Cerca del centro de Salvación, en una torre situada junto al Portal del Alma, Hanne ha estado subiendo. Le duelen las piernas. Le palpita la cabeza. Tiene el estómago vacío. Al margen de ese dolor, no sabe cuánto tiempo lleva ascendiendo.

Pero al fondo hay una luz. Pálida y azul. Siempre queda fuera del alcance de su vista, desaparece por la curvatura de la espiral un segundo antes de que pueda atisbarla.

Aun así, ella sabe que se trata de lo que está buscando. Si consigue alcanzarla...

Hanne hace acopio de fortaleza. Se impulsa más deprisa. Alarga los brazos.

Está decidida a obtener el poder que siempre ha querido.

Y esta vez, no será la marioneta de nadie.

*

Hay una cosa más.

Medella se despierta en plena noche, la oscuridad se cierne a su alrededor. No puede ver a través de ella, ya no. Lo desconocido resulta inmenso y abrumador.

Pero no está sola. Ya no.

Rune se revuelve a su lado. La agarra de la mano y, poco a poco, su respiración agitada se tranquiliza.

Al fin, Medella se incorpora y busca en la mesilla el pequeño objeto que Rune guardó allí. Al principio no quiso tocarla. No se sentía capaz de mirarla. Pero ahora cierra los dedos alrededor del cálamo de la pluma.

Prende una chispa que produce un sonoro chasquido en la silenciosa habitación.

Rune se incorpora de golpe. Cuando Medella se gira hacia él, ve que tiene los ojos desorbitados, con preocupación. Puede verlos con claridad.

—¿Qué ha sido eso?

Rune alarga una mano hacia ella. Medella levanta la pluma centelleante entre ellos. Y sonríe.

—Ya lo sabes.

AGRADECIMIENTOS

El segundo libro de una bilogía no es tarea fácil. Es un hecho. Por eso estaré siempre agradecida a la gente que me ha ayudado a sobrevivir a esta prueba, empezando, como siempre, por mi agente Lauren MacLeod. Gracias por ayudarme a sobrellevar los días de bajón.

Tengo mucha suerte de contar con un equipo increíble en Holiday House. Mora Couch, mi editora, sigue siendo una bendición. También Sara DiSalvo, Terry Borzumato-Greenberg, Miriam Miller, Erin Mathis, Kerry Martin, Mary Joyce Perry, Any Toth, Chris Russo, Nicole Gureli, Lisa Lee, Judy Varon y Della Farrell: gracias por todo el esfuerzo que habéis invertido en *Noctámbula* y *Bienhallada*.

Yonson, ¡gracias por otra portada impresionante! Estos libros son un regalo para la vista.

Quiero enviarles mucho cariño a los maravillosos amigos y compañeros que me apoyaron durante la escritura y producción de este libro, incluyendo a Martina Boone, Cynthia Hand, Erin Bowman, Valerie Cole, Kelly McWilliams, C. J. Redwine, Cade Roach, Elisabeth Jewell, Aminah Mae Safi , Wren Hardwick, Leah Cypess, Kat Zhang, Fran Wilde, Erin Summerill, Alexa Yupangco, Katherine Purdie, Tricia Levenseller, Lisa Maxwell, Lelia Nebeker, Brigid Kemmerer, Kathleen Peacock, Mary Hinton, Nicki Pau Preto, Tanaz Bhathena, Robert Lettrick, Alexa Donne, Elizabeth Bear y Susan Dennard, así como a toda la gente de Zoo, #FantasyOnFriday y Macaroni Knit Night. Y, por supuesto, al servidor de los caballeros del alba. Vuestro apoyo y amistad son muy importantes para mí.

Como siempre, ¡gracias a mi familia por aguantarme!

Y, por supuesto, gracias a los libreros, bibliotecarios y educadores que divulgan los libros. Un agradecimiento superespecial para mis amigos de One More Page en Arlington, Virginia. No puedo dejar de pensar en vosotros.

Por último, gracias a ti por leer este libro.